花顏策

卷七

西子情 著

目錄

第八十五章　著手賑災探軍情

花顏這一覺從午時睡到傍晚，醒來後，神清氣爽。

出了房門，采青坐在門口的臺階上摘菜，見她醒來，笑著起身：「您醒了？」

花顏「嗯」了一聲，感覺院中十分安靜，問：「他們人呢？都哪裡去了？怎麼這般安靜？」

采青小聲說：「子斬公子在閱覽花家暗線送上來的暗報，五皇子和程七公子還有十六公子、十七公子、花容公子去了黑龍河上游查看。神醫去後山採藥了。」

花顏點頭，問：「子斬在哪個房間？」

采青伸手一指：「那邊的西廂房，子斬公子暫住那裡，也當作書房用了。」

花顏頷首，抬步走了過去。

采青猶豫了一下，還是坐下身，沒跟著過去，繼續坐下來摘菜。

花顏來到西廂房門口，伸手叩了叩門。

蘇子斬清潤的聲音傳出：「花顏？進來吧！」

花顏應了一聲，伸手推開門，只見蘇子斬坐在案桌前，面前放著幾卷暗報，見她走來，抬眼看去：「可有歇好？」

「極好。」花顏抬步走近，在他對面的椅子上坐下，伸手去拿他放在案桌上的暗報。

蘇子斬親手給她倒了一盞茶，隨口說：「我離開臨安時，花灼將花家在北地的暗線都交給我了。我來了之後，調動北地暗線，徹查水災與北地官場，這是送上來的密報。」

花顏點頭，一手拿著暗報，一手端起茶盞，笑著說：「將花家在北地的暗線都給你，且派了一支暗衛護你，可見哥哥十分看重信任你。」

蘇子斬微笑：「借了你的光，畢竟我這條命是你給的，雖沒福氣入贅花家的門，但因你的關係，我永世不忘花家大恩，餘生花家也算是我的家了。」

花顏輕笑，抬眼看了他一眼：「說什麼入贅大恩的，花家熱鬧，你在武威侯府得不到的，花家都能給你。人生一世，普天之下萬萬人，你我之間，也是緣分厚重了，便別說這個了。」

「也是。」蘇子斬溫和地笑，「知道我要離開時，太祖母拉著我的手，說什麼都不放，後來一眾長輩們勸說，她才答應了。」

花顏稍微一想，便能想到當時情景，她抿著嘴好笑：「在花家住著時，你一定常去陪太祖母說話。」

蘇子斬頷首：「每日去一趟，左右沒什麼事兒，有時候半個時辰，有時候半日。」

「這就是了！我與哥哥在家時，沒有你去的勤快，也就隔兩日過去看看。」花顏笑著說，「他如今怕是喜歡你勝過我和哥哥了。」

蘇子斬好笑：「聽你這語氣，是吃味了，陪太祖母說話，受益良多。」

「你哪裡聽出我吃味了？」花顏瞟了他一眼，「太祖母高壽，一生經歷都是祕寶，聽她一席話，勝讀十年書。你每日陪著她說話，自然是受益匪淺的。」話落，又仔細地瞧了他一眼，「嗯，怪不得與我離開臨安時也有些不同了，更順眼了。」

蘇子斬失笑：「你不承認就罷了。」話落，看向暗報，收了笑意，「看看這些暗報吧！北地官場，簡直是藏汙納垢之地，不查不知道，如今一查，真是恨不得鏟平了這塊地方，這些年瞞得也是好，若是太子殿下早知道，他怕是先收拾北地再收拾西南。」

花顏聞言也收了笑意，低頭翻閱這些暗報，她看東西很快，不一會兒，便將花家暗線呈遞上來的資訊都粗粗過了一遍，看罷之後，也冷笑：「短短時間，竟然能查出這麼多骯髒的東西，可見若是再深查下去，誰也逃不開王法。」

蘇子斬點頭：「十人九貪，剩下那一個，也不是什麼好東西。這北地，一時半會兒怕是肅不清了。」

花顏想著她離京時還對雲遲說若是順利三兩個月便能解決了北地之事，那時想著北地再亂再骯髒，總比西南境地掌控南疆掃平諸小國動亂容易，如今一看，怕是比西南還要棘手。

畢竟西南境地一直以來是南楚的附屬國，距離南楚內政遙遠，且四百年前，歷代皇室從沒放鬆過對西南境地的干涉和壓制，如今這北地，就不同了。

北地是南楚的內地，從官場到背後的各大世家再到內政朝局，絲絲縷縷的牽扯，若是再牽扯上了軍權，一個弄不好，就影響南楚整個朝局。

在北地沒有一個家族是乾淨的。就是連自詡不干涉政事，掛著個閒散招牌的懷王府，因數嗣分支眾多，也不乾淨。

懷王府是秋月的家，雖早就被她棄了，但也總是她的出身之地。而且這些年來，懷王一直在派人找她。這些年，雖然她不回懷王府，但也沒忘了懷王府，對懷王，還是有著父女之情的。

另外，北地蘇家，與武威侯府本是一脈相承的一姓之家，干係更大得扯不開。

花顏放下暗報，對蘇子斬說：「我本來是有一個計畫，但因後來程子笑提了北地軍權可能參與其中，我那個計畫便不成了，你有什麼想法？對北地軍權一事怎麼看？畢竟也有你武威侯府的兵權，打算從哪裡入手？不妨先說說。」

「你知道的，我自出生身體就帶有寒症，所以，一直未理會兵權之事，畢竟，東南西北四境，都距離京城太遠，武威侯府的兵權內裡是個什麼情況，我一概不知。」

花顏點頭：「嗯，你因身體原因，不知也不奇怪。」

蘇子斬端起茶盞喝了一口，淡聲說：「我收到你的回信後，沒有給我父親去信，他是他，我是我。五年前，我娘死後，我就沒想過將來有朝一日繼承侯府，如今，我能繼續好好地活著，也是打算回京後自立門戶的。就算他不准，我在北地立了大功，上奏表以功請此事，皇上會准的。只要皇上准了，我父親也沒話說。」

花顏能夠理解蘇子斬一直以來對侯府的厭惡不喜，五年前他經歷過什麼，無論是從旁人口中還是他自己口中三言兩語輕描淡寫地說著當年之事，但她知道，當年，他能夠挺下來活過來，是他命大。擱在誰身上，發生了那麼大的事兒，都不可能一笑置之，跟沒發生過一樣。

他心裡的結，不是在柳芙香身上，而是在他父親身上。

知慕少艾時，對一個人的好感，是少年初動，但被人冷水一潑，雖傷情，但也能及時止損。他解不開的，是他父親在她娘死後百日，便另娶。

擱在誰的身上，也哀慟心死。

蘇子斬沒給武威侯去信，也就是說，他如今不信任武威侯，與雲遲一樣。

她對蘇子斬點點頭：「我明白你的意思了，那咱們自己來吧！」

蘇子斬頷首：「本來我打算派十三星魂查北地軍事，但武威侯府的人對十三星魂氣息和手法熟悉，這些年，北地一直有武威侯府的人駐守軍中，所以，我手下的人不能輕易去查。想著左右不過幾日，你就來了，等你來商酌此事。」

花顏點頭：「自然是要查的，你手下的人不能用，那就讓我帶來的太祖暗衛去查。這一支暗衛一直待在南楚皇宮禁地四百年，如今被我所收，好用得很。畢竟花家自從我與太子殿下有了婚約後，也被無數人盯上了，保險起見，我新收的這一支暗衛最好用。」

蘇子斬在花顏一行人來時，便察覺到暗處有不同於花家和東宮的大批暗衛跟著，但他怎麼也沒料到竟是歷代看守南楚皇宮禁地的那一支太祖暗衛。

他訝異地看著花顏：「你如何收用了這一支太祖暗衛？」

花顏歎了口氣，他早已經知曉魂咒一事，如今對他並不相瞞，便將她與雲遲進入禁地以及知曉了原來魂咒是自己四百年前所下之事簡單地說了。

花顏說的簡單，但蘇子斬聽著漸漸地臉色發白，最終在她說完後，身子僵坐好久都沒動。

花顏看著他，似乎看到了她哥哥聽聞魂咒是她自己所下時之模樣，這世上，不想她出事兒的人太多，愛護她的人太多，但唯有雲遲她不敢告訴，唯有他哥哥和蘇子斬，她敢告訴，卻不敢看他們知道這件事情的表情。

蘇子斬白著臉一言不發地坐了許久，她想出聲勸他，但卻不知道該如何勸，她能自己看開，但面對身邊親近的人，反而無法言說。

屋中靜靜的，落針可聞。

花顏張開嘴又合上，再張開再合上，幾次後，她輕聲說：「因果輪迴而已，何必難受？若沒有四百年前的因，便不會有如今的果，若是當年我就那樣身死魂死，便不會有這一世的我，也不會遇到你們。總歸，這是賺的。」

蘇子斬抬眼，看著她，許久，慢慢地點了一下頭。

花顏見他點頭，但神色煞白，她歎了口氣：「見你這樣，我後悔告訴你了。」

蘇子斬終於開口，嗓子乾啞：「你沒告訴雲遲？」

花顏搖頭：「沒有，不敢告訴。」

蘇子斬盯著她：「為何？一直瞞著他未見得是對他好。」

花顏輕抿了一下嘴角，將她對雲遲的打算說了。

蘇子斬聽罷後抿唇，又是久久不語。

花顏的決定，是她會做出來的事兒，她瞞著雲遲，是不想毀了他，不想毀了南楚未來。讓天不絕研製失憶藥，在她離開時給他服下，她五年後身死，他忘了她，南楚江山在他的肩上，扛起千秋盛世，這似乎是最好的結局。

可是這真的是最好的結局嗎？

身為深愛她的人，怕是寧可陪著她死，也不想忘了她吧？

雲遲一直以來無論什麼境地都不對她放手，可見是愛之深重。

他看著花顏，啞聲又問：「真要這樣決定嗎？」

花顏輕聲說：「我也不想這樣決定，但是，我不想他陪著我死。若是一個尋常人，我恨不得拉著他一起碧落九泉，但他是雲遲，生來肩上就扛著江山社稷重擔，不能因為我，毀了他，毀了天下萬民之安。若是讓他活著痛苦一生，我更是不願，思來想去，這樣最好。」

蘇子斬又沉默許久，問：「剛剛你說想儘快要個孩子，那孩子呢？將來你打算如何安置他？你生他不養他，小小年歲便沒了娘，對他可公平？」

花顏咬唇：「我目前還沒想過，只想要一個他和我的孩子，將來，雖我不在了，也算是與他在這世上留了根。」

蘇子斬忽然有些惱怒，瞪著她說：「你怎麼能就這麼放棄？四百年前太祖爺想讓你起死回生，都做到了，你不想再活著，對自己下了魂咒也做到了，如今，還有五年，難道就真沒法子了嗎？我不相信。雲族之術，博大精深，我便不信沒有解開魂咒的法子？」

花顏怔了怔，與蘇子斬認識這麼久，他從未對她發過脾氣，她看著他，一時沒了話。

蘇子斬怒道：「永世無解又怎樣？不見得真就無解了，你這麼聰明，豈能輕而易舉地放棄？你便這樣打算好了別人的一生，你做得可對？對雲遲可公平？對我們在乎你的人可公平？」

花顏抿唇，看著蘇子斬蒼白難看的臉色，張了張嘴，低聲說：「是我自己給自己下的永世無解，還能有什麼法子？」

「那就你自己給自己解開！」蘇子斬震怒，「你有本事下，沒本事解開嗎？我認識的你，何曾這麼窩囊廢物連想都不敢想了？當年，你哥哥花灼，他可曾想過如今會活得好好的？這麼多年，我何曾想過我會有一日不受寒症所苦想去哪裡就去哪裡？有大把的性命和時間可以揮霍？我們都不曾想過，是你一直堅信，能讓我們活著，且活得更好，如今輪到你自己，怎麼就做不到了？」

花顏張了張嘴，又閉上，歎了口氣：「你且息怒，我的是魂咒，豈能一樣？」

蘇子斬怒道，「怎麼就不一樣？你哥哥是先天怪病，我的是母體寒症，你是生來魂咒，都是難解之症，有何不同？雲族靈術我知之不多，但你呢？你既能給自己下魂咒，想必知之極多，不去試著想法子解，焉能知道沒法子？你就這麼放棄，不如以後你與我恩斷義絕好了，我也不想再見你了。」

「如今你後悔告訴我也罷，我唯有一句話，我無論如何都不會讓天不絕製出令雲遲失憶的藥！你死後，他是跟著你死也好，自己痛苦一生也罷，都是他的選擇，你不能只做了自己的選擇，不給別人選擇的機會。這樣的話，你與四百年前的懷玉帝自己扔下你先死，與四百年前的太祖爺一意孤行要你起死回生有何不同？你們打著為別人好的名頭，做著別人不喜之事，你覺得這當真做得對？」

花顏震了震，看著蘇子斬震怒，一時間無話可說。

她的確不覺得自己這樣做是對的，但總想著，四百年前已經有負後樑，四百年後，便不要再有負南楚了。雲遲的出身，肩上的責任，他的志向抱負，她想幫他一起守護，所以，她做不到，拉著他毀了他毀了南楚。

蘇子斬看著花顏漸漸白了的臉，坐在那裡，窗外風吹進來，吹得她髮絲輕揚，衣裙飄擺，他知道自己說這些話打亂了她既定的想法，但是他不得不這麼做，否則，他只能等著五年後她死去，他無能為力。如今，他雖然也無能為力，但尚且還能讓她自己生起鬥志，不輕言放棄。

他知道，這是一條艱難的路，也許最終會失望，但是什麼也不做，就連一絲機會都沒有。曾幾何時，他多少次放棄自己，從沒想過，有人給他延續的生命，與一生的陽光。那時候，他從不敢想，不敢奢求。

如今，他也想自私地強求她，讓她奢求一次。

他看著花顏，恨不得上前抱住她溫暖她，但他知道自己不能，她已是板上釘釘的太子妃，她已愛上了雲遲，她如今一心一意為他考量，她就是這樣的一個女子，對誰好，恨不得掏心掏肺的好。

他遇到她幸運，雲遲更幸運。

他沒將這份幸運牢牢地抓在手中，但雲遲抓住了，他當該祝福且幫他一把。是為他，也是為他自己。

他不敢想像，若是五年後，她就這樣將自己安排好後事死去，他會不會隨之而去。

他看著花顏，見她白著臉久久不說話，他沉聲道：「若是你死活不想自己努力一把找解法，那麼，你不想雲遲陪著你，五年後，可想我陪著你？」

花顏倏地睜大眼睛，驀然惱怒：「你說什麼呢？」

蘇子斬沉聲說：「一個人走黃泉路太孤寂，四百年前你沒走，也沒人與你一起走，你不想雲遲陪著你，那麼就想想我陪著你好了。我肩上沒有江山社稷，沒有責任重擔，沒有黎民百姓，沒有糾纏牽掛，可以說，孑然一身，你有理由不讓他陪著你，但你沒有理由不讓我陪著你不是嗎？你生，我與你不能締結連理，我認了，但你死，總不能推開我不是？」

花顏啞然。

花顏看著蘇子斬，她能瞞著雲遲，有理由阻止雲遲，但確實沒有理由阻止蘇子斬。

蘇子斬看著她啞口無言的模樣，忽然冷笑：「你看看你，對誰好，就做你認為對他好的事兒。當初你想我活著，去南疆蠱王宮奪蠱王，九死一生被雲遲所救，為了救我，答應做他的太子妃。你為我做了決定，我只能依照你的決定而活，可是你可有想過，我某一刻，也是恨不得與你一起死了再重新一起投胎更好。」

花顏陡然一驚，看著蘇子斬，他說的認真，讓她又抿緊了嘴角。

蘇子斬滿目滄涼，看著花顏，又說：「雲遲與我不同，若他是我，若我是他，大約，他在看到你讓人送去桃花谷的蠱王之後，知道了你答應為他性命嫁給別人，他一定不會同意，大約會拿著蠱王去南疆，砸到我臉上。」

話落，他倏地轉了語氣，氣急敗壞地厲聲說：「花顏，他不好欺負，你就當我好欺負嗎？我已經遵從你心意被你選擇按照你想讓我活的方式活了，你如今滿心考慮他的一生，就不能順帶考慮我一下？你可有想過我？你給了我活的路，若是斷了，你讓我如何活？」

花顏忽然全身僵直，看著蘇子斬，他憤怒的眸子裡一片血紅，她張了張嘴：「你……」

終是不知道該如何接話，又閉上了嘴。

他所說似乎沒錯，若是將他換做雲遲，以雲遲的脾氣，真怕是會如他所說，拿著蠱王找去南疆砸到他的臉上。

而蘇子斬卻沒有那樣做，默默地選擇了她的選擇……

蘇子斬好欺負嗎？他不好欺負。他也是有血性的人，否則，狠辣的名聲也不會名傳天下，在京城橫著走，人人懼怕，不敢不買他的帳。

他只是在她面前，被她好欺負罷了，從認識之初，便是如此。

他不說，遵從了她的選擇，尊重她為他選的活路，但不代表他心裡就不曾沒有過不甘心，也不代表有朝一日撫平了壓制了的不甘心突然冒出稜角和尖刺。

既刺傷他自己，又刺傷她。

她看著蘇子斬，一直以來，無論是他冷清的，亦或者狠辣的，但在她面前，從來都是笑意溫和的，任她欺負，被她當作好欺負的。

如今，他終於不好欺負了，也不想被她欺負了，他咄咄逼人，滿心震怒，恨不得一巴掌拍死她，或者從不認識她。

她不禁懷疑自己，是否真的做錯了，無論是對蘇子斬，還是對雲遲，她都做了自詡為他們好的事兒，到頭來，自己也成了懷玉和太祖雲舒對她所做的讓她不喜的那一類人？

從出生至今，纏著她的夢魘，便是懷玉棄她而去。後來，隱隱約約，她又恨太祖雲舒讓她起死回生，但同時，她又矛盾地感謝他們，否則，她不會重活一世在花家，不會遇到雲遲。

她沉默許久，因蘇子斬的話在心中震了幾震，星河斗轉了幾個圈，深深地歎了口氣，放軟了語調，看著蘇子斬，輕聲說：「對不起，是我不對，你別生氣了。」

若是雲遲這般生氣，她定然會立馬地纏著他抱抱他讓他消氣，但如今在她面前的人是蘇子斬，她做了選擇，也只能如此說話了。

蘇子斬惱怒至極，此時面對她的輕言軟語，一腔怒火又卡住，但面色緊繃，似乎不想看見她，也不想與她說話，冷著一張臉，重新拿起案桌上的暗報來看。

花顏看著他，又輕聲開口：「你說的話，我會好好思量的，給我些時間。」

蘇子斬聞言心裡微微地鬆了一口氣，他其實是真的怕，無論是他的怒火，還是他的氣急敗壞，背後都隱藏著他的害怕。他雖已放棄與她相伴枕席成為知己，但是，也想她在他眼睛能看得到的地方，陪著她幸福一生。

誠如她當初勸他的，人死如燈滅，死了一了百了，什麼都會沒有了。

有幾個人如花顏一般，會記得前世如何，他沒有雲族傳承，沒有靈根，沒有靈術，只會有身死骸骨滅，一切皆歸塵土。

他怕，哪怕與她一起走黃泉路，下一輩子，也不見得彼此相識相知相愛相守。

那麼，不如就抓住這一世，至少，她是花顏，他是蘇子斬，曾經，他因她而活，延續生命，留著那雨中劍，掌心舞，掏心掏肺對他的那一顆心。
若時間能夠定在永恆的話，他比誰都想要永恆。
他暗啞地開口：「你最好能將我的話都記住了，我不是在與你開玩笑。」
花顏誠然地點頭，她知道蘇子斬不是在與她開玩笑，她端起茶盞，沒意識到茶水已冷了，便往嘴邊送。
蘇子斬伸手攔住她：「茶水冷了，換一盞。」
花顏頓住，點頭，將冷茶潑了，自己重新給自己倒了一盞，默默地喝了兩口，見蘇子斬面色稍霽，她問：「你的茶水也冷了，要不要換掉？」
「嗯。」蘇子斬點頭。
花顏將他那盞冷了的茶水也潑掉，為他換了一盞。
蘇子斬一邊看著暗報，一邊端起來慢慢地喝著。
屋中冷沉的氣氛一改，似乎又暖了些，窗外吹進來的秋風，似乎也沒剛才涼了。
片刻後，蘇子斬道：「我們接著商量。」
花顏這才想起，他們是在議事，偏偏半途出了岔子，惹了他的怒火，險些被他一巴掌拍死，她點點頭：「好。」
這一聲好有氣無力。
蘇子斬抬眼瞪了她一眼：「你要知道，你的命不是你一個人的命，別凡事兒都可著自己任性，怎麼覺得好怎麼來，對別人不公平。聽到了嗎？」
花顏覺得這話聽起來真像哥哥從小到大教訓她的模式，也像是她訓安十六、安十七、花離、花容他們，她心底的氣壓一鬆，頓時笑了，軟聲對他笑道：「好好好，我怕了你了，聽你的就是了。」

蘇子斬面色這才露出些笑意。

花顏想著以後再不惹他了，真是惹不起，怪不得人人都怕死他了，在京城敢橫著走，如今失蹤幾個月，卻還威名赫赫。

她打起精神，正了神色，對他說：「雖我手裡有敬國公的北兵符，但我也覺得有必要提前查一查各府在北地的兵馬，不如都派雲暗命人去查。這一支暗衛，除了這一路來與刺殺程子笑的幾波人交手，讓他們有來無回外，至今，未曾再與誰打過交道，的確最合適不過。」

蘇子斬點頭：「那就他們去查，你吩咐吧！」

花顏頷首，對外輕喊：「雲暗！」

雲暗應聲現身，依舊是黑衣蒙面，只露兩隻眼睛。

花顏先對他指了指蘇子斬：「他是蘇子斬，你該識得。」

雲暗頷首：「武威侯府子斬公子，五歲時，好奇去了皇宮禁地，前統領念他年幼，放了他離開，此事無人知道。」

蘇子斬一愣，腦海中仔細一想，是有這麼一回事兒，頓時笑了：「確實，那時年幼無知，多謝前統領了。」

雲暗不再說話。

花顏沒料到還發生過這樣一樁事兒，可見太祖爺這一支暗衛，也不是全然無半絲人情，否則也不會收做她用了。

她笑了笑，對雲暗吩咐：「派人去查武威侯、敬國公、安陽王在北地的五萬兵馬，內情如何，詳細一些，我全部要知道。」

雲暗垂首：「是。」

「務必小心，不可動作太大，儘量不要驚動人，但也要快些。」花顏又吩咐。

雲暗點頭：「主子放心。」

花顏擺手，雲暗退了下去。

蘇子斬在雲暗下去後，對花顏笑道：「果然是有因有果，太祖爺這一支暗衛，傳承四百年，沒想到報效你了，確實有大用。」

花顏淺笑：「如今我真不知該怒他還是該謝他。」話落，又笑著說，「反正已過四百年，恩恩怨怨，早已說不清，也早已不重要了，那一頁到如今，也就此揭過去了。」

蘇子斬不置可否：「你這樣想也是對的，何必跟自己過意不去？」

「就是。」花顏笑吟吟地點頭。

花顏和蘇子斬商議了三軍徹查之事，便又開始商議災情之事。

如今已過了半個月，但北地的災後救援卻做的一塌糊塗，當年的川河谷大水，官府派人搭建了難民營，也是因為川河谷是真的沒有救災物資，無奈之下，迫不得已才搭建難民營。

但是如今北地不同，偌大的北地，這些年風調雨順，可以說，無論是各大世家，還是當地官員，亦或者富戶百姓，都有米糧，北地的糧倉也是富裕滿倉。

按理說，無論多大的災情，北地的官員都能及時賑災，開倉放糧，不可能出現難民營，每一日只給一頓粥的現象。

可如今，偏偏卻是這個現象。

如今已經死了不少人，再這樣下去，受災這幾地僥倖活下來的百姓都得死。

花顏早先定的計畫是她和蘇子斬來了北地後，蘇子斬在明處先清理懲辦一大批怠忽職守受災後逃避隱瞞不作為的官員們，同時以花家的糧倉安排百姓們賑災，她則在暗處，對付官官相護層層阻攔的各大世家，斬斷他們的命脈，砍斷他們的胳膊腿，將那些世家全收拾了。

她和蘇子斬，一在明，一在暗，這樣的計畫容易，當然是在她沒想到會有北地軍隊參與時所制定的。

如今既然程子笑提醒，她必須要更改計畫，在查清北地軍中內情前，便不能輕舉妄動了。雲遲雖從西南境地調派五十萬兵馬來北地邊界，但那也需要時間，也要在萬不得已時才能調用。

不到萬不得已，自然不能動兵，一旦兵亂，那麼北地，才是真正生靈塗炭了。

當務之急，救受災百姓，還是首當其衝的。

於是，花顏與蘇子斬商議：「這樣，反正你是雲遲派來的代太子查辦監察史，以你的脾氣，來到之後，不去受災地發發火，會讓他們猜疑你的最終目的，今晚，用過晚膳，我們就啟程，你去鳳城，我去魚丘，我先與你一起，兩地同時賑災。先將災民安頓好。」

蘇子斬點頭，這個他也同意，問：「拿什麼賑災？還是調用花家在北地的糧倉？亦或者用北地的官糧？若是北地的官糧有的話，為何只一日施粥一次？怕是北地沒有多少官糧？或者，有不給百姓用？難道這些人就不怕死太多人？不怕瘟疫橫行？不怕太子殿下一怒之下踏平北地？」

花顏想了想說：「顯然，從花家的暗報上來看，鳳城和魚丘縣周邊百里沒有官糧，其餘的地方有官糧，但也不給調用。顯然有些人是不怕的，否則，北地也不會如此狀況。只是我不明白，為何不怕？雲遲不是沒有威懾力的太子。」

蘇子斬瞇起眼睛：「也可能，北地軍中參與，而北地有心人有所謀，這謀，大約等同於造反，所以，與朝廷對著幹，與雲遲對著幹，才不怕出大亂子。」

花顏心神一凜：「你說得有道理。」

蘇子斬道：「若是這樣，就不能動用花家糧倉，如今，除了親近之人外，沒人知道我與花家的關係。一旦知道我動用花家糧倉，就會知道暴露花家在背後支持，等同於給有心人提了醒，若真如我們猜測，屆時那些人定會有所防範，後續便更棘手難肅清了。」

花顏點頭，想了又想說：「這樣說來，就算你拿著雲遲的令牌，在北地全境調用糧倉的話，不說時間會拖延不知到什麼時候，只說這些人會不會拿出糧還不一定。」

蘇子斬頷首：「不錯。」

花顏抿唇：「為今之計，也只能調用程子笑在北地的產業了，他產業遍及北地，也有儲備糧倉，若是不夠，可著人以他的名義向富戶買糧，這樣就能在我們著手時，立即賑災不耽誤。」

蘇子斬點頭：「這個好，應急得很，你眼光好，倒是最會用人。」

花顏承了他的誇獎，話音一轉說：「不過，若是調用了程子笑的產業，也就是告訴北地的有心人，程子笑為你所用了，而他手裡的，攥著的那些人的把柄，也就是歸你了，你顯然在賑災後，就會比程子笑更明顯地成為箭靶子。他們一定會蜂擁而至地派人來殺了你。」

蘇子斬揚眉，冷笑：「我還怕人殺？就怕他們不來。」

花顏看著他說：「我最擔心的不是暗衛死士暗殺，來多少，都能讓他們有來無回，而是有人動用軍隊圍剿殺你。那便不是暗衛能應付的了。」

蘇子斬瞳孔縮了縮，說：「不是派人去查了嗎？太祖爺這一支暗衛在咱們賑災後還查不出東西來？」

「應該能查出來，但這個時間差，就看怎麼把握了。若是查出來的快，我們就有時間一邊賑災，一邊先想法子動手掌控了軍隊的異動，但若是查的慢，就沒這個時間了。」

蘇子斬揣思著計算說：「你我分兩路，到達鳳城和魚丘，一日路程，兩三日運糧賑災，最多七日，風聲便會傳出去。而距離鳳城最近的軍隊是安陽王府的五萬安陽軍。若是安陽軍裡有人有異心不忠皇權，調兵圍剿我的話，半日路程就能到鳳城。」

花顏點頭：「半日路程，實在是太近了。」

蘇子斬道：「而敬國公府與武威侯府的兵馬都在距離北地最大最遠的城池，離世家聚集地的北安城近，與鳳城和魚丘都遠，要三日的路程。你手裡的敬國公府的北兵符，若無異心忠心不二的話，收到你的命令，趕來救急，最快也要三日。這中間還不算調兵時間。」

花顏揉揉眉心：「怎麼算都趕不上，我總覺得，安陽王府的這五萬兵馬，怕早已不忠於朝廷了，畢竟，這五萬兵馬距離鳳城和魚丘都太近了。如今北地官員竟敢將災情之事弄成這步田地，顯然是有兵在手，作為後盾，萬事不怕。別說你來，就是雲遲來，怕是也敢絞殺的。」

蘇子斬點頭：「可以這樣設想，所以，一定要有萬全之策，我不想什麼也沒做就死在他們手裡，也不想你出事。這條命，我愛惜得緊。」

他這一句話將花顏逗笑了，花顏笑道：「好好，知道你愛惜得緊，不必說了。」

蘇子斬也笑了。

「你想想，可還有什麼好法子？」花顏看著他，「你來北地的消息，早就傳出去了，所以，賑災的人，非你莫屬，但……是不是可以讓人易容頂替你來做？」

蘇子斬眨了一下眼睛：「北地的人若是好糊弄的話，也不會這般糊弄雲遲了。」

花顏一噎，想想也是，但還是說：「你要相信我的易容術，我也許能做到的。畢竟，見過你的人少之又少。」

蘇子斬笑：「你的意思是，不止你躲在暗處，讓我也躲在暗處了？」

花顏眼睛一亮：「也未嘗不可！賑災的事兒，簡單，有人易容你，交給人去辦，只要有賑災的章程，任誰依照章程辦，都能辦好，不說別人，只說花容那孩子，就能做好。這樣你我就可以騰出手來做別的事兒的。你我可以都不去鳳城和魚丘。以你的名義，派人去。」

蘇子斬的眼睛也亮了亮，接過話說：「這樣也可行，你我如今最忌諱的就是北地的兵權，可以趁著派人賑災時，分頭把三府的兵權掌控了。只要掌控了兵權，還怕誰翻出大浪來？我們可以慢慢地收拾北地。」

花顏笑著點頭：「好，那就這麼辦。」

蘇子斬和花顏初步商定計劃後，便依照此計畫，制定細節。

首先要制定的是救災章程。

花家的暗報交上來的關於鳳城和魚丘受災情況十分詳細，所以，花顏不用去看，便知道了鳳城和魚丘如今如何情形，在蘇子斬要提筆時，她奪過來，對他說：「你歇著，我來擬定。」

蘇子斬挑了挑眉，將筆給了她，身子向後倚在椅子上，笑道：「好，你來。」

花顏也不客氣，提筆在宣紙上刷刷寫著，待硯臺裡沒墨時，她指使蘇子斬：「讓你歇著你還真歇上了，磨墨。」

蘇子斬失笑，起身給她磨墨。

若是以前，花顏定然對這人和這雙好看的手好好地欣賞一番，畢竟她素來喜歡一切美好的事物，如今，她只掃了一眼，便繼續低頭寫章程。

蘇子斬在一旁看著，讚歎她調理分明，章程詳細，面面俱到。若是他來寫，還真不一定比她寫的好，她天生就聰明，從相識以來，似乎很少有她不會的事情。

他忍不住開口打斷她：「四百年前，你是不是常幫懷玉帝批閱奏摺？」

花顏筆鋒一頓，渲染開一片墨跡，她抬眼瞪蘇子斬：「亂說什麼話？這張紙毀了。」

蘇子斬見她只有埋怨嗔怪，不再像他才去臨安花家時，一提起後樑懷玉，便會臉色發白嘔血昏迷，如今看來，這個坎，當真是邁過來了。

他不知道在京城東宮小住時她在雲遲身邊發生了什麼，但一定脫不開他的關係。她因雲遲，改變良多。

他笑了笑：「我看你寫章程，實在是太熟能應手了，忍不住好奇。若你是男子，我絲毫不懷疑，你這般坐著，很有帝王批閱奏摺的風範。」

花顏眉目微動，也跟著笑了笑，目光向窗外看了一眼，夕陽的餘暉已剩不多，她轉過頭，不隱瞞地說：「你眼睛倒是真毒辣！那時懷玉身子不好，我心疼他，便讓他躺在床上，給他讀奏摺，後來，乾脆有些無關緊要的，便模仿他的筆跡，幫他批閱了。」

蘇子斬溫聲說：「那時一定很辛苦。」

畢竟後樑末年，天下民生塗炭，天災人禍不斷，無論是身為太子，還是帝王，肩挑著江山的責任，懷玉帝若是昏君也就罷了，偏偏他不是，他想勵精圖治，拯救後樑，自然是勞心勞力，偏偏身子骨中毒受重創，讓他心有餘而力不足。身為他的皇后，每日伴在他身邊，面對皇室宗室一眾人等歌舞昇平，眾人皆醉我獨醒，自然也甚是煎熬，可想而知，沒有多少快樂的日子。

花顏微笑：「是很辛苦，但也有很多美好。」

蘇子斬點頭，不再多言。

他可以想像，定然是有著許多美好的，否則，她也不會在懷玉帝死後，一心追隨他而去，哪怕太祖爺要起死回生她，她也不同意，非掙破他的聚魂，給自己下了永世無解的魂咒。再出生，便是四百年後，雖已滄海桑田，但她依舊將之刻印在心裡折磨著自己。

花顏見他不再說話，又重新換了一張宣紙，繼續寫章程。

屋中靜靜，蘇子斬坐在對面看著花顏，在她寫完一張紙後，沒落筆時，又開口：「你想過沒有，你以為的懷玉帝恨你，也許不是，他該感謝你。」

花顏一愣，抬頭看他。

蘇子斬對她道：「雖然後樑最終因你亡國了，改朝換代，但也結束了民不聊生的天下亂世，更幫他斬斷了肩上背負的不堪重負的重任，是將他從泥潭泥沼中解脫了出去，他是該謝你的。哪裡會恨你？」

花顏攥筆的手顫了顫：「是這樣嗎？」

「嗯！應是這樣，他丟下你先走，想必是覺得你那麼年輕，何必陪著他一副殘身破體一起死？想必也知道你是花家人，有花家庇護，你可以活得更好，但是，大約他死了之後也沒想到，你會固執地要下九泉陪他。他想要你活得更好，但沒想到，你反而因此不好。」

花顏怔了片刻，她一直鑽在死胡同裡，從來沒有過這樣的想法，如今蘇子斬這般說，她覺得也十分有可能性，畢竟，懷玉常對她說，她若是沒有遇到他就好了，不必跟著他受那些苦。

蘇子斬看著花顏久久怔怔，他輕輕地叩了叩桌面：「行了，別想了，繼續！」

花顏回神，低頭，繼續寫章程。

寂靜中，外面傳來腳步聲和人聲，不用刻意細聽，便知道是五皇子等人回來了。

花容踏進院子後就問：「采青，十七姐姐還沒醒嗎？」

采青在遠處正房門口立即回話：「回小公子，太子妃早就醒了，如今與子斬公子在書房商議事情。」

花容「哦」了一聲，回頭看向眾人。

「走，咱們去看看。」安十六說。

眾人沒異議，都來到了蘇子斬的書房門口，門沒關，一眼便看到二人對坐著，蘇子斬閒散懶散地靠在椅子上喝茶，姿態隨意愜意，而他對面的花顏在奮筆疾書，手邊的茶滿著，不冒熱氣了，似乎都不曾顧上喝。

眾人對看一眼，還是安十六皮，對蘇子斬不滿地說：「子斬公子，你這不太對吧？太不厚道了，怎麼把苦力都推給我家少主呢？」

蘇子斬姿勢不變，掃了眾人一眼，散漫地笑著說：「她讓我歇著。」

安十六撇撇嘴：「讓你歇著你還真歇著？」

蘇子斬笑看著他，挑眉：「要不然你來幫她？」

安十六看著花顏在他們進來後，連頭都沒抬，理都沒理他們，奮筆疾書不停，她面前已經摞了好幾張寫完的宣紙，字跡行雲流水，清逸風流，他後退了一步：「別，是我嘴欠，少主要做的事兒，誰也幫不了。」

蘇子斬不置可否。

安十六找了一張椅子坐在花顏身邊，伸手將她寫完的東西拿起來看。

五皇子和程子笑也好奇二人商議出的結果，此時不言聲，也各自拿了一張寫完的章程看。

程子笑看完，敬佩地看了一眼花顏。

五皇子則十分驚奇，皇室的一眾皇子雖都不受重視，但也都看過皇帝和雲遲如何批閱奏摺的，花顏端坐在這裡提筆的姿態，讓他幾乎眨了好幾下眼睛確認是否看錯人了。

一行人不再說話，不打擾花顏，默默地喝茶的喝茶，看章程的看章程。

兩盞茶後，花顏徹底放下筆。

花容立即走過來，動手給花顏捶肩：「十七姐姐，累不累？我給你捶捶。」

花顏淺笑，溫柔地說：「還是花容乖。」說完，便坐好，任他捶。

花容給花顏捶了一會兒，他下手不輕不重，花顏僵硬的肩膀總算舒服了些，笑著道謝：「多謝弟弟了，果然帶你在身邊是對的。」

安十六翻了個白眼：「好像咱們這裡的兄弟，誰沒給少主捶過肩似的。」

安十七點頭：「就是，少主都忘了，如今只記得花容這小子了。」

花顏失笑，看了二人一眼：「你們多大的人了，酸不酸？我如今哪裡還敢使喚你們？」

安十六和安十七咳嗽一聲，也一起笑了。

花顏笑著說：「你們看看這賑災的章程，可還仔細妥當？哪裡需要補充？」

蘇子斬在花顏寫時就順帶看完了，安十六和安十七看的快，此時也已經看完了，五皇子和程子笑慢了一步，但在花顏說話時也看完了。

蘇子斬笑道：「你這個章程，若是讓朝廷一品大員來寫，也未必及你的這份章程。我看沒什麼要補充的，已是極好了，就這樣吧！」

眾人齊齊點頭，何止沒有異議，都齊齊稱讚佩服。

花顏笑道：「行！既然大家都覺得沒有異議，那賑災的章程就按照我寫的來辦，我這一份送去京城給太子殿下，另外，拓印兩份，派人去鳳城和魚丘賑災。」

花顏說完，蘇子斬就對其搖頭。

花顏看著他：「怎麼了？我沒說錯話啊？你覺得哪裡不行？」

蘇子斬一本正經地說：「你的字跡不能送去京城公開存檔，我是太子殿下親命的查辦史，自然要拓印三份，由我拓印一份，送去京城交給他。」

花顏覺得有道理，笑著說：「這一點我倒是忘了，沒考慮周全，行，就按照你說的辦。」

蘇子斬點頭，伸手將章程收了起來，揣進了自己袖子裡。

安十六、安十七、五皇子等人都愣了愣。

程子笑意味深長地看了蘇子斬一眼：「子斬公子怕是要將太子妃寫的這章程自己留著吧？」

蘇子斬不否認，斜眼看向他：「你有意見？」

程子哈哈兩聲，搖頭：「在下不敢。」話落，看向花顏，「只要太子妃沒有意見就行。」

花顏此時也明白自己被蘇子斬給繞了，對他又氣又笑：「你直說你要留著這章程就是了，何必拐彎抹角，你若是要，給你收著我也不說什麼的。」

蘇子斬容色尋常，沒有半點被程子笑點破的尷尬，淡笑著說：「太子殿下該謝我，我今日收了這個，只能算是小利，你若是聽了我的話，他將來還要給我大禮相報的。」

花顏明白他指的是什麼，氣笑中又無奈：「好了，怕了你了。」話落，站起身，「到用晚膳的時辰了，咱們先用晚膳，再商議下一步。」

蘇子斬點頭，也站起身。

二人先後走了出去，留下其餘幾人面面相覷。

安十六、安十七、花容是花家人，對花顏與蘇子斬的糾葛自然熟悉個中內情，如今看花顏一副對蘇子斬怕怕的模樣，顯然是被蘇子斬抓了什麼把柄，也有些好笑，跟著二人走了出去。

五皇子和程子笑卻是一頭霧水，雖是一份章程，但這個太子妃親筆所寫的章程，似乎也不能被除了太子之外的男人說收著就收著。但花顏沒意見，蘇子斬一派坦然，他們倒是摸不清頭腦了。

只是覺得，到底是蘇子斬，不怕雲遲，也比旁人更得花顏另眼相待。而花顏未曾避諱昔日與蘇子斬的糾葛，如今也坦坦蕩蕩，沒因雲遲退避三舍與蘇子斬老死不相往來。

這樣的知己知交，讓他們旁觀者都覺得似也極好。

第八十六章　方圓百里無官糧

在花家，沒有食不言寢不語的規矩，用膳時，花顏又與蘇子斬斷斷續續地商議後面的事情。

起初，五皇子和程子笑都有些不適應，聽著二人你來我往地說，安十六、安十七時不時插一句，到最後，二人也跟著說上那麼一兩句。

用過晚膳後，基本商定出了去兩地賑災的人選。

青魄與安十六去鳳城。青魄自小跟著蘇子斬，很是擅長易容喬裝之術，但是不及花顏精妙，但在京城時，就很少有人見過蘇子斬，如今在北地，更沒人見過，那些人只知他狠辣的名聲，卻是不得見，即便青魄的易容術不夠精妙，但模仿蘇子斬的姿態做派，那是手到擒來。所以，蘇子斬撥出了青魄，而花顏這邊思索之下，選了安十六。

鳳城是大城，當初西南境地一片亂象，安十六生生地跟著安書離、陸之凌的腳步做兵戰之後的收尾，連雲遲都連連誇獎他的能力本事，所以，有他跟著，自然能做好救災章程。

安十七與花容去魚丘，安十七比安十六個子高，他也熟悉蘇子斬，易容模仿蘇子斬，也能模仿個十之五六，只要不遇到極熟悉蘇子斬的人，也能糊弄得過去。而且主要是以鳳城為主，所以，他易容蘇子斬，只不過是打打幌子。加上，有花顏擬定的章程在，也不易出錯。

安十六和安十七沒意見，對於他們來說，花顏和蘇子斬如此安排，定然有一定的理由。

花容小聲問：「子斬哥哥，十七姐姐，那你們呢？」

「我們暗中去軍中。」花顏道。

花容點點頭，不再多問。

五皇子忍不住地說：「四嫂，我跟著你嗎？」

花顏點頭：「嗯，你跟著我，太子殿下將你交給我，將你帶在身邊，我才放心你的安危。」

五皇子點頭，不再追問了。

程子笑看著花顏：「那我呢？」

「你在北地的生意，早先已經讓十六接手了大半，如今調度糧倉救災之事，用不到你親自露面。」花顏琢磨著說，「待以你名下產業的糧倉賑災的消息傳出去，殺你的人會更多，當然，殺子斬的人比殺你的人還多，你不用做什麼，保護自己的小命就行了。」

程子笑無奈：「總要做些什麼吧？總待著會待廢的。」

花顏似笑非笑地看著他：「保護你的小命還需要我的人，那你說說，你想做什麼？」

程子笑噎住，頓時有些不自然，從京城到北地，這一路殺他的人好幾批，他還真都是靠著花顏的人護著的，否則小命早就沒了。他輕咳了一聲：「我放在北安城程家的東西，總要取出來吧？我偷偷去取？」

「不急。」花顏搖頭，「程家我也會去的，屆時你與我一起就好。若讓你自己去，我怕你有命去，沒命拿著東西回來。」

程子笑想想還真是，徹底不說話了。

花顏看著他一副被受打擊的模樣，扯了扯嘴角，笑著說：「你路上提醒我北地軍中也許有參與，你對北地的軍權有多少理解？」

程子笑眨巴了一下眼睛，搖頭：「瞭解得不多。」

「不多是多少？」花顏追著他問。

程子笑琢磨了一下：「三軍中有些人物，相識一二。」

花顏頓時笑了：「你不是怕待廢了嗎？那這樣好了，你現在就把你瞭解的軍中那一二關係網，起草一份文書給我，若這份文書價值高，我就委你一件事兒。」

程子笑立即說：「什麼樣的文書算是價值高？」

「讓我能夠通過你的關係線掌控軍中，且順杆爬著，牢牢地攥在手中。」

程子笑明白了，低頭思索了片刻，抬頭眼眸清亮的說：「也許還真有這個價值也說不定。」

花顏對他擺手：「那還等什麼？快去起草，半個小時後，我要看到。」

程子笑擱下碗筷，站起身，討價還價：「一個小時。」

「行。」花顏痛快答應，「反正天色還早，我睡了半日，如今也不睏，等著你就是了。」

程子笑立即走了出去。

蘇子斬看著程子笑的背影，揚了揚眉，似笑非笑地對花顏說：「你倒是人盡其用。」

花顏「哈」地一笑，覺得蘇子斬這話說得妙，她還真就是對他人盡其用了。

她笑著轉過頭，認真地對蘇子斬說：「剛剛是他自己送上門的，你親眼見了。」

蘇子斬點頭，他的確是親眼見了，但焉能沒有她的算計在其中？她故意不安排程子笑，無非就是想他自己撞上來找事兒。他笑問：「淮河鹽道三成利給他，你是想扶持他做什麼？總不是想讓他做南楚最大的富商吧？」

花顏抿著嘴笑，對他感慨：「果然是子斬公子，你這雙眼睛，真是極毒辣了。」話落，她笑著說，「我先給他三成淮河鹽道的利，然後他十分順利地將自家的金銀堆成山後，想必這銀錢對他來說，就沒趣了。當今世上，有抱負的人，無非就是想富甲天下，或者位極人臣，當前者沒了興趣時，那麼，你說，屆時他有沒有心思想試試後者？」

蘇子斬失笑：「說得有道理，所以，你是打算讓他報效朝廷？」

花顏點頭：「有才有能之士，不報效朝廷，豈能只福澤一人一家之地？朝中一幫老臣已經越來越不中用了，稀稀疏疏的年輕世家子弟，有幾個風清氣正？又有幾個不靠祖蔭庇佑憑自己的本事想為老百姓做點兒事兒？戶部把控著朝廷的金鑰匙，自然該有一個會賺錢懂錢來自何處且會管錢的人來管。」

蘇子斬恍然，扶額笑道：「原來你這麼早就在打他入戶部的主意了？」頓了頓，深深地盯著她說，「你為雲遲和南楚江山社稷，想得可真夠遠。雲遲可知道你對程子笑的打算？」

花顏搖頭：「沒與他說過，他只知道我用淮河鹽道三成利換了程子笑北地的產業，利於肅清北地。如今多事之秋，他堆積了一大堆事情，沒時間靜下心來深想。」

蘇子斬笑盯著她：「你是不敢與他提吧？他很聰明，你怕與他多提一句，他就會多心地覺得你是在給他和自己安排好一生。」話落，他收了笑，眼眸深不見底，「可以預見的，被安排好的一生意味著什麼？他不會不明白。」

花顏抿唇，收了笑，默然了。

因為她只有五年的性命，不想自己看不到未來的走向，所以，想早點兒安排好，提前看到。這是她的私心。

那一日，雲遲追出城外，冒雨抱住她，與她說的那一番話，不其然地又闖入她腦海中。他的確太過聰明，即便她從沒說過什麼，瞞得死緊，但他還是察覺了。

而蘇子斬如今又毫不客氣地剝開了她裹著的外衣，犀利地戳破了她的急迫。

她無力地趴在桌子上，有些苦悶地嘟囔埋怨：「蘇子斬，你就不能給我留點兒面子？」

蘇子斬嗤笑：「面子值幾個錢？」

花顏沒話了，抬眼瞪他：「還想不想繼續商議接下來的安排了？」

蘇子斬哼了一聲：「繼續。」

花顏直起身，對他說：「安陽王府的五萬兵馬交給你來掌控，而北安城附近的武威侯府的兵權和敬國公府的兵權，由我來。如何？」

「分開行事？」蘇子斬問。

花顏點頭：「不分開行事時間來不及，我們兩頭行事，逐個擊破。武威侯府的人對你的手段熟悉，卻不見得對我的手段熟悉。」

蘇子斬想了想，點頭：「好，依你所說。」

花顏笑著說：「待程子笑起草完那軍中關係網，我們好好研究研究，總之敵在明，我們在暗。北地這一仗，就將所有混蛋一網打盡。」

蘇子斬見她說的輕飄飄，就跟大刀剁白菜一樣，偏偏又讓人聽出了豪氣干雲。他笑著頷首：「拭目以待。」

一個時辰後，程子笑已起草完，他用的不是宣紙，而是一幅卷軸畫，畫出了據他所知的北地軍中的一二關係網。蘇子斬、花顏等一眾人卻是看到了密密麻麻的人名和串聯起來的網線。

看到這幅卷軸畫，五皇子先倒吸了一口涼氣：「這……這也太亂了。」

程子笑捶著肩膀，有些累，但莫名地亢奮，接過五皇子的話：「這還只是我知道的一二，還有我不知道的呢。」

五皇子一時沒了話：「這可真是……」

可真是什麼，後面的話他不說，眾人也明白他的意思。北地，早就已經是層層交織的蜘蛛網，這網又細又密，裡面的骨頭不好啃。

安十六感慨：「少主，我總算明白為何太子殿下同意讓你來了。」

除了他家少主和子斬公子，他還真想像不到還有誰能來清掃北地這一「網」稀巴爛的粥。也終於明白太子殿下在少主離開京中後，為何秋試不推遲到明年，急著啟動了。

朝廷是真的缺人啊！

如今這太平天下的背後，南楚四百年累計至今，是真正要開始腐朽了。若沒有人診治，這南楚的江山天下還真不知道能保多久。

他唏噓地覺得，幸好南楚有太子雲遲，他就是南楚轉折的救命藥。

花顏看了一眼，這一幅卷軸的關係網便已經印入腦海裡，她冷笑地說：「北地水深，來個手軟的，耿直的，都會如監察御史趙仁一樣，被大水沖走，生死不明。」話落，她收了冷笑，「如今，普天之下，還就我與子斬合適來這裡。他狠辣的名聲在外，不怕得罪人，喜歡橫著走，知道他來，如今北地的人估計都要震三震，連打盹都不敢了。而我，不需要名聲，收拾起人來也不手軟，還沒有誰能讓我吃虧過。正好。」

安十六點頭：「還真是……」

北地這一團亂麻，一個人還真是拯救查辦不了。

蘇子斬仔細地看了這一幅卷軸，比花顏慢些時候印在腦海裡，改了主意對花顏說：「還是我去北安城方向吧！」

「嗯？」花顏看著他，「怎麼？」

蘇子斬伸手輕輕在武威侯府關係網中畫了一個圈，淡漠地說：「京城武威侯府，北地蘇家，這裡面關係一團亂麻。有幾個人，少時倒是與我見過面，算是熟識，而我目前未脫離武威侯府，總歸還是武威侯府的蘇子斬，這個身分，他們還是要衡量一二的。」

花顏低頭，仔細瞅了一眼蘇子斬畫出的地方，武威侯府掌控的軍中，一堆姓蘇的人名，纏纏繞繞，其中兩個名字被程子笑加大了字跡，最是醒目顯眼，一個叫蘇許，一個叫蘇寒。兩人中間的線絡上寫著不和。

花顏轉向下方，程子笑以字跡備註了人名對應的身分。蘇許和蘇寒都出自北地蘇家，是北地蘇家的旁支，她抬頭看向程子笑：「這二人在軍中擔任要職？」

程子笑點頭：「據我所知是的，軍中地位不低。」

花顏看向蘇子斬：「這確實有些奇怪，京城武威侯府是掌控北地兵權的人，按理說，軍中總該有武威侯府的人掌權，即便北地軍中的北地蘇家子弟再有才能，也不該沒有京城侯府的人？」

蘇子斬頷首：「不錯。」

花顏對他道：「這就是你改了主意想去武威侯府在北地的軍中看看的原因？」

「嗯。」蘇子斬點頭，「一日未脫離侯府，到底是侯府的人，我想弄明白些事兒。」

花顏琢磨了一會兒，點頭同意：「也好，徹查三軍之事，由雲暗帶著人查了，屆時有了結果，你直接去武威侯府在北地的軍中，在他們沒反應過來時，來個措手不及。然後，再亮出你的身分，比我去能夠事半功倍。畢竟，同是一蘇，一家人總比被一個外人插手要好。反正武威侯也知道你來了北地。」

蘇子斬見花顏沒異議，道：「那就這樣定了。」

花顏點頭：「只是，你沒兵符，在軍中，認的就是兵符。」

蘇子斬淡淡道：「沒有兵符也一樣，東西是死的，人是活的。」

花顏笑了笑，蘇子斬與武威侯父子到這樣的地步，著實一言難盡，天下少有了。她點頭：「你先去北安城，處理完了此事，便在北安城等我。」話落，她將敬國公府的北兵符遞給蘇子斬，「從這關係網中可窺見，敬國公府軍中最是簡單，你拿著這個，藉機行事。」

蘇子斬接過：「你與陸之凌八拜結交，最得益的卻是雲遲，他倒是最痛快地將敬國公府的兵符拿了來。」

花顏好笑：「當初也未曾想派上了這個用場，得了大益處，以後逢年過節，總要多孝敬敬國公府些。」

蘇子斬嗤笑：「便宜陸之凌了。」話落，對花顏詢問，「明日就起程？」

花顏想了想，說：「十六、十七先啟程去鳳城與魚丘，你我等等雲暗查出來的消息，最多兩日，雲暗就會有消息。」

蘇子斬計算了一下，兩日不多，再多也不能等了，頷首：「好。」

二人商定完後，天色已經不早，眾人各自回房歇下。

第二日，安十六、青魄、安十七、花容四人離開了川山，分別前往鳳城和魚丘賑災。

接下來兩日，蘇子斬和花顏便喝喝茶，商議著細節的同時，等著雲暗的消息。

一日半後，雲暗拿了打探出的消息，厚厚的一卷卷宗，交給了花顏。

花顏伸手接過，快速地看完，遞給了蘇子斬。

蘇子斬看過，感慨：「不愧是太祖暗衛。」

若說程子笑對三軍之事只知十之一二，那麼，太祖暗衛便在短短時間內，查出了十之五六。有了這十之五六就足夠蘇子斬和花顏用了。

花顏在蘇子斬感慨完，想了想，對他說：「我想給安書離去一封信。」

「嗯？」蘇子斬挑眉，「雲遲找上了敬國公府，都未找上安陽王府，你卻要找安書離，你確定？」

花顏琢磨著說：「安陽王府是安陽王府，安書離是安書離。」

蘇子斬道：「安書離沒有要繼承安陽王府的想法，沒打算與他大哥爭權，一直以來極怕麻煩。西南境地之事雲遲找上他，川河谷一帶水患之事又找上他，皆是因兩處遠離京城，他素來也不摻和武威侯府事務，兵權更不沾，你給他去信，恐怕也是無用。」

花顏揣測著說：「他與你還是有些不同，你是因自小身體原因，無心也無力。而他，我覺得，他雖不沾，但心裡卻不見得不明白。」

「倒也有道理。」蘇子斬笑了笑，看著她，「你何時與他關係這般好了？他雖不沾，但在安陽王府從未受過什麼委屈，他的心還是向著安陽王府的。你要動北地的兵權，被他所知，不見得是好事兒。」

花顏笑著將自己曾給安書離卜了一卦，在他請求下，幫他破了命定姻緣以及牽連趙宰輔，讓趙府狠狠地吃了一回虧之事與他簡單說了。

蘇子斬這幾個月來雖不在京中，但消息卻不曾落下，只不過倒是不知道趙府吃虧的背後起因原來是花顏給安書離卜了一卦，他聽罷失笑：「這樣說來，他倒是欠了你一個大恩了。」

花顏可惜地說：「趙宰輔和夫人雖然不怎麼樣，但趙清溪的確是難得的一個好女子。」

蘇子斬淡淡瞥了她一眼，嗤評道：「自小被禮數教化教導出的女子，不做皇后，哪個府邸能供得起？」

花顏噎了一下，這話她還真沒法反駁，趙宰輔和夫人的確自小是將趙清溪當作太子妃和皇后培養的，奈何雲遲偏生反骨，棄她不娶。這樣的女子，不入皇家，著實一般府邸不敢求，的確是難供起。她咳嗽一聲，忽然對他問：「那梅疏毓呢？你覺得怎樣？」

蘇子斬一愣，挑眉：「你這時候還想著給梅疏毓牽線？」

花顏笑著說：「就說說嘛！梅疏毓一直喜歡趙清溪，若是滿足了他的所求，也未嘗不可。」

蘇子斬哼了一聲：「你別管他，他自己的事情，讓他自己求。求不來，是他廢物。你給他操的是哪門子的心？還是操心你自己吧！」

花顏又被噎住，瞪著他：「蘇子斬！怎麼如今與你說話偏生不好好地說，非要惹我生氣？」

蘇子斬默了默半晌，才道：「我說的是事實，你什麼時候自己想明白了自己的事兒，再想別人的事兒，我便不說你了。」

花顏沒了話，給自己順順氣：「那言歸正傳，你覺得我應不應給安書離去一封信？」

蘇子斬點頭：「倒也無不可，你可以看看他怎麼說。」

「行。」花顏本來是沒打算給安書離去信，是今日看到查出來的東西，覺得十分有必要。安陽王府在北地的軍中掌權人，有幾人實在是與北地幾個世家的人牽扯得太深。

「不過你要掐算好時間，如今給他去信，時間上不見得來得及。」蘇子斬提醒。

花顏道：「我知道，我的想法，是先將軍中控制起來，只要不起兵亂，人是殺還是綁，沒什麼區別。待掌控住了，他的回信也該到了，再做定論。」

蘇子斬沒意見：「那就起程？」

花顏看了一眼天色，雲暗帶著人查出來這些東西比她預計的早了半日：「這裡距離北安城路遠，你先起程，我明日再走。」

蘇子斬點頭，吩咐青魂備車起程。

青魂備車很快，蘇子斬也不拖泥帶水，說走就走。

花顏在門口送他時，對他笑道：「你穿著這樣一身衣服，不拿出隨身令牌和玉佩，誰也不相信你是武威侯府那個名揚天下分外講究的子斬公子，雖說人靠衣裝，佛靠金裝，但這樣幾兩銀子的衣服穿在身上，也不損你風骨，著實好看。」

蘇子斬笑道：「是你告訴我不要暴露身分，思來想去，也只能這樣了。」

花顏點頭：「天下傳揚，子斬公子心狠手辣、善於釀酒、喜穿紅衣，如今你來北地賑災查辦的消息天下皆知，你的畫像怕是遍傳北地，若是還依照以前穿扮，豈不是行走的箭靶子？」

蘇子斬失笑：「你還有什麼要說的，一併說了好了。」

花顏想了想說：「我本來打算將我新收的太祖暗衛給你一半，但發現哥哥派的人不少，對你保護的甚是周全，也就罷了。以前我外出，他可從不曾對我這麼好過。」

蘇子斬負手含笑：「全仰仗你的關係，若沒有你，我也踏足不了花家，得不了這個好處。」

「其實我想說的是，雖有許多人將你護得密不透風，但你還是要萬事小心。」花顏笑著擺手，「行了，是我囉嗦了，快走吧！」

「放心，你也小心。」蘇子斬上了馬車。

花顏站在門口，目送著蘇子斬車馬遠去，久久駐足，直到車馬不見蹤影，她依舊看著沒動。

五皇子看著花顏送蘇子斬，以及她與蘇子斬相處，雖坦坦蕩蕩，但他還是不免多想，猜測是不是四嫂的心裡還惦記著蘇子斬。

程子笑卻不比五皇子，有什麼他就會說出來，對花顏問：「太子妃，這人都走沒影了，你卻一直站在門口看，若是被太子殿下知道，估計會打翻醋罈子。」

花顏回過身，見五皇子臉色有異，顯然是多想了，采青也有點兒不安。她失笑：「你們不明白。」

程子笑難得地翻白眼：「男情女愛，有什麼不明白的？得不到的永遠是最好的。」

花顏氣笑，揮手一陣掌風，打向程子笑。

程子笑雖會武功，但哪裡是花顏的對手，連她的一招也接不下，他雖躲得及時，但還是被花顏輕柔的風給掀了一個趔趄。他搖搖晃晃地勉強站穩身子，白著臉玩笑地說：「太子妃，不是吧？在下一句話，你也不至於惱羞成怒，殺我滅口。」

花顏抬步往裡走：「我若是想殺你滅口，你這句話就不會說出來，如今已經死了。」

程子笑咳嗽一聲，自然知道剛剛是花顏手下留情，否則十個他也不夠死的。功力太高深莫測了，他從沒見過她出手，以為柔柔弱弱的一個人，沒想到真是出手就嚇死人。

但他還是把想問的問了出來：「那你倒是說說啊！我們可都是長眼睛的。要知道夫妻之間，最忌諱的就是一個人心念著另一個人，若是出了誤會，那可就不好了。早晚要出事兒。」

花顏停住腳步，似笑非笑地看著程子笑：「你倒是什麼都敢說，在京城時，沒看出來你像是這麼多話的人。」

程子笑微笑：「那時不熟，如今我也算是太子妃你的人了，自然有必要給你提個醒。你好過，我們跟在你身邊的人都好過不是？」

花顏笑了笑：「這句話倒是在理。」話落，收了笑說，「子斬心中藏了事兒，此去武威侯府在北地的軍中，怕是刀山火海，沒那麼輕易掌控那五萬兵馬，他怕我去有危險，所以，才在我們決定後與我換了。」

程子笑聞言收了玩笑之意：「那你看了半晌，可明白了他藏著什麼事兒？」

花顏點了點頭，又搖了搖頭，歎了口氣：「我本想著讓他一世安穩，不再過以前的日子，但想到卻沒做到！南楚正是用人之際，我明知道他有多厭惡武威侯府，恨不得擺脫再不沾染，但無奈還是將他拉了進來。」

程子笑拱手賠禮：「是在下不對，胡亂猜測太子妃，以小人之心度君子之腹。」

花顏淡笑：「我何曾怕誰猜度？」說完對幾人擺手，「今日歇一晚，明日一早起程，我們先去距離安陽軍最近的安陽鎮。」

眾人點頭。

當日晚，花顏給雲遲寫了一封書信，將蘇子斬與她的安排簡略地說了。

給雲遲寫完信後，她又琢磨了一番，然後給安書離也寫了一封信。

若是安陽王府掌控的兵權早已經暗中被人掌控，不再是安陽王府的兵權的話，那麼她想，安書離一定不會坐視不理的。就從雲遲將前往西南境地以及川河口一帶水患治理交給安書離來說，他是相信安書離的，只不過，不相信安陽王府罷了。

安陽王府乃世家大族，根系龐大，裡面的人，自然有好還有壞，她想知道安書離對如今的安陽王府以及安陽王府掌控下的軍中是什麼想法。

她的信很簡短，直截了當地問了，安書離是聰明人，沒必要與他拐彎抹角。

兩封信送走後，花顏便躺下歇了。

第二日清早，用過早飯，車馬齊備，花顏等人離開了川山，前往安陽鎮。

走了安十六、安十七、花容三人，程子笑代替了花容坐在前面給花顏趕車。

離開時，程子笑忽然想起什麼，對花顏說：「太子妃可知道，程家最早發跡便是在川山這個地方。」

「嗯？」花顏探出車廂，看向程子笑。

程子笑道：「程家祖籍，是在川山，後來發跡，舉家離開了川山，搬去了北安城。幾百年前的事兒了。」

花顏看向川山這個小村落，如今已經十室九空，一片安靜，她瞇了一下眼睛，忽然笑了：「我還奇怪，黑龍河決堤，按理說，大水如龍騰，方圓十里之地怕是都不能倖免，川山這小村落雖在上游，但距離堤壩實在太近了，總不至於半絲沒受牽連，原來竟是程家的祖籍發跡地。」

程子笑道：「程家祖墳，一直未遷徙走。」話落，他伸手一指，「那一片山，看到了嗎？就在那裡。雖我一個庶子一直沒資格跟著回來祭祖，但我卻知道，程家祖墳在那裡。」

「程家發跡了，自不會輕易遷動祖墳。」花顏目光放遠，看到了一片完好的矮山坡，以風水來論的話，那裡的確是設陰宅的風水寶地。她看了一會兒，對程子笑說，「可惜了這一塊風水寶地，這風水早就破了。」

程子笑回頭看向花顏：「太子妃還會看風水？」

花顏點頭：「我會的多了。」

程子笑誠然地覺得花顏這話不是吹捧自己，跟在她身邊數日，見識了她的本事，她的確是會的東西多了。他問：「太子妃從哪裡看出風水早就被破了？」

花顏目光掃過這一片地方，道：「黑龍河應該不止一次決堤，在第一次決堤時，風水就被破了。」

程子笑一怔。

花顏對外面喊：「雲暗。」

「主子。」雲暗應聲現身。

「查四百年至今，黑龍河決堤過幾次？我想知道。」花顏吩咐。

「是。」雲暗退了下去。

程子笑對花顏道：「我出生至今，黑龍河未決堤過，也未曾聽誰提過黑龍河決堤之事。」

花顏肯定地說：「黑龍河肯定決堤過。」話落，她看向那一片山林地貌，對程子笑說，「否則，這一片地貌，不該是這個樣子。以前，黑龍河未決堤時，這裡應該山清水秀，風景宜人。」說完，她伸手一指，「那山頭應該有一個山石嘴，百鳥棲息。」

程子笑一愣：「我雖未曾踏足過，據程家老一輩的人說，好像是有個山石嘴。」

「那就是了。」花顏收回視線，「可惜了這一塊風水寶地，被程家給作沒了。程家怕是不曾想過，不積德行善，有再好的陰宅福地，也鎮不住虧空的德行。早晚是要毀了的。」

程子笑敬佩花顏，對她問：「太子妃，想必臨安也是風水寶地了。」

花顏頓時笑了：「自然，臨安位於江南天斷山山脈，進是關山險道，退是一馬平川，坐是八方要道，站是九曲河山。是南楚第二個盛京，是金粉玉蘭之鄉，富貴錦繡之地。」

程子笑唏噓：「這話是不是誇大了臨安？若臨安這麼好，歷朝歷代豈不是早就將皇城定居臨安了？」

花顏笑道：「臨安地小，只占祥雲尾脈不占龍脈，花家先祖擇臨安而居，求的是世代子孫安穩而已，不曾求龍騰虎躍。天下之大，有比臨安更好的地方，歷朝歷代君主自然看不上臨安。」

程子笑懂了。

花顏落下車簾，不再與他閒聊，而是計算著如何對付安陽王府五萬安陽軍。

采青見花顏上了車與程子笑說了一番話後，便冥思靜想，她也不敢打擾，安靜地陪在一旁。

花顏沒想多久，腦中便有了大概的想法，左右趕路坐著車無事兒，便拿出畫本子給采青。

采青意會，立即接過讀了起來。

程子笑在外面趕車無聊，聽著裡面采青讀書，立即豎起了耳朵，可是聽著聽著就有些糟心，這樣的話本子，他著實聽不出什麼趣味，實在折磨耳朵，走了一段路後，他終於忍不住對裡面開口：「太子妃，您能不能換個話本子聽？」

花顏悠哉地躺在馬車上，聞言扯了一下嘴角：「很好啊！為什麼要換？」

程子笑頓時沒話了，她說很好，他還能說什麼？

花顏不再理他，對采青說：「繼續。」

采青偷笑著點頭，繼續往下讀。

程子笑又聽了會兒，實在不堪耳朵折磨，兩車並排走時對五皇子小聲說：「咱倆換換？」

五皇子第一次自己趕馬車，覺得十分有趣，正認真地掌控著韁繩，聞言不解：「換什麼？」

程子笑指指馬車，又指指自己和他，五皇子懂了，不明白早先程子笑要搶著給花顏趕車，如今為何要換，但他也不多問，點了點頭。

二人都是有些武功的人，轉眼便換了馬車。

程子笑立即拉住馬韁繩，讓花顏的馬車先走，他趕著車落後了些。

五皇子上了花顏的馬車後，才聽到車廂裡傳出隱隱的讀書聲，他仔細聽了一會兒，終於明白了程子笑為何與他換車，他有些好笑，這樣的畫本子，他少時偷偷讀過幾本，自然沒有程子笑那般不堪忍受。

采青讀了一大段喝水時，花顏忽然開口問：「小五，你可有意中人？」

五皇子一愣，他還從沒有被誰問過這樣的問題，臉頓時紅了：「沒，沒有。」

花顏納悶：「不該啊！太子殿下今年二十，你也十八了吧？皇上對皇室子嗣不嚴，你已經出宮立府，按理說，接觸的閨閣小姐們多了才是。就沒有一個中意的？」

五皇子咳嗽一聲，有些不好意思，但還是回答：「回四嫂，這些年，四哥一直督促我學業，從去年他選妃，才不盯著我了。」

花顏懂了，對他問：「你想娶一個什麼樣的，回頭我幫你看看。」

五皇子臉更紅了：「未曾想過。」

花顏好笑：「你說沒有意中人我是信的，但你說未曾想過，這話我是不信的。連太子殿下十三歲時都想過自己不會娶趙清溪，你如今都十八了，豈能沒想過。」

五皇子又咳嗽了一聲，沒了話。

花顏知道他不好意思了，也不再揪著他說話，示意喝完水的采青繼續。

采青抿著嘴笑著又繼續讀起來。

五皇子正想著怎麼回花顏，聽到采青的讀書聲，知道估計她也就是忽然想起來隨便問問。他暗想著，他確實不是從來沒想過的，是有想過，知慕少艾時，他第一次見趙清溪，想著她將來要入東宮，嫁給四哥，那麼，他呢？他將來會娶誰？是否比趙清溪好？

那時，也不過是一個想法罷了。

後來，他被四哥督促著讀書學業，一年年下來，已忘了當年的想法。當太后為四哥選妃時，他也與天下所有人一樣震驚了，沒想到四哥竟然沒選趙清溪，而是選了一位從未聽說過名姓的臨安花家小女兒花顏。

他當時也跟所有人一樣，想不明白為何四哥將他的太子妃那樣隨意地決定了，且還親自前往臨安花家一趟送賜婚懿旨。後來他在順方賭坊見到花顏，更是驚異，世上竟有這樣的女子……

對比趙清溪和花顏，他仔細想想，大約，他也是喜歡想娶後者吧？

但是這話，他是不會說出來的。

疾行一路，一行人終於進了安陽鎮。

程子笑在進了城後對花顏問：「太子妃，哪裡下榻？」

花顏報出了一個地方。

程子笑和五皇子將車馬趕去北三街的一個小胡同，胡同真的很小，只能容下一輛車馬進出，程子笑沿著胡同走了一會兒，來到掛著一盞紅燈籠的門前，將馬車停下。

他打量著這個地方，真是太不起眼了，勒住馬韁繩，對花顏說：「到了。」

花顏挑開車簾，看了一眼，下了馬車，走上前，親手叩門。

門環響了三聲，裡面走出一名年輕女子，女子梳著婦人頭，做少婦打扮，大約二十出頭，看到花顏，頓時笑顏逐開：「昨日我收到堂弟的書信，他說你大約會來此找我，我還不信，以為他框我，沒想到你還真來了。」

花顏笑看了她一眼：「十三姐姐看來不想我來？」

那女子瞪了她一眼：「是我不想你來？當年你來北地，我對你三邀四請，你連個面都沒露。如今我還哪敢再請你。」

花顏「哈」地一笑，伸手抱住她胳膊，「當年你沒給我生小外甥，我自然不想來，如今你給我生了個小外甥，我自然要來看看了。」

那女子輕哼了一聲，但眉眼卻笑開了，伸手點她眉心：「這麼喜歡小孩子，自己生一個。」

「嗯，正想著這事兒呢。」花顏隨口接話。

那女子自是知道她未年滿十八不能有育之事，笑著打趣：「還未大婚呢，就想著給太子殿下生孩子，不害臊？」

花顏笑得一本正經：「十三姐姐覺得呢？」

那女子一噎，又點她額頭：「就知道你的臉皮厚如城牆。」話落，她看向花顏身後，「介紹一下？神醫我識得，就不必介紹了，這兩位小兄弟是？」

花顏回頭，笑著說：「五皇子、北地程家七公子。」話落，又對那二人介紹女子，「花卿，我十三姐。」

花卿微微訝異地看了二人一眼，似沒料到這兩個人是這麼個身分。

五皇子和程子笑上前給花卿見禮，因她是做少婦打扮，便稱呼夫人。

花卿笑著點頭，挽了花顏的手，將一行人請進了院子。

進入了院子，程子笑才知道，原來這院子裡大有乾坤，與外面那小胡同實在不堪匹配。院內寬敞開闊，內景精緻秀雅，左右一望，看不到圍牆，他訝異地開口：「難道這一條街只住著夫人一家？」

前面走的花卿回頭笑了一下，點頭：「是呢，想要個清淨之地，便將這一條街的院落都買了下來，打通了。」

程子笑失笑：「在外面絲毫看不出來。」

花卿笑著說：「我夫君特意留了許多假門。」

程子笑點頭，不再說話。

花顏問：「十三姐夫呢？」

「去衙門當值了。」花卿笑著說，「他一個小小主簿，比縣老爺還忙。」

花顏看了一眼天色，笑著說：「等姐夫回來，我有事兒找他幫忙。」

花卿又輕哼了一聲：「我就知道！若說你無事兒求我，肯定不會來找我。」

花顏也不客氣：「我是怕打擾你和姐夫和美的小日子。」

花卿瞪了花顏一眼，喊了一聲：「來人。」

一名書童模樣的人不知道從哪裡冒了出來，恭敬地對花卿拱手：「夫人。」

花卿對他吩咐：「你去衙門找夫君，告訴他，小妹妹來了。」

那書童應是，轉身沒了影。

五皇子和程子笑沒看清他是怎麼出現的，也沒看清他是怎麼走的。對看一眼，都從對方的眼裡讀出了小小年紀，便是個高手，他們甘拜下風的意思。

二人這才發現，花卿是親自來給花顏開的門，偌大的一條街的院子，除了她，至今沒見一個侍候的奴僕婢女。暗暗地想著，大約都如那書童一樣，隱者呢。

二人也是第一次見識了這般府邸，透著神祕的氣息。

花卿吩咐完，挽著花顏去了花廳，一行人坐下後，她對花顏問：「可能住幾日？」

花顏笑著點頭：「自然。」

花卿聞言似十分高興，拍了拍手，一名婢女現身，屈膝行禮：「夫人。」

花卿吩咐：「將清風軒、明月閣、芝蘭苑收拾出來，請幾位貴客下榻。」

那婢女點頭，如來時一般，轉身就沒了身影。

五皇子和程子笑看的驚異，不過礙於剛剛與花卿見面，不好詢問。

花顏看二人神色，猜出了二人想法，笑著說：「聽說過江湖上的隱門嗎？」

五皇子搖搖頭，他對江湖門派從未接觸過，自是不知道隱門。

程子笑卻露出更驚異的神色，對花顏點點頭。

花顏只問了這一句，便不再多說了。

花卿笑了笑，也沒有要說的意思，又打了個響指，吩咐人上茶，然後又吩咐廚房點名要了幾樣菜。之後，便拉著花顏說起話來。

說了一會兒閒話，花顏問：「我小外甥呢？」

「被他抱去衙門了，一會兒跟著他一起回來你就看到了。」花卿嗔了花顏一眼，「進了門來，不是想看你外甥，就是找你姐夫，和著一點兒也不想我。」

花顏喝了一口茶水：「你有姐夫想，我想你做什麼？」

花卿一噎，笑罵：「你個小沒良心的，一點兒也不記得我的好，我以前就在想，你這魔王的性子誰能收拾你，原來落在了太子殿下手裡，從你千方百計悔婚到如今心甘情願嫁給他，我就知道他是個鎮得住你的。」

花顏無語地瞅著她，想著這話她還真是說對了，雲遲就是鎮住她的那個人。她無奈的又喝了一口茶：「姐夫怎麼還沒回來？」

花卿氣笑：「看來你要找他幫忙的事情挺急？」

花顏點頭，誠然地說：「十萬火急。」

花卿收了笑：「堂弟給我信中說你來了北地，是要將北地掀起一片天？」

花顏眨了眨眼睛：「哥哥還說了什麼？找你不只是跟你說這個吧？」

花卿看著她，道：「若是你不來，讓我將你揪來，讓你好好看看我夫君和我兒子我們一家三口和和美美的小日子。你想不開的，自然就想開了，想不明白的，自然就想明白了。」

花顏眉毛動了動，放下了手裡的茶盞，又笑了：「果然！不愧是我哥哥！我說為何他喜歡蘇子斬呢，原來是跟他一樣德行，倒是想到一起了。」

花卿聽她提起蘇子斬，愣了一下，她與蘇子斬的個中內情在花家不是祕密，她見花顏坦坦蕩蕩，又笑了：「只這些話，讓我說與你聽，你必會明白的。」

花顏的確是明白，她哥哥是懶得跟她說了，藉著十三姐姐和十三姐夫還有小外甥點醒她呢。就是想她看看，好好活著，她也會什麼都有，不好好活，夫君孩子她也就沒有了。

想到雲遲，再想到與他將來的孩子，她的確是不甘心吶！

若是蘇子斬沒有與她翻臉，沒與她說那一番恨不得掐死她的話，她大約也就按照自己的想法一直走下去了。

如今，她的確是該好好地想想了。

花卿見花顏沉默，神思飄飄，也不再開口，雖花灼信中沒說具體原因，只零星提了幾句，但她聰透，有幾分明瞭，想必花顏是有著性命之憂了，否則，花灼斷不會如此。

半晌，花顏歎了口氣，方才開口：「你給哥哥回信，就說我知道了。」

花卿點頭：「行。」

五皇子和程子笑坐在一旁，他們不是有意要聽兩個女子說話，只不過花卿和花顏沒對他們做安排，也只能陪坐著。

又過了一會兒，外面傳來腳步聲。

花卿頓時笑著說：「回來了，倒是挺快，沒讓你久等。」

花顏扭過頭，看向門口。

「小姨小姨。」外面跑進來一名小男孩，三四歲的模樣，一邊喊著一邊磕磕絆絆地邁進門檻，朝著花顏撲過來。

花顏立即站起身，迎著他走了兩步，蹲下身，一把抱住他：「哎呦，好沉。」

小男孩呵呵地在她懷裡笑起來，童言稚語地說：「我今日出門時，娘就說小姨會來，我要在家裡等著，娘不讓。」話落，他又胖又軟的小手捧住花顏臉，認真地看了又看，「小姨，你比我娘漂亮。」

花顏笑顏逐開，低頭在他白白淨淨的小臉上親了一口，然後得意地說：「算你眼光好，我們家就我最漂亮。」

花顏話音落，門檻外邁進來一名年輕男子，聽到花顏的話，笑了一聲。

花顏轉過頭，絲毫不臉紅地喊：「十三姐夫。」

男子姿容不甚出眾，只能算是清秀，但他身上有一種溫和舒服的氣息，乍一進來，猶如暖陽跟了進來，秋涼的天氣，他穿著單袍，周身盡是暖意。笑著說：「十七妹妹。」

花顏上上下下打量了男子一眼，笑道：「聽說十三姐夫比縣老爺還忙？」

男子笑了笑：「北地今年發生了大災情，往年不忙的。」

花顏點頭，抱著小男孩為他介紹五皇子和程子笑。

三人一番見禮，五皇子和程子笑知道這人叫肖瑜。

花顏抱著小男孩落坐後，變戲法般從袖子裡拿出一把鑰匙，笑著對他說：「你的見面禮。」

小男孩接過鑰匙，脆生生地說：「這是鑰匙，不是玩的。」

花顏輕笑，點他額頭：「我給你帶了一箱子好玩的東西在馬車上，這是箱子的鑰匙。」

小男孩頓時歡呼起來，又捧住花顏臉，吧唧一口：「謝謝小姨，小姨真好。」然後，跳出花顏懷裡，扭著小身子就往外跑。

采青這時恍然，原來路上小姐吩咐雲暗弄來一箱子玩具，是給這位小公子的。

花顏看著小東西扭著小身子歡快地跑出去，心想小孩子真好真活潑，她也是真的想要一個。

花卿見花顏在小孩子出門後還沒收回視線，對她說：「我兒子，你別打主意，要的話，自己生。」

花顏回頭，對花卿翻了個白眼：「好像誰不會生似的，你放心，我自己生。」

花卿笑罵：「沒大婚前，你總歸是個未婚姑娘家，這麼早就想給夫君生孩子，沒羞沒臊。」

花顏輕哼了一聲：「有羞有臊又不能給我一個現成的兒子。」

花卿一時沒了話。

肖瑜笑看著花顏：「十七妹妹可是有要事兒要辦？」

花顏點頭：「十三姐夫，我正是有事兒請你幫忙。」

肖瑜點頭，他知道花顏來找他，要他幫的忙定然是他能做到的。於是，十分乾脆，還沒問什麼事兒，便答應了下來：「好。」

花顏收了笑，對他說：「剛剛十三姐夫說今年北地出了大災情，你十分忙碌。難道衙門還真為百姓做主在賑災？」

肖瑜歎了口氣，搖搖頭：「衙門沒錢沒米糧，拿什麼賑災？如今不過是忙著大批地關押反抗的災民罷了。」

花顏面色一凜。

肖瑜又道：「無論是花家，還是我名下的產業，早已經備好了米糧，只等著堂弟和你的吩咐了。你們的吩咐一直沒下達，所以，如今我們在北地的人都未輕舉妄動。」話落，補充，「受災已死的大批百姓們不說，水災僥倖活下來的災民們，如今也陸陸續續餓死了不少，朝廷再不賑災，我看很快就會有大批人死，到時，北地是真真正正會發生暴亂了。」

花顏臉色一寒：「北地這些官員，真是找死。」

肖瑜看著她說：「是在找死。太子殿下派了武威侯府子斬公子前來賑災查辦，倒是驚駭了大批人，但是也不過是驚駭罷了，該如何，還是如何。北安城那邊的人似也不是十分懼怕，想必是針對子斬公子早有對策。」

花顏冷笑了一聲。

肖瑜問：「十七妹妹，你親自來北地，可是為了賑災之事？只要你一聲令下，我們馬上就能發放備好的米糧。還跟五年前川河谷一帶水患一樣，雖是亂局，但花家出手，也能做得好。」

花顏搖頭：「此次賑災，不動用花家糧倉。我已經安排十六和十七去賑災了，他們差不多此時也已經到了受災地，開始行動了。」

肖瑜納悶：「不用花家糧倉？那這大面積的賑災，從何處調用米糧？」

花顏指指程子笑：「程七公子在北地的所有產業，夠此次賑災了。」

肖瑜轉頭看向程子笑。

程子笑道：「我這些年辛苦，也就夠這一次救災。」

肖瑜笑著說：「早就知道程七公子乃經商奇才，有你在，倒是省了花家了。」

程子笑道：「應該的，我這些年的銀錢米糧取之北地，如今用之北地，倒是也用得其所。」

肖瑜笑笑：「這話倒也在理。」話落，對花顏問，「看來十七妹妹已有打算了？」

花顏點點頭，對肖瑜問：「十三姐夫可知道北地的官糧為何不用於賑災？是有什麼人壓著？」

肖瑜搖頭：「我早已經打探了，方圓百里的各州縣府衙，官用糧倉裡根本就沒有幾斗官糧。北安城倒是有，但是無人拿出來。」

花顏冷聲問：「為何？按理說，方圓百里，官糧怎麼會是空的？去年北地風調雨順。」

肖瑜道：「我打探了，據說在半年前，官糧都被上面調用，運走了。但不知運去了哪裡，衙門裡的人也不知，知州府台似也不知。」

花顏瞇起眼睛：「哪個上面？」

「北安城。」肖瑜道，「到底是誰，十分隱祕，我也不知，沒查出來。」

花顏面上掛上寒霜：「半年前，也就是西南境地亂之前。」

「嗯，差不多那時候。」肖瑜道，「不過，總不會運出西南境地，若是這樣，太子殿下的人早該得到風聲了。畢竟朝廷對西南境地歷代以來都盯得緊。」

「不錯。」花顏頷首，又問，「十三姐夫對安陽軍可瞭解一二？」

肖瑜頓時笑了：「說了半天，我總算明白十七妹妹來找我的目的了。原來你是謀算著安陽軍來。」

「嗯。」花顏點頭，也不隱瞞，將她與蘇子斬制定的計畫說與肖瑜聽了。

假設蘇子斬在鳳城調度鳳城和魚丘兩地賑災，動用的是程子笑的產業，那麼，一旦消息傳出去，大批的殺手就會湧到鳳城殺蘇子斬和程子笑，殺手不可怕，畢竟花家的暗衛幾乎都調派來了北地，但若是軍隊參與……根本沒贏面。

花顏說得雖然簡單，但肖瑜懂了，他點點頭：「我在安陽鎮待了多年，對安陽軍自是瞭解，十七妹妹若是要掌控安陽軍，雖有些難，但也不是不可為。」

花顏笑看著他：「就知道來找十三姐夫對了。」

她來找肖瑜，一是他在安陽鎮多年，對安陽軍多少瞭解，二是他手下有隱門。有些事情，隱門的人可以起到大作用。當下，二人就著如何掌控安陽軍，根據肖瑜的瞭解以及辦法，花顏點頭同意之下，制定了計畫。

安陽軍中有兩個人物最是厲害，一個是安珂，一個是安遇。兩人均出自京中安陽王府族中旁支，是旁支中出類拔萃的武人。與安家別的子孫不同，這兩個人自小就好武。因都是同族子弟，又是同齡，同樣在武學兵書一途出類拔萃，所以，難免比較，互相較勁，互相想壓過對方一頭。

當年，二人在安家族中的武堂上比武，從武鬥到兵書，誰也沒勝了誰，索性，老安陽王大手一揮，將二人都打發到了北地軍中。

如今二人三十歲，與安陽王府世子安書燁年歲相差無幾，可以說是正當年。

這些年，二人在軍中，互相監督對方，雖安陽王府子嗣在軍中者眾多，但分成了兩撥，雖較勁兒，但安陽軍也沒出亂子，軍中偶有小內鬥，但也一直太太平平的。

所以，要想拿了安陽軍的軍權，非要先控制了這兩人不可。

這也是程子笑對安陽軍知悉的那一二的事兒，不過對比程子笑，肖瑜比他知道的更多，他還知道二人手中有幾個厲害的武將謀士，皆不是安家族中的人。

其中一個武將謀士，與他算是有些交情，若是從他這裡打進安陽軍，倒也行得通。

商議妥當，廚房也做好了飯菜，眾人吃過午飯後，花卿為各人安排了院落入住。

因時間緊迫，肖瑜在用過午飯後，便立馬又出了府。

第八十七章 北地增賦稅

花顏沒睡午覺，帶著采青、五皇子出了門。程子笑本來是要跟著，但花顏嫌棄他一旦露面恐怕會再招來殺手，還沒行動先暴露了不好，不客氣地拒絕了他。程子笑無奈，只能留在了府中。

花顏出了北三街胡同，也沒往別處去，而是進了安陽鎮最大的一處茶樓。

安陽鎮雖是小鎮，但也繁華，茶樓裡坐了大半的客人，一邊喝茶一邊聽書。

花顏三人進來，裡面說書先生說得正起勁，茶客們聽的正熱鬧，沒人注意他們，她便帶著二人在大堂裡尋了個不起眼的位置坐了，要了一壺茶，一碟瓜子，一碟花生米，一碟堅果。

五皇子不明其意，不知道花顏這時來茶樓做什麼，但知道她必不是沒有目的。

小夥計將花顏要的東西端來，打量了花顏一眼，暗想著這姑娘長得真好看，身上衣著顏色雖不亮麗十分素淡，但一見就是上好的綢緞，他還沒見過這樣美貌的姑娘，想必不是本地人。

大多數人對於美人都有三分熱情，他十分熱心地開口問：「姑娘看來不像是本地人士？」

花顏瞅了他一眼，小夥計年紀不大，卻十分機靈，她笑了笑：「嗯，你怎麼看出來的？」

小夥計嘿嘿一笑：「這安陽鎮上沒有像姑娘這麼好看的姑娘。」

花顏又笑了：「你說的不錯，我與家弟探訪親戚，剛來安陽鎮。」

小夥計早看到了五皇子，覺得分外貴氣，拱了拱手，壓低聲音說：「姑娘和公子這時節來探訪親戚，可不是什麼好時機，如今這安陽鎮不太好待。公子和姑娘小心才是。」

花顏笑看著他，這小夥計倒是熱情，她問：「為何不好待？」

小夥計見花顏一直笑吟吟的，一看就是個好脾氣好性子的姑娘，若是這樣的姑娘惹了麻煩，可不太好。於是，他壓低聲音，更熱心地說：「姑娘知道黑龍河決堤的事兒吧？」

花顏點頭：「聽說了。」

小夥計立即道：「因黑龍河決堤，大水沖毀了鳳城和魚丘，還有幾個小地方，無數百姓們都受災了，無屋可住，無糧可吃，衙門也無糧賑災，只能給災民暫時修建了難民營，據小的所知，只難民營就修建了七八所，最大的難民營裡關押了上萬人。一日一頓粥。」

花顏點頭。

那小夥計見花顏認真聽，他拉開了話匣子：「一日一頓稀粥哪裡能溫飽？無奈之下，好多百姓們都紛紛投奔親戚，若是親戚有在北地的，那還好，需要親戚家來人立了收容字據，方能將人領走收容，但若是親戚不在北地的，一律不准離開北地。有人強行或者偷偷離開，都被官府派了人抓了，關進了大牢裡。」

花顏聽到收容字據時，她都覺得新鮮，還是第一次聽說投奔親戚需要收容字據來領人。

小夥計又道：「有親戚有良心的，自然會來人，但這年頭，誰的日子都不好過。半年前，朝廷將賦稅增加了兩成，尋常百姓家自己過日子都難，更何況還要收留親戚了？所以，被親戚收容的人太少，稀稀拉拉的，領走了些人，留在難民營的人太多，前日小的聽聞一個難民營裡發生了暴亂，衙門的人鎮壓不住，兩方打起來，死了不少人，那個難民營的人都跑出來了，跑去了一個山頭上，成了土匪，轉眼就下山將臨縣給搶劫一空了。」

「有這事兒？」花顏皺眉，想著朝廷什麼時候給百姓增加兩成賦稅了？她沒聽說過。她轉頭看向五皇子和采青。

二人也驚訝，齊齊搖頭。

那小夥計露出愁容：「那臨縣距離平陽鎮近，指不定這兩日那些難民們吃完了從臨縣搶的糧食，轉眼就會來安陽鎮。所以，小的才提醒公子和姑娘小心。」

花顏恍然，原來是這樣。她道謝：「多謝小二哥。」話落，示意采青打賞。

采青立即拿出一錠銀子，塞給小夥計：「多謝小二哥了，這是我家姑娘給你的賞錢。」

小夥計本來是看著花顏面善漂亮，多嘴說了幾句，沒想到就得了這麼大的善，他頓時惶恐：「使不得使不得……」

「使得。收著吧！聽了你一席話，我和家弟才知道這安陽不能待，我們馬上就走。多謝。」

小夥計猶豫了兩下，最終還是抵不過誘惑，伸手接了，千恩萬謝：「多謝姑娘，多謝公子，這一錠銀子，抵小的幹一年的工錢了。」

花顏笑著對他擺擺手。

小夥計樂滋滋地揣了銀子下去了，心中激動，沒想到他見了姑娘美麗，怕人家外地來的不明情況出了事兒，多嘴幾句，就得了這麼大的善緣，可見人還是要多做好事兒。

花顏在小夥計下去後，臉就沉了。

五皇子看著花顏，低聲說：「四嫂，朝廷從沒給百姓們加賦稅，四哥不可能這麼做。」

花顏點頭：「但是小夥計不會無的放矢，憑空捏造。」話落，她對采青吩咐，「你出去找人打聽打聽此事。」

采青點頭，轉身走了出去。

花顏不再說話。

此時，說書先生正說到秋試，今年秋試與以往不同，普天下開恩科，選賢能德才之人。北地已有不少學子報了名。他說了幾個人名，什麼張學子李學子趙學子王學子，將人出身家室年歲事蹟說了一通。茶客們聽的津津有味。

天下一旦傳遍一件事兒，茶樓酒肆是最好聽到的，能傳到街巷皆知。這也是花顏來茶樓的目的，果然雲遲開秋試，普天下選賢能之事已傳遍了天下。連這小小的安陽鎮也得了消息。

采青不大一會兒就回來了，十分生氣地對花顏悄聲說：「奴婢問了幾個人，都說半年前，朝廷加了兩成賦稅。這事兒是真的，整個北地都加了賦稅。小夥計說的那些，也是真的。」

花顏眉目冷了冷，見說書先生除了秋試之事也沒再說出什麼，便示意二人離開。

出了茶樓，花顏又帶著二人在街上轉轉，早先沒注意，如今聽了小夥計的話，才注意到好多鋪子都關了門，大約是怕災民做土匪來打劫，索性不開了。

回到花卿的府宅，花卿見花顏面色不好，對她問：「怎麼了？出了什麼事兒？」

花顏對花卿問：「十三姐，你可知道半年前朝廷加了兩成賦稅？」

花卿想了想，點頭：「是有這麼回事兒，怎麼了？」

花顏怒道：「朝廷根本就沒有加兩成賦稅。」

花卿明白了：「這麼說，是北安城那邊私自做的主張？這可真是吃了熊心豹子膽了？沒有太子殿下和朝廷明令，怎麼能隨意增加百姓賦稅？而且還瞞的這麼嚴實？」

花顏臉色難看：「的確是吃了熊心豹子膽了，可見是在半年前，趁著西南境地動亂，太子殿下無暇分心，北地有些人這是趁機鑽空子圖謀不軌。的確是瞞的嚴實。」

花卿歎了口氣：「咱們花家一直以來不牽扯探聽朝綱社稷政事兒，否則，這消息早就該知曉。

只要不是礙於天災人禍無數百姓受災，我們花家人都過著自己的小日子。你姐夫與我雖然一直生活在北地，但也不知道這內裡有這麼大的骯髒汙穢。竟然連朝廷賦稅都敢私自主張。」

花顏深吸一口氣，若非因為她要嫁的人是雲遲，她自然也不會摻和進社稷之事。花家也不會摻和進來。可如今摻和進來後才發現，北地竟然比西南境地還可怕。

這真真正正地將北地給弄成了生靈塗炭的火葬場了。

這麼大的事兒，都過了半年，他們是如何瞞住雲遲增加賦稅的？必定是朝廷裡有與北地勾結的人。且也許不止一個，或者是一個勢力十分大的人。

她正想著，雲暗現身稟告：「主子，您讓屬下查的事情查出來了，四百年至今，黑龍河一共決堤了三次，一次是在百年前，上報了朝廷，重新修築了堤壩，一次是太后被皇室選中入京後，不過被北地瞞了下來，一次就是如今。」

花顏頷首，沉著臉吩咐：「再查，從太后被選入皇家開始查，一直查到當下，這幾十年，北地發生的大事兒。例如半年前朝廷增加了賦稅這種。」

「是。」雲暗應聲。

花顏吩咐完雲暗，本來想立即告訴雲遲，但想著還是等雲暗查出來證據，一併給他更好，於是，暫未給雲遲回信。

北地發生的大事兒很好查，沒用一日，雲暗就將花顏交代的事情查妥並附上了查得的卷宗。

花顏看過後，幾十年前隱瞞的黑龍河決堤之事是一樁，那時，先皇還是太子。朝廷沒收到半絲消息，死了不少人，不過沒今日北地災情這般事大，只淹了一個縣。

然後，這幾十年竟然奇跡地再沒發生什麼大事兒，只今年黑龍河決堤與北地增加賦稅一事。

她看過之後，提筆給雲遲寫了一封信，將她意外所知之事對雲遲提了。同時，將雲暗查的卷宗命人快馬加鞭送去了京城。

雲遲收到花顏的信，看過她與蘇子斬制定的計畫後，並無異議，提筆給花顏寫了回信。信中讓她放開手做，同時囑咐她萬事小心。

這封信剛送走第二日，又收到了花顏隨後而來的信。

信中提了三件事兒，一件事兒是她得知北地竟然在半年前以朝廷的名義增加了兩成賦稅；一件事兒是她得知受災地方圓百里無官糧，早在半年前運調去了北安城，不知是誰做的主張，暫未查出來；一件事兒是得知北地災民受不住難民營一日只一頓稀粥的救濟起了暴亂，大批災民做了土匪搶劫了一個縣。

這三件事兒加在一起，再加上附帶的卷宗，以及百姓們交稅的證據，鐵證如山，雲遲看到後，臉色罕見的陰寒冰冷面沉如水。

他確實沒想到，北地黑龍河決堤，大水使得災情嚴重百姓死傷無數，北地竟然官官相護瞞著攔截入京的流民，有人妄圖以北地兵權暗中起圖謀，這些事兒，已經到了極嚴重的地步，但卻沒想到還有更嚴重的在後面等著，竟然在半年前，就有以朝廷名義增加百姓賦稅之事。

他自詡是冷靜克制之人，他這二十年來，所有的不冷靜克制都給了花顏一人身上，只有在她的事兒上，才會失去冷靜克制，可是如今，他怒火一下，一拳砸在了案桌上。

案桌是玉石案桌，他一拳砸上去，「砰」地一聲，案桌應聲而碎，而他憤怒之下，沒用內力，自然也傷了手，一隻如玉的手擦破了一大塊皮，頓時血流如注。

這一變動，不止嚇壞了小忠子，也嚇壞了向他稟告事務的福管家。

小忠子驚呼一聲，奔上前：「殿下！」

福管家雖沒像小忠子一樣驚呼但也嚇壞了，連忙對外喊：「快！快來人去請御醫。」

雲遲猶在震怒中，玉容冰冷，一字一句地咬牙說：「好大的狗膽！」

小忠子從沒見過雲遲這樣的神色，哆嗦著不敢說話。

福管家看到雲遲的樣子，也一陣駭然，但也沒什麼好法子讓雲遲息怒，想到剛剛是太子妃來信，不知信中說了什麼，才使得殿下這般大怒，立即說：「殿下，您可要愛惜自己，太子妃走時還交代了奴才們，仔細照看您……」

提到花顏，雲遲面色果然動了一下，低頭看向自己的手，緩慢地鬆開緊攥的拳頭，拿出手帕裹了不停流血的手。

福管家心底一鬆，看著雲遲手上的血很快就染紅了帕子，他白著臉幾乎要暈過去，但還是保持東宮大管家的冷靜，連忙去拿金瘡藥，抖著手打開瓶塞，對雲遲說：「殿下，御醫沒那麼快來，老奴……先給您止血……」

雲遲點頭，扔了帕子，接過福管家手中的藥瓶，倒出白色粉末狀的藥，撒到了手上。

金瘡藥雖好，但也需要時候，血依舊滴滴答答流著。

福管家顫著身子說：「殿下乃千金之軀，將來是萬金之軀，有多大的怒火，也不能傷了自己啊！太子妃若是知道，定會心疼的。」

雲遲看著已碎的案桌，宣紙筆墨奏摺灑了一地，他深吸一口氣，彎身撿起花顏的書信，對福管家說：「本宮知道了，把這些收拾乾淨吧！」

不多時，一名御醫提著藥箱氣喘吁吁地跑進東宮，來到書房，見了雲遲的手，駭了一跳：「殿下這手……這手是怎麼傷的？」

雲遲此時已冷靜下來，眉目溫涼寡淡：「你不必管怎麼傷的，給本宮看看就是。」

御醫心下一哆嗦，再不敢打探，連忙給雲遲看手，暗暗地想著太子殿下幾乎很少叫御醫到東宮，最近的一次還是一年前，染了風寒。

御醫小心地給雲遲檢查了一番，鬆了一口氣，拱手：「殿下的手幸虧沒傷了筋骨，也及時用了金瘡藥止血，不是十分嚴重。下官這就給殿下包紮一番。」

雲遲點頭，任由御醫為他清洗了傷口，又重新上了藥包紮。

包紮好後，御醫又拱手道：「殿下的手需要養幾日，切忌不可沾水，待傷口結痂才行。」

雲遲頷首：「本宮知道了。」

御醫退了下去，福管家給了御醫賞錢，親自送了出去。

小忠子這時才回過魂來，白著臉上前：「殿下，您可嚇死奴才了。」

雲遲瞥了小忠子一眼，見他臉色白的如小鬼一般，冷嗤：「出息。」

小忠子立即點頭：「奴才是沒出息，殿下以後可別再這樣了，奴才雖什麼都不懂，但有一句話卻是知道的，殿下生這麼大的火，傷了自己，可是親者痛仇者快。」

雲遲聞言笑了一聲，臉上卻沒笑意：「難得你也能說出這樣的話來。」話落，眼底盡是暗沉，「北地那幫子狗東西！」

小忠子鮮少聽到雲遲罵人，從小到大，幾乎沒有，如今見雲遲這般，可見是真氣得狠了。

雲遲拿過花顏那封信，又重新讀一遍，吩咐：「換一張玉案，備筆墨紙硯。」

小忠子應是，不敢耽擱，很快就去辦了。

雲遲捏著信函冷靜下來後便開始縱覽京城所有人物，北地在半年前以朝廷的名義增加兩成賦稅不是小事兒，可是朝廷卻沒聽到半絲風聲。這可真是滑天下之大稽了。

半年前，西南境地兵亂雖然是朝廷的重大之事，但他早就盯著西南境地，未失去掌控，所以，當時西南境地雖亂，但在他的謀劃下，也不是分不出精力洞察朝局。

對於北地，他也早就有心思，覺得北地這些年的確不太安分，雖沒出了大事兒，但小事卻是不斷的，但覺得先收拾西南境地要緊，所以對於北地，一直按兵不動，想著慢慢收拾。

可是他怎麼也沒想到，如今北地竟然是這步田地，而且是半年前，與西南境地一同有人趁著西南亂時圖謀不軌。且北地那麼多官員，那麼多世家，就像是連起手來一樣，將北地遮住了天。生生，沒讓風聲傳出來。

也許，不是沒傳出來，而是傳出來時，他恰巧在西南境地收復西南，那時父皇臨朝，而父皇身子素來孱弱，對朝局有心無力，所以，朝廷有人給瞞下了。

他壓制著心中怒意，好一個粉飾太平的南楚朝綱，他真是低估了從京城到地方這些官員們。

小忠子帶著人重新擺好了玉案，備好了筆墨紙硯，見雲遲自御醫離開後，一直坐在那裡，臉色不停變化，知道殿下想事情，也不敢出聲，垂手候在一旁。

片刻後，雲遲站起身，他氣怒之下，傷的是右手，幸虧自小左右手皆練過，於是他提筆，用左手給花顏寫了回信。

信中自然隱瞞了他氣怒之下傷了手之事兒。

東宮請了御醫之事沒遮掩，宮中和朝臣們自然很快就得到了消息。

太后首先緊張起來，皇帝也得到了消息，各自派了貼身太監去東宮了解出了什麼事兒。

也不怪皇帝和太后沉不住氣，實在是雲遲不輕易請御醫到東宮。

雲遲親自接見並伸出裹著的手，給兩個小太監看了，寡淡地說：「回去秉父皇和皇祖母，就說本宮無事兒，不小心傷了手而已，御醫看過了，養幾日就好。」

那兩個小太監仔細地看了雲遲裹著的手，包得嚴實，什麼也看不出來，但確實只有手傷了，觀太子殿下面色平靜，點點頭，恭敬地告退，回宮覆命了。

皇帝和太后聽聞雲遲只是不小心傷了手，皆鬆了一口氣。可鬆了口氣後又十分納悶，不明白雲遲做了什麼會不小心傷了手，東宮的奴才們幹什麼吃的，怎麼讓太子自己動手？

雲遲吩咐雲影將給花顏的回信送走後，坐在書房裡又重新拿起雲暗查出的卷宗，臉色雖平靜，但眼底冰冷一片。

當日晚，朝臣們紛紛揣測太子為何受傷了，但沒打聽出什麼來。想著皇帝和太后平靜，顯然，沒出什麼大事兒。

第二日早朝，雲遲起的比平時早了一個時辰，早早地就到了金殿。

朝臣們陸陸續續地來到金殿，抬眼就看到了坐在高座上的雲遲，都悚然一驚。他們這是第一次見到太子殿下早早地來了金殿等著朝臣們上朝，不由得都看向更漏，發現自己沒誤早朝的時辰，而是太子殿下來早了，不由得鬆了一口氣。定了定神，朝臣們趕緊上前給雲遲請安。

雲遲臉色平靜，比尋常別無二樣，泰然自若地對上前請安的朝臣們點頭。

朝臣們暗暗猜測，今日是出了什麼事兒？為何太子殿下來的這樣早？

趙宰輔病了多日，已然病好，在前幾日雲遲罷了御史台老大人的官，訓斥了兵部尚書閉門思過後，他在府中躺不住了，第二日就上了早朝。

自從那日後，朝中甚是平靜，都在忙著秋試一事，卻也隱隱地透出暴風雨前的平靜，讓人心神不太安靜。有些只有特殊日子才上朝的老大人們，比如梅老爺子，宗室的幾位老王爺，也都按時按晌地上了朝。他們活了一輩子，對政局有著最敏銳的直覺。

早朝時辰一到，文武百官們依次站立，三叩九拜。

雲遲今日是看著每一個人踏進這金殿的，每個人進來時的表情，他都看盡眼底，他今日就想看看每個人在他之後踏進這金殿第一眼是個什麼表情，在見到他之後，又是什麼表情。

他如今自然都看到了，平靜地抬手：「眾卿平身。」

眾人起身立好。

掌事太監高喊：「有本啟奏，無本退朝。」

自雲遲監國以來，還沒出現過無本退朝的時候，但是近日，太監喊完後，無人出列。有的人手裡是有奏本，但覺得今日太子殿下顯而易見地不同尋常，沒敢拿出來，生怕自己的奏本一會兒引火焚身。更怕自己當那個出頭鳥，就如御史台那位被罷官的大人一般。

雲遲的眸光掃過眾人，涼涼地問：「都沒本啟奏嗎？」

朝臣們互相看了一眼，無人敢出頭，顯然，前幾日雲遲在早朝上的震懾猶在。

雲遲等了一會兒，忽然冷笑了一聲：「好得很，你們都覺得南楚天下太平是嗎？你們無本啟奏，那本宮就讓你們認識認識南楚的太平在哪裡？」

話落，他隨手拿出袖子裡的卷宗，「啪」地扔了下去。
他的卷宗不偏不倚，正砸在了戶部尚書的腦袋上。
卷宗雖輕，但雲遲砸得可沒在客氣，還用了些許小力，戶部尚書頓時被砸得眼冒金星。
戶部尚書好半晌沒回過神來，不知是被砸懵了還是怎地，即便眼冒金星，他身子晃了又晃，但也沒被砸趴下，依舊站著。
朝臣們都倒吸了一口涼氣，震驚地看著雲遲砸了戶部尚書。冷靜的人想著不知戶部尚書又是哪裡惹了雲遲，否則，太子殿下不會專門砸他。
當慶幸太子殿下不是砸自己時，大多數人都立馬以看戲的姿態看著戶部尚書。
「撿起來。」雲遲看著戶部尚書，嗓音冷的能讓人凍成冰渣。
戶部尚書聽到雲遲的話，這才回過神來，抬眼看到雲遲的臉色，以及地上的卷宗，還有朝臣們都看著他的眼神，頓時嚇出了一身冷汗，連忙彎身撿起了地上的卷宗。
這一看，他三魂幾乎嚇沒了七魄，出列「撲通」一聲跪在了地上，「殿下恕罪。」
卷宗上清楚明白地寫著北地半年前以朝廷的名義徵收了兩成賦稅，戶部管的是土地、賦稅、戶籍。他終於明白太子殿下今日砸他的怒火從哪裡來了。
他渾身哆嗦，連忙叩頭：「是臣失察。」
「失察？」雲遲怒笑，「只是一個失察嗎？」
戶部尚書說不出話來。
雲遲起身，緩步走到他的面前，溫涼的聲音不帶一絲情感：「來人，將他拖出去，砍了。」
朝廷頓時轟然，人人驚駭。有人出列說道：「殿下，不可。」

雲遲自監國以來，還從未在朝廷上將人拖出去午門外斬首，尤其是如今戶部尚書只說了兩句話，還沒經三司會審查他犯的這樁大事兒再定罪的情況下。

「北地半年前以朝廷名義加徵百姓兩成賦稅，戶部沒得到半絲消息稟告本宮。你們說，他不該砍嗎？」雲遲涼薄地詢問。

群臣瞬間譁然。

「拖出去，砍了！」雲遲聲音陡然一厲，「有誰求情，一併砍了。」

朝臣們頓時鴉雀無聲，早先那說殿下不可的人立即龜縮回了佇列。

殿外有護衛進了金殿，摘了戶部尚書的烏紗帽，脫了他的官袍，將他拖了下去。

即將被拉出金殿的戶部尚書駭然地大呼：「殿下饒命，殿下饒命……」

北地出了這麼大的以朝廷名義加重百姓賦稅之事，戶部尚書何止是失察，在雲遲看來，無論是他是否有參與，根本就是該死。

還無能占著位置，更該死。

不多時，外面沒了聲，有人來報，已斬首。

雲遲面色平靜，坐回椅子上，一言不發地盯著下面的文武百官。

朝臣們都嚇傻了嚇死了，一直以來覺得太子殿下有才有謀算，雖天性涼薄冷情，但也不是殺戮狠厲之人。可是如今，他們錯了。

比起罷免了老御史的官職，訓斥兵部尚書閉門思過，今日北地加重賦稅之事是觸動了他的龍鬚。乾脆果斷地砍了戶部尚書的腦袋，讓滿朝文武重新地認識了這位太子殿下。

一時間，朝臣們大氣也不敢喘。

「如今有本啟奏嗎？」雲遲將滿朝文武又盯視了一盞茶，才涼寒地開口。

朝臣們頭也不敢抬，驚魂未定地想著自己有什麼事情要稟奏來著？手裡本來有奏摺的人，一時似也想不起來了。

「嗯？沒有嗎？」雲遲眉目一沉。

這時，工部一位大人站出來：「臣有事稟奏。」

眾人都齊齊鬆了一口氣。

雲遲目光看向那位工部大人，嗓音低沉：「趙大人何事啟奏？」

趙大人三十多歲，任工部侍郎，手中並無奏本，抬頭看了雲遲一眼，板正地說：「戶部尚書其職，一日不可無人，川河口一帶治水，如今正起步，需戶部配合調配銀兩用度，臣請太子殿下儘快重新任命戶部尚書，以免耽擱川河谷一帶治水進程。」

雲遲頷首：「本宮知道了，眾位愛卿若有舉薦，明日上奏摺。」

這也就是說，不會現在將人立馬定下來。

趙大人聞言退了回去。

因趙大人開了頭，朝臣們見他沒事兒，於是趕緊拿了手中的奏本啟奏。

有人提到戶部尚書家眷，詢問雲遲如何治罪。

雲遲寡淡地道：「抄家，家眷一律打入天牢，待查清北地加稅之事，一併酌情判罪。」

那人又退了回去。

又有人出列：「太子殿下，北地竟敢私自以朝廷名義增加百姓賦稅，瞞而不報，欺君罔上已半年之久，可見北地何等之亂，子斬公子一人怕是應對不來，臣覺得，朝廷應再派人前往北地，協助子斬公子。」

這人一提議，好幾個人出列紛紛附議。

「蘇子斬並未給本宮上求救增援的摺子，也就是說，北地他應付得來。」雲遲果斷地駁回了這一提議。

眾人對看一眼，又歸了列。心下暗想著，蘇子斬動作確實快，查得的東西也著實讓人心驚，如今蘇子斬的奏摺不經過下面官員層層遞上來，而是直接送去東宮，今日北地加重賦稅的卷宗被捅出來，明日還不知道會有什麼，一時間，與北地有牽扯的人頓覺自危。

早朝後，官員們都腿軟腳軟地走出了金殿，這是有史以來第一個讓滿朝文武都心驚膽戰的早朝。

御林軍已經前往戶部尚書府抄家，戶部尚書府傳出的哀嚎和驚慌的尖叫聲，震動了整整一條街相鄰的府邸。

皇帝聽聞雲遲在早朝將戶部尚書推出去斬首時，也驚了一下，待得知原因後，他比雲遲還憤怒：「北地這群人，怎麼敢，他們怎麼敢！」

雲遲砍了戶部尚書，下了早朝後，自然要來帝正殿與皇帝彙報，畢竟他如今還是太子。他來時，地上摔了一盞茶，皇帝仍在震怒中，見到他，皇帝怒道：「不能只砍了一個戶部尚書就算了。」

雲遲點頭：「自然。」話落，吩咐王公公：「將地上收拾了。」

王公公見太子殿下來了，鬆了一口氣，皇上也已有好長時間不曾發火了，他素來脾氣溫和，跟在他身邊侍候久了的王公公此時也被嚇壞了，方才沒敢上前，如今趕緊命人將地上收拾了。

雲遲待地面收拾乾淨，走在桌前坐下。

皇帝胸腹鼓動，一張臉鐵青，顯然氣的不輕：「這幫混帳東西，他們不是糊弄你，是糊弄朕，你處理西南境地時，朕每日上朝，當時還覺得朝野上下太太平平的，偶有些小事兒，不算什麼，北地更是安安穩穩的，誰成想，竟然有人包藏禍心！」

雲遲冷靜地道：「父皇息怒，您氣壞了身子，也不抵什麼用。」

皇帝很想息怒，但他無論如何都壓制不下來，他畢竟是坐了多年的皇帝，雖身子骨孱弱，寬厚溫和，但人卻不昏庸，他看著雲遲道：「北地不應該是一個人隻手遮天，那麼大片的土地，二十多個州郡縣，半年來，竟沒有傳出半點兒風聲，可見是無數隻手，遮住了北地的天，同時，朝廷也有人參與合謀。」

雲遲頷首：「父皇說得有理。」

皇帝怒道：「他們想幹什麼？想造反嗎？」

雲遲淡淡道：「顯而易見。」

皇帝震怒，一時氣急，咳嗽起來。

雲遲看著皇帝，他昨日知道時，都氣得砸了桌子，更何況皇帝，他脾性再溫和，也受不住這個氣，他伸手拍他後背，冷靜至極地說：「父皇放心，無論是誰造反謀反，兒臣都會將之揪出來，砍了殺了，連根拔起。我南楚的江山，不准許任何人破壞，將來，還要四海河清，盛世太平。您還要含飴弄孫，看兒臣治理這江山天下的，萬不要氣壞了自己，有兒臣在呢。」

皇帝胸腹中本是一團火燒，恨不得殺去北地，他倒要看看，都是些什麼東西敢在北地為非作歹，如今聽著雲遲分外冷靜的聲音，他的心也漸漸地冷靜下來，吐出一口濁氣，問：「昨日，你傷了手，便是因為此事？」

「嗯。」雲遲點頭，「兒臣也氣。」

皇帝深吸一口氣：「卷宗拿來，朕看看。」

雲遲將袖中的卷宗抽出來，遞給他，見他不咳了，自己又坐回原位。

皇帝打開卷宗，翻閱完，震怒道：「原來幾十年前，太后嫁入皇室後，北地黑龍河便決堤過一次。這在南楚收錄的卷宗裡根本就沒有。」

「北地給瞞了下來，如今算是故技重施。」雲遲道。

「定然與程家脫不開關係。」皇帝道，「太后初嫁入皇家，北地便出了黑龍河決堤如此大事兒，對太后對程家都不利。所以，瞞而未報。」話落，又道，「不知此事太后可知曉？」

雲遲道：「幾十年前之事，朝廷沒有卷宗，但她是程家的女兒，剛入宮時，程家需要仰仗她，她也需要仰仗程家，皇祖母到底知道不知道當年之事，只能問她自己了。」

皇帝斷然道：「一定知道，你稍後便去甯和宮一趟。不是我們天家對不起程家，是程家對不起天家，朕就不信，程家這樣大的世家，北地有風吹草動，若沒有參與，程家能不知？程家人來京數次，朕每次問北地，可都是說很好很太平的。」

雲遲頷首：「兒臣稍後就去見皇祖母。」

皇帝平順了呼吸：「蘇子斬和太子妃在北地，可應付得來？是否要你親自去一趟？」

雲遲搖頭：「應付得來，父皇放心，兒臣無須去北地。兒臣如今更應該留在京中坐鎮。」

皇帝想想也對，點頭：「是朕昏聵了，這個時候，你確實更不應該離開京城。你要監管川河口一帶水患治理，還有督辦秋試，以及震懾朝臣們。是朕沒用。」

雲遲微笑：「父皇已經很好了，您不昏聵，只不過是因身體原因，心有餘力不足，長此以往，被人聯合起來蒙蔽了耳目罷了。兒臣監國四年，北地出了這等事情，也是兒臣的失敗。」

「帝王儲君也是人，不是神，是人就有過。」皇帝見雲遲這樣說，伸手拍拍他肩膀，「你選花顏為太子妃，最正確不過。若沒有她，這北地不知還要欺瞞到幾時。得花顏，是我雲家之幸。」

雲遲從帝正殿出來，去了甯和宮。

一路上，他想著皇帝那句話，得花顏，是雲家之幸。

的確，若沒有她，很多事情，都不會如此順利，從先皇到父皇，先皇執政手段也溫和，父皇除了溫和任善外，更多了身子骨弱。所以，幾十年來，南楚已在暗處悄然地腐朽。

他監國之前，還未有所察，那時，也覺得天下太平，但出了川河谷水患之事後，才認知到南楚不像是表面這般光鮮繁華，像是一只紙老虎。

他總想著慢慢來，總會將這紙老虎重新鑄造成鐵老虎。

如今，他監國四年，前三年，培養自己的人，抓朝局，讓朝臣們認可他這個太子，讓他說的話，能在朝堂上說一不二。他做到了。

這一年，他準備大婚，想將花顏娶進東宮，然後，大婚後，再琢磨著如何從根本上治理天下。只是沒承想，因花顏，提前了對西南境地的收復。

收復西南境地，載入南楚史冊，是他的一大功勳。但同時，北地竟然亂到了這個地步。

監國四年，他扎根在朝局的根基雖穩了，但是還遠遠不夠。這次北地水患，他也只收到了魚丘縣的一封密折。北地欺瞞加重稅收這麼大的事兒，他至今才知曉。

父皇說得不錯，得花顏，是他之幸，更是雲家之幸。

如今花家所有在北地的暗樁暗線都已啟動，花家有千年的根基和底蘊，絕非南楚四百年可比，也絕非他監國四年可比。

普天之下，怕是再沒有哪個家族哪個人，更適合肅清北地了。

來到甯和宮，宮女太監們見到雲遲，跪了一地請安。

周嬤嬤迎了出來，謹慎小心地看了雲遲一眼，見他面色平靜，她屈膝請安，將人請了進去，同時小聲說：「太后打碎那套她最喜歡的慶祥雲花紋年畫茶具。」

雲遲腳步一頓，點了點頭，邁進了門檻。

太后臉色不好，但見到雲遲，還是慈善地溫和地說：「哀家知道你忙，但也要注意身體，你瞧瞧你，短短幾日，就清減了這許多，待大婚時，花顏見了你，可別認不出你的模樣來。」

雲遲笑了笑，請安後，挨著她坐下：「過幾日就養回來。」話落，問，「皇祖母打破了那套最喜歡的茶具？」

太后面上露出隱隱怒意：「北地那幫子官員，都該死。」

雲遲不置可否。

太后看著雲遲：「你今日來找哀家，是不是要對哀家說程家？哀家已經與你說過了，你不必在乎哀家，程家若是犯了法，你該如何辦就如何辦，哀家早已經是皇家人，這些年，對程家也從未虧待過，沒對不起程家，也算早報了程家的生養之恩了。」

雲遲搖頭：「孫兒是想來問問皇祖母，幾十年前，您初嫁皇家後，可知道北地黑龍河決堤之事？」

太后聞言面色一僵。

雲遲何等眼力，道：「看來皇祖母是知道的。」

太后默了片刻，頷首：「哀家的確知道這件事兒，當初，我才嫁入皇家月餘，我父親派人給我送了一封密信，說的就是北地黑龍河決堤一事。那時，父親沉痛地說了黑龍河決堤事大，負責修繕看顧堤壩的人，大半是程家人。因程家的祖籍和祖墳就在黑龍河一帶，一旦黑龍河決堤上報朝廷，那麼，皇上定會問罪程家，一旦問罪程家，我也躲不開。無論是為了程家，還是為了我，都只能瞞著。」

雲遲不語，靜靜聽著。

太后又道：「哀家當時也掙扎過，奈何哀家剛嫁入皇家月餘，可以說沒有根基。最怕先皇厭惡程家厭惡我，前思後想之後，還是同意了瞞著。哀家那時日夜驚慌，但哀家也沒想到，最後那件事兒還真就瞞下來，朝廷半絲風聲都未聞。」

雲遲看著太后：「皇祖母就未曾想過，黑龍河決堤，那麼大的事兒，程家是怎麼瞞下的？」

太后道：「事後，哀家也去信問了，父親告訴我不可說，讓我只做好皇后就好了。我也知道此事的確不能再說，便沒有再問。沒想到，過了幾十年，我幾乎都忘了，倒是被你一提，還像是昨日之事。」

雲遲點頭：「看來，幾十年前，北地就串通一氣了。」

太后陡然一驚，駭然地看著雲遲。

雲遲面色平靜，眼神亦無波無瀾，他這一句話出口，就如說今天天氣真好一樣。

但太后是著實驚住了，她面皮動了動，嘴角顫了顫，好半晌才開口：「若是照你這樣說，哀家十六歲進宮，十七歲生了皇帝，如今四十一年。北地這幾十年……」

她說著，有些說不下去了。

雲遲看著太后，他今日來找太后，就是想求證幾十年前北地黑龍河決堤之事，若是太后知曉，那麼程家便跑不了。如今顯而易見，當年，瞞下黑龍河決堤之事，程家居首，但一個程家不夠，定然還聯合了別的世家，沆瀣一氣。

怪不得如今北地的網織得如此密，原來有幾十年的因果。北地這網，可見結了不止一代。

雲遲站起身，對太后道：「皇祖母無須多想，也無須操心，仔細身體，孫兒告退了。」

太后張了張嘴，還是囑咐道：「你也仔細身子，別累壞了。」話落，忽然發狠地說，「至於程家，若是你需要哀家，哀家便……」

雲遲搖頭，打斷太后的話：「孫兒只須皇祖母身體康泰，待孫兒大婚時，皇祖母安安穩穩地喝孫媳婦兒的敬茶。」

太后看著雲遲，她還不太糊塗，明白他的意思，他是不讓她因為程家倒下，她咬著牙點頭：「放心，哀家會好好的。」

雲遲頷首，出了甯和宮。

他前腳剛走，太后的身子晃了晃，便倒在了軟榻上。

周嬤嬤驚呼一聲，連忙上前扶住她：「太后！」

「別喊，哀家沒事兒，哀家只是有些心口疼。」太后喘著氣，臉上說不出是後悔還是自責還是如何，她就著周嬤嬤的手坐起，白著臉說，「先皇待哀家不錯，當年，是哀家對不起先皇。」

周嬤嬤拍著太后的後背，為她順氣，小聲勸慰：「當年您也是沒法子，不怪您。」

「雖是迫不得已，但是哀家還是自責。即便哀家怕先皇怪罪，後來先皇沒了，皇上登基，這些年，哀家也不該把那件事情瞞得死死地忘了，以為過去的事情就過去了。可是沒想到啊，原來這背後有這麼大的害處！如今，哀家是心疼太子！哀家瞞了幾十年的過錯，讓北地如今變成這樣難收拾的地步，是給他找了大麻煩。」

周嬤嬤低聲說：「沒有人能未卜先知，太后您別自責了。若是您有個三長兩短，太子殿下還要分心照看您。」

太后點頭：「將太子妃送的那藥丸給我一顆，哀家這就吃下，哀家幫不上什麼忙，的確是不能再給太子找麻煩了。」

周嬤嬤連忙去拿了藥丸，倒了溫開水，讓太后服下。

吃了藥丸，太后好了很多：「若不是她哥哥催的急，她在東宮留到大婚前再回去待嫁就好了。哀家眼看著自她走後，太子肉眼可見地清減，再這樣幾個月下去，可如何是好？」

周嬤嬤點頭，也覺得若是太子妃還在京城就好了。

太后坐了一會兒，忽然想起什麼，對周嬤嬤說：「你說，哀家給她哥哥寫一封信，派人送去花家，請她哥哥再讓她來京住些日子，怎樣？」

周嬤嬤一愣：「這……」

「你覺得不行？」太后與周嬤嬤商量。

周嬤嬤想了想說：「太后寫一封信試試吧！據說那位花灼公子十分難說話。您記得，當初悔婚懿旨，就是他派人攔截的，萬奇見了他都不敢放肆，東宮的人也沒能奈何……」

「你是怕他不給哀家面子？」太后聞言也有些抹不開面子，但想了想，為了雲遲，還是咬牙說，「哀家就豁出去這張老臉了。這一年，哀家也認清了，唯花顏在身邊，太子才好過些。」

雲遲出了甯和宮，去了議事殿。

他剛到議事殿門口，便有人稟告：「稟殿下，太后命人送了一封信去臨安給花灼，似乎是請他讓太子妃再來京住些日子。信中說您近來朝事壓身，東宮冷清，無人在您身邊知冷知暖，您見眼地清瘦，懇請太子妃前來照看您些日子。」

雲遲一怔，腳步頓住，有些意外。

那人小聲問：「殿下，要不要將信攔下？畢竟太子妃沒回臨安。」

雲遲沒想到太后在他離開後做出這個舉動，可見她是一心向著皇家，向著他的。他搖頭：「不必攔了，反正是送去臨安。」

那人應是，退了下去。

雲遲進了議事殿。

雲遲當朝將戶部尚書推出午門外斬首，戶部尚書家眷悉數押入天牢的消息，先是在京城轟動炸開了鍋，緊接著，如滾雪花一般，不出兩三日，便傳遍了天下。

朝廷百官，人人風聲鶴唳。

北地的一眾官員們自然也聽到了消息，驚駭於雲遲在朝堂的雷霆手腕，二品大員說砍就砍了，同時更恐慌的是至今沒見蘇子斬在北地露面。

他們都知道蘇子斬一定是早就來了北地，所以東宮才能屢屢收到蘇子斬查得的消息。

北地的官員一時間也日夜膽顫心驚起來。

尤其是北地程家。

程家在北地是響噹噹的世家大族，子嗣眾多，程家的家主程耀聽聞京城的消息時，立即去見了程家的老家主程翔。

程翔是太后的嫡親哥哥，長太后三歲，今年花甲之年。雖大多數時候已不管族中事務，但重要的大事兒，程耀都會向程翔尋求意見。

如今，程耀坐不住了，直奔程翔而來，見了程翔後，立即問：「父親，這可怎麼辦？」

程翔正在喝茶，見他匆匆而來，抬眼看了他一眼，板著臉訓斥：「你不是毛頭小子了，怎麼還如此禁不住事兒？剛有點兒風吹草動，就塌了天一樣。沒出息！」

程耀被老父訓斥，頓時也覺得自己太急了，但還是開口說：「父親，您訓斥得對，但今時不同往日。實在是……」

「不就是太子殿下當朝砍了個戶部尚書嗎？」程翔哼了一聲，「砍了就砍了。」

「父親，太子殿下砍了戶部尚書的背後，意思是要大開殺伐了啊！」程耀急著說。

「嗯，你還不算蠢。」程翔放下茶盞，「武威侯府那小子還沒消息？」

「沒有。」程耀搖頭，「派出查找他的人已多日，卻不曾見到他蹤跡。」

「這個蘇子斬，年紀輕輕，的確是個厲害的。」程翔道，「不過你也無須擔心害怕，他身上有寒症，是無解之症，太子殿下無人可用，才派他來了北地。如今大約是寒症發作，在哪個犄角旮旯貓著呢。」

「這……不太可能吧？父親要知道，據說他失蹤了幾個月，也許寒症解了呢？」程耀道，「不知道他在哪裡躲著，這裡的消息都能傳遞送去東宮給太子殿下。」

「無非就是北地加了賦稅之事，這事兒在北地隨便與百姓打聽都能打聽得出來。至於卷宗之事，只能怪下面人手腳不利索。」程翔道，「不過，已瞞了半年之久了，瞞到至今，也夠了。」

程耀想想也對，但還是詢問程翔意見：「父親，我們如今怎麼辦？」

「怕什麼？北地也不止我們程家一家。」程翔道，「多派些人在鳳城和魚丘兩地盯著，我就不信蘇子斬那小子來了北地會不去鳳城和魚丘。一旦有機會，就殺了他。」

程耀頓時一驚：「父親，這……殺了他的話，那上邊……」

「太子派他來，可見十分信任，咱們收買不了他，只能殺了他。」程翔道，「只要他露面，就別再給他喘氣的機會。」話落，又說，「軍營那邊近來沒什麼事兒吧？也讓人盯著點兒，別出差池。」

程耀立即說：「這個父親放心，沒出什麼事兒，他們與咱們是一條腿上的人。」

「嗯。」程翔點頭，忽然問，「顧哥兒呢？哪裡去了？」

程耀聞言頓時頭疼地說：「他昨日去鳳城了。」

程翔皺眉：「你怎麼沒叫人攔住他？」

程耀道：「父親知道，這孩子自小脾氣就擰，加之聰明，又得您悉心栽培，手下也有些人使用，兒子近來忙的焦頭爛額，沒顧得上他，他之前與兒子吵了一架，將自己關在房裡三日，昨日他出了房門，兒子以為他知錯了，誰知道，據說他從家里弄了十車的米糧，匆匆去鳳城了。兒子身邊的人都派出去找蘇子斬了，哪裡還有人能攔得住他？」

程翔聞言也歎了口氣：「這孩子就是心太善了。」

程耀似提起程顧之就生氣，發狠地說：「不服管教，以後他別想再回家來，程家沒他這個不幫忙反而添亂的子孫。」

程翔瞪了他一眼：「人有良心是好事兒，只可惜，生在我們程家，良心這回事兒，在幾十年前，就已經被狗吃了。你也別怪他，由著他去吧！」

程耀住了嘴。

第八十八章 安陽軍到手了

肖瑜用了一日時間，安排好了一切事宜讓花顏在一日後，於安陽鎮花樓裡見到了安珂。

安陽王府的人，一半子孫，都有風流性子的遺傳，安珂聽聞安陽鎮最大的花樓秦樓裡新來了一名花娘，長得是花容月貌，國色天香，便坐不住了，想著軍中無事兒，趁著這一夜，便帶著兩個心腹一小隊人馬出了軍營。

他剛踏出屋，便被安遇截住了，安遇對他說：「三哥要去哪裡？」

安珂在旁系一支裡行三，安遇行四。

安珂瞪了安遇一眼：「我去哪裡，需要你多管閒事兒？」

安遇繃著臉說：「昨日三哥與我一同收到上面的傳話了，讓我們近來警醒些，盯著營中，等候上面的吩咐，萬不可出差錯。這才過了一日，三哥不會忘了吧？」

安珂哼了一聲：「別說的好像只有你記性好我記性差一樣，你放心，我記著呢，不用你提醒。我就是出去轉一圈就回來。」

安遇立即說：「依我看，三哥還是留在營中的好，忍些日子，畢竟如今是非常時期。」

安珂怒道：「你這不是在營中嗎？我去去就回，行了，別囉嗦了。」說完，大步往外走。

安遇見攔不住，也有些惱怒，諷笑道：「早晚要死在女人的肚皮上。」

這話安珂自然沒聽見，他只記著見美人。

秦樓裡，采青第一次說什麼也不答應花顏扮成花娘，死死地拽著她衣袖哀求：「太子妃，您饒了奴婢吧！若是殿下知道，非砍了奴婢不可。您是貴重的千金之軀，怎麼能扮成花娘呢？不行，要扮也是奴婢扮。」

花顏好笑地看著她又拉又拽，恨不得將她拽走的模樣，暗想著這時候的采青，可真是不及秋月可愛了。實打實地看出她真不愧是雲遲的人，果然向著雲遲。

她無奈地說：「不會讓他挨著我一片衣角的。」

「那也不行。」采青堅決地搖頭。

花顏不忍心地說：「你來扮不行，你容貌雖清秀，但壓不住見慣了美色的狼。」

采青也有些糾結，但還是不同意：「那就找一個人，反正您不能自己來。」

花顏見怎麼都說不通，剛要對她出手，五皇子在一旁說：「四嫂，我也不同意，安珂是什麼東西，怎麼能有汙四嫂天顏？」

程子笑在一旁也覺得有理，掙扎了半晌，他忽然樂了：「行了，你們沒看到這裡還有一個長得不差太子妃多少的人嗎？」

幾人聞言都看向他：「誰？」

程子笑指指自己：「我。」

花顏見程子笑指他自己，「噗嗤」一下子笑了。

還別說，程子笑這個人，行骨風流，三分懶散，七分魅惑，容貌在男子裡，是極出色的，他特意不掩藏骨子裡的陰鬱時，自然是有幾分陰柔的，不哈哈大笑時，也有幾分翩翩孱弱姿態。

若是他來扮女子……

采青眼睛一亮，立即鬆開了花顏的袖子，轉過身，對程子笑行了個大禮：「多謝程七公子，您真是太好了，奴婢謝謝您。」

程子笑擺手：「不用你謝，什麼時候我見了太子殿下，向他討謝好了。」

花顏又氣又笑：「行吧！你來就你來。」話落，對他問，「你確定那安珂沒見過你？」

程子笑道：「見不見過都沒關係，不是有太子妃的一雙妙手嗎？你給我易容一番，不是輕而易舉？」

「行。」花顏也覺得可行，索性就打消了自己上陣的想法，畢竟雲遲若是知道，還真是會饒不了她。

於是，她立馬動手給程子笑易容，又拿了女裝讓他自己換上。

待他從屏風後婀娜多姿地出來，采青看得眼睛都直了，指著程子笑，好半晌目瞪口呆。

花顏雖知道程子笑可行，但也沒想到效果會這麼好，她鼓掌大樂：「以前我帶著秋月滿天下跑時，身上的銀子花光了，便死拉硬拽地將她拽去賭坊，以她換本錢，多不容易。若是早識得了你，哪至於每回都受秋月冷臉，只拖上你來花樓，便能賣上一大筆。」

程子笑勾唇斜睨了花顏一眼，沒被她的打趣惱羞成怒，反而笑著說：「那以後太子妃若是有這等好事兒，就帶上我好了，我不會對你冷臉的。」

他這一開口，好好的美人露了餡。

五皇子看著程子笑，不忍直視地說：「你還是別開口了。」

花顏又樂了一會兒，圍著程子笑走了兩步，眉眼都是笑意：「真不錯，我就喜歡欣賞美人。如今你這副模樣，真是春華之貌，秋水之容，婀娜娉婷，纖腰楚楚。」話落，她伸手入懷，翻出一個瓶子，倒出一顆藥丸遞給他，「把這個吃了，你嗓音就改了。」

程子笑接過藥丸，問：「多久失效？」

「兩個時辰。」花顏笑咪咪地說，「足夠了。」

程子笑點頭，將藥丸扔進了嘴裡，吞下了肚。

安珂來得很快，秦樓的老鴇迎了出去，見到安珂，笑開了一張臉：「哎呦，安將軍，您好些日子沒來了。今日是什麼風，讓您想起咱們這秦樓了？」

安珂腰板挺得筆直，身上的軍袍未換，容貌倒是遺傳了安陽王府子孫的容貌，三十多歲，頗有英氣，他大笑了一聲，聲音清亮：「我聽說秦樓來了個新花娘，花容月貌，過來瞧瞧，到底怎麼個傾國傾城。」

老鴇一聽，頓時用帕子捂著嘴笑起來：「哎呦，安將軍您消息好靈通，那美人是我用了大半年的時間才幾經周轉弄到手裡，昨日剛剛到，還沒調教呢，如今可不能先放出來，萬一她脾氣壞，惹了將軍，奴家可就得不償失了。」

安珂大掌一拍：「你只管把她叫出來給我瞧瞧，總不能讓我白來一趟，你知道我的心頭好，爺就愛脾氣倔的。不用你來馴服，爺來幫你先訓訓。」

老鴇為難：「安將軍，您還是等幾日再來吧！您照顧了奴家這麼久的生意，奴家也不能跟你打馬虎眼，這個美人啊，那性子跟野馬似的，是真刺！」

安珂一聽更是心癢難耐：「別廢話，爺少不了你的銀子。」說著，推開老鴇，大踏步往裡面走，「哪個房間？爺這就去見識見識。」

老鴇一見攔不住，只能苦了臉：「紅香閣……」

安珂哈哈大笑：「果然是得你看重，將紅香閣那麼好的地方給了這新來的。」說著，熟門熟路，直奔紅香閣。

老鴇看著他大步走的背影，只能咬著牙不十分情願地跟了上去。

紅香閣內，一名美人正在攬鏡梳妝，一個又黑又瘦的丫鬟在一旁侍候。梳妝鏡前擺了好幾盤首飾，那美人一雙漂亮的手正在首飾盒裡挑挑揀揀。

「他」嗓音柔美，卻透著傲慢，驕縱地挑挑選選，似都沒有中意的，不由得發了脾氣：「媽媽說愛重我，我是她的心肝寶貝兒，可就拿這麼點兒破東西來糊弄我嗎？這金不是好金，玉也不是好玉，真當我是那種沒見過世面的土家子嗎？」

那丫鬟垂著頭，小心翼翼地說：「天香小姐，這些您都不喜歡的話，要不奴婢再去問問媽媽，還有更好的嗎？」

那美人一聽，頓時點頭，打發她：「快去問，就說我要好的，上好的，這些破東西，不入眼，都拿走。」

小丫鬟連連點頭，快步往外走，打開房門，忽然見到一個高高壯壯，身穿鎧甲腰佩寶劍的男人，似嚇了一跳，首飾盒脫手，劈里啪啦撒了一地。

那美人訓斥：「毛手毛腳，連給我的丫鬟都是這麼個上不了檯面的東西。這是欺負我初來乍到呢。」說完，他轉過頭也看到了門口的人，先是愣了一下，隨即豎起了柳眉，怒道，「別撿了，趕緊給我關上房門。」

那小丫鬟立即起身，連忙要來關房門。

安珂用大手一擋，邁過門檻，大踏步走進了屋，來到美人面前，驚豔地看著他：「你就是秦樓裡新來的那個美人？嗯，傳言不虛，果然是國色天香。」說著，就要伸手去摸他的臉。

美人立即後退了一步，尖叫起來：「快來人，把這個莽撞的漢子給我打出去。」

安珂一愣。

美人扭過身，離他遠了些，尖叫不斷：「媽媽！媽媽！你死了嗎？我的房裡怎麼來了人？不是說讓我一個月後才接客的嗎？你說話不算數，你個死晚娘。」

老鴇的名字叫晚娘，安珂知道，他是第一次見到這麼潑辣的，在秦樓裡敢這樣大呼小叫罵老鴇的，不由得眼睛亮了亮。暗暗地想著，瞧瞧這身段，瞧瞧這嬌媚的勁兒，瞧瞧這柳眉杏目，瞧瞧這開口的聲音，若是壓在身上，該是何等銷魂滋味。

老鴇匆匆跟著上了樓，看到門檻處散亂的首飾，有的竟摔成了兩段，她頓時心疼得肉疼地蹲下身：「哎呦，這是哪個手腳笨的東西，將這麼好的東西都扔到了地上？」一邊說著，一邊動手撿，只顧著心疼東西，倒是似乎沒聽到美人大呼小嚷。

那美人嚷了一會兒，見老鴇來了是來了，但來了之後只顧著那些破爛東西，頓時生氣了，掄起手邊的椅子就對著老鴇砸了過去：「好你個徐晚娘，你當我是什麼阿貓阿狗，我來了你這秦樓，你就不拿我當人看了嗎？你不想想你是怎麼把我弄到手的？到手了就不珍惜了？我砸死你個言而無信的東西。」

眼看那椅子就要砸到徐晚娘的身上，小丫鬟嚇得尖叫起來。

安珂立即錯身，一把接住了椅子，椅子上的力道震得他虎口麻了麻，暗想這新來的小娘子看著嬌嬌弱弱的，力氣倒是與她的脾氣一樣，真夠辣。

他就喜歡有力氣的，至少床上折騰的時候，能持久。這樣一想，更滿意了。

那老鴇本來正心疼地撿著首飾，眼見前頭有大東西砸來，她也駭住了，待安珂接了椅子，她劫後餘生地拍了拍胸口，也不撿首飾了，騰地站起身，衝到了美人面前，伸手指著她：「你這個小娼婦，還當你是什麼高貴的身分呢，我告訴你，進了我這秦樓，容不得你囂張，你得聽我的。」話落，她氣咻咻地對安珂說，「多謝安將軍，這個小賤人，今日就交給將軍您了，奴家指著您將她給我收拾的服服貼貼呢。銀子……」

她說著，氣咻咻地幾乎咬碎了一口銀牙，發狠地說：「銀子就不要了。」

安珂頓時一樂，正中下懷：「你雖不要銀子，但本將軍也不能委屈了美人。」說完，他伸手入懷，掏出一袋金子，老鴇眼睛一亮，他卻沒給老鴇，隨手扔去了梳妝鏡上，對老鴇說，「你出去，給本將軍關上門。」

老鴇看著那袋金子眼睛發光，但似乎懼怕安珂，磨磨蹭蹭地走了出去。

安珂在老鴇出去後，伸手就要去抱美人。

美人從頭頂上拔出一根簪子，看看安珂，發了狠，將簪子對準了自己眉心。

安珂一看樂了：「美人連想死都這麼別出心裁，別人自殺是戮頸自刎，你自殺偏偏對著眉心。有意思。」

美人穿著高領的雲衫羅裳，拿著簪子的手輕顫，但杏目圓瞪：「你是什麼東西，要你管我怎麼個死法！」

安珂被罵了，不但不惱，反而哈哈大笑：「你已經是本將軍的人，本將軍自然管你怎麼個死法了。」話落，看著她，越看越有味，「只要你今日侍候好本將軍，本將軍就給你贖身，你不想待在這秦樓，本將軍就將你接出去，置辦一處庭院，養著你如何？」

美人不買帳：「少糊弄我，立馬給我滾。」

安珂不但不滾，反而上前一步：「本將軍從不說虛言。」

美人見他上前，後退了一步，將簪子對準他：「再過來，我殺了你，退後！」

安珂哈哈大笑，伸手一把奪過簪子，在手中掂了掂金釵的分量，盯緊他：「你跟了我，以後每天我變著樣的送你首飾，比這支金釵好十倍的。」

美人被奪了簪子，又從頭上立即拔下一根，冷笑：「男人都不是東西，我憑什麼信你？」

安珂又大笑：「本將軍是安陽軍的將軍，一言九鼎。」

美人露出疑惑，然後哼笑：「看出來了，你是個軍爺，但誰知道是不是假的？今日你糊弄了我，明日你開口不認帳，我找誰說去？」

安珂一聽，又大笑：「倒是個潑辣又聰明的美人，怪不得進了這秦樓連老鴇都敢打。來，本將軍就讓你見識見識。」說完，他從懷中拿出權杖，在美人眼前晃，「瞧見沒？」

美人立即說：「瞧不清，這什麼東西？」

安珂將權杖拿近了些，得意地說：「這是本將軍的權杖，在這南陽鎮，本將軍就是要天上的星星都會有，你跟著本將軍，保你吃香的喝辣的……」他話未說完，直挺挺地向後面倒去。

美人上前一步，嫌惡地接住他，然後，輕輕地將他放倒下，忽然柔媚地大聲說：「我依了將軍了。」

安珂說著，忽然感覺渾身血液像是凍住了一般，他張嘴想大喊，發現發不出聲，也動不了，只能睜大了眼睛看著美人將他放在地上。

美人將他放在地上後，毫不客氣地坐在他的身上，笑著說：「將軍這身板真硬，咯的奴家屁股疼。」

安珂一張臉現出驚恐的神色。

美人又重重地坐了幾下，安珂發不出別的聲，只能發出悶哼聲。

美人奪過他手裡的權杖，在手中把玩了一下，然後又對安珂搜身，從他身上又搜出了半枚虎符。

他一邊把玩著，一邊嬌媚地說：「將軍……」

安珂臉上更驚駭了，隨著他屁股坐在他身上，把他當坐墊一樣，抬起來，又重重地坐下，他一會兒出氣長，一會兒出氣短，一會兒幾乎出不來氣。

就在他驚懼時，屏風後走出一名女子，那女子張口用安珂的聲音說：「好好，聽美人的，你說如何就如何……」

安珂一雙瞳仁驀地睜大，不敢置信地看著這女子張口就是他的聲音，他心中又驚恐又震怒，但只能直挺挺地躺在地上，什麼也做不了。

「哎呦，將軍您真好……」

「本將軍還有更好的呢……」

足足一個時辰，安珂便看到後來的那名女子坐在屋中喝茶，閒適隨意，時不時地用他的聲音說一句話。

而坐在他身上的這個美人，時不時屁股抬起將他身子當肉墊坐，或者是用腳踢踢椅子，用手拍拍床板，發出聲音。

一個時辰後，屋中靜了下來。

那美人開始嫌惡地扒安珂的衣裳，很快就扒好了，脱下自己身上的羅裙，往身上套他的鎧甲。

安珂腦中如被巨石砸中，嗡嗡轟鳴，若是這時候他還不知道自己中計了，他就是個傻子。他眼中除了驚懼，全是後悔。後悔沒聽安遇的話，今日不該出來。想不到他在北地待了十幾年，順風順水，今日竟然栽了。

美人穿好了安珂的鎧甲，用水淨了面，露出一張讓安珂更是睜大了眼睛的臉。

這張臉安珂認識，是北地程家的庶出七公子程子笑，因為近來，上面人將他的畫像送了來，讓他和安遇派軍中人盯著些，若是這個人出現在安陽鎮，就殺了他。

他沒想到，他沒殺到人，如今倒變成人家把他給坑了。

程子笑淨面後，對安珂又嫌惡地踢了一腳，然後對花顏無聲地說：「再給我易容？」

花顏笑咪咪地點頭，對著安珂的模樣，又給程子笑易容成了安珂的樣子。然後，又拿出一顆藥丸，遞給他。

程子笑吃了藥丸，清了清嗓子，對花顏無聲地說：「我只能模仿出這狗東西七八分的樣子和聲音，行嗎？」

「行。」花顏給了他一個放心地眼神，「我就在你身後跟著你，必要時，我以內力助你開口，你不要用你那點兒微薄的內力跟我的內力抗衡就是了。」

程子笑點頭，放心下來，同時心裡既好奇花顏如何以內功助他開口，又興奮即將大幹一場。他活了這麼多年，還沒有這麼興奮過。

程子笑做好心理準備之後，將地上躺著直挺挺的安珂拖進了屏風後。

屏風後五皇子和采青又驚又歎，今日算是認識了花顏和程子笑的另一面。如今見安珂被拖進來，采青連忙走到花顏身邊：「太子妃，您真不要奴婢跟嗎？奴婢功力也不算低的，保證不拖您後腿。」

花顏捏捏她的臉：「乖，你保護五皇子，同時將這狗東西送去北三街讓十三姐姐找個地方關押起來，別讓他死了。有雲暗在，我不會有事兒的。」

采青只能點頭：「那您小心些。」

花顏頷首。

程子笑又將屋中的東西弄得東倒西歪，床上的被褥用力地揉了一番，像是打過了一場仗，然後他深吸一口氣，對花顏點點頭。

花顏笑著立馬躺去被揉亂的床上，蓋上被子落下帷幔，地上扔著揉搓的衣服。

程子笑見屋中沒什麼破綻後，走到門口，打開了房門。

外面安玝的兩名心腹帶著的一小隊士兵聽了一個多時辰的壁角，如今見安玝出來，那兩名心腹對看一眼，嘿嘿地笑，其中一名心腹開口：「爺，怎麼樣？」

安玝滿面紅光，捶著腰，高興地點了點頭。

另一名也在安玝面前表現：「那這美人……如何安置？屬下可聽您說了，要給她贖身。」

安玝又點點頭，繼續捶著腰，大步往樓下走。

二人見安玝只點頭不說話，又對看一眼，齊齊在安玝身後往屋內瞅了瞅，只見屋內亂七八糟，床上帷幔半遮半掩，那美人蓋著被子躺在床上。那二人看著便心猿意馬，但既是安玝的人，只能心癢癢，流連地掃了一眼，趕緊跟著安玝下了樓。

那一小隊士兵們也跟著下了樓。

花顏見人都走了，立即推開被子，悄無聲息地跟了下去。

樓下，老鴇見安珂下來，笑著迎上前：「安將軍，得手了？」

程子笑覺得不能再不開口了，正著急，感覺後背一陣氣流沖入，隨即他感受到氣流從他內腹又順著內腹沖上胸口，沖出他口中，他聽到自己的說話聲，十分得意張狂，回味無窮：「本將軍打算給她贖身，這個美人我要了，有什麼條件，你只管提。」

話音開口，程子笑自己都嚇了一跳，暗暗震驚於花顏的本事。

這種感覺，讓他既新奇又有些心慌。

老鴇聞言一驚，高興的臉頓時變了，結巴地說：「將軍……要給她贖身……這可是奴家費勁千辛萬苦弄到手的美人，還沒捂熱乎呢。」

程子笑大手一揮：「別廢話，你只管提條件就是了。」

「這……這……太突然了，容奴家想想……」老鴇有些慌。

程子笑豎起眉，不耐煩地說：「想什麼？本將軍想要一個女人，你還不給？」

老鴇面色一變，連忙害怕地說：「給給……想想條件……」

程子笑聞言點頭，不再為難她，乾脆地說：「行，你且先想著，我過幾日再來。」話落，走到老鴇面前，發狠地說，「本將軍告訴你，不要給我耍花樣，這美人我喜歡，你給我看好了，出了差池，我要你的命。」

老鴇後退了一步，白著臉連連應是。

程子笑出了秦樓，掃了一眼，見到安珂的那匹配著金鞍的高頭大馬，走過去，翻身上馬，春風得意地說：「走，回營！」

兩名心腹和一小隊跟著出來，立即上馬，分毫沒懷疑安珂已換了人，跟著回了安陽軍大營。

花顏帶著太祖暗衛暗中跟隨，一路去了安陽軍大營。

回到安陽軍大營，程子笑馬也不下，直接騁馳進了營門。

營中甚是安靜，一切秩序井然。

依照程子笑自己與肖瑜瞭解的安陽軍內的情形，一路向裡走。

安陽軍內因安珂與安遇不和睦，所以，五萬兵馬分了兩股勢力，一股順服安珂，一股順服安遇，這麼多年，明裡暗裡較著勁兒。

營房分為東西大營，安珂年長，占東，安遇小他半歲，占西。

程子笑一路騎馬回到安珂住的地方，在門口，看到了等著他回來的安遇。他暗暗地吸了一口氣，想問花顏跟著沒跟著？此時跟進來了沒有？但沒法出聲。

他剛這樣一想，花顏的聲音在他耳邊傳音入密說：「放心，我進來了，就在你身後。」

程子笑頓時踏實了。

安遇在程子笑進來時，就盯緊了他：「三哥回來了？」

程子笑用鼻孔出氣，哼了一聲，翻身下馬，甩了馬韁繩，得意地看著安遇春風滿面地笑：「秦樓的天香姑娘果真是國色天香，又辣又有滋味，不虛此行。」

安遇臉色不好地看著他：「三哥是爽快了，但弟弟在你離開後時刻守著大營，怕出差池。」

程子笑不屑一顧：「我才出去不到兩個時辰而已，你慌成這樣做什麼？出息！」

安遇見他不以為然，惱怒道：「三哥不將時下北地的情形當一回事兒，可知道若是一旦出事兒，你我的腦袋就要搬家。你死不要緊，別害了我。」

程子笑大手一揮：「說什麼死不死的，喪氣，好心情都被你破壞沒了。」

他隨手一揮，雖隨意，但氣勁可不小，一下子就將安遇打了個跟頭。

安遇栽到地上懵了一下，隨即，騰地站起身，睜大眼睛看著安珂，忽然大叫：「你不是安珂，來人，拿下他！」

他一邊喊出，一邊拿出了劍，刺程子笑。

程子笑立馬後退了兩步，大怒：「安遇你瘋了！睜大你的狗眼看看我，我怎麼就不是安珂了？你耍什麼瘋？」

安遇追著他要殺他，口中大呼：「你不是安珂，來人，給我拿下他。」

程子笑躲避了兩下，先是沒拔劍，解釋了好幾句，但見安遇說什麼也不聽他的，他被徹底激起了怒火，也拔出了劍：「混帳東西，你又耍什麼陰謀詭計！不是老子是誰？」

安遇不聽狡辯，見沒人上來幫忙，破口大罵：「狗娘養的，沒聽見老子的話嗎？這個人不是安珂！拿下他。」

這時，安遇的手下驚醒，連忙聽話地上前，雖然他們打量半晌，也不明白這安珂明明就是安珂，怎麼就不是安珂了。但安遇發了怒，他們也不得不聽。

程子笑一見，氣急：「他竟然說我是假的，真是新鮮了，我還說他是假的了。來人，給我拿下他。」

安珂身後的心腹也覺得安遇是在使壞，明明安珂就是安珂，他們一直跟著，他進了秦樓玩了個女人，他們還守在門外聽了一個多時辰靡靡之音了，從秦樓出來，一路也跟隨著，怎麼能是假的安珂？

於是，安珂與安遇對打，安珂的手下與安遇的手下對打。轉眼間，兩撥人打了起來。

緊接著，兩邊壁壘分明的人馬陸陸續續地被驚動加入，也打了起來。

兩人手下的幕僚因出了這麼大的動靜，也連忙跑了過來，對看一眼，都不明白是怎麼個情況，他說他是假的，他說他才是假的，幕僚們觀戰半晌，也沒得出誰是真誰才是假的結論。

眼看兩人身上都掛了彩，士兵們的混戰越來越嚴重，已有死傷，幕僚們急了，有人大呼：「都住手！」這麼多年，安珂和安遇雖然不對付，但從未如此這般不要命地動過手，一時間，清醒的幕僚們都覺得這事情有點兒不尋常。

眼看著自己扶持的將軍吃虧，呼喊不管用，也顧不得了，只能上去幫忙。

論武功，安遇的武功要比安珂的武功高那麼一點兒，但論狠勁，安遇不及安珂，這個人雖喜歡玩女人，但也不是整日裡渾玩，只玩長得貌美夠味的上等女人，所以，沒被酒色掏空身子。所以在一片混亂中，安珂發了狠，一劍將安遇刺穿了個透心涼。安遇不敢置信地睜大眼睛，仰倒在地上，死不瞑目

程子笑雖有些武功，自小也是勤加苦練，本來沒將安遇看在眼裡，但真打起來方知，果然是軍營裡的漢子，還真不是草包，這安遇還是有兩把刷子的，讓他好生地費了一番功夫，才沒用花顏出手幫忙，自己實打實地殺了他。

殺了安遇後，程子笑支著劍喘息了片刻，大怒：「都住手！」

他一嗓子乾吼，開始沒管用，緊接著，有人驚恐地大喊：「安四將軍被殺了！」

「安四將軍被殺了！」

「安四將軍被殺了！」

一時間，無數士兵大喊了起來。

程子笑又怒喝，氣急敗壞地大吼：「都給我住口！他死了就死了，這個狗東西，竟然要陰謀詭計要害本將軍。他該死！」

「他是假的！安玽是假的！」安遇的一個幕僚這時怒喊，「殺了他，為安四將軍報仇！」

「混帳東西！將他給我拿下！」程子笑狠厲地看了那幕僚一眼，一身血腥，寶劍上還滴著血，發狠地怒喝，「將要陰謀不服本將軍令的人，都給我拿下。」

俗話說，大勢已去如風散，主將已死，早先歸順安遇的人等於沒了主心骨，很快安遇的人馬就沒了氣勢，安遇的幕僚們也悉數被拿下了。

一場混戰，沒出半個時辰，便落了幕。

程子笑覺得這一仗打的過癮，將寶劍往地上躺著，屍體還溫著的安遇身上蹭了蹭，將血擦掉，寶劍收劍入鞘，他狠狠地吐出了一口濁氣，瞪著地上安遇死不瞑目的眼睛繼續做戲：「安遇，你死了也別怪我，是你先惹我的！」

安玽手下的士兵們也覺得安玽做得對，好好的回來，安遇突然要殺安玽，任誰也不能坐以待斃。

「你我兄弟一場，下輩子，你別得罪我了。」程子笑轉過身，眉峰冷厲地怒喝，「從今以後，安陽軍只有一個將軍，叫安玽，都明白了嗎？」

「明白了！」士兵齊齊表態。

「整隊！有不服的，拖出去砍了！」程子笑十分威風地下命令。

士兵們收了兵器，整了衣衫，連忙站好佇列，無人不服從命令。

程子笑滿意，心想著，安陽軍到手了，他身上掛了彩，也值得。

無論是心裡服安珂的人，還是表面假裝順從安珂的人，都接受了安遇已死的事實，總之，無人敢再公然反抗安珂。

接下來兩日，程子笑在花顏暗中幫助下，安陽軍進行了有史以來的大換血和整頓。

暗中除了軍中的暗線和釘子，也因此，軍中的消息絲毫沒傳出去，外面看安陽軍還是以前的安陽軍，還是安遇在時的安陽軍，安遇已死的消息也被瞞了個嚴實。

兩日後，外面傳出蘇子斬現身鳳城，收服了程家七公子程子笑放糧賑災的消息。

消息一出，轟動了整個北地。

北地那些人聞得風聲，暗暗磨牙，原來蘇子斬一直沒露面，卻是暗中與程子笑勾搭到了一起，有程子笑的產業做後盾，他不需要調配北地官糧，自然有恃無恐，無須上門來找他們這些官員。

北地的官員們一時間慌了大半，更堅決確定不能讓蘇子斬和程子笑活著出北地。

蘇子斬不露面找不到他，如今露面了，雖辦成了收服程子笑放糧賑災的這件大事兒讓人心裡沒底，但總歸他露面比不露面躲在暗處強。

他露面，就暴露了自己，站在了明面上，那麼，就好殺了！

於是，紛紛派出大批人，湧向鳳城，下的都是死命，殺了蘇子斬和程子笑。

又過了兩日，安陽軍中一起來了三名信使，報信官將人迎到了安珂的中軍殿，三人見了安珂，沒見著安遇，齊齊對看一眼，其一名中年男子開口問：「安遇將軍呢？」

程子笑認識這名中年男子，是北地程家的一位庶叔，他頂著安珂的臉笑了：「他死了。」

此話一出，三人齊齊一愣。

因程子笑說得太雲淡風輕，不像是正經話，給三人的感覺就是玩笑。

其中一個與中年男子差不多年歲的瘦子說：「安珂將軍，上面有密信傳來，請兩位將軍共同過目，事態緊急，還請不要開玩笑。」

另一人二十多歲，很年輕，但模樣便不像是個善茬，面相奸滑，立即接過話：「就是，快將安遇將軍請來。」

程子笑看著三人，全都打量了一邊，巧得很，這三人他都認識，那瘦子是懷王府的一位庶出世叔，那年輕男子是蘇家一位庶子，在各家族中，有能力的庶子的確也會受到重用。他挑了挑眉：「我說他死了就是死了。你們當我開玩笑不成？」

三人見他這話說的正經，一時間都意識到這話可能是真的，不約而同地問：「發生了什麼事兒？」

「他屢次看我不順眼，前兩日得罪狠了我，我把他殺了，就是這麼簡單。」程子笑不耐煩地說，「有事兒說事兒，他死了，難道在你們眼裡，這事兒就辦不成了？」

三人對看一眼，都覺得不太對勁：「可是上面交代了，請兩位將軍一同看密信。」

程子笑猛地大掌一拍，案桌被他拍的砰砰響，怒道：「怎麼著？看不起老子？覺得沒了安遇，老子就無能了？你們如今站的是安陽軍的地盤，想死也容易。」

這話十分不客氣了，三人本是信使，以往一起來，很是得安珂和安遇面子。如今眼看安珂不給面子了，不由得都面色一變。

那年輕男子立即薄怒道：「安珂，我們可是上面派來的信使，你也敢讓我們出事兒？你就不怕上面怪罪你？」

程子笑哈哈大笑，聳了聳肩：「我怕得很，那麼上面有什麼密信，你們最好快點兒拿出來給我，我看心情，能不能照辦，若是我心情好，你們就活著出去，若是我心情不好，那你們乾脆死在這兒得了。」

他嘴裡雖說著怕得很，但是三人誰都看出來他根本就沒怕的意思。

三人不由得心裡都覺得安珂變得實在是太囂張了，這是分毫不給他們顏面，更證實了安遇的確是被他殺了，顯然，如今安陽軍他是真正的爺。這裡五萬兵馬，都聽他的，他若是想殺他們，如今還真是輕而易舉，他們走不出這安陽軍大營。

以前，安珂和安遇兩個人互相明爭暗鬥，上面的人很是樂見他們保持這樣的平衡，免得一人獨大生了異心。如今卻沒想到安珂不聲不響地殺了安遇，獨掌了安陽軍的大權。

他們三人能從庶出子弟被受到重用，自然都不是傻的，如今這情形，已經由不得他們對安珂頤指氣使了。於是，對看一眼，換了一副面孔，對安珂放軟了討好的語氣。

三人頓時口徑一致地說就知道安珂將軍厲害，安遇鬥不過安珂將軍云云，轉眼間，將安珂誇了一遍，誇的天花亂墜。

程子笑心中冷笑，面上卻現出越被人誇越得意的神色，顯然很喜歡聽。

三人你來我往地說了半晌，見把安珂誇得高興了，才暗暗地鬆了一口氣，步入正題，各自拿出密信。

程子笑打開密信看罷，三封密信雖然由三個人所寫，但意思卻都是一個意思，三封密信下達了一個指令，就是讓他和安遇即刻帶兵前往鳳城，絞殺蘇子斬和程子笑。

依照花顏的猜測而與蘇子斬制定的計畫真是半絲無遺漏，上面的人果然是要動用兵馬，而且，這動作來得真是快，距離蘇子斬在鳳城收服程子笑放糧賑災的消息不過兩日而已。

他將三封密信看罷之後，平鋪在了桌子上，對三人道：「雖然我這麼多年沒回京城了，但據聞武威侯府蘇子斬那小子武功十分厲害，別我辛苦帶著兵馬去了，他已經跑了。」

那瘦子立即說：「安珂將軍放心，他跑不了，主子們早已經派了暗衛埋伏在鳳城，不過怕的就是暗衛們殺不了他，所以，才讓安珂將軍帶兵前往。五萬兵馬圍困鳳城，諒他也想不到，插翅難飛。」

程子笑心想是你們想不到如今的安珂已經換人了吧？一幫蠢材。他雖心裡想著，面上卻不顯，點頭頷首：「好，稍後我便帶兵馬過去，我與上面的主子總歸是一條繩上的螞蚱，蘇子斬多活一日，對我也沒好處。」

三人聽聞此話，心下徹底一鬆，連聲道：「正是，安珂將軍明智。」

程子笑站起身，問：「三位可與我一同前往鳳城？」

三人對看一眼，搖頭：「在下三人要立即回去覆命，主子另有安排。」

程子笑頷首，拱手道：「那我就不留三位了。」話落，對外喊，「張二子，代我送客。」

張二子正是安珂身邊的一名心腹，聞言立即應是。

三人對程子笑拱了拱手，出了中軍殿。

張二子代替程子笑，送三人離開。

那年輕的男子心中有疑惑，對張二子問：「安遇當真死了？怎麼死的？」

張二子哼了一聲：「提起這個就氣，自己作死的唄。我們將軍不過是玩了個女人，安遇將軍不依不饒，說他不務正事，倆人打起來，他非要殺了我家將軍，沒想到自己命短，被我家將軍殺了。呸，活該！」

安珂愛美色，三人自然都清楚，見張二子一副氣咻咻不屑安遇死了都不解氣的模樣，頓時打消了心裡的疑雲，覺得安珂不是個傻的，這些年，身上不乾淨之處多了，他不敢生出異心叛變。

自然沒想到，安珂已不是安珂。

三人離開後，花顏出現在了程子笑面前，拿起了他放在案桌上的三封密信。

三封密信沒有署名，筆跡不同，的確是三個人所寫沒錯。

她問程子笑：「你可認識這三人的筆跡？是什麼人？」

程子笑指指其中一個筆跡，說：「這個我認識，程耀的筆跡。另外兩個不認識，不過那兩個送信的人認識，一個是懷王府的庶出世叔夏鐸，一個是蘇家的庶子蘇炎。至於他們是奉命於誰，不好說。畢竟懷王府自從懷王妃去後，小郡主失蹤，懷王心灰意冷了好幾年，懷王府的實權和產業，自那幾年開始，好幾個人管著。蘇家也不好說，雖不如懷王府庶務亂，但人丁也頗雜，主事的人有好幾個。」

花顏頷首，對外輕喊：「雲暗。」

「主子。」雲暗應聲現身。

花顏吩咐：「派三個人，暗中分別盯著那三人，看他們回去給誰覆命。」

雲暗應是。

程子笑對花顏問：「咱們是按兵不動，還是當真帶兵前往鳳城？」

花顏果斷地說：「帶兵前往鳳城，如今正是螳螂捕蟬黃雀在後的時候，大批暗衛正湧向鳳城，那麼，咱們這五萬兵馬，正該是圍困鳳城，讓那些暗衛有來無回的時候。」

程子笑大樂：「妙哉！有多少暗衛去鳳城殺蘇子斬和我，那麼，咱們就正好反其人之道還治其人之身，正好將這些暗衛們一網打盡。」
花顏笑著點頭：「正是。」
程子笑摩拳擦掌：「那就走著？」
「走。」花顏收了密信。
程子笑走出中軍殿，對外面的人吩咐：「點兵，全軍人馬，隨本將軍前往鳳城。」
如今的安陽軍，已成為了程子笑的一言堂，他一聲令下，自然無人不聽。
很快，五萬將士已整裝待發。
程子笑也不耽擱，點齊兵馬，出了安陽軍大營。
花顏帶著太祖暗衛跟在其後，保護程子笑，同時跟著前往鳳城。
此時，鳳城內，青魄易容的蘇子斬已經迎接了幾批殺手，雖安十六帶了大批花家的暗衛保護他，二人早有準備，但還是被來勢洶洶的大批暗衛不要命的殺法殺得心驚。
沒想到，有這麼多人要殺蘇子斬，一批批的殺手，顯然是都被下了死命，可見北地的人有多想要蘇子斬死在這。
殺了蘇子斬，就等於斬斷了雲遲對北地如今那僅有的一絲掌控。
殺了蘇子斬，雲遲再派不出人來北地，只能自己親自前來。任他有通天的本事，也讓他到了北地後難逃密網，一樣讓他有來無回。
暗衛殺手死士們來勢洶洶，連安十六都覺得有些招架不住了，恨不得花顏立即來救急。但在花顏沒來之前，他只能咬牙挺著。
安陽軍大營距離鳳城本就不遠，半日後，程子笑帶著五萬安陽軍來到了鳳城外。

他看了一眼鳳城，大手一揮：「將這城池給我包圍起來。」

手下士兵聽令，立即將鳳城圍了個水泄不通。

花顏在五萬安陽軍後，看著程子笑圍困了鳳城，便隨手抖出了一枚信號彈。

安十六正帶著花家暗衛護著易容成蘇子斬的青魄與暗衛死士們打殺得不可開交，見到花顏的信號，頓時念了聲阿彌陀佛，連忙一揮手，花家暗衛們護著青魄向鳳城外撤退。

那些前來殺蘇子斬的暗衛死士們自然不會放過，窮追不捨，大批人追出了鳳城城門。

出了鳳城城門，所有人都看到了五萬安陽軍圍困住了鳳城，密密麻麻。

「弓箭手準備！」程子笑下令，「除了胸前佩戴著紅繩的人不能射殺外，其餘人，都給本將軍射殺。」

因那大批人衝殺出來的急，無論是安珂新提拔的心腹副將們還是士兵們，都有些懵，一時顧不得想其他，便趕緊拉弓搭箭。

頭前一批出來的人，果然是人人胸前戴著紅繩，所以，士兵們聽話地沒放箭。任由這些人堂而皇之地鑽進了軍隊的空隙裡，轉眼就出了包圍圈，去了軍隊後方。

而在這批人身後，又衝殺出密密壓壓的黑衣蒙面人，急追而來。

程子笑大喝：「放箭！殺無赦，本將軍要他們一個也不能活！」

他一聲令下，弓箭手們頓時放箭，密密麻麻的箭雨對準了大批黑衣人。黑衣人全然沒防備，頓時倒下了一大片。

程子笑端坐在高頭大馬上，看著射殺場，心中冷笑……

沒想到花顏輕而易舉地便將北地這密網捅開了一道口子。

這些暗衛死士們培養的不容易吧？是北地那些人手中依仗的刀，估計他們都沒想到，這些刀就這樣被花顏以假蘇子斬露面鳳城賑災而悉數引了來，如今，全部都斬殺在這裡。

青魄和安十六以及花家的暗衛們或輕或重地都受了傷，到了五萬兵馬的大後方兩百米處，見到花顏一人坐在路邊一塊大石頭上，懶洋洋地曬著太陽，那神色那姿態要多舒適有多舒適，看得青魄和安十六狠狠地抽了抽嘴角。

安十六抖了抖劍尖上的鮮血，又抓了一把青草擦了劍，才喘著氣一屁股坐在了花顏身邊的地上，抱怨道：「少主，您這來得也太慢了吧？我險些把小命交代這兒，小金還等著我娶她呢。」

花顏笑著看了他一眼：「這不是沒讓你丟了小命嗎？」

安十六撇撇嘴：「那是我武功高。」

「嗯，磨練你武功了。」花顏誠然地說。

安十六一憋氣，沒了脾氣。

花顏看著他累狠了被打慘了的模樣，才笑著解釋：「收服了安陽軍後，整頓了一番，又等了兩日密信才過來。密信十分重要，可以順藤摸瓜。」

安十六本來也不是真抱怨，他知道花顏要收服五萬安陽軍不容易，點點頭。

青魄頂著蘇子斬的臉，給花顏見禮，他雖被眾人保護，但也受了不輕的傷。

花顏拿出金瘡藥遞給他，看著他發青的眼窩說：「如今危機解除，今晚你們都可以好好睡上一覺了。」

青魄接過金瘡藥，道了謝，點點頭。

半個時辰後，前方沒了喊殺聲。那些大批死士們誠如花顏的計畫，一個都沒活著出來。

程子笑下令弓箭手停止後，看著大片黑壓壓躺地的死屍，猶不放心地吩咐一名心腹：「你帶著人，挨個給我檢查，每個人身上的致命處給我補一刀，看看是否有裝死的。」

那名心腹看著大片的屍首，心膽具顫，想著將軍可真是厲害啊，這些人一看就是惹不起的殺手死士，可是他眼睛都不眨，就這麼悉數給射殺了。他雖然心裡怕得很，但不敢不服從命令，立即帶了一小隊士兵，挨個給那些殺手死士們身上都補了一刀。

還別說，程子笑這命令下得好，還真就給查出幾人還有一口氣，如今徹底幫他們斷了氣。見所有人都死透了，程子笑放心下來，大手一揮：「進城。」

五萬兵馬踏過那些死士們的屍首，進了鳳城。

花顏自然是要跟著程子笑的，不能離他太遠，否則不能以內力助他開口就是安珂的聲音。於是，她站起身，對安十六吩咐：「將那些人仔細地查一遍，看看他們身上可有梅花印。」

安十六面色一正，肅然應是。

花顏先一步跟在程子笑身後入了鳳城。

鳳城早已經是一座半空城，城牆和街道上的店面都被淹了。街上有破衣爛衫的百姓們面黃肌瘦或躺或歪的靠著牆根待著，整個鳳城，一片蕭條死氣。

縣衙早已無人，城守府也無人。這裡顯然早已經成為被官府放棄的城池。

花顏心中壓著怒意，隨著程子笑進了城守府。在跨進府門之前，程子笑安排了幾名副將，下令命讓他們帶著人馬，各自看守鳳城的東西南北四城。

程子笑的命令下達後，遭到了一名心腹的質疑。

他看著程子笑，第一次覺得安珂將軍似乎有些不對勁，但他也說不上來是哪裡不對勁，他看著空落落的鳳城，對程子笑道：「將軍，這城都空了，咱們看守何用啊？」

程子笑臉一板，訓斥道：「咱們每年的軍糧，皆來自老百姓的稅收，如今老百姓受難，我們豈能坐視不理？那豈不是成了王八蛋了嗎？咱們留在這裡，自然是要幫助鳳城受災的老百姓。」

那人一愣。

程子笑繼續道：「本將軍告訴你們，本將軍實在看不慣受不了北地這些烏龜王八蛋的官員們了。吃著老百姓的，喝著老百姓的，穿著老百姓的，卻幹著烏龜王八蛋才幹的混帳事兒。這好好的一座城池，就這麼給沖毀了，沖毀了不說，竟然沒人管，任由老百姓們餓死。我們都是娘生爹養的人，誰家沒個老爹老娘兄弟姐妹？兄弟們，我告訴你們，本將軍以前雖也不是什麼好東西，也覺得自己不是好人，但如今，本將軍卻也看不得北地這些官員們這般王八蛋的不作為。」

這回不止質疑程子笑的那人愣住，眾人齊齊都是一愣。

程子笑又大聲道：「你們看到街上的受災百姓了嗎？都給我睜大眼睛好好看看。他們都是人，不是畜生，說扔就這麼給扔了沒人管。若是你們的老子娘，若是你們家裡受了災，若是你們的兄弟姐妹們這樣沿街東倒西歪地等著餓死，你們覺得呢？」

眾人頓時心裡都不好受起來，包括那名質疑的人。他們這些當兵的，在軍營裡，又有多少人是家裡有錢有勢的？沒有多少。大部分士兵，都是窮苦人家的孩子。

南楚建朝後，朝廷雖取消了前朝明文的強行徵兵制，對於當兵不強求，但為了鼓勵當兵，卻將給與士兵當兵的補貼提高了一倍。也就是說，家裡有個男丁當兵，就可以養活一家子了。

於是，百姓們家裡有男丁壯丁的，經過朝廷的考核篩選，被選進了軍隊裡。

這也是南楚朝廷兵強的原因。

眾人聯想到自己，再想想鳳城如今的百姓，頓時點頭附和程子笑：「將軍說得對。我們家裡都有老子娘有兄弟姐妹們，不能學那些烏龜王八蛋的官員們。」

程子笑聽到眾人附和，面色總算好了些，揚聲道：「我手裡的兵，理當如此。咱良心可以被狗吃一回兩回，但不能回回被狗吃，一輩子也該做那麼一回兩回的善事兒好事兒，免得死後閻王爺都不收。」

眾人覺得有理，有人問：「將軍，那我們如今該怎麼辦？怎麼救百姓們？」

程子笑大手一揮：「太子殿下派了武威侯府子斬公子前來北地查辦賑災，剛剛我們救的那批人就是子斬公子和他的人，一會兒他再進城，我們聽子斬公子的就是。只要配合好子斬公子，我們就是立了功。」

眾人聽罷，紛紛點頭。

這些年，上面的人雖收買了安珂與安遇，派了幾名幕僚在二人身邊給二人參謀同時盯著二人，但做得隱祕，因在那一場安珂與安遇的亂鬥打殺中，安珂殺了安遇，而那些幕僚們，當時死的死，沒死的後來也被雲暗帶著人除了。所以，如今程子笑說什麼，他們就信什麼。

有那麼一兩個心腹覺得不對勁兒的，也被程子笑這一番話打消了疑慮，只想著安珂將軍心中還是有熱血有良心的。更何況，投靠太子，配合子斬公子，是正道，也就不糾結了。

於是，心腹們立即聽了程子笑的命令，帶著人去看守鳳城的東南西北四城。

青魄易容的蘇子斬與安十六在城外將那些殺手死士們的屍體檢查了一遍後，還真檢查出了兩人身上有梅花印。

安十六將這名死士的屍體單獨收了屍，其餘屍體太多，堆在一起成了一座小山，點了一把火，火化了。

二人做完後，帶著花家暗衛們又進了鳳城。

城守府內，程子笑捶著肩膀，對坐著喝茶的花顏笑著說：「總算可以喘口氣了，真他媽的痛快！」

花顏看了他一眼，笑道：「是挺痛快的，總算將北地捅開了一條口子。」

程子笑大笑：「不知道蘇子斬那邊怎樣了？」

花顏笑道：「若我所料不差，他的信應該快到了，我們很快就能知道情況。」

程子笑點頭：「北地這幫龜孫，大概還想不到他們派來的這些人有來無回，估計還做著讓蘇子斬死的美夢呢，根本就沒想到蘇子斬沒在鳳城，而他們派來的這些人已化成灰了。」

花顏冷笑：「我倒要看看，北地的天遮了幾層，捅開這一層，還有幾層。」

二人說著話，青魄與安十六帶著人進了城守府。

見到花顏，安十六肅著臉說：「少主，有兩個人身上有梅花印。」

花顏臉一沉：「那兩人可否能通過衣著判斷是誰派來的人？」

安十六搖頭：「不能，黑衣蒙面，周身無任何與那些死士們不同之處，沒有代表身分的東西。只在身上細查之下，發現有梅花印。」

花顏沉著臉說：「先將那兩個人的屍首收起來吧！」

安十六應是。

花顏吩咐：「我看街上許多災民東倒西歪，你們這兩日賑災，沒什麼效果？」

安十六立即道：「少主啊！我們來到後，先投放了一批米糧，保證這些災民不餓死，其餘的精力全部用來籌備應付湧來的殺手了，還沒具體徹底地施行賑災計畫。」

花顏點頭：「那從今日就開始吧！有五萬安陽軍調派相助，動作會快些。給百姓們趕緊重新登記造冊，搭建屋舍，給與米糧。」

安十六點頭：「這些都好說，這裡沒多少人，受災的百姓們大多都被關在幾十里外的難民營裡，還有山上占山為王去了一大批。」

花顏道：「這也好辦，讓人前去將難民營裡的百姓們都放了，說子斬公子在鳳城賑災，有米有糧，讓百姓們都回鳳城來。至於占山為王的那些人，一旦聽聞這個消息，會忍不住想下山的。放出風聲，告訴他們，一旦他們下山，既往不咎。沒有誰會有好好的日子不想過，樂意當土匪的，他們只不過是被逼無奈罷了。」

安十六應是：「我這就安排下去。」

花顏頷首。

接下來，依照花顏早先制定的賑災方案和計畫，真正地以鳳城為中心，開始了賑災事宜。

同一時間，魚丘也在進行著賑災。

因安十七和花容雖打著蘇子斬的名號賑災，但玩的卻是蘇子斬時隱時沒的策略，他必要時易容一下蘇子斬，不必要時，便洗了易容。所以，雖也引來了些人，但主要沒有鳳城的動靜大，他與花容帶著的花家暗衛很輕易就將來刺殺的人給解決了。

解決了幾批殺手後，再無殺手前來，便踏踏實實地依照花顏的賑災方案賑災。

當日，果然不出花顏所料，收到了蘇子斬的密信。

蘇子斬在信中說敬國公府的北兵符也不大管用，但好在異心者只那麼兩人，被他處理了，算是已掌控了敬國公府那五萬兵權。而武威侯的五萬兵權，內部情形十分複雜，不過他以侯府公子的身分先穩住了。

信中詢問，她這裡可妥當了？事成之後，什麼時候去北安城？

花顏看罷密信後，琢磨著蘇子斬關於武威侯府兵權說的這兩句話，不由得蹙起了眉頭，能讓蘇子斬這樣說，說明武威侯府的兵權真的是複雜得十分棘手。他目前沒真正地掌控，但既然能讓其暫且穩住，也算是成了一半。

花顏給蘇子斬回信，說她先將鳳城、魚丘、黑龍河這一帶的官員們抓的抓，砍的砍，殺的殺，關押的關押，收拾一頓，泄泄火消消氣，就去北安城找他。

大約需要七八日的時間，讓他先穩住。

將給蘇子斬的信送走後，花顏提筆給雲遲寫了一封信，將她與程子笑如何收服了安陽軍以及如何殺了那些湧到鳳城的大批暗衛死士們接下來如何安排等等，目前的進展情況詳略地說了。

她只寫了一封信，沒有將那三名信使送到安陽軍給安珂的信函送出去，畢竟這信函她還留著有用，用來釣上面的大魚。

第八十九章 收攏人才收人心

有五萬安陽軍加入，無人刺殺搗亂，鳳城和魚丘兩地的賑災十分快速順利。

青魄易容的蘇子斬對鳳城和魚丘兩地逃跑的官員下了通緝令，很快就將受災之後不作為反而逃跑躲避的官員抓了回來，當街斬首示眾。同時，將方圓百里的知州府尹以及相鄰幾個縣縣守衙門官員悉數罷免官職，押入天牢，等候裁決。

鳳城、魚丘、黑龍河一帶方圓百地，不出三日，便變換了一重天。

無人知曉這是太子妃花顏在暗中所為，卻都知道這是太子殿下派來的武威侯府公子蘇子斬代太子殿下懲處貪官汙吏，殺了黑心的貪官，查辦的大快人心。

無論是鳳城、魚丘幾地受災大難不死活下來險些又被餓死的百姓們，還是臨縣沒受災卻被陰沉沉的官網壓制的百姓們，似乎一下子突破了陰雲，看到了晴空朗日。

程子笑頂著安珂的臉指揮著五萬安陽軍修築鳳城的城牆、為受災後房倒屋塌的百姓們修建了新的房舍，方圓百里的大夫都被請來為受災的百姓們看診，受災的百姓們領了足夠入冬的米糧……等等一系列賑災的事宜做得快速且有條不紊，消息一傳十，十傳百，無家可歸投奔親戚的百姓們以及占山為王的百姓們陸陸續續地回到了鳳城。

短短幾日內，鳳城有了生機和人聲，重新地熱鬧了起來。

花顏在入住鳳城三日後，收到了雲遲的書信。

花顏看到雲遲的書信後，讀了一遍，信中沒寫什麼，卻是讓她皺起了眉頭，臉色有些不好。

采青在一旁小聲問：「太子妃，怎麼了？可是太子殿下有了什麼難事兒？」

花顏皺著眉頭說：「他用左手給我寫的回信，右手怎麼了？受傷了？」話落，她有些生氣地說，「他瞞著我呢，以為我看不出嗎？笨蛋！」

采青探頭瞅了瞅也沒看出什麼變化，但她相信花顏：「您趕緊回信問問殿下。」

花顏點頭，立即提筆寫了一封信，詢問他右手怎麼傷了？同時又嚴厲地說不准瞞她，否則她的事兒也不告訴他了。

給雲遲的信送走後不多久，便收到了安書離的書信。

安書離在信中說，太祖爺制定的兵制已過了四百年，到如今，是該改改了。安陽王府一脈的子孫，歷代至今，重文輕武，嫡系子孫，有大才者不少，但都喜文治，皆不是掌控軍權的料，所以，安陽王府的兵權，一直被旁系從武的子孫把控。

如今，四百年，據他所知，安陽王也不過是拿著軍符而已，早已經掌控不了安陽軍中事務。即便有虎符在手，軍中聽不聽令，不好說。

四百年來，南楚雖偶有動亂，但從未大規模內亂動兵，所以，內地兵馬，已被養廢了。

北地的事情，他在川河谷也得到了些消息，十分亂，安陽軍中卻是有牽扯不乾淨之事。他的意思是，不必顧忌安陽王府，一旦安陽軍有危害，她只管對之下手，掌控安陽軍。

北地官官相護，政治不清，吏治不明，危社稷，害百姓，不得不除。

信中末尾提到，他會給安陽王密信一封，讓安陽王當朝主動將兵符交給太子殿下。另外，囑咐她萬事小心。

花顏看罷安書離的信，好心情地笑了笑，雖然安書離這封信來得不及時，已晚了些日子，但卻說明瞭他的一個態度。

她計算著日子，想著他的密信既然已經送到了她手裡，估計此時也早已經送到京城了。若是安陽王聽安書離的話，此時應該已經將兵符交給雲遲了。

有了兵符，雲遲自然不會不作為。

誠如花顏所料，安書離的密信在兩日前便送到了京城，交給安陽王。這封密信與他給花顏的密信不同，而是陳述了一件事情，那就是北地的安陽軍，已早就不再是安陽王府的安陽軍，而是暗中早已經被人收買所用。如今北地出了如此大的亂子，若是安陽軍被人利用參與造成兵亂的話，那麼，他讓安陽王好好地想想，到底是什麼後果。

他信中建議，讓安陽王在儘快想清楚後，當堂將兵符交給太子殿下，否則，安陽王府滿門，怕是要為安陽軍陪葬。

安陽王收到密信後看罷，頓時驚出了一身冷汗，安陽王不同於安書離，他是個真真正正的名門世家公子，一生順風順水，年輕時風流多情，大半的才情沒用於正途，悉數用於哄女人身上了，於政績上平平，不好不壞，若說他這一生經歷過的大事兒，沒有！所以，近來，關於北地之事，同時也攪得京城官場人心惶惶，讓他都覺得心裡沒底。

但是他自詡沒做過什麼，所以，無論是面對早朝來自太子殿下斬殺了戶部尚書後的低氣壓，還是朝臣們惶惶生怕哪一日北地又來密折牽扯到自己掉了腦袋來說，他比別人要好的多。

私下裡，他還跟安陽王妃說，幸好咱們這些年沒與北地有牽扯。

安陽王妃不是深閨什麼也不懂的婦人，在聽聞戶部尚書當朝被雲遲推出午門外斬首，府邸抄家，家眷全部打入天牢後，也分外唏噓感慨。她與戶部尚書夫人雖不交好，但也有面子情，沒想到戶部尚書府一日之間落到了這步田地，著實讓人感歎，可見北地之亂，否則誰敢以朝廷名義加重百姓賦稅？否則太子殿下焉能砍了戶部尚書震懾朝野？

她也對安陽王點頭，肯定地說：「幸好王爺你雖在女人面前不知事兒了些，至少沒背地裡做掉腦袋的事兒。」

安陽王被她這樣一說，老臉有些掛不住地尷尬：「年輕時荒唐了些，你怎麼就不讓我過去這個坎了？咱們兒子都大了，孫子都有了，你就不要再寒磣我了吧？」

安陽王妃笑著點點頭，算是揭過了這事。

二人當時談論起北地和朝廷之事，誰也沒想到安陽王府掌管的安陽軍。

安陽王壓根就把北地的安陽軍給忘了。如今經安書離一提，他渾身冒冷汗，當時天色已晚，但他還是沒等到第二日早朝，便匆匆拿了兵符連夜去了東宮見雲遲。

安陽王很少會去東宮，東宮的福管家聽聞他天色這麼晚了還來東宮，都愣了，想著這位王爺想必有極重要的事兒，否則他不會輕易來。

於是，連忙稟告了雲遲，雲遲在書房，聞言也愣了一下，細微地想了想，似明白了什麼，頷首，沉聲道：「請王爺來書房。」

福管家連忙將安陽王請進了東宮，請到了雲遲的書房。

安陽王見到雲遲後，便主動地將兵符交給了雲遲，自陳請罪道：「太子殿下恕罪，自太祖爺兵制始，四百年了，安陽王府對於二十萬兵馬的軍權，著實一直十分吃力，臣承襲父王爵位，自接了兵符以來，更是不知如何掌管兵權，對軍事之事，一竅不通，一直交給族中旁系武學出眾的子孫，但東南西北四地於京中甚遠，臣掌控不及，不知其私下為非作歹。臣請太子殿下收回臣的兵符，接手安陽軍。」

雲遲笑了笑，佯裝不知地問：「王爺為何突然來找本宮呈交兵符？太突然了。」

安陽王再拱手：「臣對北地軍中事兒一直不甚瞭解，以為甚是安平，今日收到書離信函，方才提醒了我，是臣糊塗，早就該將兵符交給太子殿下。請太子殿下恕臣無能之罪，實在是掌控不了安陽軍了啊！」

雲遲恍然：「原來是書離為解本宮之憂。」話落，他歎了口氣，「本宮對北地之事，的確著實心煩。多謝書離和王爺了。」

安陽王心底一鬆：「是臣無能，多謝太子殿下才是。」話落，見雲遲未接兵符，他往前遞了遞，試探地問，「太子殿下，是臣明日早朝當朝給您？還是您現在就收下？」

雲遲想了想，敬國公府的兵符是他早就與敬國公開誠布公談過之後，敬國公給了他兵符，他早就讓送去北地給花顏了。如今安陽王又送來了兵符，安陽王是通過花顏給安書離的一封信，而安書離立馬給安陽王通了信，如今將兵符送到了他面前，也算是表了態。

安陽王將兵符送上來後，三府的軍權如今唯一便剩下武威侯府的兵符了。

雲遲至今還不知武威侯府是什麼意思，若是讓安陽王當朝呈遞兵符，也就是逼著武威侯呈遞兵符。他思索之下，笑著接過兵符，對安陽王說：「今日便給本宮吧！此事王爺不必明日當朝稟了。」

安陽王徹底鬆了口氣，想著這一趟來東宮算是來對了，他抹抹額頭上的汗，感覺自己辦了件大事兒。如今大事兒辦妥，也徹底不慌了，又與雲遲閒話幾句，腳步輕鬆地告退出了東宮。

他前腳剛走，武威侯便拿著兵符也去了東宮。

雲遲聽福管家報武威侯來了，有些訝異，吩咐福管家請武威侯到他書房。

武威侯自從蘇子斬離京出走失蹤後，他派人遍尋不到，似一下子老了許多。自從得了雲遲說蘇子斬不會有事兒的話，他心裡才踏實了些，再從柳芙香那得知花顏所說蘇子斬很好的話後，他才鬆了一口氣。

但這口氣在沒見到蘇子斬，知道他真正好不好前，還是有幾分焦慮。加之雲遲啟用蘇子斬前往北地賑災查辦，他面上的焦慮沒了，取而代之的是憂心。似怕蘇子斬辦不好北地之事。

不過近來，蘇子斬的奏摺直達東宮，雲遲藉機查辦了兵部尚書閉門思過，御史台孫大人罷免官職，當朝午門外斬首了戶部尚書的腦袋後，他則一改憂慮，面色終於輕鬆起來。

近來，朝中不少朝臣們私下向武威侯打聽蘇子斬在北地如何賑災查辦之事，武威侯搖頭，一問三不知。在朝臣們再三鞠躬再三懇請求問後，他無奈地歎了口氣：「你們知道，子斬自他娘去後，與我生了隔閡，他的事兒，本侯早就管不了了。如果能管的話，也不會他失蹤半年，身為他老子的我連他去了哪裡都不知道。」

他這話十分有說服力，眾人想想也是，只能不再纏著他問了，但膽戰心驚卻更多了。想著誰不知道蘇子斬的狠辣厲害，北地朝臣們頭上懸著刀，京城的官員們也被太子殿下懸著刀。

按理說，這表兄弟素來不和睦吧，偏偏太子殿下相信蘇子斬，啟用他去北地。而蘇子斬也真就去了北地。這事兒真是不能以常理來論二人複雜的關係。

福管家請武威侯到了雲遲的書房。

武威侯見到雲遲後，二話不說，便將他掌管的武威侯府的兵符呈遞給雲遲，與安陽王一樣自陳請罪：「太子殿下，臣本來懇請前去北地為太子殿下分憂，如今子斬前去，臣也放心，他雖脾性不好，但尚有本事，但臣如今知道北地亂成一團，北地軍中怕是也難以安穩，所以，臣懇請太子殿下收下兵符。」

雲遲「哦？」了一聲，看著武威侯，「侯爺怎麼想起將兵符交給本宮了？」

武威侯面上現出羞愧之色：「臣這半年來，先是派人找子斬，接著知道他安好但考慮到他體內的寒症，依舊甚是憂急，如今殿下派他前往北地，臣不免憂心，這半年來，可謂是沒為朝廷盡職盡責做事兒，今日若非從安陽王府得知安陽王前來東宮呈交兵符，臣還沒想起來北地如此亂，軍中自然也不安穩，理當將兵符交給太子殿下穩住軍中。臣慚愧，不及安陽王睿智。」

雲遲笑了笑：「原來侯爺是從安陽王那裡得了消息。」話落，他平和了冷清的眉目道，「北地的確亂得很，本宮近來也甚是憂心震怒，但侯爺如今送來兵符，不只是因為從安陽王那得了提醒，為了本宮排憂解難吧？」

安陽王慚愧地說：「不瞞殿下，臣是為了子斬，臣只他一個嫡子，自小費勁辛苦遍尋天下為他尋找醫者解除寒症，這些年，搜羅無數好藥保他性命，如今北地那般亂，雖他不喜臣這個父親，但臣不能不疼他這個兒子。自然不能讓他在北地出事兒。臣如今找不到他，無法將兵符給他，只能請太子殿下收了兵符了。」

雲遲微笑，感慨道：「王爺能當著本宮的面說出這番話來，本宮毫不懷疑王爺一片愛子之心。」話落，他看著武威侯，「既然侯爺如此愛護子斬，本宮不太明白，為何五年前在姨母離開後，你短時間就續娶了柳芙香呢？她與子斬青梅竹馬，姨母故去，他大為傷心，侯爺娶柳芙香，又是雪上加霜，他差一點兒沒挺過來在當年也隨姨母而去。」

武威侯見雲遲提起舊事兒，似一下子又滄桑了些，他沉默片刻，對雲遲道：「臣懷疑，當初夫人之死，與柳芙香有關。」

雲遲沒想到得出了這麼個答案，不由一愣。

武威侯似想起當年，臉色沉痛：「夫人得知太子殿下從川河谷治理水患回京時，她正在與柳芙香品嘗子斬新釀的醉紅顏酒，得知殿下回京，立馬就來了東宮。雖太醫院的所有太醫以及遍尋天下的醫者都沒查出夫人因何而死，最終定為猝死。但本侯卻不相信，夫人不同皇后自小身體弱，她身子骨好得很，怎麼可能是猝死？所以，臣懷疑柳芙香，找不出證據，便想將她放在身邊，日日看著。」

雲遲恍然：「原來是這樣。」話落，他看著武威侯，「侯爺這些年半絲口風都不露，為何不告訴子斬呢？寧願讓他一直怪著王爺？」

武威侯道：「醉紅顏是他釀的，而他娘是與柳芙香一起品嘗的，若我說懷疑柳芙香，他當時必承受不住，怕是會殺了柳芙香，同時也會自責恨不得殺了自己。不管是不是柳芙香動的手，本侯思前想後，覺得他不能因此被毀了，不如本侯就換個法子，娶了柳芙香，也讓他改改性子。端方君子雖好，但禁不住風雨，不如置之死地而後生，讓他改改脾性。畢竟武威侯府將來是要傳給他的，他立不住，何以立武威侯府的門楣。」

雲遲點頭：「侯爺為何覺得也許是柳芙香害了姨母？她的動機是什麼？」

武威侯看著雲遲道：「她的動機是我，他曾經不喜歡子斬，喜歡我，想給我做妾。但夫人以為她與子斬青梅竹馬，想將她嫁與子斬，子斬似也無意見，此事早晚要定下。她有幾分聰明，若是說給我做妾，夫人肯定不同意，怕是自此不讓她再踏足武威侯府。所以，她有動機殺夫人。」

雲遲頷首：「侯爺說得不無道理，本宮這麼多年竟也跟著子斬誤會了侯爺。未曾體會侯爺一番苦心，怪不得這麼多年繼夫人無所出了。」
武威侯道：「她不配生我的子嗣。」
雲遲歎了幾歎，問：「這些年，侯爺將柳芙香放在身邊看著，可查出什麼了？」
武威侯黯然地搖頭：「未曾，她愚蠢至極，所以，本侯對她已無耐心了。」
雲遲道：「當年之事，本宮也記著的，侯爺放心，若姨母當真不是猝死，早晚有一日，會查出來的。」
武威侯點頭：「臣也相信。」
雲遲痛快地收了武威侯送來的兵符，二人又閒話了好一番，雲遲說蘇子斬在北地是有些危險，他已派了東宮暗衛前往北地相助他，以他的本事，讓武威侯放心。
武威侯鬆了一口氣，面色也鬆了，似一下子又年輕了些，離開東宮時與安陽王一樣腳步輕鬆。
雲遲在武威侯離開後，掂量著手裡的兩塊虎符，安陽王府的，武威侯府的，如今都送到了他手裡。倒是比他想像的容易順利。
他當即將兩塊虎符祕密派人送去了北地給花顏，走的不是東宮的暗線，而是花家的暗線。
至此，敬國公府、安陽王府、武威侯府三府都將兵權交給了雲遲，且三府的兵符都上交得無聲無息，朝中無人知道此大事兒。
兩塊兵符送走後，雲遲看著窗外黑漆漆的夜色，想著不知花顏此時在做什麼？可有想她？
自她離開後，他真是每日都想她，相思如焚。
雲遲打開窗子，一陣冷風撲面而來，書房瞬間投入了寒涼之氣。
小忠子立即小聲說：「殿下，如今深秋了，您不能這般站在窗前吹太久的冷風，仔細染了風寒。」

雲遲「嗯」了一聲，負手而立，並沒立即關上窗子，對小忠子說，「她去北地已半個月了吧？」

小忠子連忙回話：「回殿下，今日整整十六天。」

雲遲點頭，歎了口氣：「不知還有幾個十六天才能回來。」

小忠子沒法答這話，因為他也不知道。以前沒有太子妃時，一點兒也不覺得東宮冷清，如今有了太子妃，太子妃又不在，方才覺得東宮真是冷清極了，連他都有些受不住。

花灼收到太后信時，正在查後樑皇室的卷宗。

既然梅花印出現，那麼，後樑皇室嫡系一脈當年一定有倖存者。

安一將太后的書信遞給花灼：「公子，太后派人給您送來的書信。」

「哦？」花灼訝異，放下卷宗，伸手接過了信函，打開看罷，不由得笑了，「以前太后不喜歡妹妹恨不得掐死她，如今短短時間，被妹妹哄的就跟換了個人一樣。竟然為了讓她再進京，不惜拉下面子寫親筆信求到我的頭上來了。」

安一探頭瞅了一眼，也笑了：「少主只要想哄人，就沒有人會不喜歡她。」

花灼嗤笑：「可不是。」

安一立即說：「看來少主暗中前往北地，也是瞞著太后的，公子打算怎麼回信？太后親筆書信，總不能置之不理吧？」

花灼「嗯」了一聲，「置之不理未免太不給面子了些，畢竟是太子殿下的皇祖母，以後妹妹也要稱呼一聲皇祖母的。」話落，他若有所思，「不過，她口口聲聲太子殿下無人陪，倒讓我覺得，這言談話語間，似有別的意思。」

安一探身又仔細讀了一遍信，搖頭：「是不是公子想多了？這就是一封請您看在太子殿下近來忙得不好好照顧自己，希望您讓少主再去東宮住些日子的信，畢竟少主在東宮住著時，太子殿下日日心情好。」

花灼嗤了一聲：「我就偏看這話有別的意思，人都被他們皇家搶去了，這大婚前的幾個月，也不讓好好在家裡待嫁，還跟家裡搶人，雖然心誠地求人，但也太不講究了些。」

安一眨眨眼睛，暗想身為少主哥哥的公子是該有理由對此不滿。

花灼又哼道：「天下哪個婆家，有他家霸道？」

安一歎了口氣，畢竟是皇室天家，霸道也有霸道的資本。

花灼說著，更是來了脾氣：「西南境地之事，她出手也就算了，畢竟是因她為蘇子斬，亂了西南。但是北地，她又巴巴地上趕著跑了去累死累活。說到底，還是為了雲遲和南楚江山。我也沒看出雲遲對她有多好來，只看到她一腔熱血，掏心掏肺。」

安一生怕花灼越說越氣，氣到自己，同時因太后一封信牽連雲遲，他咳嗽一聲，小聲說：「太子殿下對少主挺好的，只不過是因為身分擔負著江山萬民，很多事情，都沒法子。」

花灼偏頭看他：「你是誰家的人？」

安一立即說：「臨安花家的人。」

花灼瞪了他一眼，涼涼地說：「依我看，再這樣下去，花家的人都會被雲遲收買了。」說完，他又冷哼，「他倒是本事，不毀了花家，卻通過妹妹，讓花家為他所用，徹徹底底，使得花家成為皇權的一把刀，為他披荊斬棘。」

安一這回不敢接話了，生怕公子這不滿的火再燒到他身上，直接將他燒成灰。

「你怎麼不說話了？」花灼卻不放過他。

安一苦著臉看著花灼，心裡快速地打著主意：「公子，北地那麼熱鬧，要不然，你也別在家裡憋著了，去北地走走散散心？」

花灼看著他：「少轉移話題。」

安一快給花灼跪下了，公子因為少主不能在家裡待嫁，心裡不順暢，徹底被太后這封信引起了不滿，如今只他倒楣，他暗暗後悔，怎麼就沒讓花離那小子把信送進來呢，他犯什麼賤做什麼自己拿過來啊！

花灼見安一一副悔得腸子都青了的模樣，放過了他，提筆給太后寫信。

安一暗暗鬆了一口氣，悄悄地抬眼看，越看他嘴角越抽得厲害，最後想著這封信若是被太后看到後，不知會是個什麼表情，若是太子殿下知道，更不知是個什麼表情。

花灼很快就寫完了一封信，吹乾了墨汁，將信折好，用蠟封好，遞給安一：「派人儘快送去給太后。」

安一立馬接過，不敢耽擱，立即去了。

兩日後，太后收到了花灼的回信，被萬奇呈遞上來時，她十分高興，想著臨安花家的這位花灼公子倒是沒拿架子，能這麼快給她回信，顯然在收到她的信後沒耽擱。

她立即打開信函，一行行地看罷後，臉色變得十分古怪。

周嬤嬤立在一旁，見太后久久瞪著花灼的回信，那表情不像是高興，但也不像是不高興，暗暗揣測著花灼信中寫了什麼，竟讓太后這般神色。

許久不見太后動彈，周嬤嬤小心翼翼地開口：「太后？」

太后總算從信函上移開了視線，面色依舊古怪不已：「花灼信中說他妹妹剛回到花家，再折騰來京，她那小身板，怎麼受得住奔波之苦？又說他妹妹雖然很好，但也不能可著她一個人累，他心疼妹妹，就跟我心疼太子一樣。所以，他覺得，不如選一個折中的法子，在她妹妹嫁入東宮前，給太子先納兩個側妃，這樣他妹妹也不必太累，太子也有人照顧……」

「啊？」周嬤嬤睜大了眼睛。

太后將信遞給她：「你來看看，莫不是我老眼昏花了？怎麼看怎麼是寫的這個意思。」

周嬤嬤接過信，仔細地看了又看，多看了好幾遍，也古怪地說：「太后您沒看錯，花灼公子這……的確是這個意思。」

「哎呦，你說這花灼是怎麼回事兒？心疼妹妹怕她受苦受累，不能可著她一個人累，所以，就建議太子先納側妃？哀家竟不知了，天下哪個哥哥希望妹婿還沒娶自己妹妹前先娶小妾的，他這言辭懇切的，好像說得十分有理……」

周嬤嬤一時沒了話，似也不曾料到花灼是這樣的花灼。

太后沒聽到周嬤嬤接話，緩了一會兒勁兒又說：「這麼多年，太子不近女色，後來選妃選中了花顏，便非卿不娶，如今你說，我若說聽了花灼的建議，給太子選側妃，他能同意嗎？」

周嬤嬤暗暗地搖搖頭，覺得怕是不能，太子愛重太子妃，已經到了看不到別的女人的地步，雖然他以前眼裡也看不到別的女人，但總歸與如今不同。如今是滿心滿眼都是太子妃。

太后攥著信歎氣：「你說，這花灼怎麼偏偏給哀家這樣回信？他真是會挑哀家的軟肋捏，看了他的信，讓哀家真是有點兒忍不住動心。」

周嬤嬤試探地問：「您說是為太子殿下先納側妃？」

「嗯，就是這個。」太后道，「哀家想抱重孫子，太子妃要十八歲才能有育，這還有兩年，還有得等呢。若是先納了側妃……」

周嬤嬤想了想，提醒道：「太后，您可不能再私自作主張了，上一次擅自給太子殿下悔婚，您就後悔了。」

太后頓時打斷了所有想法，果斷地對她說：「你親自去東宮一趟，將花灼這封信交給太子，看看他怎麼說。」

周嬤嬤應是：「奴婢這就去。」連忙拿了信出了甯和宮，去了東宮。

雲遲收到花顏的信，逐字逐句地看著，知道她在北地一切順利，鳳城、魚丘等地賑災十分順利，收服了安陽軍，又斬殺了大批要殺蘇子斬的暗衛以及受災後不作為的官員們，他讀著，心情很好，心中十分舒暢。

唯一不舒暢的是他右手受傷之事，顯然被花顏知道了，提到此事，話語嚴厲，似是十分生氣。他唯一體會花顏對他生的一次氣是那次他說了一句「生死相隨」，將她氣得七竅生煙，用枕頭砸他，如今又生氣了，還很嚴重，他頓時自我反省了一番，立即給花顏寫了一封回信。

信中自是自我檢討了一番，又保證了一番，然後說了一大堆軟話。

這一封信寫得極厚，派人送走後，便聽聞周嬤嬤來了，他微微疑惑，但還是讓福管家將人立馬請到了書房。

周嬤嬤給雲遲見禮後，將太后讓她送來的信呈遞給了雲遲。
雲遲接過信函，打開，看到是花灼給太后寫的回信，看罷之後，臉立時黑了。
周嬤嬤看著雲遲黑下來的臉，暗想著她給太后的建議對了，幸好太后沒自作主張。否則看太子殿下這臉色，太后好不容易與太子殿下重新修好的祖孫情怕是又要崩塌。
雲遲本來以為太后給花灼寫一封讓花顏來京的信無傷大雅，便沒攔著，沒想到花灼的回信卻給他掀起了風浪，直接砸到他臉上來了。
他黑著臉捏著信，死死盯著落款上花灼的名字看了半晌，恨不得將那名字看出個窟窿。過了許久，雲遲終於捨得從那落款上離開視線，抬起頭，對周嬤嬤說：「嬤嬤回去稟告太后，就說孫兒一生只娶一妻，終此一生，也不會娶側妃，這東宮，除了她外，再不會踏進一個女人，我的枕邊，除了她外，也不會再有別的女人。」
周嬤嬤雖在意料之中，但雲遲這般咬牙切齒正兒八經地說出來，她還是驚了驚，連忙垂手：「是，奴婢一定原話帶給太后。」
雲遲點點頭，對她擺手：「去吧！」
周嬤嬤告退，出了雲遲書房，默默記著雲遲的話，離開了東宮。
周嬤嬤離開後，雲遲氣得想撕了信函，但還是忍住了，想提筆給花灼寫一封信臭罵他一頓，但想著還沒將花顏娶到手，不能狠狠地得罪花灼，只能又忍住了。但忍來忍去，覺得十分窩火，他乾脆做了一個決定，將花灼的這封信派人送去了北地給花顏，同時，在信的末尾，添加了自己的一句話，你哥哥欺負我。
就是這樣的一句話，輕飄飄的，沒什麼分量，但他的怒火卻忽然就消了。

他將信用蠟封了，派人儘快送去北地。

周嬤嬤回宮後，將雲遲的話原封不動地回稟太后，太后聽罷後，沉默許久，深深地歎了口氣：「哀家早就見識到了，他這一輩子，栽在花顏手裡了。」

周嬤嬤勸慰：「太子妃很好，只要太子殿下喜歡，不耽誤江山社稷，太后就且放寬心。四百年前，太祖爺空置六宮，我們南楚的江山一代一代地也傳了下來。」

太后頷首：「話雖說的是這麼個理，沒有太祖爺空置六宮，沒有子嗣，也沒有皇上這一脈的傳承。但……」她想說什麼，又長歎了口氣作罷，「罷了，罷了，哀家雖想他多納側妃良娣，但又不能押著他讓他聽話，他不想要就不想要吧！」

周嬤嬤見太后作罷，打消了因花灼提起生出來的心思，心底也鬆了一口氣，太后不再與太子殿下作對，她侍候得也輕鬆，笑著說：「太子殿下見了花灼公子的信函，氣得七竅生煙，臉十分的黑，奴婢從沒見過太子殿下那般模樣。」

太后聞言笑起來：「這個花灼，你說他是在故意將哀家的軍還是將太子的軍？」

周嬤嬤也笑：「奴婢沒見過花灼公子，但就行事來說，可見十分愛護太子妃這個妹妹。」

「嗯，可不是愛護？怕她侍候太子累著呢。」太后有了心情說笑，「什麼時候他進京，哀家可要好好地與他聊聊。」

周嬤嬤道：「聽人說，花灼公子豐姿與太子殿下不相上下，至今也還未娶妻。」

太后笑道：「據說花家人都好樣貌，若非太子妃有這麼一個哥哥，早先也不會連太子都鎮不住她。」話落，她忽然想起，「信呢？沒拿回來？」

周嬤嬤立即說：「被太子殿下留下了。」

「罷了，他估計留著找花灼算帳呢，哀家就不給花灼回信了，讓他看著辦吧！」

花顏收到了雲遲的來信，連信一起送來了兩枚兵符，是安陽王府和武威侯府的。

她收到信後頗有些訝異，沒想到安陽王府和武威侯府就這麼輕而易舉地將兵符交給了雲遲。

安陽王府她還能知道是安書離在中間起的作用，以安陽王的性情，若非安書離嚇唬了他，他還不見得能做出這麼果斷的決定。

武威侯府，卻更複雜些，雖也有理由，畢竟他的兒子蘇子斬在北地負責賑災查辦之事，但能見風使舵得這麼快，在安陽王前腳上交兵符，後腳就趕著也上交了兵符，真不愧是武威侯。

有這兩枚兵符，自然比沒有好，她如今也確實正缺這東西。

尤其是如今賑災之事順利進行，有條不紊地步入正軌，恢復鳳城、魚丘等地民生經濟只是早晚的事兒，當務之急，是她先趕去北安城，收拾一批人才是。

而程子笑，必須要跟著她去，所以，冒名頂替安珂的他必須得由人替換下來。

至於誰來代替呢？這個人選必須要選好，畢竟五萬安陽軍不是小事兒。花顏左思右想前思後想，還是覺得肖瑜最合適幫她頂一陣。於是，她拿著安陽王府的兵符，又找上了肖瑜。

肖瑜與花卿一直以來做著一對平凡尋常的夫妻，至少在外人眼裡是這樣的，肖瑜只在衙門做一個主簿，連官職都不算有，每日點個卯，做著縣老爺吩咐他做的事兒。

縣太爺無能，是個草包，所以，漸漸的，許多事情都推給他，他這個主簿，拿著主簿的錢，做著的卻是縣太爺的事兒。

花顏來了之後，將縣守府衙的官員砍的砍，關的關，清廉的提拔了提拔，鳳城一帶的百姓們拍手稱快時，聯名上書請他任縣守。

花顏收到了百姓的聯名，當時還笑著揶揄肖瑜，說要不然他就任職縣守一職？反正這官他不用學就會做。肖瑜連連搖頭擺手，說什麼也不幹，只想當個不起眼的尋常人。

不過如今，花顏也容不得他了，她是真的缺人需要用人，縣守不做是小事兒，誰都能勝任，抓一個先替上就行，但是五萬安陽軍的將軍，可不能隨便交給人。

目前，在她身邊的人，她唯一能抓的能讓他相信之人就是他。

肖瑜見了花顏後，聽她開門見山地說了目的，他伸手扶額：「十七妹妹，姐夫沒得罪你吧？你說讓我幫你安排的事兒，我都幫你安排了，你這非盯著我不放讓我在朝廷做個一官半職做什麼？咱們花家人，不是素來不參與官場嗎？」

花顏歎了口氣：「我也沒辦法，請十三姐夫幫忙頂一陣，最多到明年春夏，太子殿下有了合適的人選，會派來北地接管三軍的，如今除了咱們自己人，我誰也信不過。」

肖瑜看她的模樣，也知道她顯然是覺得他是最合適的那個人了，也不再費嘴皮子，對她道：「咱們有言在先，說好了，我只頂一陣。」

花顏見他答應，笑著點頭：「你放心，就是頂一陣，做妹妹的還能坑姐夫不成？若是坑了你，十三姐姐也不幹。」話落，為了讓他放心，又說，「如今是為了幫太子殿下，一旦南楚吏治清明了，我們花家人就不會再插手了，包括我。」

肖瑜頷首，咬牙：「行，那給我吧！」

花顏將安陽王府的兵符交給肖瑜。

肖瑜接了兵符，對她問：「接下來，你怎麼安排？是要離開鳳城了？」

花顏點頭：「我會帶著你找個理由將安珂替下來，安排一番，這幾日我便離開此地，前往北安城。那些人派的大批殺手有來無回，至今沒消息傳回去，估計那些人都猜到情況不妙了。也許還會派人來，十三姐夫小心些。」

肖瑜頷首：「你放心，我有隱門，他們來多少人，也一樣讓其有來無回。不會放跑一個將這裡的消息帶回去。」

花顏笑著點頭：「有十三姐夫，我自然放心。」

二人商議妥當，又商量了找個什麼理由讓肖瑜接手安陽軍之事，很快就商量出一個覺得不錯的法子，便定下了此事。

兩日後，花顏又收到了雲遲的兩封信，一封信是他的保證信，各種自我檢討讓她別生氣說他沒大事兒只是氣怒之下砸了桌子傷了手，以後保證大事兒小事兒都告訴她，不讓她擔心云云。

看到這封信，她提著的心鬆了些。

另一封信她納悶地打開，看罷之後頓時笑了。

哥哥欺負了雲遲，雲遲沒法欺負回去，這是向她告狀呢！

花顏看著花灼的信，又看著雲遲添加的那一句話，又氣又笑。

她當即給花灼寫了一封信，只一句話：「別欺負雲遲，否則我把秋月要回來不給你了。」

又給雲遲寫了回信，將五萬安陽軍交給肖瑜之事說了，同時也明說他只頂一陣子，秋試選了人才後，他考驗一段時日，就要派人來接手，否則她保不准肖瑜會撂挑子。畢竟他這個十三姐夫是在所有姐夫裡面最不好惹的。

他是隱門的門主，若是雲遲知道隱門，那麼就該知道他的厲害之處。

最後信的末尾哄了他：「乖！他欺負你就是欺負我，我給你報仇。」

書信送走後，花顏覺得她想雲遲了，這些日子忙的腳不沾地，腦子不停地運轉謀劃，一直與他互通書信，還真沒太想他，如今被這封信一鬧，她還真是想極了。

雲遲這個人就有這份本事，讓人即便見不到他摸不著他依舊能感覺到他的掌控無處不在。牽動著她的思想，既讓人會照著他的意思去做，又讓人心疼他。

四百年前，她心疼懷玉，似乎都不及如今心疼雲遲。

那時候，懷玉身體不好，每日煎熬，她陪著他，大約是陪得太久，一日日煎熬著，熬得太久，所以，後來她都不知道該如何才是對他好了。

那時，她想，她是不會愛人的。

多活了一輩子的好處，大約就是她慢慢地體會到怎麼才是對人好。雖然，很多事情，她做得多有詬病不太好，但是努力的嘗試改變，還是讓她摸索著體會到了怎樣去愛一個人。

也許，對一個人好，對一個人的愛，就是給他需要的。

雲遲需要的只是她陪著他，一起並肩看南楚江山。

轉日，鳳城又來了一批殺手，這次殺的人不是蘇子斬，而是安珂。

誰也沒想到來的人會是殺安珂的，所以，他身邊沒有多少人保護，兩個心腹之人與安珂輕而易舉地就被殺了。

這件事兒，頓時轟動了鳳城。

這些日子，百姓們對安陽軍十分有好感，對安陽軍的安珂將軍更是有好感，安珂指揮著安陽軍協助子斬公子賑災，幫助百姓們做了許多事兒，百姓們感謝太子殿下感謝子斬公子的同時，也十分感謝安珂將軍。

安珂的死，霎時成為百姓有糧食吃有衣服穿有房屋住安穩下來之後發生的第一件轟動震驚的大事兒。蘇子斬震怒，封鎖鳳城，下令徹查凶手。同時，在安陽軍無主哀慟的情形下，臨時調派在鳳城受災後，一直兢兢業業做著本分之事的安陽鎮主簿肖瑜為安陽軍將軍。

消息一出，不止整個安陽軍譁然，鳳城方圓百里的百姓們也譁然了。

軍中自然有不服者，有史以來，從沒聽過一個主簿突然升任一軍將領之事。

蘇子斬陪著肖瑜在安陽軍中走了一個過場，肖瑜雖然一副文文弱弱的模樣，看起來肩不能挑手不能提，但是有不服者上臺與他較量時，卻在他手下過不了三招，這還是他放水的情況下。

所以，不到一日，整個安陽軍再無人鬧騰，安靜了下來。

肖瑜真正地接管了安陽軍。

花顏派人放出消息，說安珂之死，是北地有些官員因為憤恨安珂的叛變，因安珂投靠了蘇子斬，幫助子斬公子賑災，有些人才震怒之下派人殺了他。

鳳城的百姓們以及受夠了當地官員的壓迫，所以，消息一放出，根本就無人懷疑，如滾雪球般地越滾越大，席捲了整個北地。

程子笑成功地在花顏的安排下將自己殺死後，徹底地扔了頂著安珂的那張面皮，洗了易容，恢復了他本來的身分。

這一日，一切都安排妥當後，花顏準備離開鳳城前往北安城時，守城的士兵稟告，北地程家二公子程顧之帶了十車米糧來了鳳城。

花顏聽到消息「哦？」了一聲，轉頭看向程子笑。

程子笑聳聳肩：「誰知道他怎麼來了？」話落，嗤笑，「不過他自詡是端方君子，心存仁善，想必是看不過去鳳城災民受災後無人管餓死，自己折騰十車米糧趕來救災了。就他這十車米糧，能夠救幾個人？沒腦子。」

花顏想想他在臨安見過的程顧之，除了他有一個不討喜的妹妹外，他本人倒是沒什麼糟點，她接了程子笑的話道：「北地的那些大世家們富戶門誰家都能拿出十車米糧，但是至今沒人敢拿出來用於賑災，從這方面說，程顧之還是不錯的。」

程子笑哼了一聲：「可惜了他了，比我投個好胎又有什麼用？他這個嫡子嫡孫照樣被程家禍害。」

花顏點頭：「這話說得倒是有些道理，出身並不能代表什麼。」

肖瑜得到消息，派人去城門詢問了一番，得知是程顧之自己獨自一人來的，便來詢問花顏意見，是否放程顧之入城。

花顏琢磨了一番，對肖瑜道：「將他放進城，我見見他。」

肖瑜點頭，親自去了。

程子笑偏頭打量花顏：「太子妃，你要毀了程家，有我幫你就夠了，用不著程顧之。放他進來做什麼？讓他知道你來了北地，給程家人通風報信嗎？」

花顏好笑地看了他一眼，道：「要肅清北地，清除一批貪官汙吏和官官相護的北地官員，毀了程家是必然，但無辜的人，卻不該受牽連，哪怕是程家子孫。若是程顧之真有向善之心，且從不為惡，自然也不該牽連到他。」

程子笑哼了一聲：「程家老頭子將他保護得好，愛護得很，他應是還沒沾染那些陰暗。否則今日也不會來了這裡。想必是自己偷跑來的。」

花顏道：「那我更應該見見他，無論嫡出庶出，你們都姓程，都是程家人。」

程子笑翻白眼：「我是程家泥地裡的那一個，見不得光的，對程家沒什麼感情，也沒人給我感情。他則不同，他是程家嫡子嫡孫，程家不止生他還養了他，有金子吃就無人敢給他土吃，他對程家，情分深著呢，讓他背叛程家，無異於要他的命。哪怕程家倒了，他不被受牽連治罪，也不一定能讓他一心一意報效朝廷。程家倒了，他興許就廢了。」

花顏蹙眉：「這話倒是有道理。」話落，又想了想，說，「我還是見見他。程顧之有才，也許我能說動他。朝廷人才緊缺，若是因為他是程家嫡子嫡孫，沒努力就放棄，可惜了他。」

程子笑看著花顏，雖然他不喜歡程顧之，不喜歡程家每一個人，但是花顏下了決定，他顯然更改不了，倒也承認程顧之有幾分才氣。只提醒道：「你可小心些，在他面前暴露了，就看住他，你來北地的消息不能洩露出去。」

花顏頷首：「我曉得。」

肖瑜很快就將程顧之迎進了城，十車米糧也由肖瑜接手了。他依照花顏的意思，將程顧之帶到了城守府。

程顧之來鳳城，衝出程家時，是帶著一腔怒火來的，可是到了鳳城後，發現鳳城並不是如他得到的消息那般已成為空城，而是無數人包括安陽軍，有條不紊地在賑災救民。

他十分驚訝，想著路上得到的消息，說蘇子斬在鳳城賑災，程子笑投靠了蘇子斬，用他北地的所有產業相助蘇子斬賑災，他還以為那些人派來北地的殺手即便殺不了蘇子斬，怎麼也會擾亂賑災，但是沒想到，鳳城的賑災，似乎沒受到干擾。想來沒能奈何蘇子斬。

程顧之不停地打量肖瑜，十分清瘦文弱的一個人，真難以想像，他竟然接手了安陽軍，成了安陽軍的將軍。他試探地問：「敢問肖將軍，安珂將軍和安遇將軍呢？」

肖瑜歎了口氣，將安珂與安遇鬧了矛盾，安珂殺了安遇，而安珂在兩日前又被大批不明黑衣殺手殺了之事三言兩語地說了，話落，無奈地道：「在下是被硬趕鴨子上架暫時做這個將軍。」

程顧之心驚不已：「原來是這樣。」

肖瑜沉痛地點點頭：「兩位將軍之死，實在是讓人太沉痛了。」

程顧之默了默。

他不是傻子，反而很聰明，蘇子斬來鳳城賑災，有多少人要殺了他！他也明白安珂和安遇共同掌管的安陽軍，是怎樣的存在。他想著，怪不得鳳城賑災如此順利，因為安陽軍已經換了主將了，再不是以前的安陽軍了。

程顧之又問：「子斬公子可好？」

肖瑜眉目動了動，道：「子斬公子昨夜離開了鳳城。」

程顧之一怔：「那如今誰在鳳城安排處理賑災事宜？」

肖瑜又無奈地道：「是在下。」

程顧之點點頭，雖然肖瑜清瘦文弱，但短短接觸，他卻覺得此人一定不像外表這般文弱可欺，否則不可能接手執掌安陽軍，讓五萬安陽軍乖乖聽話。

他想著，他來的真不巧，沒有見到蘇子斬，他竟然在昨夜離開了。

進了城守府內，肖瑜並沒有將程顧之請去會客廳，而是將他帶去了後院。

程顧之心下疑惑，不過也沒多問。

進了後院，程顧之一眼便看到倚著主屋門檻懶洋洋地站著的程子笑，他一愣：「七弟？」

程子笑聞聲，轉頭看向程顧之，揚了揚眉，笑的別有深意：「二哥來鳳城，只帶了十車米糧，不夠百姓們塞牙縫呢。」

程顧之面色一僵，默了默，接話道：「為兄不及七弟，只能弄到這十車米糧趕來。慚愧。」

程子笑翻了個白眼，本來還想嘲笑程顧之幾句，但想著他一直以來不像程家其他人那般每次見到他趾高氣揚地冷嘲熱諷甚至欺負踩壓，從來他待人，倒都是這副樣子，沒有因為他身分是嫡子嫡孫，旁人是庶出，而高高在上。他於是不再說話。

程顧之來到近前，仔細打量程子笑，他不再說話，他倒似也不在意方才被他嘲笑的那一句，語氣平常地說：「我一直覺得七弟不同別人，是個有本事厲害的，果然你背地裡這些年將生意做得遍及北地，且隱瞞得極好，令人佩服。」

程子笑撇撇嘴，也不怕告訴他，道：「如今北地的生意已經不是我的了。」

程顧之拱手：「為了北地受災的百姓，甘願捐獻出北地的所有生意賑災，七弟是大義之人。」

程子笑嗤笑：「二哥別這般誇我，什麼大義不大義的，我不過是怕被人殺，死了連塊墓碑都求不到，所以，傾家蕩產，求個庇護罷了。」

程顧之道：「做著大義之事，卻不覺之事大義，才更難能可貴。」

程子笑無語地瞅著程顧之，又挑起眉梢：「二哥今日是特意來誇我的？」

程顧之搖頭。

程子笑讓開門口：「有人要見你，二哥進去吧！」

程顧之微微訝異，想著蘇子斬既然離開了鳳城，還有誰要見他？他看著程子笑露出疑惑，程子笑轉過身，扭頭進了屋，給了他一個背影。

程顧之只能跟著他進了屋。

花顏坐在屋中等著程顧之，自然聽到了二人在門口的話，暗暗好笑，程子笑嘴上說著十分討厭程顧之，但顯然不是那麼回事兒，想必程家唯一讓他有點兒好感的，也就這個程顧之了吧，跟程顧之鬥嘴，以程顧之這般性子，似乎鬥不起來。

程顧之邁進門檻，進了畫堂，一眼便看到了坐在椅子上喝茶的花顏。他頓時睜大了眼睛，不敢置信地看著花顏，脫口出聲：「太子妃？」

這一聲，十分震驚訝異。

花顏含笑看著程顧之，放下茶盞：「程二公子，又見面了。」

程顧之驚醒，連忙見禮：「拜見太子妃！」

花顏微笑：「二公子不必多禮。」話落，對他介紹她身旁坐著的人，「這是五皇子。」

程顧之這才發現花顏身邊坐著的年輕男子，原來是五皇子，他還是年幼時陪著程翔進過京，早已不識五皇子，又拱手見禮：「五皇子！」

五皇子頷首，打量著程顧之，溫聲道：「二表兄免禮。」

太后出身程家，程顧之比五皇子年長一歲半，要稱呼一聲表兄。

程顧之坐在了一旁的椅子上，采青立即上前給他倒了一盞茶，他慢聲道：「多謝。」

采青訝異地看了程顧之一眼，退到了花顏身後。

程顧之喝了一口茶，心裡打了無數個思量，暗暗地想著，怪不得鳳城如今這般安穩有序地進行賑災，原來不止蘇子斬在這兒，太子妃也在這兒，他緩了一口氣開口：「沒想到太子妃來了北地，竟在鳳城，實在讓在下意外。」

程子笑早已經坐去了一邊，喝著茶說：「二哥的確是要意外，畢竟，以太子妃的身分，如今應該在花家待嫁，不該來北地湊賑災的熱鬧。」

程顧之一時沒了話。

花顏瞥了程子笑一眼，接過話：「二公子帶著十車米糧來了鳳城，也讓我十分意外。」

程顧之慚愧地道：「在下能力微薄，只能弄到這些米糧帶來，本想著緩和鳳城百姓一時之急後再想辦法，沒想到在下來晚了，如今看來完全是在做無用功。」

花顏笑道：「程二公子不是做無用功，本來今日我已準備離開鳳城了，聽聞二公子來了，我才等在這裡見二公子一面。」

程顧之抬眼，看著花顏：「太子妃特意等在下，敢問是有哪裡需要在下之處？只要在下能有被太子妃看中用到之處，在下定義不容辭。」

程子笑涼涼地開口：「二哥還是不要將話說得太早，你先聽聽太子妃怎麼說。你怎麼知道她需要你相助的地方，不會要了你的命？」

程顧之轉向程子笑，歎氣：「七弟，以前你不是這個性子，慣常不搭理我，今日這是怎麼了？這般話多？」

程子笑一噎，扭開了頭。

程顧之見程子笑終於不再說話了，又轉向花顏：「太子妃請說，只要我能做到，定相助。」

花顏看著程顧之，他眼神真誠，一個人的眼神是騙不了人的，他這話是出自真心。她將早就琢磨好的話開門見山地開口：「程二公子，你出身程家，可否能告訴我，程家在北地，是個怎樣的存在？對北地百姓來說，又是怎樣的存在？」

程顧之聞言臉微微一白，抿了抿唇，低下頭，艱澀地說，「不瞞太子妃，程家……」他深吸一口氣，聲音發啞，「對北地來說，程家是世家大族，地位穩固，根基頗深，對北地百姓來說，程家愧對北地百姓……」

程子笑聽到程顧之的話，扭過頭，哼笑了一聲，不過這一次沒說話。

花顏覺得她料得不錯，程顧之此人不壞，如今能在她面前這般說程家，可見確實心有仁善。她點點頭：「二公子能這般說程家，那麼，程家所作所為，你都瞭解了？」

程顧之低啞地道：「瞭解一些，不是十分瞭解。」

花顏點頭，盯著他問：「那麼二公子可否告訴我，程家是否早已經觸犯了南楚律法？」

程顧之在花顏的目光盯視下，臉更白了，又沉默許久，嗓音更啞：「是。」

花顏又問：「以二公子的秉性，一直以來未曾參與吧？」

程顧之抿唇：「未曾，在下一直在讀書習武。」

花顏淺笑，眼神一收，溫和下來：「若是有朝一日，程家敗落獲罪，二公子不受牽連，可願報效朝廷？」

程顧之一驚一駭又是一怔，猛地抬頭，看著花顏，半晌才問：「敢問太子妃，程家敗落獲罪，到……何種程度？」

花顏淡笑：「你覺得，以你瞭解的這些年程家所做之事，程家會獲什麼罪？」

程顧之腦中倏地想到了「滿門抄斬」四個字，一時看著花顏，答不上來。

花顏看著程顧之，從她的眼中讀到了他想的那四個字。

她無聲地笑了笑，見程顧之不語，輕飄飄地說：「以程家犯的罪來看，應該已經足夠程家滿門抄斬了。哪怕程家是太后的娘家，也不能因此而降低半分程家在北地為所欲為的罪。」

程顧之臉色煞白，嘴角動了動，想開口，最終，又覺得花顏說得對。

程子笑看著程顧之煞白的臉，又忍不住翻白眼。

花顏看著程顧之淺笑：「不過，太子殿下以仁愛治國，程家雖已到滿門抄斬的罪，但無辜的人，太子殿下還是會網開一面的。就比如，程七公子在北地賑災中立了大功，再比如，程二公子能為太子殿下做些什麼事兒報效朝廷，也是功勞。自古以來，論過論功，不外如是。」

程顧之臉色依舊白，誠如程子笑所說，他自小是被程家培養長大，對程家的感情十分之深。

花顏淡淡道：「程二公子好好想想吧！北地這般烏煙瘴氣，早晚有肅清的一日。實不相瞞，我暗中來北地，就是為了相助子斬查辦北地。」

程顧之點頭，黑龍河決堤後，大水淹沒了鳳城、魚丘等地，可是北地的官員無人賑災救民，反而所有人聯合起來大力掩蓋災情，抓捕流民，不讓朝廷知道發生了這麼大的事兒。

他也沒想到，北地會把這麼大的災情，一副掩蓋到底的心思。

在得知鳳城、魚丘等地百姓們逃過了大水後反而生生被陸續餓死的消息時，他終於坐不住，不顧爺爺父親反對，帶了十車米糧來了鳳城。

若是不來賑災，他的良心會不安。

他以為，來了鳳城後，他會看到殘破的城池，遍地的流民和死屍，可是沒想到，看到的會是這樣有條不紊地賑災和正在修復的鳳城，而不是他得到消息的一座空城。

可能爺爺父親以及那些人都不會想到，如今的鳳城是這樣的景象。

他們要殺的蘇子斬好好的，且太子妃花顏來了北地，且五萬安陽軍已經被收復。短短時間，北地這一片天，已經被撕開了一角。

他更深地想到，西南境地何等亂象，太子殿下幾個月便收復了西南，如今北地，用不了多久也便會被肅清。

程家，是早晚要倒的。

五皇子此時開口：「二表兄可以想想，是北地程家被滿門抄斬好？還是北地程家有人立功，能保住一些無辜的程家子孫好？這不難做選擇。比起程家滅門，如今是有很大的緩和餘地，關鍵就看二表兄怎麼做了。」

花顏讚賞地看了一眼五皇子，說的不錯。

程顧之心裡震了震，沙啞地出聲問：「太子妃想我如何做？」

花顏道：「偌大的北地，不止程家一家為禍，當然程家也不是主謀，我想知道，幕後的主謀人。二公子可知道？」

程顧之一愣，搖頭：「有些事兒我所知的是北地各大世家聯合起來同氣連枝。」話落，他不確定地看著花顏，「應該沒有主謀之人吧？」

花顏搖頭：「有。北地能趁著太子殿下收復西南境地時，弄出這麼大的動靜，朝廷沒得到半絲消息，必定是有人在朝廷上相助，定有那個主謀之人。」

程顧之驚了驚：「太子妃是想我相助找出那個主謀之人？」

花顏道：「主謀人既有這麼大的本事，定然隱祕和隱藏功夫都做得極好。但在程老家主或者程家主身邊，若是仔細地查，想必也能尋到些蛛絲馬跡。二公子是程家嫡子嫡孫，受老家主和程家主愛護，想必要找出些隱祕的東西來，不是太難。」

程顧之聞言看向程子笑：「我聽聞七弟手中有許多證據。」

程子笑道：「是有許多讓程家死的證據，但是背後主謀之人，卻沒有。」

程顧之看向花顏：「只這一件事兒？」

花顏點頭：「只這一件事兒，只要你能做好，我可以代替太子殿下答應你，一旦程家案發，參與骯髒汙穢之人繩之以法外，程家無辜的人，都可無罪。」

程顧之閉上了眼睛，不再說話。

程子笑道：「程家嫡系一脈四代子孫有一百多人，程家九族加起來有三千餘人。程家參與北地陰暗謀亂的人多不過幾十人，以幾十人的罪，換程家三千餘人的性命，孰輕孰重，二哥不用想。太子妃惜才，是看中了二哥的才華，朝廷正值用人之際，二哥才有此際遇將來報效朝廷。若你同意，就乾脆點兒，不同意，就說個不同意。以太子妃和子斬公子的本事兒，查出幕後之人，是早晚的事兒。」

程顧之睜開眼睛，看著程子笑。

程子笑聳聳肩：「爺爺和父親以及有些人，是罪有應得，有句話說，做了太多惡事兒，殘害百姓，老天總有一日是看不過去的，善有善報惡有惡報，時候未到而已。」

程顧之又閉了閉眼睛，再睜開，咬牙：「我答應太子妃。」

「好。」花顏笑著端起茶盞，對程顧之道，「我以茶代酒，敬二公子是仁善明智之人，這世上很多人都是說得容易，但一旦真遇到大義滅親之事，沒有幾個人能做到。二公子十分可敬。」

程顧之艱難地端起茶盞，與花顏碰了碰：「多謝太子妃！」

他心中清楚，花顏是在給他機會，一個讓他將來有機會施展才華報效朝廷一展所學的機會，一個不大開殺戮不株連九族放過北地程家無數無辜子孫不受牽連的機會。

他的爺爺自小培養他，他的父親對他亦是看中，但，他們卻在犯著十惡不赦之罪。哪怕他不答應做此事，誠如程子笑所說，花顏和蘇子斬查出來也是早晚的事兒。

對比株連九族，他還是想保下無辜的程家子孫。

說服了程顧之後，花顏與幾人商議了一番，起程前往北安城。

花顏、程子笑、五皇子帶著安十六、青魄一起離開了鳳城，將鳳城留給了肖瑜。

而程顧之剛來鳳城，要待上一兩日，晚些時候，再離開，也是為了不與花顏等人一起，避人耳目。

第九十章 下定決心護家人

一行人離開鳳城，走出一段路後，花顏忽然想起一事兒，喊住安十六。

安十六對花顏詢問：「少主有何吩咐？」

「十六，咱們不走官道，沿著黑龍河走。」

安十六立即說：「少主，黑龍河決堤後，已無路可走，兩旁都是泥沙溝壑。」

花顏道：「那我們就步行。我要繪製黑龍河如今的地形圖。現已深秋，並無降雨，黑龍河發水後尚且安全無虞，但明年汛期至，堤壩不修好的話，還是會禍害百姓。所以，黑龍河的堤壩，必須儘快修。我要趕緊拿出方案來，請太子殿下調派人來修黑龍河堤壩。」

安十六恍然，頷首：「少主說的是。」

於是，一行人轉道，棄了馬車，沿著黑龍河一路向前走。

花顏邊走邊畫，邊探查地形地貌地質泥土砂石以及險灘山脊，以求一次計畫好方案修好黑龍河堤壩，一勞永逸。

這樣一耽擱，便走了十天。

期間，花顏收到了蘇子斬一封信，說北安城暗中似有動靜，東南西北四城這幾日以來加固了兩倍守城兵和巡邏兵。想必就是為了防他們進城。而他如今一直待在武威侯府的武威軍中，有了武威侯的兵符後，果然軍中不安穩的人安穩了下來。

北安城裡面的人尚不知道他早就到了北安城。

花顏用了十天的時間，繪製出了黑龍河沿途的山川地貌，又用了三天時間，制定了一份詳細的專門針對黑龍河的治水方案。

方案落成後，她派人送去了京城給雲遲。

程顧之雖然比花顏等人晚離開鳳城兩日，反而比她早到鳳城五日。

程顧之回到北安城，守城人見到他，立即放他入了城。他看著北安城明顯比以前加重了兩倍的守城兵，眼底落下了一片暗影。

如今北安城，顯然已被防守的固若金湯，昭示著無論是誰，想動北安城都不可能。

北安城真的動不了嗎？

他暗暗地又搖了搖頭，不可能的。無論是花顏，還是蘇子斬，都各有本事，更何況二人聯合起來，再加之朝中有雲遲坐鎮，只這三個人，三雙手，就能捅破一片天。

更遑論至今他們來了北地短短時日，便將鳳城、魚丘等地賑災事宜做得有條不紊，大批殺手沒能奈何蘇子斬，反而悉數折在了北地，更不得而知花顏早也來了北地。

如今的北地……就如包裹著層層銀絲網的棉花，看著堅固，實則輕飄飄，大風一吹，也許就吹斷了銀絲，吹散了裡面的棉花。

程顧之一路想著，回到了程家。

他剛踏進家門，便被程耀叫去了書房。

程耀見到程顧之，先將他上上下下打量了一遍，見他出門幾日，似乎十分憔悴，比離家時清瘦了極多，似從外面逃回來一般，有些狼狽感。

他皺眉看著程顧之，威嚴地訓斥：「你還知道回來？」

程顧之看著程耀，喊了一聲「父親」，然後，聲音發哽，再說不出話來。

程耀壓著怒意：「你看看你，出去一趟，回來成了什麼樣子？」

程顧之無言地垂下頭。

程耀沉著臉問：「你這次自作主張去鳳城，灰頭土臉地跑了回來。你跟我說說如今的鳳城如何模樣？」

程顧之咬唇不出聲。

「說！」程耀看他的樣子，怒意有些壓抑不住。

程顧之壓下心中的沉痛看著程耀：「父親，如今的鳳城，賑災進展的十分順利……」

「誰問你賑災了？」程耀怒看著他，「我是問你蘇子斬如今都在鳳城幹什麼？」

程顧之心底升起濃濃的失望：「父親不問賑災事兒，不關心百姓死活，只關心蘇子斬嗎？」

程耀震怒：「你怎麼跟我說話呢？不孝子！」

「父親以為，我一個程家子孫去了一趟鳳城，能得到蘇子斬的什麼消息？」

程耀青筋跳了跳：「那你說，你去一趟鳳城，都瞭解了什麼？做了什麼？」

程顧之深吸一口氣：「我沒見到蘇子斬，只看到鳳城賑災事宜做得很好。我帶著十車米糧過去時，鳳城已經不再缺少米糧。」

「你沒見到蘇子斬？」程耀皺眉，「是他不在鳳城，還是你沒見到他？」

程顧之搖頭：「不知，總之我沒見到他。父親別忘了，我是程家人，即便他在鳳城，又怎麼會特意見我？」

程耀覺得有理，面色稍霽：「我們程家派去鳳城的人，一個也沒回來報信。你可知道是怎麼回事兒？」

程顧之抿了抿唇：「既然蘇子斬無事兒，父親派去的人定然已經折在了那裡。我去時，鳳城十分平靜，百姓們已安穩了下來，我全無用武之地，只能回來了。」

程耀面色陰沉地說：「這蘇子斬竟然這般厲害，派去鳳城的人，林林總總加起來，兩千餘人，竟然沒能奈何他。」

程顧之不接話。

程耀想起一事，又怒道：「對了，是安陽軍！安珂那個狗東西叛變了，竟然投靠了蘇子斬。你可看到安珂了？」

程顧之搖頭：「沒看到安珂，安珂據說被殺了，如今鳳城戒嚴，正在查此事。」話落，他挑眉，「已經有數日了，父親竟不知此事？」

程耀怒道：「派去鳳城的人有去無回，消息自然傳不回來。他不是投靠蘇子斬了嗎？究竟被什麼人殺的？」

程顧之搖頭：「據說是湧入鳳城的大批殺手。」

程耀沉思：「難道是懷王府的二老爺恨安珂叛變，又派人去了鳳城，殺了他？」

程顧之不說話。

程耀逕自思索了一會兒，問：「如今安陽軍的主將是誰？」

「肖瑜。」程顧之道。

「肖瑜？他是何人？」程耀顯然不知道肖瑜。

「據說是縣丞的一個主簿。」程顧之道。

程耀哼了一聲：「一個縣丞的小小主簿，竟然也能當安陽軍的主將？」

程顧之不語。

程耀瞭解了自己想知道的東西，便對程顧之擺手：「行了，你折騰一趟，去見過你祖父後便去歇著吧！以後再不要做這種事情了，這次當給你自己長了個教訓。」

程顧之沉默地出了程耀的書房。

來到程老家主程翔的院子，程顧之腳步緩慢，程翔與程耀不同，自小他在程翔身邊長大，受他教導更多，比對程耀感情深厚。

他知道父親做的事情大部分都是祖父的授意，沒有他的授意，父親不敢做。一旦程家被拿著罪證清算時，首當其衝就是祖父和父親。給他血脈和教導的兩個人。

他走著走著，便停下了腳步，再邁不出腳，雖已答應了太子妃，但他還是過不了心裡這個坎。他敢見程耀，反而不敢見程翔。

他站了一會兒，前方有幾個小孩的身影打鬧著跑了出來，後面跟著一群丫鬟婆子，口中連呼「少爺小姐慢點兒！」

他恍惚地看著。

不多時，那幾個小孩便跑到了他近前，跑在最前面的一個小男孩仰著漂亮的小臉看著他：「二叔叔，您回來啦？」

程顧之回過神，低頭，看到小男孩眨著水汪汪的大眼睛，他點點頭。

小男孩對他伸出手：「二叔叔，您給我們帶的禮物呢？」

程顧之恍然想起，他每次外出，都會給程家的孩子們帶禮物，不論嫡出庶出，只要小孩子都有禮物，可是這次他一路趕回來，滿腦子都是他對於程家未來的抉擇，便忘了禮物的事兒。

不過看著小孩純真的臉，一張又一張，都期盼地看著他，他笑了笑：「給你們帶了禮物，不過此時沒帶在我身上，稍後派人給你們挨個送去。」

小孩子們頓時高興地歡呼起來，紛紛猜測禮物是什麼，然後一眾玩耍著又跑開了。

程顧之站在原地看著孩子們天真無憂玩耍快樂的身影，心中那掙扎的決定漸漸堅固定型。若是程家滿門抄斬，那麼，這些孩子都會受牽連，他們還這麼小，不知人事，還沒走出程家見識外面的世界，他們何其無辜？

所以，他做的選擇，是對的。哪怕對祖父和父親來說是大不孝。

正堂屋裡，有人稟告程翔說二公子來了，程翔點點頭，等著程顧之，等了好一會仍不見他的身影，程翔不由問侍候的人：「怎麼顧哥兒還沒進來？去看看？」

有人應是，出去看了看，回來稟道：「二公子被小公子小小姐們纏住了。」

程翔笑道：「就他最招孩子們的喜歡。」

侍候的人也笑著說：「二公子每次出去回來都給小公子小小姐們帶禮物，小公子小小姐們自然喜歡二公子了。」

程翔點頭：「他也到了該說親的年紀，前兩年一直拖著，如今依我看，不能再拖了。回頭讓人擬一份各家小姐的名單來，我瞧瞧，也讓他自己選選。」

侍候的人應是。

不多時，程顧之進了正堂屋，腳步在邁進門檻時，頓了一下，抬步走了進去。見到程翔坐在梨花椅上喝茶，他走上前見禮：「爺爺。」

「嗯，回來了？」程翔上上下下打量了一遍，與程耀不同，他眉目慈和，溫聲道，「好在毫髮無傷地回來了，你走後，我一直擔心你在外面出了什麼事兒。」

程顧之輕聲說：「沒出什麼事兒，無人理會我。」

程翔招手，讓程顧之坐下：「說說你這一趟的收獲。」

「沒什麼收獲，長了一番見識和教訓。」程顧之將與程耀說的話又添加了一二，說了一遍。瞞下了蘇子斬不在鳳城，花顏在鳳城，安陽軍主將肖瑜十分厲害等事。

程翔在聽完程顧之所說的前往鳳城這一趟的經歷後，點點頭，沒說什麼，見他神色疲憊，便讓他去休息了。

程顧之的確沒有精神應付程翔，聽話地出了正堂屋，回了自己的院子。

程翔在程顧之離開後，對身邊的人道：「去將程耀叫過來。」

身邊人應是，立即去了。

不多時，程耀便匆匆來了正堂屋，見程翔面色沉重，便問：「父親，發生了什麼事兒？」

程翔對他道：「你可見過顧哥兒了？」

程耀點頭：「見過了，他回來後，我便叫他去了書房。」

程翔問：「既然見過，你可發現他的不對勁？」

程耀皺眉道：「父親說的是他一身狼狽地回來？」話落，他氣怒道，「這個不孝子，他自作主張帶了十車米糧去了鳳城，結果什麼用都沒有，灰頭土臉地回來了。當我問他可見到蘇子斬了？他竟然指責我不問賑災事兒，不關心百姓死活，只關心蘇子斬。」

程翔聽罷，歎了口氣：「我問你的不是這個，是問你可發現他有心事兒？」

程耀臉色不好看：「他能有什麼心事兒？我們程家派去鳳城的大批暗衛殺手一個沒回來，連蘇子斬如今在做什麼都不知道，我整日裡焦頭爛額，他幫不上忙也就罷了，竟然還一副天真的脾性。尤其是他去了鳳城一趟，不止沒見到蘇子斬，還對鳳城之事一問三不知。」

程翔不贊同地看著他，薄怒道：「你看看你的樣子，從小到大，每次見到他，都只會教訓他。鳳城如今何等危險，他能全首全尾地回來，依我看，就很不錯。他似是受到了什麼打擊，不復昔日的模樣，你只知道訓斥他，就沒問問他心裡裝了什麼事兒？寬慰幾句？」

程耀揉揉眉心：「父親，您太嬌慣他了，如今這等緊要關頭，我哪還有心思理會他？」話落，又道，「我兩年前就說讓他接手些族中的事務，是您說還不到時候，再讓他修身養性兩年，如今倒好，你看看他做的事兒？依我看，他也該受些打擊，才能知道我們家族立世不易。」

程翔瞪眼：「你這樣一說，倒是我的不是了。」

程耀立即搖頭：「父親勿怪，兒子一時口快，您也是為了他好。」

程翔聞言歎了口氣：「你說得也對，怪只怪我將這孩子養的太良善了，未曾想到今年大雨磅礴，黑龍河決堤，將北地陷入如斯境地，也將我們程家陷入如斯境地。」

程耀道：「所以，箭在弦上，不得不發了。幾十年前，黑龍河決堤，我們瞞下了，如今更是摘不乾淨，一旦殺不了蘇子斬，讓他在北地得勢，那麼我們程家所做的那些事兒，就是株連九族的大罪。即便太后健在，怕是也保不了我們。」

程翔點頭：「顧哥兒去一趟，雖受了打擊回來，也不是全然沒帶回消息。他說如今鳳城賑災順利，安珂殺了安遇，投靠了蘇子斬，而不久後，安珂又被大批黑衣殺手殺了，蘇子斬震怒，如今鳳城全城戒嚴，追查凶手。所以，可見，蘇子斬依舊在鳳城，只不過，顧哥兒是程家人，他不想見程家人罷了。」

程耀立即說：「這樣說來，蘇子斬還不知道我們程家殺他的事兒？」

程翔道：「也不見得，大約是故意放他回來，總之，事情不簡單。由此可見，蘇子斬真不是個簡單的人，名不虛傳，厲害得很。」

程耀道：「父親，那我們該怎麼辦？」

程翔道：「待我密信一封，問問上面的意思。」

程耀頷首：「父親要儘快，我們必須要殺了蘇子斬，不能讓他再往京中遞消息奏摺了。」

程翔點頭，疑惑地說：「可查清了，他是通過什麼路往京中遞傳消息和奏摺的？」

程耀搖頭，也疑惑地說：「太子殿下雖派了梅府大公子梅疏延去了兆原，兆原是入京的必經之路。但他剛到兆原，還沒什麼作為，沿途的驛站，還一如從前。所以，蘇子斬的密信和奏摺，定然沒走驛站，否則我們一定能攔截得住。不知他是通過哪條路送去京城的？」

「定然是暗線。」程翔道，「也定然在我們北地埋藏得十分之深。」

程耀納悶：「太子殿下在北地埋藏的暗樁，早在他前往西南境地時，我們不是悄悄就挑了嗎？否則，我們也不能將北地之事瞞半年之久。」

程翔道：「這也是我的奇怪之處，難道是蘇子斬自己的暗線？或者是武威侯府的暗線？」話落，他自己先搖頭，「蘇子斬出生以來就帶著寒症，體弱多病，若是他在北地的暗線，我們不可能不知，連太子殿下的暗樁都挑了，更何況他的？至於武威侯，也不可能。」

程耀皺緊眉頭：「可是如今，到底是怎麼回事兒呢？」

程翔也是百思不得其解，深深地思索了片刻，腦中靈光一閃，忽然說：「是花家，對，就是花家，定然是花家。」

「嗯？」程耀訝異，「花家偏安一隅，數代以來，子孫沒大出息，一直待在臨安尺寸之地。臨安距離北地比京城還遠，父親說花家，是不是想的太遠了？」

「不，一定是花家。」程翔道，「你可還記得太后懿旨悔婚？還有顧哥兒帶著八丫頭去一趟臨安後回來所說的話？花家若無本事，太后可能悶聲吃虧，連拓印她的懿旨貼滿天下之事都做出了，她卻沒追究就那麼算了。所以，花家在北地一定有暗線。」

程耀聞言懷疑：「父親，您覺得可能嗎？花家？」

「怎麼不可能？這個世上，沒有不可能的事兒。」程翔道，「趕緊的派人去查，查花家在北地的暗線。一旦查出，悉數挑了。」

程耀見程翔說得激動，也不由得相信鄭重起來，恨恨地說：「若真是花家在北地裡私下相助蘇子斬興風作浪，我一定將他們悉數查出來連根拔起清除乾淨。父親放心，我這就去安排。」

「快去。」程翔立即擺手，催促程耀。

程耀趕緊出了正堂屋，立即去了。

程翔在程耀離開後，叫來身邊心腹之人吩咐：「傳我命令，將我那一支風靈衛派出去，查北地花家的暗線。一旦查出來，將之除了。」

心腹之人應聲：「是！」

程顧之回到自己的院子，沐浴換衣後，雖然疲憊卻無睏意，將自己從小培養的一名心腹叫到身邊，低聲對他吩咐了幾句。

那名心腹點頭，立即去了。

不多時，那名心腹匆匆回來，對程顧之低聲說：「公子，老家主將風靈衛派出去了，不知什麼原因。而家主，調派了府中所有暗衛，去查花家在北地的暗線。」

「什麼？」程顧之一驚，看著這名心腹，「寶清，消息可確實？」

「回公子，確實。」寶清立即說。

程顧之面色微變，想著爺爺和父親為何突然會查花家暗線，難道是他回來後洩露了什麼被他們察覺出來了？他思索片刻，立即下了決定：「寶清，你立即派人送口信去江湖茶館，找一個叫黑三的小夥計，給他傳句話，就說快入冬了，北地的花要落。隱祕些，不能讓任何人知道。」

寶清見程顧之面色凝重，試探地小聲問：「公子，您這是要幫花家？為何？」

「先別問了，趕緊去。」程顧之立即道，「我不是幫花家，而是幫北地的百姓。」

寶清似懂非懂，但還是乾脆地應聲保證：「公子放心，我這便安排立即將話傳遞過去。」

程顧之點頭：「要快！」

寶清點頭，再不耽擱，立即去了。

程顧之在寶清離開後，狠狠地揉了揉眉心，轉身坐在了椅子上，閉上了眼睛。若是花家的暗線出事兒，太子妃就危險了，那樣大義聰慧多智的女子，為了百姓，甘願來北地涉險，不說她與他有條件約定，只因她這份仁善大義敢入虎穴，他便不能讓她出事兒。

寶清不敢將程顧之這句話交給別人傳遞，於是，安排了一番，親自祕密地去了江湖茶館。

黑三聽到寶清傳來的口信，驚了驚，一把拽住他：「你的主子是誰？」

寶清也不隱瞞：「程家二公子，程顧之。」

黑三早已得到了花顏說服了程顧之的消息，頓時心神警醒，立即鬆開寶清，對他行了個大禮：

「代小的謝你家二公子的大恩。」
寶清點頭，不敢多待，出了江湖茶館，隱祕地來，又隱祕地走了。
黑三在寶清離開後，不敢耽擱，立即將消息送出了北安城蘇子斬那裡，如今公子將北地花家的暗線都交給了子斬公子調派，如今有人要對付花家暗線，自然是聽蘇子斬安排。
蘇子斬就在北安城外，很快就得到了消息，他眉峰凝了凝，果斷地下令：「所有北地花家暗線，聽我吩咐，都暫時躲避起來，無論何人，不可與之硬碰，稍後聽我安排。」
命令下達後，層層傳了出去，收到命令的人，立即快速地躲避隱祕了起來。
蘇子斬本來對於花顏說服程顧之的消息傳來時，還存著三分懷疑，不太贊同，想著他起不了什麼作用，沒想到，程顧之這麼快就令他刮目相看了。可見花顏這一步棋走的十分之對，能接近程家權利中心，第一時間得到消息的人，還真是非程顧之這個程家的嫡子嫡孫不可。
這一次，若沒有他及時傳來的消息，恐怕花家的暗線還真會有所折損。
不過程家人是怎麼突然想起花家在北地安插的暗線來的？怎麼突然就要除了花家暗線呢？難道是從程顧之回京後，在他身上察覺到了什麼？
他沒見過程顧之，對其人不太瞭解，倒不好定論此事。
他喊來青魂，吩咐：「你去暗中查查程家，看看程家這次為何要除花家暗線，另外程家都派出了些什麼人？」
青魂應是，立即去了。
一日後，青魂回來，稟告蘇子斬：「回公子，程翔和程耀是在見了程家二公子之後開始查花家的，至於原因，似乎不是因為程二公子說了什麼，程翔派出了程家暗中養的一支極厲害的精銳暗衛風靈衛，程耀調派了程家目前僅有的所有暗衛。似乎認定了北地有花家暗線，正在大力查探花家暗衛以求肅清，動作迅速且霸道。」

蘇子斬想了想：「這麼說，原因還在程顧之了？也許他雖然沒說什麼，但還是讓程家的老傢伙想到了花家，所以，查到了花家暗線。」頓了頓，他思索著道，「也許他想到的是我在哪裡，被誰保護著，是通過什麼路子，暗中將密信遞去京城的？所以，想到了花家。」

青魂道：「幸好消息傳來的及時，花家所有暗線已經暗中隱祕躲藏了起來，風靈衛和程家所有暗衛查了一日，什麼也沒查到。」

蘇子斬冷笑：「花家千年根基，程家才四百年而已，只要花家有防備，程家那點兒水還是淹不了花家暗線的。不過，也許程家會聯合起其他世家，就跟聯合派了大批暗衛前去鳳城殺我一樣。在鳳城，他們折了一批人，如今仍舊還保留著一切暗衛勢力。」

青魂頷首。

蘇子斬冷聲道：「最好是等他們都出動，我們一舉都給反絞了。」話落，道，「待花顏到了之後，我與她商量一番，看看如何都將之引出來。」

青魂立即說：「太子妃如今在路上了，應該用不了幾日就到了。」

「嗯，忍幾日。」蘇子斬道。

程翔覺得自己猜測的不會出錯，但是出動了風靈衛查了三日，也沒有查到關於花家暗線的蛛絲馬跡，他不相信自己判斷錯了，不由得面色十分凝重。

程耀本就存有懷疑態度，如今三日什麼也沒查到，不由更是質疑，對程翔詢問：「父親，您是不是弄錯了？根本就不是花家。」

程翔搖頭：「不可能錯。」

程耀道：「可是查了三日，一根頭髮絲都沒查出來，連太子殿下的暗樁咱們都除了，不可能還有花家的暗線。」

程翔道：「太子殿下才監國四年，他的根基不深，以我們程家在北地四百年的根基，很容易查得出來。但是花家不同。如今沒查出來，想必是花家比我想像的還要厲害，藏的還要深。」

程耀皺眉：「會不會不是花家？是別的世家？若是花家，不該您將風靈衛都派出去了，什麼也查不出來。」

程翔搖頭：「也許是查的不夠，也許是查的方向不對，要往深裡挖，總之，我不相信花家在北地沒有暗線。否則當初太后的悔婚懿旨不可能一夜之間貼滿了天下各州郡縣，我們在北地根基這般深，當初竟也不知何時何人貼的。」

程耀聞言覺出了嚴重，道：「父親，不如聯合起來，一起查。」

程翔思索了一番，點頭：「嗯，是該聯合起來一起查，也許以我程家一家之力，還是太過微薄了，花家根基太深，只要聯合起來，才能將之深挖出來。」

程耀立即說：「我這便派人去各大世家傳消息。」

程翔點頭：「去吧！」

程耀離開後，程翔對身邊侍候的人問：「顧哥兒這幾日在做什麼？」

侍候的人立即說：「二公子自從回來後，一直將自己關在院子裡，狀態似十分不好。」

程翔立即說：「去，將他喊來！」

侍候的人應是，立即去了。

程顧之這三日確實一直將自己關在院子裡，他在做自我的冷靜調節，程翔和程耀在他回來當日見過他後，便立即對花家暗線出手，他覺得定然是自己暴露了什麼，才讓他們如此。他反覆地想了又想當時與兩人見面所說的話，沒發現自己真正的暴露點在哪裡，但也不敢輕舉妄動。將自己關了三日，他終於冷靜了下來。

這一日，程翔不找他，他也是要去正堂屋見程翔的。

程翔派人找來，他深吸了一口氣立即去了正堂屋，見到程翔，見了禮後，平靜地看著程翔：「這三日沒過來給爺爺請安，爺爺勿怪，孫兒出去這一趟有些想不開，自己悶了幾日。」

程翔仔細打量程顧之，見他氣色比回來那日好多了，笑呵呵地慈善地說：「你尚且年輕，以後需要磨練之處多著了，能自己想明白就好。」

程顧之覺得這三日他的確是想明白了以後他要走的路，可是這路，不可言說。

他看著程翔慈祥的臉，不敢在他面前表露分毫情緒，點了點頭：「多謝爺爺體察。」

程翔拍拍程顧之肩膀，語重心長地說：「顧哥兒，你長大了我老了，你父親他就是那個德行，自不必提，我操心了他一輩子，懶得再說他了，我的希望寄予你身上，程家將來的希望也寄予在你身上。」

程顧之頷首：「爺爺厚愛孫兒，我明白。」

程翔見他似是真成長了，十分欣慰：「本來兩年前你父親就想讓你接手族中事務，但我想讓你多修身養性兩年，便拖到了這時候，從明日開始，你就跟著慢慢接手程家事務吧！」

程顧之抿了一下嘴角：「聽爺爺的。」

程翔呵呵地笑，十分高興：「看來你出去這一趟，雖受了些打擊回來，但也是一番磨礪。本來我還想你心中煩悶，打算對你疏通一番，如今看來不必了。」

程顧之神色平靜地點頭：「嗯，不必了，孫兒曉得了些事兒。」

程翔頷首，轉了話題，問：「上次你去臨安，回來說臨安是個十分難得的地方，風土人情，民生百態，都特別好。在臨安，夜不閉戶，路不拾遺，安平盛泰，是臨安花家治理有方？」

程顧之點頭：「孫兒是這樣說過。」

「當初你父親不以為然，我也覺得你誇大了臨安的好，但近日來，我卻覺得，你說得十分有道理。」程翔道，「如今你再詳細地跟我說說在臨安的見聞，以及花家和花家人。」

程顧之點頭，兩個月前，他去臨安那一趟回來，無論是程耀還是程翔，都沒詳細地瞭解他在臨安的情況，他便沒有細說。如今既然程翔問，他也不隱瞞，將在臨安發生的事兒說了一遍。

程翔聽罷後，尋思片刻，對他詢問：「你覺得臨安花家怎麼樣？」

程顧之道：「很尋常。」

「尋常？」程翔看著程顧之，「你上次回來不是說臨安花家不尋常嗎？怎麼如今又說臨安花家尋常了？」

「臨安花家過著尋常百姓人家的日子，不是高門大族，門楣也不高華，十分尋常。」

程翔頷首，感慨道：「臨安花家可真是厲害啊，看起來尋常，實則不尋常啊。」

程顧之不再說話。

程翔又問：「臨安花家如今何人主事？」

程顧之道：「據說是公子花灼，太子妃的哥哥。」

程翔看著他：「上次你去臨安，沒見到花灼？」

「未曾。」程顧之搖頭，看著程翔，反問，「爺爺，您怎麼突然關心起花家來了？」

程翔歎了口氣：「我懷疑蘇子斬有花家在北地的暗線相助。可是派出了風靈衛和程家暗衛，都沒查到，便尋你問問，你覺得花家，有何厲害特殊之處？」

程顧之蹙眉：「花家一直安居臨安，偏安一隅，雖年代久遠，但未曾聽說花家暗線埋在北地，否則以花家和太子殿下的關係，北地加重稅收之事，應該早就傳到太子殿下耳中了。爺爺是不是想錯花家了？」

程翔聞言一愣：「你說得倒也有些道理。難道我真想錯了？」

程顧之道：「爺爺不妨再仔細想想，您是因為什麼才覺得花家相助蘇子斬？」

程翔琢磨著道：「我想到太后悔婚懿旨，花家一夜之間貼滿天下，連北地也有，當時只顧著看熱鬧，倒不曾徹查此事，如今想來，太子殿下埋在北地的暗樁已除，蘇子斬與京中的信函奏摺往來，不走驛站，走的定然是哪條隱祕之路，思來想去，想到了花家定然在北地埋了暗線。」

程顧之恍然，原來爺爺是因為這個想到了花家，未曾懷疑他，他心底鬆了一口氣，平靜地說：「孫兒覺得，爺爺想錯了，花家雖不是表面那般普通尋常，但也沒到埋得極深極厲害的地步，否則，您的風靈衛都派出去查了三日了，不可能蛛絲馬跡也查不到。」

「是啊！風靈衛是我們程家最厲害的暗衛，按理說，不該查不出來。」程翔不禁也對自己有了懷疑，又思索片刻，道，「你父親已去聯合其他世家了，既然已經著手查了，那就再繼續查吧！不怕一萬，就怕萬一。如今這般非常時期，查了安心。」

程顧之點頭，從善如流地道：「萬事小心為上策。」

「嗯，不錯。」程翔頷首，「咱們程家立世不易，顧哥兒，你要好好幹，以後萬事多思量。」

程顧之答應：「爺爺放心，我會保護好我們程家人的。」
程翔欣慰地拍拍程顧之肩膀：「後生可畏，爺爺沒白教導你一場。」
祖孫二人又說了一會兒話，程顧之出了程翔的正堂屋，去了程耀的書房。
程耀正寫完密信派人送出去，見程顧之來了，上下打量了他一眼，面色還算溫和：「如今總算看起來又有了模樣了。」
程顧之見禮：「父親，爺爺讓我明日開始學著接手事務。」
「嗯。」程耀頷首，「我早兩年就有這個意思，偏偏你爺爺寵慣你。如今你既也有心，那明日就開始吧！我近來事忙，讓族叔帶你。」
「好，聽父親的。」程顧之頷首。
商定此事後，程顧之出了程耀的書房，回了自己的院子。
回到房間後，他又立在窗前，看著窗外，深秋的風蕭蕭瑟瑟地吹著院中的桂樹，落葉滿天飛，不多時，地上就落了一層樹葉。
有打掃院落的小廝掃著落葉，秋風吹起他單薄的衣襟，看起來瘦小瑟瑟發抖。
程顧之看了一會兒，出聲喊：「寶清。」
「二公子。」寶清立即進了屋，小聲問，「您有什麼吩咐？」
程顧之道：「咱們府中人還沒做秋棉衣嗎？」
寶清一愣，搖頭：「似乎還沒有，今年府中忙亂，夫人們也還沒顧及到。」
程顧之立即說：「吩咐下去，府中人儘快做秋棉衣，深秋這般冷的天氣，府中下人們穿的這般單薄幹活，怎麼受得住？」

「是。屬下這就去。」寶清向窗外看了一眼，立即應聲。

程顧之轉回身，拿了一卷書，坐回了桌前。

寶清下去後不久，程蘭兒來了程顧之的院子：「二哥！你在嗎？」

程顧之向外看了一眼，應了一聲：「在，進來吧！」

程蘭兒推門進來，上下打量程顧之，鬆了口氣：「我聽聞二哥回來後就將自己關在院子裡，誰也不見。娘說二哥心情不好，不讓我來煩你。今日我實在忍不住了，二哥，你還好吧？」

「嗯，還好。」程顧之點頭，看著程蘭兒，自從臨安回來後，她知事了不少，似乎一下子長大了，他放下書卷，指了指對面的椅子，「坐。」

程蘭兒走到他面前坐下。

程顧之動手給她倒了一盞茶。

程蘭兒問：「二哥，我聽聞鳳城災情十分嚴重，百姓們死傷無數，無人管，真是這樣嗎？」

程顧之抿唇：「受災後半個月時是這樣，不過如今武威侯府的子斬公子來了北地賑災，鳳城已安穩了下來。」

程蘭兒點頭，由衷地說：「子斬公子真厲害。」

程顧之笑了笑，看著她，幾個妹妹裡，程蘭兒最親近他，他開口詢問：「八妹，我且問你，你覺得我們程家對北地的百姓如何？」

程蘭兒聞言撇撇嘴：「這還用說嗎？自然是不好了。我們程家有米糧，卻不拿出去賑災。不知道爺爺和父親是怎麼想的。」

程顧之扯了扯嘴角，看來不是他自己的錯覺，是程家真的對百姓不管不顧。至於為了什麼，他身為程家人，隱約地明白些，但也明白得不徹底。
程蘭兒見程顧之不說話，面色平靜，對他壓低聲音問：「二哥，我問你一個事兒。」
「嗯，問吧！」程顧之點頭。
程蘭兒用兩個人才能聽到的聲音說：「二哥，你說我們程家會獲罪嗎？」
程顧之一愣，看著程蘭兒，暗暗心驚，不動聲色地問：「為何這麼問？」
程蘭兒小聲說：「我近來總是做噩夢，總覺得會有什麼不好的事兒?!聽聞太子殿下在朝中因北地兩成賦稅砍了戶部尚書，我思來想去，咱們程家也與此事有關吧?這不是犯罪的事兒嗎?」
程顧之暗歎，伸手拍拍她肩膀：「你放心，我會保護好程家人的。」
程蘭兒自小便聽程顧之的話，十分相信他，聽他這樣一說，心下頓時安穩了。
她看著程顧之，又小聲說：「二哥，你說今年天下這般多事，太子殿下和太子妃會不會延期大婚？」
程顧之想了想，如今花顏就在北地，距離她與太子殿下大婚之期滿打滿算，也就三個月了。三個月裡，她能否肅清北地官場很難定論，他搖頭：「我也不知。」
程蘭兒雙手托腮：「我倒希望他們能順利大婚。」
「嗯?」程顧之看著她。
程蘭兒道：「據說太子殿下大婚後，皇上就會退位讓太子殿下登基了。做了皇帝，總比做太子的權利大，他應該就沒這麼辛苦了。」
程顧之一愣，看著程蘭兒：「八妹，你不會還喜歡太子殿下吧?」
程蘭兒立即搖頭：「太子殿下對我來說，就是水中月，鏡中花，搆不到的。上次在臨安見到花顏，我就深深體會了。花顏那樣的女人，讓我討厭不起來，也難怪太子殿下喜歡她，話本子上都是有情人終成眷屬，我也願他們順利大婚的。」

程顧之摸摸程蘭兒的頭：「八妹真是長大了，二哥會為你選個好夫婿的。」

程蘭兒臉一紅：「二哥取笑我。」話落，小聲說，「我只願我們家好好的。」

程顧之暗暗地歎了口氣，昔日驕傲天真不知愁滋味的小丫頭都感覺到了程家的危機，可見程家的處境已迫在眉睫，他在袖中的手攥了攥拳，低聲說：「會好的。」

他唯今能做的，就是保下花家無辜的人。

蘇子斬收到北地十大世家聯手徹查花家暗線的消息時，冷冷地笑了一聲：「程家的號召力真是不小。」

青魂立即說：「只程家一家，花家的暗線還能隱藏得極好，如今北地十大世家聯手，似有掘地三尺的架勢，怕是用不了幾日，總能查到花家暗線的痕跡。」

蘇子斬涼聲道：「花顏很快就到了，待她到了之後，我們就著手反擊，將這些人，一網打盡。不會讓他們查出來的。」

青魂頷首，小聲說：「太子妃這走的也太慢了，從鳳城到北安城，她都走了十日了。」

蘇子斬笑了笑：「她沿著黑龍河走，沿途探察地勢地貌，制定治水方案，自然不會太快。」

話落，他收了笑，冷哼，「雲遲上輩子積了什麼德，能夠讓她如此勞心勞力幫他，得了她，他等於得了南楚太平的大半江山。」

青魂可不敢接這話……

「我寫一封信，催催她，讓她快點兒。」蘇子斬說著，提筆寫信。

青魂站在一旁等著。

不多說，蘇子斬寫完信箋，用蠟封好，遞給青魂：「速速傳給她。」

青魂應是，立即去了。

花顏收到蘇子斬的信函時，還有一日的路程到北安城，她捏著信箋讀罷，不由得笑了，對安十六說：「對比我來說，子斬如今更像是花家的人了。程家聯絡北地十大世家對付花家暗線之事，他看起來比我著急，已經寫信來催我了。」

安十六拿過信函看了看，也樂了：「公子一直算計著將子斬公子拉進花家，如今也算是成功了。」

花顏好笑：「是啊！本來想休息半日，既然他這麼著急，咱們就立即起程吧！」

安十六頷首：「此事不是小事兒，是該早些與子斬公子會面，籌備一番。」

花顏點頭。

一行人加速了行程，前往北安城。

這一日子夜，來到了北安城郊外二十里處的一處農莊。

這一處農莊座落在山腳下，四周山林樹木遮掩，十分安靜。

深夜，深秋的風呼嘯著吹過山林，樹葉嘩嘩地飄落到了地上，地面覆蓋了一層又一層的落葉，淹沒了山林的小道。

花顏一行人車馬進了山林，不多時，來到了農莊門口，農莊大門緊閉，院內的狼犬聽到動靜，狂吠起來。

安十六跳下馬車，叩響門環，他剛叩了兩下，裡面有人立即將門打開了。一名小廝模樣的少年，小聲問：「可是太子妃來了？」

安十六點頭：「不錯，是我家少主。」

「快請，公子等了太子妃幾日了。」小廝立即打開大門，放一行車馬入院。

馬車停在二門外，花顏剛跳下馬車，便感覺深秋的夜風呼嘯著，不由得打了個寒噤。

蘇子斬站在二門口，見到花顏，頓時蹙眉：「怎麼不多穿些？」話落，不等花顏答話，對采青怒道，「怎麼侍候太子妃的？太子殿下便是這般選個不盡心的人跟在身邊侍候嗎？」

采青頓時嚇得一哆嗦，手裡抱著披風連忙白著臉請罪：「子斬公子恕罪，車中有暖爐，太子妃下車太快，奴婢沒來得及將披風給她披上……」

「沒來得及也是失職。」蘇子斬冷冷地看著采青。

采青頓時垂下頭，不敢言聲了。

花顏伸手拿過采青手裡的披風：「不怪采青，確實是我下車太快，她已經夠盡心的了，你嚇她做什麼？」一邊說著，一邊將披風逕自披在身上，看著他穿得也單薄，蹙眉，「你還說我，你呢？穿這麼少，也好意思訓我的人侍候不周。」

蘇子斬看著她道：「我不冷。」

花顏立即說：「我也不冷。」

蘇子斬哼了一聲，轉身帶路：「你是先歇息，還是我們立即商議？」

「我不累，但是有些餓了，讓人準備些夜宵，一邊吃夜宵，一邊商議。」

蘇子斬頷首，對身邊人吩咐：「讓廚房準備夜宵，熬一碗薑湯，再做一鍋燕窩粥。」

有人應是，立即去了。

蘇子斬對花顏道：「你先去沐浴，驅驅寒氣，然後我們再商議。」

花顏點頭：「聽你的。」

五皇子、程子笑、安十六等人對看一眼，他們在蘇子斬的眼裡，就是被忽視的人。跟在花顏身後，一行人進了二門。

花廳生了火爐，暖融融的，五皇子、程子笑、安十六、天不絕等人在喝茶。

自從蘇子斬知道花顏讓天不絕給雲遲製藥後，便找了天不絕一趟，不知道他說了什麼，似十分嚴厲，反正是不准天不絕給她研究讓人失憶的藥了。

以前天不絕還覺得蘇子斬如小綿羊一般好欺負，如今發現不是那麼回事兒，他厲害得很，他若是不聽他的話，他敢砸了他的藥爐，比花顏犯起渾來還閻王，正好他也不是太想研究那個害人的藥，正好借坡下驢，聽了他的話。

花顏沐浴完，剛到花廳坐下，侍候的人正好也端來了夜宵，幾個小菜，幾壺溫酒，她的面前獨獨又多放了一碗薑湯和燕窩。

花顏其實不愛喝薑湯的，入口辛辣，多加糖也不管用。但薑湯確實驅寒，她也只能一邊辣著一邊喝著，捧著碗，一口一口艱難地將一碗薑湯喝下了肚。

她喝完，舌尖都是辣的。

蘇子斬將一碟蜜餞推給她：「先吃點兒這個。」

花顏捏起一顆蜜餞，放進嘴裡，嚼了嚼，方才覺得辣味散了些。

蘇子斬好笑地看著她：「能喝酒的人，反而不能吃辣？」

花顏搖頭：「此辣非彼辣，我只是不太愛喝這薑湯。」

蘇子斬點頭，但依舊說：「薑湯驅寒，從現在起，已近冬天了，每日你都要喝一碗，喝習慣就好了。」

花顏斷然道：「不要，我身體好著呢，不用每日喝薑湯。」

蘇子斬不理會她，依舊對人吩咐：「每日熬一碗薑湯給太子妃。」

「是。」有人應聲。

花顏氣噎，瞪著蘇子斬。

蘇子斬轉過頭，對眾人說：「幾位喝些溫酒，暖暖胃。」

眾人點頭。

花顏有些惱地說：「蘇子斬，你別以為我奈何不了你。」

「哦？你要如何？讓太子殿下也砍了我的腦袋？」蘇子斬挑眉，眉目張揚不可一世。

花顏又是一噎。

蘇子斬看著她似被氣得夠嗆，露出笑意，一改不可一世的張揚，溫聲說：「你不是想提前要個孩子嗎？你因修習功法的原因，體質偏寒，薑湯是驅寒暖宮的，你喝上一冬天，再琢磨出個法子，也許就能幫助你事半功倍了。」

花顏一愣，惱意頓時散了，癟著嘴說：「你明明是好心，偏偏不好好說話。」

蘇子斬氣笑：「我還害你不成？」

「你自然不會害我。」花顏說著也樂了，拿起筷子，「好了，我們邊吃邊聊。你覺得花家暗線傾巢出動的話，有幾成把握能絞殺了十大世家的暗衛們？」

蘇子斬收了笑意：「七成。」

「嗯？」花顏挑眉。

蘇子斬道：「如今留在北安城沒派出前往鳳城的，皆是各大世家的精衛，壓在手裡的最後那張牌。我們有七成把握，已是極限。」

花顏蹙眉：「所以說，如今北安城的各大世家們還是各自保留了很大的實力？」

「嗯。」蘇子斬點頭，「若是派出你手裡那支太祖暗衛的話，又能加兩成。」

「九成。」花顏頓時笑了，「那就容易了，擇日不如撞日，今日晚就將他們派出去，一夜之間，將北地各大世家手裡的這些劍斬斷，片甲不留。」

「好。」蘇子斬從袖中拿出一卷卷宗，遞給花顏，「這是我來這幾日讓青魂摸清的各大世家暗衛的特點。」

花顏接過卷宗，看了看，說：「程家的風靈衛與蘇家的烈焰衛顯然最厲害，懷王府的蹤輕衛也不容小視。」話落，她下了決定，「程家的風靈衛讓雲暗帶著人出手，蘇家的烈焰衛就由十六帶著人去，懷王府的蹤輕衛就派出你身邊的青魂帶著十三星魂出手。其餘的各大世家，就交給北地花家的暗線來處理。」

蘇子斬沒意見：「好，依你所說。」

花顏放下卷宗，想了想，又道：「你今夜坐鎮調派，我打算去訪個朋友。」

「誰？」蘇子斬問。

「蘇輕楓和蘇輕眠，蘇家的三公子和四公子。」花顏道，「他們去臨安時，我見過兩面，很不錯。就如程顧之一樣，若是被家族牽連，未免可惜了才華。能在家族的汙穢中立身極正清流的人，我還是希望幫助他們抽身出來。」

「蘇輕眠和蘇輕楓？」蘇子斬點頭，「似是北地難得的才子。」

「嗯！我們要肅清北地，也不是一味地一刀切，北地各大世家骯髒汙穢是沒錯，但也不是沒有好人。若以他們的罪，都株連九族，這樣的話，怕是我們肅清了北地之後，也無人可用了。」

蘇子斬點頭，看了一眼外面：「你確定今夜去闖男人的臥房？」

花顏眨了一下眼睛：「你這話說的怎麼這麼……」好像她有多不正派一樣。

蘇子斬道：「明日吧！派人私下送一封信給他們，將他們引到一處，今夜外面天寒，你就不要出去了。」

一直沒說話的五皇子附和：「四嫂，我也覺得你今夜還是別去了，子斬哥哥說的有道理。」

程子笑也附和：「夜闖男子臥房，是不太好，你要顧忌你的身分。」

花顏無言，默了好一會兒，才歎了口氣，想著今非昔比了，她成了太子妃，可真是不能肆意逍遙，處處受限制。無奈地點頭：「聽你們的。」

當日深夜，雲暗、青魂、安十六分別帶著人離開了這一處農莊，花家的所有暗線也收到命令，不再隱藏傾巢出動。

蘇子斬坐鎮，花顏在用完夜宵後，便被他趕去休息了。

花顏躺在床上時對采青嘟囔：「他身體明明也還沒好俐落，每日喝著湯藥，比我如今不如多了，反而處處照顧我，好像我多像個易碎的娃娃。」

采青抿著嘴笑：「若是太子殿下在這裡，怕是比子斬公子對您照顧更甚呢。」

花顏「撲哧」一下子樂了，伸手捏采青的臉蛋，「不愧是太子殿下的人，真是處處給他說好話。」話落，她惆悵地說，「哎呀，我想雲遲了！」

采青樂呵呵地說：「太子殿下也定然早就想您了，大約是日日盼著北地的事情了結。沒有誰比殿下更急迫的了。」

花顏笑著說：「不知他受的傷是否已好了。」

采青立即說：「您放心，太醫院的太醫雖不及天不絕神醫，但也不是無能之輩。殿下的手傷若是輕的話，應該好的差不多了。」

花顏「嗯」了一聲，「待他再來信，能用右手時，就看出來了。」

第九十一章　一擊必殺

采青小聲問：「太子妃，您與殿下還有三個多月就大婚了。可是如今北地的事兒剛開了個頭，趕得及大婚前處理完嗎？」

花顏抿唇：「抓緊些，應該差不多。只要今夜事成，北地最大的這十大世家被斬斷了手中的劍，就等於成了待宰的羔羊。至於其它的小魚小蝦，收拾起來容易。」

采青點點頭。

花顏笑了笑：「這還要多謝程家要查花家暗線，聯絡各大世家傾巢出動徹查，否則，他們不亮底牌，不暴露勢力，咱們即便待在這北安城，一時半刻還真不敢輕舉妄動他們。」

采青笑著說：「您說服了程二公子這步棋真是做得對極了，若沒有程二公子，怕是也不會讓程家想到花家暗線，也幸好程二公子送信及時。」

花顏點頭：「程顧之是個聰明人，但願蘇輕眠和蘇輕楓也不會讓我失望。」

采青幫花顏掖好被角：「您休息吧！子斬公子若是有事情請您一起定奪，奴婢再來喊您。」

「嗯。」花顏打了個哈欠，翻了個身睡了。

采青熄了燈，關上房門，悄悄退了下去。

天不絕跟著花顏一樣去休息了，程子笑、五皇子並沒有去休息，二人對於今夜的行動心裡都有些興奮，陪著蘇子斬一起等著暗衛送回消息。

對比程子笑和五皇子頗有些興奮的心情，蘇子斬神色平靜尋常，喝了兩盞茶後，對二人問：

「誰跟我對弈一局？」

五皇子立即擺手：「我下不過你，不來。」

程子笑接過話：「我來。」

蘇子斬頷首，拿出棋盤，與程子笑對弈。

蘇子斬的棋風如他的人一樣，初看冷冽鋒利，但細看之下，頗有大開大合的溫和氣度，程子笑有些訝異，沒想到蘇子斬的人與他的棋局矛盾得很。他知道蘇子斬厲害，不敢大意，每落一步子，都仔細思量片刻，但儘管如此，一盞茶後，他還是敗了個徹底。

他誠心誠意地拱手敬佩地道：「在下棋藝不精，子斬公子見笑了。」

蘇子斬隨意地淡笑：「五皇子半盞茶都堅持不到，你已經不錯了。」

五皇子臉一紅，誠然地說：「我的確堅持不到半盞茶，所以不敢下，你確實已經不錯了。」

南楚四大公子自然不是浪得虛名，程子笑在棋藝上輸給蘇子斬，心服口服。他看著蘇子斬氣定神閒的模樣，不由開口問：「你竟一點兒也不擔心？萬一今夜出現什麼變數呢？」

蘇子斬雲淡風輕：「出現變數又怕什麼？」

程子笑一噎，想想也是，出現變數又怕什麼？無論是太祖暗衛，還是蘇子斬的十三星魂，亦或者花家在北地埋藏的暗線，即便今夜不能圓滿收手，但也不會吃了虧。

他又問蘇子斬：「我今夜是不是該悄悄回一趟程家？將那些東西取來？今夜若是成功，那些東西想必很快就能用得上。」

蘇子斬搖頭：「不急，不如等著過兩日，你正大光明地回程家取。」

程子笑想著正大光明地回去啊，不由得樂了。

兩個時辰後，雲暗傳回消息，程家的風靈衛悉數被絞殺。

蘇子斬微笑：「果然太祖暗衛十分厲害。」

他話音剛落，安十六傳回消息，蘇家的烈焰衛已被覆滅。

蘇子斬又笑：「與太祖暗衛幾乎同步，怪不得安十六最得她器重。」

他話音落，青魂傳回消息，懷王府的蹤輕衛已被除盡。

蘇子斬淡笑：「還好，青魂與十三星魂沒丟我的人。」

程子笑與五皇子對看一眼，三大世家最厲害的暗衛精兵已被除，其餘的便容易了。

接著，陸陸續續有花家暗線的暗報傳來，皆是好消息。

這一夜，誰也不曾想到，就在北安城外二十里的一處山林農莊裡，蘇子斬坐鎮，程子笑、五皇子作陪，花顏呼呼睡了一宿好眠的大覺，北安城的天卻被他們這樣輕而易舉地給攪翻了。

當日深夜，程家老家主程翔收到風靈衛被人絞殺的消息，驚得騰地從床上跳起來，哆嗦地不敢置信地問：「你說什麼？風靈衛被誰絞殺？」

報信的人渾身是血，身中數刀，撐著一口氣回來報信：「不知道是什麼人，十分厲害，十分熟悉風靈衛，風靈衛不是對手，盡數被絞殺。」

他困難地說完這一句話，斷了最後一口氣，氣絕當地。

程翔臉色一下子唰白，看著倒地的這名風靈衛，顫著音喊：「來人，快來人！」

有人聽到動靜，立即衝進了內室。

程翔指著地上的人：「快，去找大夫來！」

有人看到地上渾身是血的人駭了一跳，連忙轉身奔去找大夫。

程家府醫很快就被帶來，顫抖著手去探這名風靈衛的鼻息，然後又給他號脈，對白著臉的程翔抖著聲說：「老家主，這人已氣絕了。」

氣絕了，也就是人已經死了，大羅金仙來了也救不回來了。

程翔一屁股坐到了椅子上，渾身震動，驚駭不已，他的風靈衛是程家最精銳的一支暗衛，已傳承了兩三百年，他實在不能想像是什麼更厲害的人在今夜將風靈衛悉數絞殺了。

他抖著嘴角面皮抽動半晌，嘶啞地聲音開口：「來人，快去將程耀喊來。」

有人應是，立即去了。

不多時，程耀匆匆而來，因來得急，身上的衣袍隨意地披著，他邁進門後，一眼便看到了渾身是血倒在地上的暗衛，驚駭道：「父親，發生了什麼事兒？」

程翔臉色十分蒼白：「風靈衛盡數被絞殺了。」

「什麼？」程耀臉色頓時大變，渾身發抖，「是什麼人幹的？能盡數絞殺了風靈衛？」

程翔搖頭：「不知道是什麼人，十分厲害，這名風靈衛撐著一口氣回來給我報信，剛說了這一句話，便氣絕了。」

程耀不敢置信：「風靈衛何其厲害，這怎麼能……盡數被剷除？」

程翔閉了閉眼睛，一下子似蒼老了十年：「真沒想到啊！風靈衛一夜之間就這麼被人除了，而我竟然還不知是何人出的手。」話落，他想到了什麼，立即說，「是花家！」

程耀臉色青白交加：「花家在北地不是沒有暗線嗎？我們查了三日，都沒查到什麼。」

程翔頹然道：「正因為沒查到什麼，所以才說花家隱藏的深，一定是花家，近來我只派了風靈衛做這一件事情。」

程耀臉色發寒：「我們家失去了風靈衛，不知別家如何，北地十大世家聯合出手，花家即便有暗線在北地，難道真能一下子都動了十大世家的精銳暗衛？」

程翔聞言立即說：「你趕緊去打聽打聽，看看別家如何？」

程耀點頭，立即去了。

程耀離開後，他強制自己冷靜下來，半晌後吩咐：「去將顧哥兒喊來。」

有人應是，立即去了。

不多時，程顧之匆匆來了程翔的院落，進了堂屋，便看到了地上躺著的渾身是血的暗衛，面色一變：「爺爺，這……」他剛想問什麼，看到程翔蒼老頹廢的神色，猛地又住了口。

程翔拍拍椅子扶手，對程顧之道：「顧哥兒，今夜爺爺手中的風靈衛被人悉數絞殺了。」

程顧之大驚。

程翔看著他道：「不知是什麼人，我懷疑是花家動的手。這幾日，我動用風靈衛唯一做的事情是查花家暗線。」

程顧之也十分驚駭，他知道風靈衛的厲害，若是花顏動的手……

這是何等的厲害。怪不得她說北地肅清治罪程家是早晚的事兒，無論他幫不幫忙。

他看著程翔，一時間說不出話來。

程翔清楚地看到了他眼中的驚駭之色，深深地歎了口氣：「顧哥兒，程家怕是要敗了。」

「爺爺！」

程翔閉了閉眼睛，蒼老地說：「我沒想到風靈衛會一夜之間就沒了。沒了風靈衛的程家，就等於沒了防護牆，任人宰割。咱們程家，也算是敗在我手裡，爺爺無言去九泉下見程家的列祖列宗。」

程顧之心痛地說不出話來，好半晌，才道：「爺爺，沒了風靈衛而已，我們程家……」

程翔接過他的話：「你是程家的子孫，這麼多年，雖沒參與程家諸事，但也該明白，我們程家背地裡所作所為，早已經犯了南楚律法，一旦被清算，就是株連九族的大罪。有風靈衛，我們還能遮一遮這天，抗衡一番，本來想著，鹿死誰手，尤未可知，但如今風靈衛一夜之間就被人除了，可想而知，我們鬥不過，程家這天也遮不住了。」

程顧之看著程翔，終於吐出他一直想問的心裡話：「孫兒不明白，爺爺明知道程家一直以來所作所為是株連九族的大罪，為何偏偏知法犯法呢？」

程翔慘澹地道：「以前，程家也的確一直安守本分，做著北地的一股清流，否則當今太后，也就是你姑祖母也不會被選中入了宮，成為南楚的皇后。但就在她入宮不久後，幾十年前，黑龍河決堤了，若是不瞞下，我們程家一大半的子弟都會被獲罪，而你姑祖母也會受牽連。所以，程家的長輩們合計之下，一力瞞下此事，程家也不會有這幾十年的風光。」

程顧之聞言道：「幾十年前黑龍河決堤，程家一家瞞不下此事，難道那時候就聯絡了北地的諸多世家一起幫程家隱瞞？還有朝中定然也有人相助？」

程翔點頭：「不錯，程家一家瞞不下此事，自然北地和朝中都有人相助。」

程顧之不想問北地，只想問朝中，他立即問：「爺爺，朝中的人是誰幫我們？」

程翔看了他一眼，搖頭：「我也不知是誰，總之，十分有本事。」

「幾十年了，爺爺當真不知？我們程家已到了危及的關頭，那朝中人便不管嗎？」

程翔搖頭：「我確實不知，似不止一人，派來的信使每次都不同，且很少出現，並且來去無蹤，從來以口信相傳，不落下把柄洩露身分。」

程顧之咬唇：「那爺爺就沒查過？」

「查？」程翔搖頭，「查不了，也不能查，幾十年前黑龍河決堤這麼大的把柄，程家被人攥著了，焉能輕舉妄動？」

程顧之看著程翔，從他的身上，他看到了幾十年來，程家維持至今的不易。他一直以來很怕程家毀在他的手裡，但到底程家還是毀在了他的手裡。

若是不隱瞞幾十年前黑龍河決堤之事，損失程家大半子孫的話，那麼，程家也許幾十年裡緩不過勁兒來，不會再成為北地的十大世家之首，但絕對不會比今日累計犯的株連九族的罪更大。

這一刻，他心痛的同時，分外地感謝花顏，感謝她看中他的這點兒薄才，感謝她仁善心慈不牽連無辜的程家子孫，給他一個選擇，也給程家無辜的人一個活路。

他輕聲問：「如今風靈衛已盡數被除，爺爺接下來準備怎麼做？」

程翔道：「我已讓你父親去查了，看看其他各家是否與我們一樣。若是都如風靈衛一般被除盡，那麼，可想而知，花家何其厲害，不出手則已，出手便一擊必殺，不給我們反抗的機會。北地的這片天，怕是真的要完了，我們程家也要完了。」

程顧之點頭，坐下身：「我陪著爺爺等著父親的消息。」

程翔點頭，對外喊：「來人。」

有人應聲出現。

程翔指指地上，疲憊地吩咐：「將他裝棺厚葬。」

有人應是，立即抬了地上的死士下去。

程翔此時是真的需要有個人陪，而他選擇了自己悉心教導的孫子。屋中安靜下來，落針可聞，在寂靜中，他心裡一陣陣地感受到胸悶窒息，沉默片刻，他再度開口：「顧哥兒，若是將你逐出家門，你可願意？」

程顧之一驚，看著程翔，脫口喊：「爺爺……」

程翔看著他，眼底是慈愛蒼涼：「一旦程家所犯之罪昭告天下，太子殿下便會找程家清算，即便太后會為程家求情，但我們程家犯的罪太多，也躲不開株連九族的大罪，一旦被株連九族，我們程家就沒有希望了。」

程顧之臉色發白：「所以爺爺想要將我逐出家門？」

程翔又閉了閉眼：「程家總要留後。」

程顧之搖頭，堅決地說：「爺爺，我不願意，我生是程家的子孫，死也要是程家的子孫。」

他從來沒有哪一刻深刻地覺得程翔對他的喜愛，哪怕程家到了這等危及的關頭，他還想要保住他的命，不惜將他逐出家門。但即便是這樣，他也不敢在此時告訴他，他處處為之著想的孫子早已經背叛了程家，他調風靈衛查花家暗線的消息，還是他放出去的。

他不想做程家的罪人，想要護著程家無辜的人不死，想為北地的百姓們做些什麼，也不想看到爺爺這個樣子，更不想看到爺爺出事兒，但自古忠孝難兩全。

他心中寸寸刀割，此時再也掩飾不住，伸手捂住了自己的臉，愧對程翔教導。

程翔看著程顧之，伸手拍拍他肩膀：「罷了，你既不願意，那就罷了。雖然風靈衛沒了，但如今程家還沒到立刻就倒的地步。」

程顧之不說話，只覺得程翔放在他肩膀上的手重若千鈞。

一個時辰後，程耀白著臉踉蹌地回來，外面深秋的風已然有些凜冽，他一身寒氣地衝進了屋，走到門口，被門檻絆了一下，險些摔倒，看到程翔和程顧之對坐，他惶惶然地扶著門框站了好一會兒沒說出話來。

「可打探出來了？」程翔看到程耀這副模樣，心中的猜測已證實了，聲音壓制著波濤翻滾的情緒問，「怎樣？是否也如風靈衛一般被除盡了？」

程耀點頭，神魂不在一起地抖著聲音說：「父親，這怎麼可能？只一夜之間啊。怎麼可能呢？花家真有這麼大的本事？可以一夜之間掃平北地各大世家的精銳暗衛？我是不信的。」

程翔雖然已猜測到，但此時聽程耀證實，臉還是一灰：「說詳細點兒。」

程耀一屁股坐在椅子上，頹然驚懼地說：「我們程家的風靈衛，蘇家的烈焰衛，懷王府的蹤輕衛，還有其餘七大世家的精銳暗衛，一夜之間，悉數被斬盡，未存一人。」

程翔身子晃了晃。

程耀陡然地激動起來：「風靈衛三百人，烈焰衛四百人，蹤輕衛三百人，其餘七大世家的精銳暗衛加起來一千人有餘。就這麼一夜之間，精銳暗衛兩千餘人，就這麼悉數折了。若真是花家所為，那麼花家在北地的暗線該埋藏了多少人？」

程翔身子又晃了晃：「別人可有說是什麼人所為？」

程耀搖頭：「不知道。」話落，他聲音尖銳起來，不知是諷刺自己，還是諷刺別人，「兩千餘人就這麼被斬殺了，可笑的是我們竟然不知道是何人所為。父親！真是花家？」

程翔灰著臉道：「除了花家，我想不出何人有此能耐！」

程耀聞言看向程顧之：「你去過花家，你覺得可是花家動的手？」

程顧之心裡毫無疑問地知道是花家動的手，且還是聽從花顏命令動的手。但是他不能點頭告訴程耀。他搖頭：「花家十分尋常，到底是不是花家動的手，我也不知。」

程耀見從他口中問不出什麼，他這一夜受的打擊頗重，又對程翔討主意：「父親，我們該怎麼辦？如今經此一事兒，各大世家都慌神了。」

程翔咳嗽起來，他咳嗽的劇烈，一時有些收不住。

程顧之起身，伸手拍程翔後背，又連忙吩咐人倒熱茶來。

程翔好一會兒才順過氣來，喝了一口熱茶：「還能怎麼辦？等著吧！京中的人難道會眼睜睜地看著北地的經營毀於一旦？難道會眼睜睜地看著我們都死？」

程耀頓時安了心，咬牙說：「不會的，北地幾十年的經營，京中人應該不會放棄的。」

程翔點點頭：「等等看吧！如今我們被斬斷了手腳，也不能做什麼了。」

程耀頷首，心中也清楚，如今除了等等看情況，沒別的辦法。

這一夜，北安城內十大世家皆在深夜亮起了燈火，且通明地照了一個通宵，人人在驚懼不敢置信中痛心疾首地猜測著到底是什麼人斬殺了十大世家聯合起來的最精銳暗衛。

今夜一夜之間，一個不留地折了！下手快狠準，果斷狠辣，不給十大世家留一絲餘地。

人人驚懼的同時都齊齊地覺得北地他們撐得這片天怕是真的要遮不住了。

懷王府內，懷王被夏毅喊醒，夏毅是懷王夏桓的胞弟，在懷王妃去世後，懷王頹廢了幾年，將懷王府的庶務分交給了幾位兄弟和族叔子侄，而夏毅身為夏桓的胞弟，懷王府最精銳的一支暗衛蹤輕衛則交給了他。

夏桓這些年一心找女兒，不太理會懷王府事務，當了個閒散的被架空的王爺。尋常時候，無人找他。

今夜，夏毅沒想到蹤輕衛就在今夜這麼折了，他得到消息，險些暈過去，撐著一口氣，白著臉找到了懷王，吐出口的話磕磕絆絆不完整，透著十分驚惶：「大哥，蹤輕衛被人挑了，悉數除盡，怎麼辦？」

懷王夏桓聽到夏毅的話，好半晌沒明白怎麼回事兒。

夏毅看著懷王，急忙將他派出蹤輕衛查花家，這剛查上，蹤輕衛就被人挑了之事說了。

夏桓聽了一會兒，算是明白了，他皺起眉頭，看著夏毅：「你沒事兒查花家做什麼？」

夏毅一愣，沒想到夏桓的問話和關心點不在他關心的點子上，他急聲道：「大哥，我說的是蹤輕衛被人挑了，十大世家的所有精銳暗衛都被人挑了，一個活口沒留。」

夏桓點頭：「我聽明白了，我只是想問你，沒事兒查花家作甚？」

夏毅立即說：「是程家給的消息，說花家在北地可能有暗樁，蘇子斬前來北地查辦賑災，與太子殿下互通書信奏摺，走的可能是花家的暗線。我們查花家，是想聯手除去花家暗線。」

夏桓眉頭皺緊，臉色難看地說：「我早就告訴你，不要和程家摻和，你為何不聽？」

夏毅想了想，似乎夏桓還真說過這句話，他又急道：「在北地立足，低頭不見抬頭見，怎麼能避開程家？大哥真當我們懷王府是隱世在山林裡嗎？灶火坑打井，房梁開門，誰也不理嗎？」

夏桓看著夏毅激動的神色，慢聲說：「我們懷王府是世襲的勳貴，靠著祖蔭庇護，就能活下去，就算誰也不理，也能立世，我的確是不明白，你為何非要與程家牽絲拉網抱成團。」

夏殺一噎。

夏桓又說：「蹤輕衛沒了就沒了，留著也是個禍害，我早就想解散蹤輕衛，你偏偏不同意，如今省得解散了。」

夏殺氣急，幾乎跳腳：「你可真是我的親大哥！我真不該來找你。」

夏桓誠然地說：「你是不該來找我。」說完，對他擺手，「你該找誰找誰去，我繼續睡了，剛剛在夢中，還夢見緣緣了，她長成了大姑娘，與她娘一樣漂亮。」

緣緣是懷王府唯一的小郡主夏緣的小名，這些年，夏桓找人都找的瘋魔了。

夏殺氣的轉身就走，可是走了兩步，又不甘心地轉過身：「大哥，你剛問我花家，你說是因為我派人查了花家，才使得今日蹤輕衛有此一劫嗎？可是就算花家再厲害，一夜之間真能除了十大世家的精銳暗衛？風靈衛和烈焰衛比我們蹤輕衛還厲害了。兩千餘精銳暗衛，不是兩千棵白菜，花家哪裡來的這麼大的本事都除盡？」

夏桓走到床邊的腳步頓住，想了想說：「我去過臨安。」

夏殺一愣：「大哥你什麼時候去過臨安？」

「緣緣丟的第三年。」夏桓像是回憶什麼地說，「臨安花家，碰不得，惹不得，查不得。」

夏殺立即折回來兩步：「大哥，你這樣說，難道真的是臨安花家動的手？」

夏桓道：「我當年查緣緣失蹤時，機緣巧合之下，遇到了一位大師，他對我說，若是天下有什麼事兒連皇帝都不知道，江湖人也不知道的，任我身分再貴重，依舊查不出來的話，那麼，只有一處地方能知道，就是臨安花家。」

夏毅盯緊夏桓。

夏桓繼續說：「於是，我就去了臨安，拜訪了臨安花家。但是花家人拒而不見，原因是不與權貴打交道。沒辦法，我只能查花家，但是，什麼也查不出來，大把的人手扔出去，像是一顆石子扔進了大海，沒動靜，我便知道花家真是不同尋常了。」

夏毅道：「這麼多年，怎麼沒聽大哥你說過此事。」

夏桓沒精神地看了他一眼：「在你們的眼裡，是不甘於懷王府一直窩在北地，總想著要挪去京城大展拳腳，心裡眼裡都是坐大懷王府，我與你說做什麼？北地與臨安八竿子打不著。」

「話不能這樣說。」夏毅立即道，「也許若是我早知道，我一定不會不防範花家，怎麼也不至於讓花家這般輕而易舉地剷除了我的蹤輕衛。」

夏桓冷笑了一聲：「防範又如何？你若是不惹花家人，花家人怎麼會對你出手？」

夏毅又跺腳：「大哥，這可是我們懷王府的蹤輕衛啊！是祖父和父親傳下來的蹤輕衛。」

「我知道是祖父和父親傳下來的蹤輕衛，交給你的那一日，我就知道了。還有我們懷王府，都是祖父和父親傳下來的世襲王府。」夏桓轉過身，看著夏毅，「將蹤輕衛給你的那一天，我就告訴過你，你們若是有野心，我不攔著，反正沒了如娘和緣緣，我早已經活得沒意思了。懷王府未來如何，我不關心，是好是壞，你們為自己造成的結果負責就行。」

夏毅臉白了又白：「大哥，懷王府的天真要塌了，你當真不管？」

夏桓搖頭：「塌了就塌了。你回去吧！」

夏毅臉色灰白，發狠地說：「你女人多的是，又不止大嫂一人，你兒女也不少，又不止緣緣一人。你何苦這麼多年蹉跎自己沉浸在悔恨裡出不來？」

夏桓不語，對他擺手：「你去吧！我不會管的，我早已經說過。」

夏毅咬了咬牙，知道說不通夏桓，這麼多年過去了，他還是一根筋，氣的轉身走了。

夏桓在夏毅離開後，坐回了床榻上，靜靜地坐了一會兒，然後伸手在枕邊一陣摸索，半晌後，才從壓著的枕頭下摸出了一封信。

就著室內的微光，他重新打開信，信很薄，只有一句話，「父親，我是緣緣。」

很簡單的一句話，落款都沒寫，不是小時候稚嫩幼稚的筆跡，而是十分娟秀的字跡，帶著幾分灑脫。

信箋是上等的宣紙，用的墨也是上等的好墨，信箋泛著女兒家的脂粉香，也是上等的香。只這薄薄的一封信，可見她過得很好。

他看著看著又激動起來，這是他昨日收到的信，不知是何人放在了他的床邊。他雖從中也感受不到他的女兒小時候的半分痕跡，可是他就是知道，這真的是緣緣的親筆信。

這麼多年了，他沒停止過找尋，他雖沒有放棄，卻也找得筋疲力盡，如今這一封信，無疑是他長久跋涉沙漠的人見到了一處綠洲和水源。

他這麼多年就沒心思再管懷王府了，如今收到了緣緣的信，更沒心思再管。他激動地想著緣緣應該還會給他來信的，他就在懷王府等著她的第二封信。

北地蘇家，蘇家的家主將蘇家三代以內的嫡系子孫在這一夜都急急地召到了議事堂。

蘇輕眠和蘇輕楓自然也被半夜叫了起來。

蘇輕眠好奇地拉著蘇輕楓的衣角問：「三哥，你可知道發生了什麼事兒嗎？」

蘇輕楓抿了一下嘴角，看著長輩們發白驚惶掩飾不住驚顫的臉色，低聲說：「我聽聞咱們家的烈焰衛一夜之間被人除盡了。」

蘇輕眠睜大了眼睛：「什麼人除的？」

蘇輕楓搖頭：「不知。」

蘇輕眠立即說：「好厲害。」

蘇輕楓敲了他腦門一下，訓斥道：「都什麼時候了，你還有心情崇拜是誰除的烈焰衛？這背後，不用猜，都躲不開東宮太子殿下的手筆。」

蘇輕眠頓時閉了嘴，提到雲遲，他想起在臨安見過他，覺得蘇家要完了。

蘇輕楓撤回手，他比蘇輕眠想的多，他想的是不止蘇家要完了，北地這些官官相護結成密網的各大世家也都要完了。這麼多年，這些人自詡在北地隻手遮天，那是因為雲遲一直沒有功夫收拾北地，如今他有功夫了，北地這天早晚要被他捅破。

只是可惜，他與蘇輕眠都是蘇家的子弟，蘇家倒了，對他們沒有半點兒好處。

他正想著，蘇家的老家主說話了：「今夜叫你們來，你們也該知道發生了什麼事兒。你們都說說，是什麼人，一夜之間，剷除了十大世家最精銳的暗衛？花家？還是太子殿下？亦或者蘇子斬，再或者什麼人？」

他話落，無人應聲，眾人都似在驚懼中沒回過神來。

蘇輕眠又扯住蘇輕楓的袖子，悄聲說：「三哥，你覺得呢？」

蘇輕楓反問：「就不能是聯手？花家和皇權聯手，是花家還是太子殿下亦或者蘇子斬，有什麼區別。」

蘇輕眠點頭，覺得這話好有道理。

當日夜，蘇家也沒討論出一個結果，眾人都在驚惶中想著蘇家的安穩日子是不是要到頭了？有的人埋怨老家主將蘇家引入了歪道，有的人暗自想著法子躲開即將到來的大禍。

十大世家失了最精銳的暗衛，等同於沒了遮風避雨的劍。

蘇家所有人都感覺到了大廈將傾的飄搖。

蘇輕楓和蘇輕眠是蘇家年輕一輩最出色的子孫，蘇家人丁興旺，三代以內的嫡系子孫也眾多。他們被叫來也就是聽聽發生了什麼事兒，做個心理準備，用不上二人說什麼話。

蘇輕楓和蘇輕眠剛從臨安回來，曾經花家就對他們說過，若想蘇家安穩，就離程家遠點兒，可是他們回來後，發現人微言輕，這話雖然傳到了蘇老家主的面前，但卻沒被他聽進耳朵裡。

蘇老家主那時覺得是花顏與太后不合，勢不兩立，他們蘇家親近程家，是太后陣營，花顏是未來的太子妃皇后，所以，想將蘇家拉入她的陣營。

說白了，在他們看來，是兩個女人的戰爭，沒被蘇老家主看在眼裡。

程家、蘇家世代都在北地，百年前，說不上多親近，幾十年前，蘇家相助程家瞞下黑龍河決堤一事，程家也算是欠了蘇家人情。這幾十年來，蘇老家主與程老家主脾性相投，來往自然就近了。今年，本來程家和蘇家是要結親的，但到底顧忌了花灼的那句話，所以，這親就暫且先拖著了。

這時候，無論是蘇輕眠，還是蘇輕楓，自然不會再重提昔日花灼曾經警告他們的那句在程老家主看來不重要的話。

事已至此，他們自然不摻和了。

眾人討論了一個時辰，沒討論出什麼結果，只能暫且作罷，走一步看一步了。

眾人都散了後，蘇輕眠跟著蘇輕楓出了議事堂，走到背靜無人處，蘇輕眠小聲說：「三哥，我覺得我們蘇家真要完了。」

蘇輕楓「嗯」了一聲，「不止蘇家要完，北地的各大世家也都要完了。」

蘇輕眠心神一凜：「那我們該怎麼辦？」

蘇輕楓看著漆黑的夜色，濃如墨，化不開，他眼底也攏上如夜色一般深沉的黑霧，沉聲說：「是該有人來懲治一番北地的世家和官場了。我們雖是世家子弟，但吃的米糧，卻是老百姓種的。今年，川河谷本不會決堤，但有人為了一己私利，偏偏破壞了堤壩，本來可以不必引流淹沒魚丘，可是有人偏偏鑿山引流，導致鳳城、魚丘一帶生靈塗炭。」

蘇輕眠聞言也義憤填膺：「三哥說的對，這北地盡是些骯髒汙穢，誰家也不乾淨，是早就該清清了。」話落，他覺得自己聲音大了，立即又壓低聲音，「只是我們命不好，生在蘇家。」

蘇輕楓又伸手敲了他腦袋一下，訓斥道：「若非生在蘇家，你哪裡有錦衣玉食？生在尋常百姓家，興許早就被水淹死，或者餓死街頭了。」

蘇輕眠頓時沒了脾氣：「三哥，我們蘇家犯的不會是株連九族的大罪吧？」

蘇輕楓冷聲道：「躲不開。」

蘇輕眠頓覺得脖子後面涼颼颼，似乎有把刀轉眼就能將他腦袋砍掉。他無奈地憋著氣說：「我還沒活夠呢。」

蘇輕楓頓時笑了，伸手拍拍他肩膀：「不知有沒有辦法給太子妃送一封信。」

蘇輕眠立即問：「送什麼信？找太子妃求救嗎？」

蘇輕楓點頭：「如今還沒到蘇家完了的時候，也許我們還能再努力一下，改改蘇家的運數。」他瞇起眼睛，「不能因為祖父叔伯們做的陰暗事兒，讓蘇家所有人一起跟著背鍋。不說咱們已成年，看過外面的世界了，只說比我們小的兄弟姊妹子侄們，他們連北安城都沒出過！」

蘇輕眠覺得十分對，就算不為了自己，為了蘇家無辜的孩子們，他們也不能坐以待斃。他看著蘇輕楓：「三哥，你說該怎麼做？」

蘇輕楓道：「江湖有一個隱門，我去歲外出遊歷，有幸識得門中一人，我請他幫個忙，給太子妃遞個話吧。成與不成，總要試一試。」

蘇輕眠點頭：「太子妃還送過我茶葉呢。」

蘇輕楓失笑：「是啊！她對你印象應該極好。」

蘇輕眠撓撓腦袋，催促蘇輕楓：「三哥，那你快點兒，但願太子妃還能記得我們。」

蘇輕楓點頭：「她那麼聰明，應該能記得，送你的十盒清茶，價值千金了。」

兄弟二人說著悄悄話，一起回了蘇輕楓的院落。

花顏飽睡了一覺，睡醒後，見已經天明，她伸了個懶腰從床上起來，喊道：「采青。」

采青立即推門走了進來：「太子妃，您醒啦？」

花顏看著她不太有精神，想必是一夜未睡，她問：「事情可還順利？」

采青頓時笑得眉飛色舞，激動地說：「十分順利，傳回來的都是捷報，十大世家最精銳的暗衛全被除盡了，如今十大世家想必正人心惶惶呢。子斬公子已經去休息了，讓我告訴您，您醒了後只管去見蘇輕眠和蘇輕楓，如今北安城的人如斬斷了的手腳，沒了鋒利的劍，估計再不敢隨意伸爪子了，您想怎麼玩都成。」

「玩？」花顏失笑，「他倒是會說。」話落，她心情極好地道，「還真可以好好地玩玩了。今日我先去見蘇輕眠和蘇輕楓，再讓人查查十大世家可還有什麼底牌？若是沒有了，就去程家取了程子笑放在程家祠堂裡的那些把柄，然後……」她瞇起眼睛，「一起開刀。」

采青點頭，興奮地說：「奴婢陪你去。」

「不急，天色還早，你去睡會兒。」花顏捏捏采青的臉，「都有黑眼圈了，不漂亮了。」

采青嘟起嘴：「奴婢先侍候您。」

「不用，你先去睡，我自己來。」花顏擺手。

采青點點頭，轉身去了，以前身為暗衛時，她不知黑夜白天，更不知美醜何干，可是自從跟了花顏，被她每日帶在身邊，她竟然也漸漸地被她養成了在乎美醜的性子。

花顏起身，逕自梳洗穿戴妥當，神清氣爽。

她踏出房門，深秋的風吹來，乾燥中透著絲絲寒冷，她想起蘇子斬昨日的皺眉冷臉，轉身回屋拿了一件披風裹在了身上，重新踏出門檻。

今日天色不太好，有些陰雲，她想著下午估計會有一場深秋的冷雨。

她剛倚著門框站了一會兒，雲暗現身，對她拱手見禮：「主子。」

花顏溫和地看著他：「昨日可順利？可有傷亡？」

雲暗點頭：「有一人傷重，幸好有神醫在，保住了性命。十人受了輕傷，性命無礙。」

花顏微笑：「風靈衛難對付，能以這麼小的代價除盡了風靈衛，做得很好。」

雲暗承了花顏的表揚，對她道：「昨日，在風靈衛裡，有一人身上帶有前朝的梅花印，已被我收了屍，其餘人都用化屍粉化了。」

花顏瞇起眼睛：「梅花印可真是無處不在，除了這個，你昨日可還有別的發現？」

雲暗搖頭：「沒有。」

花顏頷首：「我知道了，你辛苦了一夜，先去休息。」

雲暗退了下去，如出現時一般，悄無聲息。

花顏倚著門框尋思了一會兒，招了一個小廝，對他吩咐：「去將安十六喊來。」

那小廝應是，立即去了。

安十六累了一夜，以為花顏沒這麼早醒，剛躺下睡著就聽花顏喊他，又立即起來去見她。

花顏見安十六睡得迷迷糊糊，也不廢話，立即問：「雲暗查了風靈衛中有一人身上帶有梅花印，你可查了烈焰衛中是否也有梅花印？」

安十六揉著眼睛說：「查了，烈焰衛中有兩個人身上有梅花印，可惜都是極厲害的暗衛死士，沒能留下活口。我本來回來後就想告訴少主，但聽聞你還沒起，就沒敢打擾你。」

花顏聞言沉了眉目：「行，我知道了，你去睡吧！」

安十六轉身，乾脆地又回了屋。

花顏讓花灼查的關於梅花印的事情，花灼還沒給她消息，顯然還沒查出來。

她在門口立了一會兒，思索了良久，轉身回了屋，提筆寫了一封信，派人給蘇家的蘇輕眠和蘇輕楓送去，約二人午時二刻在江湖茶館見面。

她的信寫的簡單，薄薄一張信箋。

蘇輕眠和蘇輕楓一夜未睡，在一起琢磨著給花顏通過隱門遞口信該怎麼說，二人斟酌了許久，他們與花顏相識不過兩面，在花家做客也不過兩盞茶，與她的交情並不深，如今北地如此情形，蘇家如此境地，他們不知道該如何與花顏交淺言深地說。

他們斟酌商量了許久，也沒得出個定論，在天明時，蘇輕眠挺不住，腦袋一歪，睡下了。蘇輕楓也有些睏倦，左思右想，乾脆不再理會蘇輕眠，怕人傳口信有誤，不如親筆寫一封信，將要表達的意思表達了。

如今他們唯一能看得見的希望就是與他們交情不算深的這位太子妃了。

他提筆寫好信，但覺得自己一夜未睡，此時頭腦應該不算清明，便沒立即將信送出去，而是打算睡醒一覺，頭腦清醒了，再看看哪裡不妥修正一番再將信送出去。於是，他也去睡下了。

睡沒多久，近身侍候的洗塵喊醒了他，小聲說：「公子，有您的信。」

「嗯？」蘇輕楓睜開眼睛，疑惑地看著他，「什麼信？」

洗塵將信拿給他：「一個小乞丐送來的，直接找到了我，我看落款果然是找您的，就帶了回來，怕這信重要，沒敢耽擱，只能喊醒了您。」

蘇輕楓接過一看，信很輕薄，信封上寫著蘇輕楓親啟的字樣，他立即打開，裡面掉出一張薄薄的紙片，紙片上寫著午時二刻，三公子帶上四公子一起，江湖茶館見，落款人花顏。

他一驚，頓時醒了，睜大眼睛看著這薄薄的信箋上的字跡，閉上眼睛睜開，睜開眼睛又閉上，反覆幾次後，不是眼花，徹底地相信了，是花顏的信。

他震驚之後，湧上狂喜，沒想到他正在千方百計絞盡腦汁想如何與花顏說的事兒，轉眼她的信就到了他面前，他甚至有些懷疑她是不是開了天眼了，或者會神機妙算，否則為何會這麼巧地找他和蘇輕眠。

他擺手讓洗塵退下，然後推醒了睡的正香的蘇輕眠。

蘇輕眠被蘇輕楓推醒，一臉的鬱悶煩躁：「三哥，睏死了，先睡醒了再說。」

蘇輕楓也不廢話，將花顏的信箋仍在了他臉上：「你自己睜大眼睛好好看看這是什麼？看完了，你若是繼續睡，我也不喊你了。」

蘇輕眠被薄薄的信箋砸了一下，努力地抗爭著睏意費勁地睜了睜眼睛，看清了薄薄信箋上的字，看完之後，「哦」了一聲，身子一歪，捏著信箋又繼續睡了。

蘇輕楓看著他，不由得佩服起來，他總是覺得他這個四弟天真的如孩子一般不經事兒，沒想到他比如今他心裡強大鎮定多了，看了信箋，竟然還能繼續睡，也是他的本事。

他這樣的想法還沒想完，蘇輕眠忽地又坐了起來，不見一絲睏意地睜大了眼睛，又拿起信箋，重新看了一遍，看完之後，他「啊！」地一聲，「是太子妃的信！」

他剛開口，蘇輕楓就去捂他的嘴，但慢了一步，已被他脫口說出，他立即轉身看向屋外，除了他貼身侍候的洗塵在門口守著，再沒別人，他才鬆了口氣，警告他：「喊什麼喊？想死嗎？」

蘇輕眠立即住了嘴，睜大眼睛，一副怕怕的神色，催促蘇輕楓：「三哥，快去看看，剛剛有沒有人聽到？」

蘇輕楓瞪了他一眼，還以為他這個弟弟比他淡定呢，原來剛才是睡迷糊了沒反應過來。他轉身走到門口，喊了一聲：「洗塵。」

洗塵應聲，立即推開了門：「公子。」

蘇輕楓點頭，對他囑咐：「守著門口，不准離開，別讓任何人靠近我的房間。」

洗塵剛剛聽到了蘇輕眠喊出的那一句話，鄭重地點頭：「是，公子。」

蘇輕楓回了屋，對上的是蘇輕眠驚喜的不敢置信的臉，捏著信箋小聲說：「三哥，這真是太子妃的信嗎？我沒眼花沒看錯吧？這信你是從哪兒弄來的？」

蘇輕楓笑著將小乞丐明目張膽地將信送到門口，直接找上洗塵，洗塵將信拿出來之事說了。

蘇輕眠眼睛賊亮：「真是踏破鐵鞋無覓處，得來全不費工夫。我們正要找太子妃，她卻先找我們了，真是太好了。」

蘇輕楓點頭：「是啊！真是太好了。」

蘇輕眠也不睏了，立即起身說：「走，咱們這就去吧！」

蘇輕楓已經冷靜了下來，對他說：「你看看你我如今這樣子，怎麼能這般去見太子妃，太失禮了。幸好她約的時辰還早，我們來得及睡一覺再去。」

「睡？」蘇輕眠立即說，「哪裡還有心思睡啊！」

蘇輕楓不再理他，回到床上仰頭躺下：「你不睡我睡，別打擾我，要去你自己先去。」

蘇輕眠看著蘇輕楓，呆了呆，走到鏡子前照了照自己的模樣，果斷地聽從了蘇輕楓的話，三哥說的對，他們這副滿眼血絲睏倦的樣子是沒法出現在太子妃面前，還是睡一覺好了。

蘇輕眠也去床上睡了，還不忘說：「洗塵，巳時喊我們，一定記著，誤了事我削了你。」

洗塵立即應是：「四公子放心。」

於是，蘇輕眠帶著興奮的心情翻來覆去好一會兒，才強迫自己壓制住興奮趕緊繼續睡了。

花顏不知道在自己送信之前，蘇輕眠和蘇輕楓兄弟二人已經想著法子找她了。所以，將信送走後，她也沒多想，用過了早膳，等著蘇子斬醒來。

蘇子斬昨日守了一夜，知道事情成了，在天明時分才睡去，陪了他一夜的五皇子與程子笑也一樣。

天不絕是唯一一個與花顏一樣睡了一夜好覺的，此時精神抖擻地在跟她說話：「自從蘇子斬那小子不讓再研究害人的失憶藥，我這些日子，便在琢磨你說的提前生孩子的事兒，琢磨來琢磨去，我還真琢磨出了一個法子，你要不要聽聽？」

花顏點頭：「自然要聽，你快說，有什麼好法子了？」

她這些日子，偶爾抽出空閒時，也在想法子，但是思來想去，都想不到好的法子，難道讓她廢了從小修習的武功功法？自然是不行的。如今北地凶險，未來風雲多變，她身邊雖然高手如雲，但也不能讓自己沒有自保能力。

她是雲遲的那根軟肋，她自己比誰都清楚，所以，她不能真正地做一個沒有武功的弱女子。以前被哥哥封了武功，但那時沒有什麼凶險，封了就封了，如今不一樣。

雲遲要熔爐百煉這個天下，自然是凶險無比的。她要做他的劍，與他比肩，自然不能真正的弱不禁風。

她想了數日，也沒想出來該怎麼做，如今聽天不絕說有法子，還沒聽到他的法子，已然心情很好到迫不及待了。

天不絕對她說：「我琢磨出的法子有點兒難，但也不是行不通，就看你受不受得住疼了。」

花顏看著他，盯緊：「別廢話，說明白點兒清楚點兒。」

天不絕不再賣關子，立即說：「你在四百年前能給自己下魂咒，顯然對雲族的靈術十分精通吧？你不妨用雲族的術法，催催你的武功功法，天下大道本相通，也許，你可以用術法輔助，讓你功法抽筋剝骨地大成呢？」

花顏聞言陷入思索中，過了一會兒，她說：「聽著雖不靠譜，但不失為一個有機會的法子，待忙過些日子，我試試。」

天不絕點頭：「我給你配些催功的藥，助你一番。你連魂咒都能給自己下，這麼點兒小事兒，難不住你。」

花顏頓時笑了：「也是！」

巳時，蘇子斬醒來，來花廳裡見花顏。

花顏對他未語先笑。

蘇子斬見她心情顯然很好，挑了挑眉，坐在她對面看著她說：「就算一夜之間除盡了北地十大世家的精銳暗衛，應該也不至於讓你這麼高興。」話落，猜測，「雲遲來信了？」

花顏笑著搖頭：「未曾來信，天不絕想到了一個法子，興許讓我能夠打破十八歲之後才能有育的既定規律。」

蘇子斬恍然：「怪不得心情好。」話落，深深地看她一眼，「這麼說我數日前對你說的話，你想好了？」

花顏收了笑，歎了口氣：「想好了，你說得對，我不該這麼放棄，干係的不止是我一個人的命，成與不成，我都要試試。待忙完了北地之事，我便開始研究雲族術法，天下大道，皆與自然相通，有立就有破，有破才有立。」

蘇子斬鬆了一口氣，真誠地笑了：「你能這麼想，也不枉我罵你一場，費一番口舌之功。」

花顏微笑，也誠然地看著他：「多謝子斬，今生遇到你，是我之幸。」

蘇子斬默了默，也緩緩地笑了：「誰也不必說誰，遇到你，我也亦然。」

花顏揭過此話，收了笑意：「雲暗報我，說風靈衛裡有一人身上帶有梅花印，十六報我，說烈焰衛有兩人身上帶有梅花印。不知青魂那裡如何說？可有細查？」

蘇子斬頷首：「蹤輕衛裡也有一人，其餘各大世家暗衛裡花家暗線回報，一共查出了三人，身上皆印刻了梅花印。」

花顏抿唇：「梅花印藏在最精銳的暗衛裡，難道這背後是有後樑在籌謀復國？」

蘇子斬看著她：「不排除這個說法。」

花顏目光飄忽了一瞬，輕聲說：「懷玉服了毒酒後不久，我也跟著他服了毒酒，倒是不知後面的事兒了。總之我們死時，後樑的皇室宗親們都還好好地活著。後來太祖爺進入皇城，後樑的嫡系子孫皆陪葬了。也許當年，真是有漏網之魚，但能在太祖爺的眼皮子底下存活下來，這般本事的人，我還真想不出來後樑還有誰。」

蘇子斬忽然說：「你確定當年懷玉帝真服用毒酒死了？」

花顏一震，盯著蘇子斬：「你是說懷玉沒死？」

「也許呢？有沒有可能？」蘇子斬問。

花顏猛地搖頭：「不可能，我衝進去見他時，他已氣絕身亡多時了，大羅金仙也救不了。」

「太祖爺能請天下能人異世對你招魂魄死而復生，他也許也如你一樣，當真沒可能嗎？」

花顏臉色有些白，想了好一會兒，還是堅定地說：「不可能，他身體一直不好，登基後想勵精圖治也心有餘而力不足，後樑江山瀕危，他無論如何都已經回天無力。那時，他只有一死才一身輕。他既存了死志，就不會再讓自己活著，他是以自己的血，來給後樑江山做陪葬。」

蘇子斬頷首：「若不是他那時活了下來，你可還能想到是什麼人？在南楚的江山下，能有本事一代又一代地掩藏了四百年。梅花印也是才現世，且是如今這個時期，怕是為了顛覆南楚。」

花顏細細思索了一番，還是得不到結論：「我想不出來，後樑除了他，當年真是整個皇室宗室只管朱門酒肉臭，不管路有凍死骨，荒淫腐敗得很，他無人相幫，朝政從根裡腐爛的徹底，他想做什麼，都回天無力。」

蘇子斬點頭，問：「還沒告訴雲遲嗎？」

花顏道：「我本想待哥哥查出來再告訴他，不想他一下被這幾件大事情壓身，喘一口氣都不得。但是快一個月了，哥哥也沒消息傳來，想必還沒查出來。」

蘇子斬哼了一聲：「你對他真是護到心尖子上了，有什麼事兒都自己擔著。他是南楚堂堂太子，很多事情都是他該擔的，你為他擔著擋著做什麼？不怕他沒累死，你自己先累死嗎？」

花顏一噎，瞪了他一眼：「你如今嘴巴就不會說好聽的話了，非要訓我你才舒服是不是？」

蘇子斬撇開眼，涼涼地說：「你哥哥不在你身邊，我若是不訓你，還有誰敢訓你？你就半絲不想著自己，還怪我說話不好聽？」

花顏無奈地投降：「好好好，子斬公子說的是對的，真是怕了你了。」話落，她道，「我本來是要今日給他寫一封信說昨夜之事，乾脆將這件事兒也說與他知曉吧！憑花家的根基，哥哥一個月都沒查出來，可想而知，埋藏得極深，不能再瞞著他了。」

「嗯，本來就該第一時間讓他知曉，你只心疼他，誰來心疼你？」蘇子斬站起身，不再多言地說，「與蘇家那兩個小子約的是什麼時候？」

花顏一聽笑了：「人家兩位公子與你年歲差不了多少，怎麼說得你自己老氣橫秋似的？」話落，笑道，「午時二刻。」

「行，我陪你一起去。」蘇子斬看了一眼天色，出了花廳。

花顏見他出了花廳，追問了一句：「你今日不歇著？我自己去就行了。」

「用不著，我也見見他們。」蘇子斬丟回一句話。

花顏不再多說，想著他跟著去也好，進了北安城後，也許今夜就找個地方在北安城不出來了，直接打上幾大世家的門，以程家為首。

她一邊琢磨著，一邊給雲遲寫信，信中自然說了她與蘇子斬調派太祖暗衛、十三星魂、花家所有在北地的暗線一夜之間剷除了北地以程家、蘇家、懷王府為首的十大世家精銳暗衛風靈衛、烈焰衛、蹤輕衛等，斬斷了十大世家手中最厲害的劍。

同時，又鄭重地說了後樑皇室暗衛梅花印現世之事，一個月前，她讓花灼查了，如今仍沒消息，本來她打算暫且還不讓他擔著此事，待哥哥查出來再說，但如今哥哥依舊沒消息，她覺得事態已十分嚴重，不能再瞞著他了，讓他做些準備。

然後又提了她接下來的計畫，信寫完後，她用蠟封好，命人送了出去。

第九十二章　夜探懷王府

采青掐著點兒醒來，看看天色，對花顏問：「太子妃，咱們出發進城嗎？」

「嗯，收拾一下，走吧！」花顏點頭，「接下來幾日，就在北安城內落腳了。」

采青頷首，連忙下去收拾了。

五皇子和程子笑自然要跟著，二人在聽到動靜後醒了，也趕緊起來準備。

一行人收拾妥當，離開了這處農莊，前往北安城。

二十里的路很快，沒多久，就來到了北安城下。

北安城雖然加派了兩成守城重兵，但並未封鎖城門，天一亮，城門就開了，只不過排查十分嚴格。其中守城的一個頭目是花家的暗線，所以，花顏一行人進城十分容易，只被那人例行檢查意思了一番。

程子笑見暢通無阻地進了北安城，分外感慨，北安城的十大世家自詡將北安城聯手遮蓋的如銅牆鐵壁，但是在花家人的眼裡，卻是紙糊的。

若說南楚雲家是明皇，那麼花家便是當之無愧的暗帝。

皇權朝廷在明處，反而更容易被算計，但是花家在暗處，藏得深看不見摸不著甚至碰不到，可想而知，何其可怕。

他忽然想著若是太子雲遲不是喜歡臨安花顏，皇家若是知道花家有如此厲害，不知道還能不能容得下？

不過如今這般能容下，想必一是雲遲深愛花顏，二便是他的海涵度量了吧！
南楚的歷代帝王，的的確確都是有度量能容人的人，否則，也不會讓諸多世家盤根錯節的網，把持了朝野上下，密不透風，使得寒門學子沒有出頭之日。
他思量著，車馬已經來到了一處背靜的街道，有一個老僕打開門，將一行人迎了進去。
花顏下了車，看了看時間正好午時二刻，他對眾人道：「我與子斬去見人，你們先歇著。」
「不能一起去？」程子笑問。
花顏看向程子笑，笑道：「你想跟著也行。」話落，掃見五皇子，見他也有這個意思，想著他是雲遲讓來跟著歷練的，便笑道，「小五若是想去，也一起吧！」
五皇子立即點頭：「多謝四嫂。」
這些日子，他跟在花顏身邊，真真切切地見識到了她的手段本事，學到的東西比他以前十幾年學到的都多。
花顏本來打算自己見蘇輕楓和蘇輕眠的，沒想到蘇子斬要見，程子笑也要跟著，五皇子也有想法，於是，拖拖拉拉地帶了好幾個尾巴。
她暗中好笑地想著這陣仗未免有點兒大，可別嚇壞了那兩位公子。
她帶著一行人從後門走出，眾人這才知道原來他們落腳的院子背後就是沿街的江湖茶館。
江湖茶館不大，但裡面來來往往的客流量卻是不小。百姓們閒來無事時，都喜歡來江湖茶館喝茶聽書。這裡的茶不是上好的茶，水也不是上好的泉水，說書先生也不講大是大非的朝事兒，只講些市井故事奇聞傳記或者江湖遊俠的人事八卦。
是個真真正正閒情逸致的小地方。

消費不高，三教九流的人常來常往，想打聽點兒什麼小事小情兒，這裡消息最是靈通。只要花二兩銀子給小夥計，十有八九就能得到想要的消息。

不過這樣的地方，上九流人物極少有人踏進來，覺得來了有失身分。但下九流人物愛來，喝茶吃點心或者點兩盤小菜喝兩壺小酒，永遠不失熱鬧。

花家在花顏沒被雲遲選中為太子妃時，從不沾惹上九流人物，不沾染官場和皇權。但是下九流人物的場所，卻都躲不開花家的手筆和影子。

天下熙熙攘攘，貴族能有多少？尋常老百姓卻是一抓一大把，花家早已經把自己融入了三教九流的尋常老百姓裡頭。

花家的立世之道，便是這樣的大隱隱於市。

一行人進了江湖茶館時，無人易容，大搖大擺地走了進去。

黑三正忙著給人上茶，抬眼見到花顏，「哎呦」了一聲，立馬放下手裡的茶盞，匆匆跑了出來，站在她面前，打了個手禮，小聲問，「少主，您怎麼就這樣堂堂皇皇大搖大擺地來了？如今非常時期，好歹易個容啊！」

花顏微笑：「不用，我就怕人不認識我。」

黑三擠擠眼睛：「這話怎麼說？您來北地，不是祕密而來嗎？」

花顏淺笑：「是啊！不過礙不著我能否正大光明地坐在這喝茶，祕密這種東西，就算北地人盡皆知，傳不出北地，也是祕密不是？」

黑三點頭：「倒是這個理。」話落，他嘿嘿一笑，「天字一號房，蘇家那兩位公子已經來了。您請。」說完，又對花顏身後的蘇子斬見禮，恭恭敬敬，「子斬公子。」

蘇子斬面容溫和地點了點頭，算是打了個招呼。

黑三帶著眾人上了天字一號房。

程子笑和五皇子在蘇子斬身後，齊齊地想著花家真是拿蘇子斬當自家人啊，這般的區別對待，這般做派見禮，顯然在花家，蘇子斬的話語權，怕是等同於花顏了。

人比人真是不能比！

天字一號房內，蘇輕眠和蘇輕楓早早就來了，已等候了三盞茶時間。

二人囫圇地睡了一覺，總算是養回了幾分精神，但對比在臨安時，今次要見花顏，卻多了幾分緊張，猜測著花顏為何要見他們的同時，心下有些沒底。

黑三推開房門，側身給花顏讓道。

花顏一腳踏進門檻，人未到聲先聞，淺淺含笑，聲音如流淌著的小溪泉水，讓屋中等得懸著心的人如一條暖流淌過：「三公子、四公子，好久不見。」

蘇輕楓和蘇輕眠聞聲騰地站了起來，齊齊看向門口。

花顏一如他們在臨安見時的模樣，淺碧色衣裙，綾羅不奢華，樸素淡雅至極，但臉上的笑容卻是明媚奪目的，在這深秋即將入冬的天氣裡，如那懸在天邊的陽光，破除了他們心裡的烏雲，一下子似乎清風朗日了。

他們提著的心在見了這樣的她，似乎一下子落到了實處，齊齊拱手見禮。蘇輕楓喊的依然是「太子妃」，蘇輕眠稱呼的依然是「姑娘」。

花顏仔細打量了一眼蘇輕楓和蘇輕眠，目光在對著蘇輕眠時笑容更深些：「兩位公子不必多禮。」話落，她邁進門，側身回頭，給二人介紹她後面的三人，「蘇子斬、五皇子，程七公子我就不必介紹了吧？想必兩位識得他。」

蘇輕楓和蘇輕眠一驚，沒想到不止花顏要見他們，竟然還有蘇子斬和五皇子。

二人齊齊看向花顏身後的蘇子斬，他隨著她身後邁進門，沒有錦繡華裳，沒有紅衣裹身，一身素服長衫，若不是他們見過他的畫像，幾乎認不出這就是天下聞名的子斬公子！

二人驚詫地打量著蘇子斬，見他進門後，對二人懶懶一瞥，這一眼，頗有些冷清。雖然同姓蘇，北地蘇家與京城武威侯府同宗同族，但二人真覺得他與自己天差地別，似是兩個蘇。

二人心下頓時一激靈，連忙見禮：「子斬公子！」

蘇子斬連個嘴角也未扯一下，清冷的聲音透著疏離淡漠：「兩位好大的面子。」

二人身子一僵，不由得揣測他這句話的含義。

花顏白了蘇子斬一眼：「他們二人是個老實人，你嚇他們做什麼？」

蘇子斬周身涼意一收，找了個位置坐了下來。

二人與他打了個照面，便被他周身氣壓罩得有些喘不過氣了，暗暗想著不愧是傳聞中人見人怕的修羅。不敢再看蘇子斬，又看向五皇子，連忙見禮：「五皇子。」

五皇子周身沒有蘇子斬那般生人勿進冷得人憋著氣壓冰凍三尺的氣場，十分溫潤和氣，見二人對他打量見禮，微微一笑：「免禮。」

二人鬆了一口氣，看向程子笑，勉強微笑著稱呼了一句：「程七兄。」

程子笑在蘇子斬和五皇子身後，自帶三分魅惑五分風流，此時「嗤」地一笑，一把勾住蘇輕眠的肩膀，「蘇家還沒倒臺完蛋吧？你們倆怎麼把自己弄成了這副半死不活的鬼德行？」

蘇輕眠嘴一癟，見程子笑過得似是很好，沒被人殺了，且還堂而皇之地回了北安城，還是跟在花顏身邊回來的，他頓時悶悶地說：「快完蛋了。」

程子笑又嗤笑一聲：「出息。」

蘇輕眠也沒發脾氣：「我以為你回不來了，我研究的那物事兒也沒人欣賞了。」

「我這不是回來了嗎？不過北地的生意我一點兒都不剩了，回來也沒用，欣賞不來你的事物了。」程子笑故意地說。

蘇輕眠臉色一黯，有些失望，但還是說：「你人沒事兒，能回來就好了。」

程子笑眼珠子一轉，鬆開他肩膀，感慨說：「離開北安城幾個月，還真是懷念你這副天真的臉孔啊！你那物事兒如今我雖欣賞不來了，但太子妃興許能欣賞得來，你不妨和她說說。」

蘇輕眠被程子笑說的腦袋暈呼呼地看著花顏，不明其意。

花顏看著程子笑與蘇輕眠笑談，她認識程子笑時日也不短了，這個傢伙也算得上是個冷心冷肺的冷清人，難得見他與誰這般勾肩搭背過，蘇輕眠這小公子的確讓人看著純真討喜。

她笑著招手：「三公子、四公子坐吧！午時快過了，我們邊吃飯邊談。」話落，對黑三吩咐，「弄一桌酒菜來。」

黑三正等著花顏吩咐，聞言應是，立即去了。

蘇輕楓拉了暈呼呼的蘇輕眠一把落坐。

花顏笑著問蘇輕眠：「什麼物事兒？說說。」

她知道北地蘇家三公子善兵謀之術，北地蘇家四公子善機巧之術，這也是她今日找上他們的最大的理由。朝廷缺人才，是用人之際，世家子弟雖大多被養的廢物無用，但也有極少數是好的，是家裡的清流。就比如程顧之、蘇輕楓、蘇輕眠。

蘇輕楓善兵謀之術在人眼裡是個正經的才華，但蘇輕眠善機巧之術在人眼裡就是荒廢正事屬於旁門左道的玩物喪志了。

不過在她看來，機巧之術可是門不簡單的大學問。

蘇輕眠本來還暈呼著，聽見花顏的問話，頓時回了神，眼睛亮起來：「姑娘真要聽我研究的物事兒？」

「嗯，真要聽！」花顏淺笑，一本正經，是擺開要認真聽的架勢。

蘇輕眠整個清秀的臉頓時泛光地說：「我正研究一個叫飛人戰機。」

「哦？」花顏頓時笑了，「怎麼個飛人戰機？聽著這名字新鮮得很。」

蘇輕眠立即比劃起來：「就是這麼大，利用斗篷、木架、蒸氣瓶、鐵絲、銀槍做成的物品，用的時候，要選一面山頭，等大風時，載著人從山頭衝下去，就能飛起來。」

花顏聞言頓覺新鮮：「哦？能飛多遠？多高？多久？」

蘇子斬本來也只是隨意陪花顏過來見見這二人，他早先沒拿北地的這些世家子弟當回事兒，覺得早已經被各大家族教導的糊塗油蒙了心，但花顏說服程子笑，程子笑從鳳城回到北安城就幫了花家暗線一個大忙，讓他徹底地改觀了，誠如花顏所說，這北地還是有能得用的人的，不能一刀子都當白菜切了。

如今他聽蘇輕眠說起這個新鮮東西，也來了興趣，認真聽著。

五皇子也正了正身子，露出驚訝感興趣的神色，似也好奇什麼東西能飛起來。

程子笑倒是沒多少訝異，他自小生在北地長在北地，但鮮少有真正的朋友，蘇輕眠純善真誠討喜，性子真趣，與他算是和得來且為數不多的那一個人。自然時常能聽他描述些異想天開再去付諸實踐的東西。

他如今說的這個戰機，他在兩年前就對他說過。

蘇輕眠眼睛更亮：「我前些日子找了一座不太大的小山頭，那時秋風剛起，還沒如今這深秋的風刮的烈，只飛了一座山頭。」話落，他比劃，「飛起來時，比山頭要高些，也算是半空中了，大概有半里地。若是山頭更高些，風更大些，估計還能飛得更遠，兩三里地沒問題的。」

花顏真正來了興趣：「這可是個好東西。」

蘇輕眠頓時整個人都鮮活了，一改緊張低迷，聲音也激動地大了：「是吧？姑娘也覺得是個好東西是不是？我研究著玩的。」

「玩？」花顏笑了，偏頭看了蘇子斬一眼。

蘇子斬眼神閃了閃。

花顏知道他與她想到一處去了，這樣的東西，若是真如蘇輕眠所說，那麼用在軍隊上，搞突襲偷襲，可是有大用處的。可不只是一個小玩意兒這麼簡單。

蘇輕眠不明白花顏心裡的想法，只聽她說一個「玩」字便笑了，以為被她笑話了，頓時臉一紅，聲音也小了，撓撓頭，低低地說，「我爹說我玩物喪志，如今也被姑娘笑話了。」

花顏抿著嘴笑：「若是玩物喪志能玩出在天上飛的東西，可是大本事了，你爹這般說你，是他沒眼光。」又認真地說，「我沒笑話你，你這個東西，改日給我看看，我興許很有用。」

蘇輕眠睜大眼睛：「真的嗎？」

花顏笑著點頭：「自然是真的。」

蘇輕眠頓時高興起來，連來見花顏的目的都忘了，重重地點頭：「我明天就拿來給你看。」

花顏淺笑：「不急。」

蘇輕楓看著花顏，從她的神色中，沒分辨出什麼，但他本就是聰明人，學的又是兵謀之術，也想到了些心思，同時又暗想著太子妃對四弟真是和善，這跟他討喜的性子有關。

二人說話間，黑三帶著人端了飯菜來，頓時天字一號房寬敞的房裡一陣酒菜飄香。

菜是北安城的特色菜，也是江湖茶館裡鮮少外泄侍候人的私房菜，酒是上等的好酒，雖不及蘇子斬的醉紅顏，但也是千金一壺的春閨醉，茶也是上等的鴻鵠錦，入口唇齒留香，回味綿長。

酒菜一上來，花顏方覺餓死了，早上她起來，心裡一心高興，沒吃多少，這時招呼眾人拿筷子，同時隨意地笑著說：「在我面前，沒那麼多規矩，大家隨意。」

黑三下去，房門關上，外面留了守門的人，屋內大家都拿起了筷子。

早先的話告一段落，花顏就著北安城的美食美酒菜色口味風俗與蘇輕楓和蘇輕眠聊了起來。大多時候是蘇輕眠與花顏說，蘇輕楓只搭一兩句，蘇子斬偶爾會說一句，五皇子不瞭解北地，這是第一次出遠門，聽的津津有味，同時覺得四嫂真厲害，走過許多地方，風土人情民俗百味能被她隨口說出來，聽著就令人心敬心折。程子笑也不怎麼開口，做好了今日是作陪來的模樣。

雖有酒助開味，但花顏怕把二人灌醉，今日這話就不好談了。所以，也不勸誰喝酒，只自己一壺又一壺地一邊說著話就喝了兩三壺。蘇子斬依舊在喝著天不絕給他開的調理的藥方子，不能飲酒，見花顏還要再去抓酒壺，抬手擋住了她：「行了，你不是來喝酒談天的，喝醉了沒人敢背你回去！」

他這話一出，與花顏談論的蘇輕眠頓時憋回了要說的話。

花顏無語地偏頭看著蘇子斬：「什麼叫沒人敢背我回去？」

蘇子斬冷哼一聲：「你自己知道，你的身分，還要別人說明白嗎？」

以前他背著她夜行三十里山路，那時是她一心想悔婚，不想做太子妃。今時不同往日。她不再是以前的花顏，他也不是當初的蘇子斬了。

花顏聞言揉揉眉心，暗歎蘇子斬明明與雲遲不對付，可是論幫雲遲看著她這一點來說，他可真是盡職盡責啊！也不見二人書信來往一封，北地之事，都是她來做這個中間人傳遞消息，但偏偏，他如今就真處處向著他。

她頭疼得很地看著他。

蘇子斬冷著語氣說：「別以為我不知道你身子弱得很，身子不太好，就要少喝些酒，待以後身子好了，我釀的酒你隨便喝。」

花顏瞧著他，見他半絲不讓，堅決不讓她再碰酒的模樣，不過管著她比罵她紅著眼睛想掐死她要好，他與雲遲沒變成生死仇敵也真是更好極了。

她笑了笑，妥協：「罷了罷了聽你的！不喝就不喝了，雖然我不會喝醉，用不著誰背。」

話語說完，她又暗暗地給自己在心下補充了一句，若是雲遲在這，她就是裝醉又何妨？有他背嘛，可是如今，他不在，的確也沒人敢，她也不敢讓誰背了。

蘇輕眠看著蘇子斬竟然管花顏，且十分強硬，睜大了眼睛。他這一雙眼睛極漂亮，清清亮亮的，帶著一絲潺潺流水的清澈，這樣清澈的眼神，在汙濁的世家裡，真是太少見了。

花顏從第一眼見蘇輕眠時，就對這個小公子有著非同一般的好感，的確是個討喜的性子，尤其是這雙眼睛，讓她覺得值得相交。

她抬手，難得逗趣地在蘇輕眠眼前晃了晃，逗他：「看什麼呢？是不是覺得你同宗同族的這個蘇家哥哥太凶了？跟山上的惡老虎沒二樣是不是？」

蘇輕眠眨眨眼睛，看了蘇子斬一眼，見他沒什麼表情，他縮縮脖子，但卻沒初見蘇子斬時被他震懾住的那層顫意，小聲說：「姑娘為何好像也怕……蘇哥哥啊？」

花顏撤回手：「他凶唄！」

蘇輕眠又眨眨眼睛，雖然好奇不已，但不言語了。

花顏被蘇子斬奪了酒，不能再喝，沒了下飯菜的助興劑，這頓飯就吃的快了。

用過飯後，眾人都心情不錯。

花顏便在這心情不錯中對蘇輕楓笑問：「我就不問四公子了，問三公子一句，若是北地蘇家犯了株連九族的大罪，你與四公子是如何想的？打算怎麼辦？」

蘇輕楓這一頓飯都在想著花顏找他們來應該不是為了敘舊，她來北地無人知道，這當口，應該也不是來玩的。所以，他一直忍著等著花顏先開口。

如今見花顏問他，他正了神色，對花顏實話實說：「若太子妃今日不找我兄弟二人，我們也是要想方設法找太子妃的。」

「哦？」花顏挑眉，笑問，「你們如何找我？」

蘇輕楓道：「我識得隱門中的一位友人，正想通過他來找。」

花顏失笑：「隱門雖不是江湖第一門派，但論隱祕找人的功夫，的確是極厲害的。」她沒說的是他的十三姐夫就是隱門的少主，若是通過隱門找她，是容易得很。

她點點頭，笑道：「看來我們想到一塊去了，不如你先說找我的目的，我來聽聽。」

蘇輕楓抿唇，沉聲道：「北地蘇家不是所有人都是不顧百姓喜好骯髒手段的壞人。我們想請太子妃保下無辜的蘇家人。」他看了蘇輕眠一眼，「我與四弟，願為太子殿下效犬馬之勞。」

這話說的不拖泥帶水，十分的乾脆。

花顏訝異的看著蘇輕楓，她猶記得在鳳城勸說程顧之時他為難至極掙扎不已的模樣，十分痛苦地下了決斷，答應了她。而她見這兄弟二人前，也是打算如勸程顧之一般勸說，真沒想到沒等她勸，這二人的想法如此乾脆。

她不掩飾自己的訝異，盯著蘇輕楓說：「三公子和四公子是蘇家的嫡系子孫吧？據我所知，在蘇家的一眾子弟裡，你二人出類拔萃，三公子十分受蘇家器重，四公子十分受疼寵。你們如今找我，這算是想反戈一擊蘇家？」

花顏這話問得犀利。

蘇輕楓面色不改，沉聲道：「我兄弟二人猶記得您兄長在臨安花家時對蘇家的忠告，奈何我們兄弟二人年少，在嫡系子孫眾多的蘇家沒有話語權，不能撥亂反正蘇家已走上的彎路，但即便如此，我們還是想試試，救蘇家無辜的子孫，不能所有人都跟著被株連九族。」

花顏點頭：「三公子和四公子是明白人。」

蘇輕楓道：「家國孝道，仁之大義，總要捨得，自古忠孝難兩全。北地被遮天蔽日太久，我曾以為，也許這天就這麼被遮下去了，但是沒想到太子殿下派子斬公子來查辦賑災，捅開了北地這層層烏雲的天，哪怕一角，已讓我們看到了南楚未來的希望，儲君盛名，雷厲風行，我與四弟，願以所學，報南楚未來盛世清明。」

「好！」花顏清脆地應了一聲，乾脆至極，「我與兩位公子今日會晤，不謀而合。南楚正值用人之際，北地雖汙濁，但總有清明人，不能一刀切，這也是我今日來找兩位公子的目的，你放心，北地各大世家不會有株連九族的大罪，太子殿下不會牽連無辜的人。」

蘇輕楓眼睛也一亮：「多謝太子妃！」

蘇輕眠見二人三言兩語便說定了此事，他心中十分高興，對花顏迫不及待地說：「姑娘，需要我們做什麼？」

花顏問：「你們可知道蘇家的幕後之人是誰？」

蘇輕眠一怔，搖搖頭，猜測道：「是程家？」

蘇輕楓接話：「不是程家，程家背後也有人。」話落，他對花顏道，「我知道有人暗中聯絡北地各大世家，但至於是何人，實在太隱祕，我不敢查，是以也不知。」話落，他看著花顏，「若是太子妃想讓我做此事，我便去查，義不容辭。」

花顏搖頭：「不用你們查，我自會查。你們……」她思量著，偏頭看向蘇子斬。

蘇子斬一直在一旁聽著，對蘇輕眠和蘇輕楓這兄弟二人心下也有了讚賞，他聽花顏提過如何勸說程顧之，程顧之如何痛心應承，如何下了決斷，骨肉至親，家國孝道面前，沒有誰能做到如此乾脆。這兄弟二人年歲不比程顧之大，卻少有的明白果斷，知道蘇家早晚要完，能保住無辜的兄弟姐妹子侄是他們最大的目標。

他見花顏向他看來，揚了揚眉：「有什麼話你說就是了，這般看我做什麼？」

花顏道：「武威軍中正值用人之際，蘇三公子學的是兵謀之術，武威軍交給他來接手，豈不正好？」

蘇子斬點頭，沒意見，十分乾脆：「行。」

花顏詢問完蘇子斬，又看向蘇輕楓：「接手武威軍，三公子覺得如何？」

蘇輕楓先是愣了愣，北地蘇家不少人在武威軍中，但是他卻未曾進入，是因為早就知曉軍中氣氛不好，不如他在家中清淨研讀，遂從未打算入武威軍。如今見花顏這般輕巧地和蘇子斬提了此事，他也痛快地應了，顯然，武威軍已在蘇子斬的掌控中。

他看著二人，抿唇道：「太子妃只憑我一番言語，如此相信我兄弟二人嗎？」

「相信。」花顏笑道，「我從不懷疑我自己的眼光。」

蘇輕楓起身，拱手，對花顏行了個大禮：「既得太子妃看重，在下便去武威軍，定不負太子妃看重。」

「三公子不必行如此大禮。」花顏揮袖，笑著請蘇輕楓落坐。

「我呢？」蘇輕眠立即問，「我做什麼？」

「你別急啊！我對你可是有重用的，不過你的事兒我還需和太子殿下商議。」花顏笑道。

蘇輕眠聞言頓時如吃了一顆定心丸：「好。」

事情順利解決，蘇輕楓和蘇輕眠告辭。

花顏琢磨了一番，攔住二人：「你們別回去蘇家了，與我們一起吧！」

二人一怔，看著花顏。

花顏勾了勾唇：「昨日一夜風雨，今日若是蘇家再丟兩位公子，這北安城豈不是更熱鬧？」

程子笑嗤笑：「是啊！我這個庶出子嗣丟不丟不打緊，但嫡出子孫一下子丟倆，這事情一出，夠喝一壺的。」

二人停住腳步，蘇輕楓點頭：「聽太子妃的。」，蘇輕眠卻說，「可是我做的東西還在家裡，我與三哥著急出來，什麼都沒帶。」

「你做的東西不急，先擱幾天。」花顏看著二人，「至於衣物什麼的，我吩咐人給你們置備，先委屈你們幾日。」

蘇輕眠聞言也沒了意見：「聽姑娘的。」

出了江湖茶館，花顏回到那處北街的院落時，多帶回了蘇輕楓和蘇輕眠。

有侍候的人迎出來，花顏吩咐：「給兩位公子安排住處，置辦衣物和所用物事兒，他們會在這裡住幾日。」

有人應是，立即帶著蘇輕楓和蘇輕眠去安排了。

房間安排妥當後，蘇輕眠拉著蘇輕楓悄悄說話，「姑娘人真好，沒為難我們，這麼大的事兒，這般爽快地就答應了，我以為我們蘇家所有人都沒救了。」

蘇輕楓彈了他腦門一下：「你在太子妃面前，怎麼一口一個姑娘？應該稱呼太子妃。」

蘇輕眠眨眼：「姑娘與太子殿下還沒大婚呢。」

蘇輕楓失笑：「在太子殿下選妃之後，便曾有言，天下所有人見之，皆稱太子妃。無論是皇宮還是東宮，無論是在朝還是在野，也只有你一人不拿這話當回事兒。難得在臨安時太子殿下沒怪罪於你。」

蘇輕眠笑嘻嘻地說：「等太子殿下和姑娘大婚後我再改口就是了，反正太子殿下在臨安時都沒怪罪我，如今更不會怪罪了。」

蘇輕楓無奈地笑著搖頭：「你這副性子，得太子妃喜歡，她能如此好說話，今日這功勞也在你，不改就不改吧！」

蘇輕眠收了笑：「三哥你可別這麼說，我的主心骨是三哥你。我整日裡混玩機巧之術，還是三哥你比我明白。」

蘇輕楓也收了笑意，堅定地說：「能救蘇家無辜的人，不孝又如何？這天下不為百姓者，枉活於世。黑龍河兩次決堤，北地多少人的良心都被狗吃了，百姓何辜？」

蘇輕眠立即說：「三哥，我們做得對！」

蘇輕楓頷首：「嗯，我們做得對！」

當日，蘇輕楓和蘇輕眠沒回蘇家。

轉日，蘇家人才發現蘇輕楓和蘇輕眠失蹤了，蘇老家主立即派人查二人下落，同時將在蘇輕楓身邊侍候的小廝洗塵和在蘇輕眠身邊侍候的小廝洗墨叫到了身邊。

洗塵實話實說：「回老家主，兩位公子收到了一名小乞丐的信，之後便不讓人跟著，一起出去了。」

蘇老家主立即問：「什麼小乞丐？」

洗塵描述了一番小乞丐的模樣，八九歲，皮膚黑，衣著破爛，直接找到他，讓他將信給三公子，他還沒細問，一溜煙地就跑了。他只能拿著信回來給了三公子，三公子收到信後似乎很高興，然後與四公子一起睡了一覺，就出去了。這期間，再沒發生別的什麼事兒。

蘇老家主皺眉，問洗塵：「你沒聽到什麼？不知他去了哪裡？」

洗塵回話，搖頭：「公子沒說的事兒，小的不敢問。」

蘇老家主見二人不像說假，擺手讓二人退下，吩咐了下去，讓人去依照洗塵描述的樣子查八九歲的小乞丐。

查了一日，根本沒見到什麼小乞丐，蘇輕楓和蘇輕眠依舊下落不明。

蘇家頓時覺得事態怕是有些嚴重了。

蘇家的一位庶子蘇炎對蘇老家主建議：「祖父，怕是不妙。」

蘇老家主也覺得不妙，他終於坐不住了，吩咐道：「備車，我去程家一趟。」

有人立即依照吩咐，給蘇老家主備了馬車。

蘇老家主到程家後，立刻被請去書房，二人對坐著，都從彼此的眼裡看到了陰雲和憂急。

程老家主聽罷，寬慰道：「也許是兩個小子不懂事兒，跑哪裡去玩了，別太著急。」

蘇老家主歎道：「程老兄當該知道，兩個孩子還是稚鳥，還沒飛高，即便蘇家失了烈焰衛，也不該一日了還查不到他們下落。」

程老家主自然也想到了，臉色又難看了些：「蘇老兄以為是怎麼回事兒？」

蘇老家主道：「是有人將他們藏起來，還是抓起來想利用他們，一切皆不好說。」

程老家主道：「既然一封信就能將他們請出去，想必是熟人。」

蘇老家主點頭：「這也是我今日坐不住來找程老兄的目的，你可知道，昔日那兩個小子從臨安花家回來時，對我說過什麼？我當時沒在意，如今深想，真是細思極恐毛骨悚然啊！」

程老家主追問：「老兄不妨說說，別賣關子。」

蘇老家主道：「當時，他們二人從臨安回來後對我說，在臨安時，四小子偶然遇到太子殿下和太子妃在遊湖，有幸一見，吃了一盞茶。後來，他藉著這一面，對太子妃下了拜帖，有幸被她請進了花家大門做客，之後，他離開時，太子妃送了他十盒上好的清茶，其兄還對他說了一句話……」他說到這，話語頓了頓，「遠離程家。」

程老家主愣住：「為何？」

蘇老家主搖頭：「我當時未在意，程家背靠太后，太后不喜太子妃，以為兩宮相鬥，此事聽聽也就罷了。如今程老兄你猜測臨安花家暗線在北地，除了我們十大世家精銳暗衛的定然是臨安花家，今日得知兩個小子失蹤，我才想起此事來。」

程老家主臉色發白：「當初，顧哥兒也一起去了臨安打探，倒不曾說起這事兒。」

蘇老家主道：「他是程家人，我家那兩個想必瞞了此事。」

程老家主道：「這一晃也兩個多月了吧？」

蘇老家主道：「嗯，兩個多月了。」

程老家主臉色不好：「難道兩個多月前，臨安花家就準備要對付我們了？」

「這就不得而知了。」蘇老家主看著程老家主，「程老兄，當年是你求到我面前，我念你我脾性相投，交情也不錯，幫了你，之後每一件事兒，也都是聽你這邊的消息，幫個小忙，一晃幾十年了，如今我問你一句實話，你可不要瞞我。」

程老家主知道蘇老家主要問什麼，依舊道：「你問吧！」

蘇老家主盯著他：「你背後的人是誰？我是說幫著你擺平了京中之事的人是誰？」

程老家主深深地歎了口氣，搖頭：「不敢瞞老兄你，我也不知。這話你當初就問過我，我是真不知，沒糊弄你，如今過了幾十年，我的確是依舊不知。」

蘇老家主失望：「這麼多年，你就不好奇？沒查？」

程老家主道：「怎麼沒查？當年黑龍河事情過去半年後，我就查了，可剛一動作，就被人知道了。後來來人警告我，我便不敢再查了。」

「這幾十年，你就被嚇住了？」蘇老家主問。

程老家主閉了閉眼睛：「不被嚇住又能怎樣？你老兄當年是被我拉進來的沒錯，蹚了這渾水，可是別人呢？不是被我拉進來的。無論是程家，還是北地的各大世家，除了你蘇家，有哪個沒查過？後來有誰還敢查了？」

蘇老家主道：「這麼說，我們如今雖被斬斷了手腳，也許還是會安全的。那人總不至於讓北地的經營就此毀於一旦吧？」

程老家主黯然道：「難說，我至今沒收到消息該如何辦。」

蘇老家主聞言一時也沒了話。

如今北地的情形對於官場的各位老爺來說，都是要掉腦袋的，對於官員牽扯的背後的各大世家來說，更是不容樂觀。

北地犯的事兒重，不止黑龍河決堤的水災，還有北地加的兩成賦稅之事，如今鳳城魚丘一帶的賑災被蘇子斬做得十分順利，北安城這邊本來要合力剷除花家暗線再籌謀新的一波刺殺蘇子斬，只要蘇子斬死了，一切還有挽回的餘地。

可是，如今十大世家的精銳暗衛一夜之間悉數被殺，等於徹底被斬斷了手腳，別說刺殺蘇子斬了，如今若沒人援助，他們想再蹬腿，也蹬不動了。

至少，剛出了這樣的大事兒，此時此刻，再不敢輕舉妄動。

蘇老家主從程家出來，臉色凝重，腳步更沉重了，心裡也如壓了一座大山，暗想著當年若是不幫程家，不攪進這渾水裡，也許就好了，但又想想不盡然，距離上一次黑龍河決堤，一晃幾十年了，北地各大世家，沒有一家是乾淨的，即便當年他不攪進去，後面這幾十年，也跑不了，與如今怕是一樣。

蘇輕楓和蘇輕眠聽從了花顏的吩咐，安心地住在了院子裡，知道蘇家已派出人全力尋找。

如今這當口，他們二人失蹤，算是在程家第一次被大規模的重視。

世家大族裡，有親情深厚者不多，在外面看著是一個姓氏一家人，關起門來，各方各院明爭暗鬥從來都不新鮮。

但無論是蘇輕楓還是蘇輕眠，在蘇家，這兄弟二人與別人不同，人和善，人緣算極好的，上到長輩，下到僕從，尤其是對兄弟姊妹身上，沒跟誰打過架紅過臉，無論嫡出庶出。

所以，這也就造就了兄弟二人不謀而合的想法，不能讓蘇家獲大罪被株連九族。無辜的大部分蘇家人，婦孺孩童，子弟姐妹，他們要保下來。

外面的消息傳進院子裡，花顏也不瞞二人，見二人一心堅定，十分讚賞。

能大義滅親，能理智地權衡利弊者，這天下不是沒有，但只存在於少數人中。這樣的人，才讓人敬佩。不是不痛，只是不糊塗，太明白當下該做的選擇。

采青見花顏自從進了北安城，見了蘇輕楓和蘇輕眠後，不急不慌，再沒出去，也沒做什麼，不由忍不住問：「太子妃，怎麼還不動手呢？」

花顏笑道：「十大世家的人才，不止程顧之、蘇輕楓、蘇輕眠，再拉出來些。其餘的不必我親自去了，交給蘇子斬了。」

采青恍然，怪不得這兩日換子斬公子每日去江湖茶館喝茶。

一連四日，蘇子斬每日去江湖茶館喝茶，獨自見了十多個人。有人同意，有人不同意，同意的人帶回了院子裡好吃好喝地住著，以待後用，不同意的人綁了關了起來。

他手段自然不比花顏溫和，脾氣也不比花顏好，喜歡乾脆果斷。

這四日，院子裡每日進來一兩位公子，見到蘇輕眠和蘇輕楓後，都恍然大悟。蘇家大張旗鼓地找丟失的這兩位，原來這兩位早已經反戈了蘇家，暗中投靠了子斬公子。

蘇輕眠和蘇輕楓暗暗敬佩蘇子斬的手段和迅速動作，不愧是聞名天下的子斬公子。因除了蘇輕楓和蘇輕眠二人是被花顏出面請來的人外，其餘人都是被蘇子斬帶回來的，所以當聽聞太子妃也在此處，且那個淺淺淡笑隨性灑脫的女子便是太子妃時，險些都驚掉了眼珠子。

蘇家兩兄弟每看到一人見到花顏時的傻樣，就覺得他們早認識花顏真好，似乎沒這麼丟人。因北地的時局太過陰暗，對於蘇子斬來北地，無異於龍潭虎穴，天下矚目，都在看著他在北地會怎麼辦如何辦甚至有命來有沒有命回去?!

但誰也不會想到，本該在臨安花家待嫁的太子妃也來了北地。

第五日時，只剩下懷王府的人沒請了。

懷王府有兩位王妃，已故王妃生的小郡主自小就失蹤了，新娶的王妃生了一子，因為早產，身子骨天生帶弱，是個十歲的小公子，叫夏澤。不過據說這位小公子生來早慧，聰智異於常人。但可惜，身子骨太弱，據說天性頗有些冷清，似也不得懷王喜歡，一年到頭幾乎不踏出府門。

繼王妃進門後，對懷王也期待了幾年，後來發現他念著先王妃和丟失的小郡主，也傷了心，便一心照看打理起兒子來，看顧愛護得緊。

蘇子斬沒將懷王府的這位小公子列入名單之中，倒是扒拉了一遍懷王府的庶出子弟，發現沒一個得用的人，也就作罷了。

花顏對懷王府這位小公子夏澤倒是有些興趣，另外懷王府還是秋月的家，那丫頭雖然死了回懷王府的心，但偶爾聽聞懷王滿天下派人找她時，還是會恍惚懷念的，這親情也沒丟得徹底，若是懷王府出事兒，她心裡估計也不好受，她那麼個愛哭包，肯定會哭鼻子。

她若是哭鼻子，不止哥哥心疼，她更心疼。

誰讓她是自小跟著她長大的呢！無論是哥哥還是她，早就把她劃歸到自己人裡了。雖然欺負她的時候居多，但那也是自己欺負行，別人欺負不行，該護著還是要護著。

於是，花顏這一日夜晚對蘇子斬問：「我打算夜探懷王府一趟，你要不要跟著我一起去？」

「哦？」蘇子斬揚眉，「去見誰？」

「夏澤。」花顏道。

蘇子斬想著不過是個十歲的小屁孩，也值得她夜探懷王府，不過索性閒來無事，走一趟也行，便點頭：「行，我與你一起去。」

懷王府在北安城的城東，占地大約六十畝，府兵三千，因幾日前蹤輕衛被人除盡，懷王的胞弟夏毅加派了府中巡邏的人手，幾乎三步一崗。沒了蹤輕衛，二人武功都極高，尋常暗衛在二人眼裡也看不上眼，懷王府的府兵在花顏和蘇子斬的眼裡更是視若無物。

二人進了懷王府，依照早先看過的府中構造圖紙，徑直進了小郡王夏澤的住處初霞苑。

此時，傍晚剛過，天剛黑了不久，夜未深，正屋亮著燈。

花顏和蘇子斬來到窗下，只見屋中一個模糊的小公子人影，正坐在窗前捧著一卷書安靜地看書，屋中無人侍候，院內也十分安靜，不見丫鬟婆子小廝走動。

花顏與蘇子斬對視一眼，二人堂而皇之地來到門口，推門進了屋。

夏澤聽到動靜，頭也不抬地蹙眉：「我不是說了不准打擾嗎？」語氣不善，雖帶著小少年的稚嫩，但頗為嚴厲。

花顏腳步頓了一下，緩步從外堂屋穿過，來到裡屋門口，伸手推開門，挑開珠簾，腳步不停地邁進了裡屋門檻。這期間，她並未說話。

夏澤不見來人止步，頓時覺出了不對勁，猛地抬起頭，向門口看去。

花顏跨進門檻，與他看來的目光對了個正著，只見夏澤長得極好，眉目毓秀，只是臉色過於蒼白，屋中隱隱透著藥香，在這樣的深秋裡，卻沒放一個暖爐或者火盆，十分的清涼清冷。

花顏想著繼王妃一定長得十分美貌，所以夏澤看起來比秋月要多三分顏色。

夏澤見到進來的人是一個容貌極美的姐姐，愣了愣，看著她沒出聲也沒起身，更沒喊叫。

花顏走到他近前，覺得他愣神的模樣十分可愛，一點兒也不像剛剛聽到他說的那一句話語那般冷冽，笑著在他面前晃晃手：「小弟弟，回神了！」

夏澤只看到一隻纖細的手在他眼前晃了一下，他不適地眨了一下眼睛，看到她笑吟吟的臉，放下書卷，才清冷地開口：「你是何人？」

這一句話出口，分外的冷靜，不像是一個十歲孩子說的，鮮少有人在遇到被陌生女子闖進房裡會這般鎮定的。

他話剛出口，蘇子斬隨後進了屋，珠簾輕輕晃動，他腳步也不輕不重。

夏澤沒想到一個人之後還有一個人，他又怔了一下，看向蘇子斬，一眼，便看到了他的容貌，他這回露出驚訝之色，脫口說：「蘇子斬？」

但凡遇到蘇子斬的人，都會稱呼一聲子斬公子，這般直接叫出他名字的，還是極少的。

蘇子斬打量了夏澤一眼，見他從早先看到花顏的鎮定到如今看到他只稍許有些驚訝之色來看，倒真是個人物，只是年少了些，否則，他也不會略過他不請他到江湖茶館。

花顏倒也被夏澤開口識破蘇子斬訝異了一下，笑問：「你怎麼識得他的？」

夏澤定了定神，看著二人，終於緩緩地站起身，放下書卷，慢聲說：「北地各大世家都有一幅子斬公子的畫卷，懷王府也有。」

花顏恍然，對他說：「你這裡可有他的畫卷？拿來我們看看。」

夏澤眸光動了動，點頭，轉身走到不遠處的書架上，從暗格裡拿出一卷畫卷，遞給花顏。

花顏伸手接過打開，正是蘇子斬的畫卷，他在京城時的模樣，她偏頭笑著對蘇子斬說：「畫的可真是像你，這眉目神色別無二致，即使換了一身衣服，怪不得人人也都能認出你。」

蘇子斬隨意地看了一眼，知道他的畫卷在北地各大家族都收有一幅是為了幹什麼用的，無非就是讓他到了北地有來無回殺了他，他眼神冷冽地點了點頭。

花顏將畫卷遞回給夏澤，笑著道：「你能一眼識出他，可否也能認出我？」

夏澤仔細地看著花顏，她天生麗質，薄施脂粉，淡掃娥眉，無論怎麼看，都是天下少有的極美的女子，懷王府裡也盛產美人，北地各大世家的女子們也各有千秋的好姿容，可是拿過來與眼前這女子對比的話，還是黯然失色。

他搖搖頭，誠實地說：「不識得。」

花顏微笑：「你是該不識得我，若是我的畫像也如他的畫像一般在北地各大世家人手一份的話，我就將收藏畫像的人腦袋都扭下來當蹴鞠踢。」

夏澤見她說著這樣的狠話，眉目依然笑意盈盈，讓人如浴春風，說不出的舒服，他見二人對他沒有惡意，倒也不怕，問道：「敢問這位姐姐高姓大名？」

「花顏。」花顏十分乾脆。

夏澤容色頓驚，一雙眸子倏地睜大：「臨安花顏？太子妃？」

花顏低笑：「原來我的名字也能讓你驚上一驚的，不錯，正是我。」

花顏的名字，早在太子選妃之日天下皆知，她可不是籍籍無名。

夏澤沒想到這位女子就是太子妃，即便他小小年紀，即便他有病在身常年足不出戶，關於她的傳言，他依舊沒少聽過。

關於她的傳言傳的一波又一波如燒沸的水，她進京後，踢了子斬公子的順方賭坊的館子，於半壁山清水寺求了一支大凶姻緣籤，之後又傳出不育的消息，沸沸揚揚。

傳的最熱鬧的是關於太后下了懿旨悔婚，臨安花家正中下懷，將懿旨悔婚貼遍了天下，侍候他的小廝從外面給他揭了一張拓印的悔婚懿旨回來，當時他也看了看。

那時，天下傳的都是太子殿下悔婚後，不出多久估計要重新選妃，天下各大家族又開始有了希望送自家女兒入東宮，所以，暗搓搓地都著手準備了起來。

好多人都說是花顏沒福氣。

後來，幾個月後，天下又傳出太子殿下以不合規制的五百抬聘禮前往臨安花家求親，親自帶著聘禮登門，而這一回，花家乾脆地答應了婚事兒。

頓時，天下又熱鬧起來，那幾個月裡，都是她和太子殿下的各種傳言。

很多人都在看著太后會如何做，天下人都知道太后不喜歡花顏。可是沒想到，這回太后什麼也沒做，不聲不響地接受了。

據說，大婚之期已定，太子妃進東宮住了些日子，如今已回臨安花家待嫁了。

他沒想到，今夜，這位太子妃，竟然出現在了他的面前。

他看著花顏，好一會兒才壓住心中的情緒，對她懷疑地問：「你真是太子妃？」

「如假包換。」花顏笑看著他，「難道我看起來很不像是太子妃嗎？」

夏澤默了默，又仔細地看了她一會兒，這樣的女子，淺笑嫣然，明媚隨意，通身的與眾不同，結合那些傳言，似乎還真就是這樣的她才是那傳言中的太子妃。

他疑惑地問：「你們這是……」他又看向蘇子斬，「為何來了我這裡？是不是走錯門了？」

「沒有，就是來找你的。」花顏好笑，自顧自地坐在了椅子上，對他笑問，「來這一路吹著冷風有些渴了，有熱茶沒？」

她說話間，蘇子斬也不客氣地找了個位置坐了，同樣十分隨意，沒拿自己當外人。就如在自己家一般，自在得很。

夏澤看著二人，又默了默，不明白自己有什麼地方能讓有著不同尋常身分的二人在夜時一同來此，他謹慎地說：「我敢喊人來給你們倒熱茶，你們敢這般讓人端著熱茶送進來嗎？」

花顏眨了一下眼睛：「若是不敢的話，我就不開口了。」

蘇子斬沒異議，不言聲，似乎就是個陪客。

夏澤瞧著二人顯然半絲不懼驚動人，他也不再顧忌，當即對外面喊：「河清。」

「公子。」河清立即從偏房跑出來。

夏澤吩咐：「沏一壺茶來，要上等的好茶，今年的春茶。」

「是。」河清應了一聲，立即去了，似還沒發現屋中多了兩個人。

不多時，他端著一壺熱茶匆匆進了屋，邁進門口，這才看到了屋中坐著兩個人，他剛要大喊，看到夏澤對他皺眉，他頓時又將喊聲憋了回去，小心翼翼地端著茶進來，放在了案桌上，看著蘇子斬和花顏，又看向夏澤：「公子，這……」

他想問，這兩個人是什麼時候來的，公子沒睡，他自然不敢歇下，是隨時在偏房聽著正屋的動靜的。根本就沒聽到有人來的動靜。

夏澤對他擺手：「你去門外守著，任何人不准打擾。」話落，他伸手落下了窗簾，隔絕了從外面向屋內看窗前映出的燈影。

河清不敢多問，連忙應是，立即下去了。

花顏看著這小廝不過十四五歲，卻是十分穩重，想喊人沒喊出來，且顯然是夏澤的心腹。可見十歲的夏澤，御下有方。

花顏拿起茶壺，為蘇子斬、為自己，為夏澤三人各倒了一盞茶，放下茶壺，她端起熱茶來，慢慢地喝著，心口窩被夜風吹進來吸進肺腑裡的涼氣似乎才散了些。

這深秋，的確是冷，又冷又硬，夜風如刀子，刮著刮著就刮出雪了。

蘇子斬也端起熱茶來，隨意地喝著。

夏澤即便心裡抗壓能力易於尋常同齡人，但到底是年少，還是有些耐不住，開口問：「不知太子妃和子斬公子夜間來找我，有何貴幹？」

花顏捧著茶盞，笑著問：「你猜猜。」

夏澤沒見過花顏這樣的女子，隨性不說，似乎很喜歡逗弄人，他敏感地能感覺出這女子是在逗弄他。雖不像是欺負他年歲小，但顯然不如旁的女子端端正正地正經。

他搖頭：「猜不出來，我自幼身體不好，算是個半殘廢之人，實在想不通哪裡值得兩位來一趟。」

花顏挑了挑眉梢：「你就是這麼看待自己的？半個殘廢？」

夏澤抿唇。

花顏放下茶盞，不敢再逗他，這小孩年歲雖小，顯然是個有脾氣不好相與的，不能初見就如花容花離一樣逗。她正了顏色說：「懷王府的骯髒事兒，你知道多少？」

夏澤眸光一緊，手無意識地攥緊衣袖：「你們今夜來找我，是要對懷王府下手了？」

花顏淺笑：「若是今夜對懷王府下手，我們就不來找你了。」話落，她心口窩暖和過來，也不再賣關子，「我就是想來問問你，你有沒有想要報效朝廷的想法？你年紀雖尚幼，但也不算小了。這普天下的男子，七歲之後就知道自己將來想做什麼的人比比皆是。你已經十歲了。」

夏澤又愣了愣，似有些不明白花顏的意思。

花顏對他淡笑：「不明白嗎？那我說明白點兒，就是你小小年紀，就頗有才華，身體雖弱，但腦子好使，若是跟著懷王府的大罪被株連九族了，是不是有點兒可惜？若是你有將來報效朝廷，為百姓謀福的打算，我就給你一個機會。」

夏澤這回聽明白了，盯著花顏問：「我的身體很差，天生孱弱，即便有腦子，也無多餘體力，就算有心如你所說，能得用嗎？」

「能。」花顏乾脆地點頭，伸手一指蘇子斬，「你知道他吧？自小帶有寒症，三天兩頭犯病，每年都命在旦夕幾回，如今你看他不是好好的？只要你答應，我給你一個好身子骨。」

夏澤手虛握成拳，壓下聽她這樣乾脆說出的話引發的他心底深處的情緒，問出了與他年齡不符的一句話：「你只是因為我腦子好使，有些才華來找我的？沒別的原因？」

花顏頓時一樂，不愧是秋月的弟弟，與她一樣聰明。看到夏澤，就如當年的小秋月，自己能作得了自己的主。她心情好地笑著說：「當然這是最主要的原因，還有一個次要的原因就是你是你姐姐的弟弟，而你姐姐將來是我的嫂子。」

夏澤被花顏一句話繞的有些暈，難得露出孩子氣地撓撓頭，覺得自己素來聰明的腦袋有些僵傻，吶吶地說：「我不明白你說的是什麼。」

花顏對他笑，解釋說：「懷王府小郡主，夏緣，是你的嫡親姐姐吧？」

夏澤頓時驚住，從他記事起，就知道有這麼一個姐姐，自小失蹤了，下落不明，懷王常說是他的錯，他荒唐地害死了先王妃，又弄丟了女兒，大約是在最慌亂的時候，被人販子拐走了，不知道被賣去了哪裡，也不知在哪裡受罪。

他常說這是他年輕風流的報應，這些年，一直在派人找，卻如石沉大海，沒有影蹤。

他的母妃常對他說的話是：「我真恨不得王爺立馬就找到小郡主，他的心病去了，咱們娘倆都好過，也不至於如今這般一副心灰意冷對府中諸事不聞不問的樣子，每逢提起，就徹夜宿醉，人也日漸消沉落魄。明明是堂堂懷王爺，卻要用上落魄這個詞。」

所以，他一直知道，他的姐姐，夏緣，很多時候也在想不知道她還活著不？

如今，他沒想到，就在今夜，從太子妃的口中，聽到了她的消息。

夏澤一時震撼，好半晌，都沉浸在自己的思緒裡出不來。

花顏也不催他立即開口說話，似乎能理解他此時的震撼，這麼多年，懷王府的人遍天下地找秋月，她都知道，甚至她和秋月來北地時，還在懷王府的北門口，跟看門的人聊過天，知道懷王一直沒放棄找女兒。

那時，她心軟地問過秋月：「要回去不？」

秋月依舊堅決地搖頭：「小姐，我不回去，我娘成為父親心中的一塊傷，我就成為他心中的另一塊傷好了。若是我真回去了，他這傷口磨平了，就不一定多想我娘了，我娘在天之靈，一定希望他多想著她的。」

她對她叫慣了小姐，即便到了自己家門口，也沒覺得自己就是懷王府身分尊貴的小郡主。

當時秋月也就跟夏澤這般年紀，十多歲，這話一出，連她都驚了驚。

秋月又低聲對她說：「更何況，我已經習慣跟著小姐四處跑了，懷王府已不適合我，我也放不下公子，公子的身子還未治好，我要陪著你一起給他找好藥，治好公子。」

她的語氣堅決，說什麼也不回去，哪怕踏進家門看一眼，也沒有。

她自然是不強求她，所以，後來兩個人悄悄地離開了北地，再沒來過。

第九十三章　出發！收拾世家去

她早就知道秋月不笨，可是那般通透的秋月，還是讓她震撼了好幾震，後來她跟花灼私下說起此事，哥哥聽了也好久沒說話，十分感歎。她覺得，大約也就是從那時候開始，哥哥和她就等同於重新認識了秋月，那個叫秋月的夏緣。

想必也是從那時候開始，哥哥心裡就住下了秋月，慢慢地漸漸地喜歡上了她。

這世間有多少人會放著榮華富貴身分地位不要，甘於平凡，平凡到一心一意地跟著她，因為一個賭約，叫了她多年小姐，自稱奴婢，一心一意地救花灼念著花灼？

直到如今，六七年過去，她依舊覺得，那時候的秋月，是最可人，最聰明冷靜聰慧的，這普天下除了她，沒有哪個人適合哥哥了。

花家順從於平凡，甘於平凡，埋沒於平凡，隱匿於平凡。

花家的公子，哪怕他本身不平凡，也要尊於平凡，守於平凡，喜歡上平凡。

秋月，適合花家，適合花灼，而能夠與哥哥兩情相悅，連她有時候都羨慕。他們不必背負什麼，不必在意糾葛什麼，不會有花家長輩的不同意和阻撓，也不會有這樣那樣的波折和不平。他們只需要你喜歡我我也喜歡你就正正好，平凡平淡，和和美美，順順利利。

這是她求不到的，兩世都求不到的。

許久，夏澤終於出聲，聲音不如初時冷靜，有著一種刻意壓制的情緒：「我姐姐……她……」

他想問很多，開口後發現不知道該先問哪一句。

花顏也打住思緒，對他淺笑，簡略地說：「當年，她遇到了妙手鬼醫天不絕，天不絕見她機靈於醫術一道有天賦，打算收她為徒，不過同意的條件是要跟著他走。她當時痛快地答應了，甘願跟著天不絕離開了北地離開了懷王府。」

夏澤立即說：「她……當年失蹤時三四歲……」

「嗯，足夠記事懂事兒了。」花顏笑著點頭，「後來，我找到天不絕給我哥哥治病，遇見了她，將她從天不絕手中騙到了我手裡，此後她便一直跟在我身邊。」

花顏說的簡單，三言兩語，便交代了懷王府找了十多年的小郡主夏緣蹤跡。

夏澤看著花顏，又是好半晌沒說話。

他在消化著花顏的話，妙手鬼醫天不絕，他自然知道，據說這個神醫出自神醫谷，在十多年前失去了蹤跡，東宮太子和武威侯府一直在找他的下落，他娘生他早產，身子骨孱弱，這麼多年請了無數大夫也調理不好他的身體，他娘一直也想找天不絕給他治病。

兩個月前，才聽聞妙手鬼醫天不絕出現在京城，有人傳他是被太子妃帶進京的，救了安陽王府世子安書燁的性命。他沒想到，原來懷王找遍天下找到心灰意冷也找不到的姐姐，一直在臨安花家，在太子妃身邊，難怪會找不到。

這幾日，十大世家人心惶惶，被人剷除了最精銳的暗衛，就等於折了翅膀，極度不安。而他的父親依舊像沒事兒一樣，不管不問，似乎懷王府不關他的事兒。

據他娘說，這兩日，他父親掛在嘴邊念叨著緣緣，一日能聽他念上十數遍，問他可是有消息了，他也不說，但眉梢眼角都是掩藏不住的喜悅。

在這樣的當口，十大世家裡還能有什麼喜事兒？懷王府還能有什麼喜事兒？

對於他父親來說，找到女兒，便是天大的喜事兒了。

他想到這，抬頭問花顏：「我父王可是知道姐姐的下落在花家？」

花顏看他神色，心裡若有所思，笑著說：「近來我未曾收到你姐姐的信函，倒是不知她是否聯絡了懷王。」

「她不是跟在你身邊嗎？」夏澤問。

花顏笑著道：「以前一直跟在我身邊，半年前，我將她給我哥哥了。她喜歡我哥哥，我哥哥正好也喜歡她，我若是強留著她，就會多兩個仇家，如今她在我哥哥身邊。」

「臨安花灼？」夏澤問。

「嗯，臨安花灼，我的哥哥。」花顏微笑。

夏澤又低下頭，默了一會兒，低聲說：「她怕是不喜歡我這個弟弟，畢竟……」

他後面的話沒說出來，意思不言而喻。畢竟他不是一母同胞的親弟弟，而是同父異母的弟弟。雖也跟她一樣占了個嫡字，到底不同。

花顏淡笑：「當年她跟著天不絕走，是因為他是個神醫，能學醫術。在她的心裡，學了醫術，就能救她娘了。後來她長大了，我曾與她來過北地一次，她說自己已不適應懷王府的生活了，不想回來破壞什麼。當然，最主要的原因是捨不得我與哥哥。」話落，又笑道，「只要不是得罪她的人，她都不會不喜歡，你又沒得罪她。」

夏澤抬起頭，看著花顏不語。

花顏覺得有這麼個懂事兒冷靜的弟弟挺好，她是花家最小的女兒，下面除了子侄外甥比她小外，便再沒這麼個弟弟。無論是花容還是花離，雖都是花家人，是她的堂弟，但到底不是如她親哥哥一樣的弟弟。

秋月有這麼個同父異母的弟弟，雖隔了肚皮，但也是同父的親弟弟。

她看著他很討喜，便笑著伸手摸了摸他的頭，溫柔和軟地笑著說：「你這麼討人喜歡，她作為姐姐，一定會喜歡你的。怎麼樣？可答應我說的了？」

夏澤沒立即答應，而是問：「懷王府真會被株連九族嗎？」

花顏淺笑盈盈地看著他：「你若是答應我報效朝廷福澤百姓，我就答應你，免了懷王府的株連九族的大罪。如何？」

夏澤聞言立即看向蘇子斬。

蘇子斬看看天色，已有些不耐煩，對花顏道：「你與誰都這麼耐心嗎？太磨嘰了。」

「我問你要不要跟來時，是你自己要跟來的，我可沒求著你來聽我磨嘰。」

蘇子斬一噎，對夏澤說：「男子漢大丈夫，痛快點兒。你以為你不答應還有本事救懷王府嗎？以你的年紀，就算有個聰明的腦袋報效朝廷還需要培養幾年，有這個功夫，培養誰不行？」

夏澤清楚地看到蘇子斬的不耐煩，可是他還有很多的話要問，他張了張嘴，所有的話到底都憋了回去，果斷地說：「我答應。」

若是能讓懷王府免了株連九族的罪，何樂而不為？他雖小小年紀，也不是不懂。父親雖與他不太親，到底是他的父親，對他也說不上差，只是心思分去大部分找姐姐了小部分沉浸在後悔自責中而已。

還有娘，娘如此愛他，懷王府出事兒，娘也不能避免被牽連，如此，也能保住娘了。

花顏一笑，站起身：「行，你既然答應了，你現在就跟我走吧！」

夏澤一怔。

「怎麼？不敢？」花顏微笑道。

蘇子斬也站起身。

夏澤慢慢地站起身：「我便這麼跟你走，我怕我娘她……」

花顏笑問：「你是要留書？」話落，她點頭，「也行，不過就是麻煩點兒。」

夏澤抿唇，猶豫了一會兒，果斷地說：「走吧！不留書了。我娘雖一時受不住，但她是個堅強的人，不見著我，只會哭幾回，發瘋地找我而已。」

花顏見他下了決定，倒也不再多說，剛要伸手帶著他離開，蘇子斬攔住了她的手，二話不說地攜帶著夏澤掠出了門。

花顏看著蘇子斬帶著夏澤掠出房門又氣又笑，哪怕是秋月的弟弟，他也不讓她沾手。真是……

夏澤一驚，很快就鎮定了，在蘇子斬帶著他掠出房門前，他留下了一句話：「河清，我娘問起，實話實說。」

短短幾個字，消散在風裡。

花顏在蘇子斬帶著夏澤離開後，沒急著離開，而是走到門口，對守在門外沒回過神的小廝溫聲說：「聽到了嗎？夏澤讓你實話實說，你就實話實說，是有人把他帶走了。」

說完，她也不再逗留，足尖輕點，離開了初霞苑。

河清張口想喊公子，又捂住嘴，沒有主張地在門口立了一會兒，到底是聽了夏澤的話，沒聲張，不過依照繼王妃對小公子的在乎，他也不敢瞞著，否則一定會被她扒層皮再亂棍打死，他權衡再三，還是出了初霞苑，白著臉去見繼王妃。

今日，懷王在繼王妃處。

這些年，懷王雖娶了繼王妃，但鮮少在繼王妃處，也很少去府中側妃侍妾處，大多數時候，都在自己的院子裡。

河清匆匆來到後，拉住一人：「勞煩稟告王妃一聲，就說河清有急事兒求見。」

那人見了河清，立即問：「小郡王是不是身子又不大爽利了？」

河清含糊地說：「比這個嚴重。」

那人一聽不敢耽擱，連忙進裡面稟告。

繼王妃正與懷王坐著說話，說的便是懷王府的未來，懷王一直不管懷王府中事兒，但她不能不管，因為她有兒子，兒子是懷王府的小郡王，是她的命根子。就算她不為自己著想，也要為夏澤的未來著想。

自從夏澤早產出生，身子骨一直不好，她操碎了心。這些年她漸漸地甚至不求懷王愛她，不求夏澤將來有多大出息，只求他身子骨好好的健康安穩便知足了。

如今，北地十大世家精銳暗衛一夜之間被除盡，十大世家人心惶惶，懷王府裡也如其他各府邸一樣，過起了陰天。

繼王妃面對未來，坐不住了，遂讓人請了懷王來。

懷王對繼王妃其實也是有愧疚的，他這一生，對先王妃愧疚，對小郡主夏緣愧疚，因著這份愧疚，自從繼王妃進門，他就待她不冷不熱，始終不能將對先王妃和夏緣的愧疚抹去，真心待繼王妃好。

先王妃沒後，他幡然醒悟自己以前荒唐害死了她，本不想再娶，奈何懷王府需要一個嫡子，老王妃硬逼著他再續娶，當老母的就差給他跪下了，於是，他續娶了。

這麼多年，他本著對先王妃和小郡主夏緣的愧疚，對繼王妃和嫡子夏澤好不起來。

繼王妃漸漸地心也冷了也不求了，所以，夫妻二人在這懷王府，相敬如賓。

繼王妃忍得太久，今日終究是發了脾氣，指著懷王怒道：「王爺，今日你就給我一個交代，這懷王府是不是要完了？你不怕死不要緊，但我的澤兒才十歲，我不能讓他跟著懷王府陪葬。今日你就給我說出個章程了，你是如何想的？難道你真半絲不顧念我們母子？」

懷王看著繼王妃，這本來也是個溫柔大氣的女子，嫁給他做繼王妃委屈了她，這麼多年，他不是不明白她在懷王府的不容易，而是他的心做不了自己的主，沒辦法不讓自己對先王妃和夏緣不愧疚，所以，日子渾渾噩噩地過著，誤了她一生。

偌大的王府，這麼多年他不主事兒，都交給了叔伯兄弟們，這內院，連帶著她這個王妃也是空架子。他心中有愧，面對她的指責，沉默半晌，低聲說：「我也不是沒思量你們，這幾日也反覆想了想，為今之計，是休了你，順帶將澤兒逐出家門除籍，興許只有此法，才能免除大難來臨。你可同意？」

繼王妃心中轟地一聲，她質問懷王時，是怎麼也沒想到他會給出這樣的答案，身子發顫，臉色發白地看著他：「你……你要將我們母子趕出去？」

懷王滿眼愧疚：「對不起雪卿，是我廢物，這些年不管不問糟蹋了懷王府，讓他們將懷王府搞到了這步田地，只有你們母子不再是夏家的人，哪怕是株連九族的大罪，也與你們無關了。」

繼王妃本來已氣怒的站起身，但是聽了這話，又怔怔地坐回了椅子上。

從嫁入懷王府，她就沒想過再離開懷王府，沒想過再踏出懷王府這個大門。哪怕在她最心灰意冷時，只要想到兒子，她都能咬牙堅持。

她沒想到，如今她要帶著兒子迫離懷王府。

她一時間悲從中來，不由得落下淚來。

懷王起身，伸手抱住她不停發顫的身子：「是我混帳，這麼多年，誤了你。」

繼王妃哭的不能自已，一句話也說不出來。

她想搖頭說不想離開懷王府，哪怕他不愛她只念著先王妃，她爭不過一個死人，但是一想到夏澤才十歲，她心裡就如被一張大手抓起了心肝，疼的喘不過氣，她必須要為她的兒子著想。

她唯一的兒子。

她正哭著，聽到人來稟告，說河清有急事兒求見王妃，她頓時止住了淚水，一把推開懷王，騰地又站了起來，焦急地問：「快讓他進來，怎麼了？可是澤兒又身子不好了？」

每逢春夏秋冬換季，夏澤的身子總會大病一場，最重的時候要病上一個月。

如今正是深秋，即將入冬，她每日都緊張得很，恨不得讓府中的大夫日夜陪著他，偏偏他是個冷清的性子，不喜多的人侍候，讓她這個當娘的，又是憂急又拿他沒辦法，只時刻命人著急盯著。

如今聽到河清來，自然怕他又是病了。

河清很快進了堂屋，見懷王也在，連忙給王爺王妃見禮。

懷王擺擺手，繼王妃立即問：「快說，是不是澤兒又病了？」一邊問著，一邊就要抬腳出門去看夏澤。

河清垂頭，小聲說：「稟王妃，小公子沒病，只是來了兩個人，跟小公子喝了一盞茶，然後小公子就被那兩個人帶走了。」

「什麼？」繼王妃一聽夏澤被人帶走，面色大變，「來的是什麼人？將他帶去了哪裡？」

河清搖頭，答不上來：「稟王妃，那兩人來的時候，奴才根本就沒發現，直到公子喊沏一壺熱茶，奴才才看到那二人，不知那二人是何身分，公子沒說，公子是自願跟著那二人走的，走時留了話，讓奴才對王妃實話實說。」

繼王妃一聽夏澤是自願走的，心下稍好了些但還是驚懼著急：「這個孩子認識那兩個人？」

這時懷王也開口詢問：「那兩個人是什麼模樣？」

河清描述了一番：「是一個年輕的公子與一個年輕的女子，容貌都極好，奴才從未見過，不像是北地的人。」

懷王不由皺眉。

繼王妃沒了主意，轉頭看向懷王：「王爺，你可知道那兩個人是何身分？」

懷王見繼王妃驚懼著急的模樣，寬慰說：「你先別急，既然澤兒讓人沏茶，可見是識得那兩個人的，走時留了話，可見真是自願，想必不會有危險。」

繼王妃雖得了寬慰，但到底是待不住，抬腳往外走：「我要去澤兒的院子看看。」

懷王點頭：「我陪你去。」

他即便不喜夏澤的冷清性子，但他也是他的兒子，沒有父親不管自己兒子的。

河清見王爺王妃要去夏澤的院落，連忙提著罩燈在前頭帶路。

花顏出了夏澤的院子後，並沒有立即離開，而是躲在外面等了一會兒，想看看那叫河清的小廝怎麼辦，見他琢磨了半天，去請示繼王妃，便先他一步到了繼王妃的院落，是以，將懷王和繼王妃所說的話聽了一耳朵。

她也有些意外懷王如此果斷的想法，還別說，在株連九族的大罪來臨之前，休妻逐子還真是一個有效的保護他們的法子。

從二人言語間可見，懷王清清白白，讓她心裡寬慰些，只要他清白沒摻和北地那些陰私陰暗事兒，她就能保下他，不至於讓秋月傷心了，這是好事兒，還多虧了他這些年渾渾噩噩不管不問，也算是救了他的命。

她見那二人匆匆前往夏澤的院子，再沒興趣跟去，便離開了懷王府。

這一夜，十歲的夏澤見到了蘇子斬、花顏，在被蘇子斬帶離懷王府後，也見到了傳聞中能活死人肉白骨醫術無雙的妙手鬼醫天不絕。

夏澤身子骨不好，被蘇子斬帶離懷王府，當時沒收拾衣物多裹一件衣服，深秋的寒風一吹，將他的小臉吹得慘白。

天不絕見到夏澤後，看著他慘白的小臉，挑了挑眉，問：「這就是那臭丫頭的弟弟？」

蘇子斬點頭，吩咐人給夏澤安排房間，然後便不再理會，逕自回了自己房中。

天不絕對夏澤說：「伸出手來，我給你把把脈。」

夏澤打量天不絕，傳聞中天不絕脾氣極怪，救人全憑喜好，看著順眼的人治病可以分文不取，不順眼的人萬金都不治。他暗想著就是這個人，當初帶走了他的姐姐，他慢慢地伸出手遞給了他。

天不絕按住夏澤脈搏，口中笑著說：「小子小小年紀定力不錯。」

夏澤不吱聲。

天不絕給夏澤把了一會兒脈，眉頭漸漸地皺緊。

夏澤看著天不絕皺眉，眉頭似乎能夾死隻蚊子，他心中沒多大想法，從小到大，他看慣了很多大夫，每個大夫給他號脈時，都是這副神情，他早已經習以為常，哪怕如今這個給他診脈的人是天不絕。

天不絕鬆開他的脈搏，瞅了他一眼，說：「另一隻手。」

夏澤將另一隻手遞給他。

天不絕繼續又給夏澤把脈，同樣眉頭能夾死一隻蚊子。

花顏回來時，便見到這二人一坐一站，天不絕是一副夾死蚊子的臉，夏澤小臉平靜，二人形成鮮明對比，她彈了彈衣袖，拂去一身寒氣，進了屋。

天不絕見她回來，撤回手，對夏澤擺手：「行，你去吧！」

夏澤看著天不絕，見他沒有對他告知身體如何情況的打算，轉頭看花顏，動了動嘴角：「太子妃……」

他想說什麼，剛開口，又住了口。

花顏一笑，伸手拍拍他的頭：「喊什麼太子妃？你是阿月的弟弟，喊她姐姐，也喊我姐姐就是了。」

夏澤咬唇。

花顏撤回手，歪頭看著他：「怎麼？不想喊我姐姐？」

夏澤慢慢地搖搖頭，嘴角動了動，終於改口，將花顏與夏緣分開稱呼，在姐姐前加了個字：「顏姐姐。」

花顏笑容蔓開，無論如何老成持重，到底還是個小少年，稚氣未脫，她笑著說：「別被這老頭嚇唬住，你身體定沒什麼大事兒，他才故意做這副模樣嚇你，若是真有大事兒，他臉上一定是面無表情的，不會讓你看出來，只會告訴你你快死了而已。」

夏澤一怔，又看向天不絕。

天不絕對花顏瞪眼：「臭丫頭！他的病我看不了，你另找高明吧！」說完，拂袖而去。

花顏對夏澤微笑：「你看，他被我說中了。」話落，又笑著道，「他的意思是，你的體弱之症，小意思，用不著他出手，你姐姐就能給你看了。」

夏澤終於笑了笑，對花顏問：「顏姐姐打算如何安排我？」

花顏笑著對他說：「你先住著，待我回花家時，也帶上你，你年紀尚少，不用急著報效朝廷，先讓你姐姐把你身體調理好再議。」

夏澤點頭：「好。」

采青從外面走進來，看了夏澤一眼，對花顏道：「小公子的房間已經收拾好了，奴婢不知道小公子都有什麼忌諱和習慣，一會兒小公子進了房間看看若是哪裡有不滿意的，可以告訴奴婢，明日讓人辦妥。」

夏澤看著采青說：「我沒那麼多講究。」

花顏淺笑：「大半夜將你從懷王府帶出來，什麼也未曾讓你拿，你今日先住著，有什麼忌諱和習慣只管說，你來這裡又不是坐牢，不必委屈自己。」

夏澤不說話。

花顏看著他，認真地說：「夏澤，我素來信奉一句話，寧可委屈別人，也不要委屈了自己。若自己都委屈自己，那麼，別人給你委屈時，你連還回去都不會了。」

夏澤面色動了動。

花顏又拍拍他的頭，溫聲問：「明白了嗎？」

夏澤終於開口：「明白了。」

花顏撤回手，對他微笑：「明白就好，是人就有優缺點，有喜惡，人生一世長得很，當該是怎麼隨心所欲怎麼舒服怎麼過日子。哪怕有不可抗拒的因素使得你轉了原本的既定之路，但只要心隨所欲，坦坦蕩蕩，無論什麼路，都能走出康莊大道。」

夏澤頷首：「謝謝顏姐姐，我曉得了。」

花顏點頭：「乖，去歇著吧！」

夏澤臉一紅，轉過身走了兩步，又轉回頭，冷清沉靜的小臉終於破功：「顏姐姐，我不是小孩子了。」

花顏揚了揚眉，失笑：「行，我知道了。」

夏澤出了堂屋，去了給他準備的房間。

采青抿著嘴笑，在夏澤離開後，對花顏說：「除了太子殿下，您都把別人當小孩子哄。」

花顏看向采青：「有嗎？」

采青肯定地點頭：「有的。您自己想想，子斬公子奴婢暫且不說，只說十六公子、十七公子，還有陸世子、毓二公子，您與他們說話時候的語氣，總之多數時候像是逗弄，與對著太子殿下時不同。」

花顏聞言認真地想了想，似乎還真是這麼回事兒，對著雲遲，她以前對他生不起逗弄的心思，只想一心躲遠他讓他悔婚，後來是無奈心疼，然後這心疼就一日日地扎了根，從小嫩芽長成了參天大樹，由疼到愛多遠的距離？她不知道，她只知道，愛上他，除了澀和苦，便是膩人的甜，想到他，就甜到心坎裡心尖上。

她慢慢地輕輕地笑了笑，伸手彈了采青腦門一下：「你倒是看得明白。」

這話就是不否認了。

采青被彈的腦門一疼，後退了一步：「天色晚了，您歇著嗎？子斬公子剛剛回屋前吩咐了奴婢，說等您回來，別忘了喝薑湯，奴婢這就去端，您等一會兒再歇著吧，先喝了薑湯。」

采青說完，不等花顏回話，立即跑了出去。

花顏笑了笑，每日這薑湯的命運是躲不了了，轉身回了屋。

屋中放了一個火盆，一室暖意，她解了披風，坐去了窗前，窗外夜風呼嘯，打在窗櫺上，發出沙沙的響聲，也只有在北地，這個季節，比京城冷得多也寒得多。

她拿起根竹籤伸手撥弄燈芯，燈芯爆出個燈花，發出劈啪的響聲，她想著不知道雲遲現在在做什麼，想他了。

她發現，近來越來越想，但是每逢給他寫信或者回信，卻不敢落筆說個「想」字，她怕他見了這個「想」字，不管不顧地衝來北地。

畢竟，在她離京時，他滿心滿眼的捨不得全寫在臉上了。

他是太子，在她面前時，反而一點也不像是個太子，做的全是不符合他身分的事兒。

采青端來薑湯，走進門，輕輕地放在桌子上，剛要說話，發現花顏滿臉的思念，她將要說的話頓時憋了回去。猜想著太子妃一定是在想太子殿下，極想極想的那種。

薑湯的水氣蒸到花顏臉上，一陣的熱潮，她回過神，啞然失笑了一會兒，慢慢地伸手捧起碗，一口一口地喝著有些辛辣的薑湯。

喝了半碗後，她嘟囔：「真不好喝啊！蘇子斬一定是上輩子跟我有仇。」

采青抿著嘴笑：「子斬公子也是好意，北地這天的確寒得早，尤其是夜晚冷死個人，如今深秋，就跟過冬似的，您身子骨弱，是該每日喝一碗驅寒，神醫也覺得可以。」

花顏揉揉眉心：「我身子好得很。」

采青小聲說：「在南疆時，您撿回一條命，後來因癔症發作，傷了幾次，性命堪憂，如今才算不犯癔症好了些日子，您身體如何，連奴婢都知道，更遑論子斬公子那般聰明的人了。」

花顏歎了口氣，任命地繼續喝：「一個個的，真是怕了你們了。」

若說千里相思是否有感應，這是十分玄妙的東西，但這玄妙有時候確實真是妙不可言。

花顏在想雲遲時，雲遲恰恰也正在想她，同樣是坐在桌前，同樣用手撥弄著燈芯，燈芯每發出劈啪的一聲輕響，爆出一瞬燈花，他都覺得他的心似被炸開了一樣。

想花顏，想得很，想得心都抽疼了。

小忠子端了一碗湯藥來到，輕輕地放在桌前，小聲說：「殿下，藥正溫著，正好喝。」

雲遲「嗯」了一聲，端起藥碗，慢慢地喝著。

湯藥的苦似乎也壓制不住心裡因想念而犯抽的心疼，疼到什麼東西都壓不住。他喝了兩口，便控制不住地咳嗽起來。

小忠子連忙將帕子遞給他：「殿下，您慢點兒喝。」

雲遲接過帕子，捂住嘴角，好生咳嗽了一會兒，才止住。

小忠子在一旁說：「太醫院的太醫都是廢物，都好幾日了，開的藥方也不見效，殿下還是時不時地咳嗽，這樣下去可不行。」

雲遲不說話。

小忠子看著雲遲，心疼起來：「殿下，要不然告訴太子妃您病了，請神醫開一張止咳的方子來？神醫開的方子，定然比太醫院的太醫管用數倍。」

雲遲搖頭：「不必，染了風寒而已，太醫院的太醫治病保守，不敢下重藥，藥效溫和，起效慢，再過幾日，就會好了。不必讓她擔心了。」

小忠子小聲埋怨：「上次您傷了手，瞞著太子妃，太子妃都跟您惱了，您不是保證了嗎？以後無論大事兒小事兒，都不瞞著她了。」

雲遲笑了笑：「說說而已，小小風寒，哪能真讓她著急惦記著。」

小忠子苦下臉：「您就不怕奴才告訴太子妃您糊弄她嗎？」

雲遲瞥了他一眼：「你敢。」

這話輕飄飄的卻讓小忠子身子一顫，肩膀矮了一寸，心裡腹誹他確實不敢。他是殿下的人，自小侍候殿下，殿下不讓說的事兒，即便是太子妃，他也不敢告訴，他不想在殿下這裡失寵。

他默默地歎了口氣，委屈地說：「您總拿自己的身體不當回事兒，若是太子妃知道，一定會怪您，到時候您哄不好太子妃，奴才是不會幫您說話的。」

雲遲氣笑，看著小忠子，不輕不重地說：「膽子大了？」

小忠子後退了一步，立即搖頭：「奴才說的是實話。」

雲遲哼了一聲，不再與他一個小太監計較，端起藥碗，一口氣將藥喝了，之後，擦了擦嘴角，滿嘴的苦味說：「不知她如今在做什麼？」

小忠子小聲說：「北地亂得很，太子妃定然忙的很。」

雲遲點頭，長長地一歎：「是啊！她定然是忙得很，忙的沒工夫想我的。」

小忠子不說話了，太子妃到底想不想太子殿下，他覺得，太子妃應該會想的，只不過估計太忙，沒有殿下想太子妃的時候居多。

雲遲一歎之後，又喃喃說：「真想去北地找她。」

小忠子嚇了一跳，立即勸說：「殿下，您可要穩住，如今您不能離京啊！」

雲遲難得瞪了小忠子一眼，對他說：「你出去。」

小忠子看著雲遲：「殿下，您真不能離京。」

雲遲洩氣：「越來越不討喜了，出去。」

小忠子嘴角動了動，終究再不敢言聲，默默地收了空藥碗，又默默退了出去。

雲遲也知道他不能離京，但就是忍不住想離京去北地找她，尤其是今日，不知怎地，他想得很，奏摺什麼的都不想看，只想她，想的無心做事情。

他又坐了好一會兒，直到將燈芯撥弄的再無燈花爆出，他才扔了竹籤，抬眼見窗外夜色已深，才緩緩站起身，向床上走去。

他剛走了兩步，雲影在外稟告：「殿下，太子妃來信。」

雲遲腳步猛地一頓，立即說：「拿進來。」

雲影拿著信進了內室，遞給了雲遲，他知道每次太子妃來信，太子殿下都會看完後立即回信，所以，並沒有立即退下去。

雲遲接過信函，打開，讀著花顏的信，熟悉的字跡，讓他壓制著的想念更深了，深的幾乎快要跳出胸腔，他一字一句地讀的很慢，自從與花顏互通書信後，他面對她的信，都會習慣性地讀的很慢，生怕一旦太快，很快就會將信讀完了。

這一封信寫的是她與蘇子斬安排人一夜之間剷除了北地十大世家的精銳暗衛，字裡行間，似乎能看到她心情很好，他可以想像，寫這封信時，她嘴角一定掛著笑。

再長再厚的信總會讀完，看到落款是五日前，他握著信函的手許久沒放下，思念成河，在他心裡呼嘯奔騰，心尖上寫著那個叫「花顏」的名字，他默默地在心裡已經叫了萬遍，每叫一遍她的名字，就更深地想一寸。

她的名字，早已經刻進了他的骨血裡甚至靈魂裡，他想著，這一輩子，都泯滅不去。或者說生生世世，大約都是磨滅不去的。

這樣一想，他不由自主不免地又想起了懷玉，花顏對於懷玉，四百年前，是否也如他如今對她的心情，深愛刻印到了骨子裡，所以，哪怕過了四百年，哪怕她又活了一世，哪怕滄海桑田，斗轉星移，她都忘不了。

他心中酸酸澀澀地疼，但又覺得這不能怪花顏，若他早生四百年就好了，也不必如今跟一個已經作古了四百年的人吃這種醋。

他打消了心中的想法後，又低頭看信，看到蘇子斬的名字，他就想略過去，可是略過去一次，又出現了第二次，略過了第二次，還會出現第三次……

他不由得磨了磨牙，回身將信函扔到了桌子上，有些氣悶地走到窗前，打開了窗子。

雲影不解地看著雲遲，敏感地覺得今日殿下收到太子妃的書信似乎不太高興，心情起伏波動也極大，情緒十分外露，他忍不住喊了一聲：「殿下？」

雲遲負手立在窗前，「嗯」了一聲，聲音低低沉沉。

雲影知道他沒感覺錯，太子殿下這是真的心情不好，不高興，難道北地又生出什麼讓太子殿下不高興的大事兒了？就如上一次從太子妃的信中得知北地私自加重了兩成賦稅之事？

他試探地問：「殿下，北地可是又有大麻煩了？」

雲遲沉聲說：「沒有。」

雲影疑惑：「那殿下這是……」

雲遲不語，他沒辦法對雲影說出口他是想到了他對花顏的感情對比花顏對懷玉帝的感情，兩相比較之下，他又疼又醋，沒辦法告訴雲影在這種情形下在看到蘇子斬名字時，一下子就打翻了醋罈子，想到了曾經花顏棄他而選蘇子斬。

儘管他的理智告訴他以前是以前，如今是如今，花顏這個人做什麼事情，喜歡乾乾脆脆，答應了他要嫁給他後，就不會出爾反爾再對蘇子斬做些背後掖著藏著的心思，她面對蘇子斬，一定是坦坦蕩蕩的，她說是知己之交，那麼一定是知己之交。

儘管他心中清楚，如今花顏在北地與蘇子斬聯手肅清北地，避免不了的與他來信說北地的事情一定會提到蘇子斬，但他就是控制不住生氣醋意和嫉妒。

因為，他如今見不著她摸不著她碰不著她，在他想的已經心疼肺疼肝疼時，蘇子斬卻能夠陪在她身邊，每日看得見她，且與她說話商議事情，兩人聯手默契，他只能靠著書信才能知道她的情況。他明白他們是為了南楚的江山，為了他的肩上，累死累活地擔負了他的事情，但他明白是一回事兒，就是控制不住私人的感情不想接受。

他覺得，他快要瘋了，快要被煎熬折磨的瘋了。

他不敢現在立即給花顏回信，他怕他會把這種要瘋了的心情傳遞給她，他壓制住一切情緒，嗓子微啞地說：「今日不回信了，你先下去吧！」

雲影擔憂地看了雲遲一眼，但他不會如小忠子那般多話，應是退了下去。

雲遲一夜未眠，第二日天明，冷靜平靜下來，才給花顏寫了回信。

因這一夜又受了涼，所以，第二日風寒似嚴重了些。

小忠子已不敢再對太子殿下不顧忌自己身體不滿，連忙派人請了太醫來東宮，這一次，他不客氣地對太醫說：「太子殿下本是小小風寒，被你治來治去，反而加重了，咱家問你，到底是何居心？是不是想謀害太子殿下？」

太醫院最好的太醫當即險些給小忠子跪了，臉色發白地說：「小忠子公公，天地可鑒，給下官一萬個膽子，也萬萬不敢謀害太子殿下啊！」

小忠子繃著臉說：「口說無憑，有本事你就把太子殿下的傷寒趕緊治好了，否則，就等著掉腦袋吧！」話落，他威脅地說，「被推出去午門外斬首的戶部尚書，事情剛過去沒多久，你還記著吧？」

太醫兩股打顫，連忙說：「記得！下官記得！」

滿京城甚至滿天下，沒有誰會不記著這件事兒，戶部尚書被斬首那日，震驚了朝堂和天下，是第一個未經過三司會審而被推出去午門斬首的朝中重臣，哪怕事情過去了，滿朝文武提起那日，依舊膽戰心驚。

小忠子板著臉說：「記得就好，趕緊的治好殿下。」

太醫連連應是，見到雲遲時，發現他風寒果然不但沒有痊癒，反而似更嚴重了，他後背冷汗森森，給雲遲見禮時，牙齒還忍不住打顫。

雲遲一夜未睡，臉色自然不會太好，疲憊且氣色差，本來偶爾的咳嗽，也連續連貫起來，見太醫對著他連頭也不敢抬，戰戰兢兢，他瞥了小忠子一眼，沒說話。

小忠子腰板挺得筆直，死死地盯著太醫，小小身板，氣勢倒硬，是跟隨雲遲長年累月養成的，壓的太醫大氣都不敢喘。

太醫給雲遲把完脈，咬著牙說：「殿下，下官再重新給您開一個方子。」

雲遲「嗯」了一聲，沒說別的。

太醫出了內殿，在畫堂給雲遲開方子，小忠子跟了出去，對他不放心地說：「殿下的病情可嚴重？你如今這方子，幾日能好？」

太醫小聲說：「殿下是染了風寒，又著了涼，才加重了病情，不是十分打緊，小忠子公公放心，這個方子下官用藥重些，三日就好。」

「嗯？三日？」小忠子不滿意。

太醫汗流浹背，連忙改口：「保守地說三日，也許兩日就能好。」

小忠子點頭：「行！你說兩三日就兩三日，咱家給你記著，若是不好，咱家饒不了你。」

太醫點頭，給雲遲開藥方，再不敢謹慎保守，以他的醫術，開了個十成十的藥方，遞給小忠子，囑咐：「一定要讓殿下好生休息，不可再著涼了。」

小忠子接過藥方，暗暗地想著殿下要自己折騰自己，他昨日催了好幾次，最後都被殿下趕了回去，誰能管得了殿下？若是太子妃在就好了，一定能管的了。

可又想到殿下昨日之所以折騰自己，也是因為太子妃，他又深深地歎氣。

太醫出了東宮，冷風一吹，渾身發冷，抖了三抖，才用袖子擦了擦額頭的汗，想著太子殿下風寒好了，他估計也病倒了。

小忠子一邊吩咐人煎藥，一邊對雲遲勸說：「殿下，今日別早朝了吧？」

雲遲涼涼地看了小忠子一眼：「昨日本宮才說你膽子大了，今日便不思悔改，膽子更大了，連太醫院的太醫都敢威脅了。誰給你的狗膽？」

小忠子一見雲遲發怒，「撲通」一聲跪倒在了地上，委委屈屈地說，「殿下息怒，奴才這不是著急嗎？」

雲遲不理他的委屈：「罰俸半年。」

小忠子不敢再頂嘴：「是。」

雲遲梳洗換衣，逕自穿戴妥當，出了房門。

小忠子趕緊從地上爬起來，跟了出去，再不敢吱聲勸說。

花顏尚不知雲遲這般折騰自己，她想雲遲想到累，躺去了床上，連衣服都沒脱，囫圇地便睡著了。采青悄悄地給花顏蓋了被子，想著太子妃待太子殿下總歸與旁人是不同的。

第二日，花顏醒來，一夜淺眠未睡好，有些頭疼。

眾人聚在飯廳用早膳，都看出了花顏今日明顯氣色不好，蘇子斬蹙眉：「昨夜沒睡好？」

花顏揉揉脖子，無精打采地「嗯」了一聲。

「四嫂可是身體不適？」五皇子擔憂地問。

花顏搖頭，隨口說：「沒有，就是昨日想你四哥了，想的心疼，今日落了後遺症。」

五皇子愕然，沒想到是這個理由。

蘇子斬嗤了一聲：「你想他，他想你嗎？」

「想啊！」花顏懶洋洋地拿起筷子，「我感受到了，他昨日也在想我。」

蘇子斬冷哼一聲，不再看她，似連話都懶得說了。

程子笑樂呵地說：「我以為太子妃多灑脫，無論是情啊還是愛啊，都如過眼煙雲，原來是我想錯了！」

花顏對他翻了個白眼：「能看透的是和尚尼姑佛祖，我是個凡人，謝謝！」

程子笑大樂。

蘇輕眠、蘇輕楓、夏澤以及一眾被請到這院落中暫住的公子們，都默默地吃著飯，聽著幾人不顧忌地言笑，既覺得新奇，又覺得感慨。他們從來想不到會有一日與太子妃坐在一起用早膳，如一大家子，不分尊卑，不計較身分，不要求食不言寢不語，尋尋常常。

花顏沒什麼胃口，隨便吃了兩口就要撂筷子。

蘇子斬似看出了她的意圖，盛了一碗小米粥放在了她面前：「吃掉。」

花顏抬眼看了他面無表情的臉，把要反駁的話嚥了回去，慢慢地端起碗，將小米粥喝了。

蘇子斬見她喝完，又將一碟棗糕遞給她，棗糕不多，只一小碟，放了四小塊。

花顏剛要說不吃了，但見蘇子斬盯著她，一雙眸子冷冷清清，似乎只要她開口，他就有一大堆的話等著罵她，她無奈，收回視線，默默地低下頭，將一小碟棗糕吃了。

真是惹不起他！

她想快些回京，快些看到雲遲，不想看見蘇子斬了。

一桌的人都注意到二人的動靜，見慣了蘇子斬冷著臉管著花顏的五皇子、程子笑、安十六等人都暗暗地心裡發笑，默不作聲，其餘人都摸不透這中間的門道，只覺得太子妃似乎也很怕惹子斬公子，可見這活閻王是誰都怕的。

眾人都吃完了，但沒有人離席，都默默地看著花顏。

花顏磨磨蹭蹭，拖拖拉拉地吃完了一小碟棗糕，本來萎靡頹廢和無精打采已消失不見，一肚子的東西吃下去，似讓她空空蕩蕩的心被壓了一層底，暖和了。她筷子一放，也硬氣起來，對蘇子斬說：「撐死了，不能再吃了，再吃你就該給我收屍了。」

蘇子斬嗤笑一聲：「如今糧食緊缺，你想撐死，也不會再給你吃了。」

花顏一噎，又氣又笑：「你說你這人什麼時候開始非要氣我就能讓你自己心裡舒暢？」

花顏擦了擦嘴，拿出精神勁兒十足地說：「都準備妥了嗎？若是準備妥了，咱們去程家。」

蘇子斬不再與她計較，點頭：「準備妥了，可以了。」

「行，那走吧！」花顏站起身。

采青立即拿來厚實的披風給花顏披上，又給她手裡塞了個手爐，再不敢不仔細照顧，免得被蘇子斬罵。

五皇子、程子笑也立即起身，他們是要跟著一起去程家的。

今日，對於北安城來說，是個可以預見的大日子，蘇子斬和花顏早已經準備好，將敬國公府的五萬兵馬在這幾日內悄悄地暗中一批批地分批進了城。

如今北安城十大世家被除盡了精銳暗衛，也等同於少了雙眼睛。花家暗線有的是手段能遮蔽隱祕地暗中將五萬兵馬設伏好。

花顏和蘇子斬踏出院落後，設伏在北安城的五萬兵馬在調令下已有了動作，快速迅速地在花家暗線的配合下拿下了北安城三萬守城士兵，同時，包圍了十大世家。

花顏坐著馬車順暢地來到了程家，下了車後，抱著手爐看著程家掛在門簷上的燙金牌匾，想著她與蘇子斬今日站在這裡，就算是拉開了雲遲肅清世家門閥的序幕。

五萬兵馬動作迅速，渺無聲息，占領了北安城東南西北守城，又將十大世家的府邸圍了個裡三層外三層。

十大世家這幾日都不約而同地失蹤了幾位公子，本就因精銳暗衛被除盡而心慌的人心越發驚惶。

當被士兵困住府邸時，府中人一下子更驚懼了。

府中年老的長者家主也不知道發生了什麼，衝出門口詢問，士兵們一個個面色肅穆冷然，一言不發，無可奉告。

程家、蘇家、懷王府中一眾人較其他世家更驚懼，他們也不明白為何府外突然被士兵圍住，且這般肅殺之氣，似乎讓他們感受到了滅頂之災。

按理說，北安城一直就在他們的掌控中，三萬兵馬守城，近來又加強了防衛，可是這些士兵是哪裡來的？

程耀得知消息後，匆匆地趕到門口，果然見外面圍了裡三層外三層的士兵，怕是有五千之多。他吩咐人對外詢問，無人應答他，那些士兵們就跟啞巴一般，筆直地肅殺而立。

程家的一位幕僚跟在程耀身邊，膽戰心驚地說：「似乎是敬國公府在北安城的兵馬。」

程耀頓時豎起眉頭，壓低聲音說：「北地的兵馬不都聽話得緊嗎？怎麼會來圍困程家？更何況安陽軍出事後，我已經讓人盯緊敬國軍和武威軍那十萬兵馬了。」

那位幕僚立即說：「卑職不會看錯，大人再仔細瞧瞧，就是敬國軍。」

程耀順著梯子爬上牆，探出頭向外看了又看，臉色發白：「這不可能……難道我們安插在敬國軍中的人叛變了？或者出事兒了？」

那位幕僚抖著身子說：「北地三府軍隊與咱們牽扯的深，若是倒戈的話，不太可能，畢竟犯的都是殺頭的大罪，大約是出事兒了，就跟府中的風靈衛一樣。」

程耀聞言身子晃了晃，腿打顫得有些站不住：「是啊！我早該想到，風靈衛都一夜之間被除盡了，更何況安插在敬國軍和武威軍中的人，定然也被除了。」

程耀說完這話，只覺得頭頂一片黑，腦中蹦出一句話，程家怕是要完了。

他踉蹌地向程翔的院子跑去，一直以來，程家的老家主程翔，他的父親，就是他的主心骨。

第九十四章 看盡百年世家的敗落

程翔也聽聞了士兵圍困程家，他也驚懼不已，他沒想到有人會動作這麼快，在十大世家精銳暗衛被剷除的沒幾日，便有兵馬圍困了程家。這幾日，陸陸續續地聽聞各大世家有子嗣失蹤，但是程家並沒有出現此事，在人心惶惶中，他正在想著接下來的對策，同時等著上面的人指示該如何做。

可是，他沒想出對策，上面也沒有來任何指示，卻等來了士兵圍困程家。

程翔也同時覺得程家怕是要完了。

他一把年紀了，這一生，該嘗的都嘗過了，但是其餘程家的子孫並沒有嘗過人生的各種滋味，他最疼愛的孫子程顧之，正當好年華，文武雙全，程家完了，他也跑不了。

他不由得有些後悔，這幾日不該猶豫捨不得找對策等待上面人施救，他最應該做的，是將程顧之逐出家門，至少，能保下他。

他這樣想著，哆嗦著，對人大喊：「來人，去把顧哥兒叫來。」

聽聞外面有士兵圍困府邸，府中人全都慌了，無論是主子還是僕從，都嚇破了膽。程家有史以來，立世以來，從沒發生過這樣的事兒，沒經歷過，更恐懼。

有忠心的奴僕雖也心慌，但還是聽從程老家主去喊程顧之。

程顧之也聽聞了外面之事，但他並不驚惶，他只是難受，難受即將要面對他的爺爺、父親、以及凡是參與黑暗陰暗之事的叔伯們犯了大罪要被處置，這些人，他不能求情，也求不來這個情，花顏答應不株連程家九族，能免了程家無辜子孫的罪，已是法外開恩，格外寬厚了。

這對程家來說，是最好的結果。

程顧之站在窗前，這些日子天色一直陰著，鮮少看到陽光，今日這天也不例外。外面深秋的風頗有些凜冽，可以聽到絲絲的風聲，刮起落葉滿天飛。

程顧之收回視線，對來人平淡鎮定地說：「告訴爺爺，我一會兒就過去。」

那人見程顧之沒有立即去的打算，立即急著說：「老家主喊得急。」

程顧之點頭：「我曉得了。」

那人沒想到二公子這般鎮定，如今程家各房各院早已經亂了套，沒有一個人是鎮定的，上到老家主，下到僕從，他一路走來，亂糟糟慌張張驚懼懼，可是唯獨見到了不一樣的二公子。

他想著，怪不得二公子會得老家主喜歡，就憑這份定力，誰也不及。

他轉身回去向程翔稟告，腳步比來時輕了不少，也許是二公子的這份鎮定也感染了他，讓他也不那麼慌了。

程顧之並沒有立即去找程翔，也不打算現在就去，他能想到他爺爺找他做什麼，無非是趁著現在，想一切辦法，讓他逃。

直到現在，他爺爺也不會想到他已背叛了程家，不顧忌親情，做了大義滅親的那個不孝子孫。

但是到現在，他也不後悔。

人這一生，總會要做一個或者幾個重大的決定，他的決定就是使得程家不被株連九族，保住程家無辜的人不受牽連，為程家留根留後。

他知道如今被士兵圍困只是第一步，他猜到花顏和蘇子斬很快就會來程家，所以，他等著他們來了之後再過去。

花顏和蘇子斬來的並不慢，士兵圍困了十大世家後，沒用兩三盞茶，他們便來到了程家。

蘇子斬見花顏下了馬車後，站在程家的大門口，看著程府的燙金牌匾，好一會兒沒動靜。他緩步走到她身邊，也瞅了眼程府的燙金牌匾，揚眉：「怎麼了？這塊牌匾能被你看出花樣來？」

花顏回頭對他一笑：「我看的不是程府的這塊牌匾，看的是天下世家。」

蘇子斬點頭，伴著深秋的風冷寒地說：「天下被世家把控已久，北地開了肅清的這個先河後，以後天下這一大團亂麻，有得砍了，沒那麼輕易。」

花顏點頭：「是啊！沒那麼輕易，這不過是一個小口子，這天大得很，不過總要有人來做，否則，這般遮天蔽日下去，南楚就完了。」

蘇子斬不置可否。

花顏對安十六吩咐：「撞開門。」

安十六應是，早就摩拳擦掌了，抬手一聲令下，有士兵們紛紛避開圍困的大門口，用巨輪的圓木，合力地頂撞大門。只聽得轟隆一聲又一聲，響聲震天。

程府內宅裡，在士兵圍困後，各方各院試了各種方法，發現都逃不出去，於是慌慌張張地都聚到了程翔的院落裡。

程翔在等著程顧之，等了許久不見他來，又詢問：「怎麼還不來？他真的在自己院子裡？」有人回話：「回老家主，二公子真的在自己的院子，說一會兒就來。」

程翔又等了一會兒，程家的所有人都來了，一個個面色發白慌慌張張戰戰兢兢，唯獨不見程顧之。他坐不住了，出了門，就要去程顧之的院子。

可是他剛走出院門，便聽到前院正門口傳來撞門聲，他腳步猛地一頓。

有守門人踉蹌地跑來，見到程翔，大呼：「有人在撞門，用的是攻城木。」

程翔身子晃了晃，勉強問：「什麼人？」

守門人搖頭：「沒看清……」

程耀上前一腳踹翻了守門人，怒道：「沒用的東西，是什麼人撞門都看不清？要你何用？」

守門人趴在地上，瑟瑟發抖。

程耀要再抬腳，被程翔攔住：「都什麼時候了？你還和一個下人發脾氣？我們去看看！」

此時此刻，程翔也顧不得去找程顧之了。

程耀收回腳，壓下心中的驚懼駭然，跟著程翔一起，帶著眾人，去了前院。

攻城木十分有威力，儘管程家的大門是鐵鑄的，但沒用半盞茶，便在一陣陣轟隆的聲響中將程府的大門撞開了。

大門撞開後，程府的守門人四散躲了開去，無人敢迎上前。

程翔與程耀帶著程家一眾人等匆匆而來，看到程府的大門被撞開了，那倒下的大鐵門「砰」地一聲，砸在了地上，似砸在了他們的心坎上。

鐵門塌了，程家的燙金牌匾倒地而碎，如重擊敲在每個人頭上，都不約而同地覺得程家的天也跟著塌了。

有膽小的人當即跌在了地上，腿軟的再也起不來，有膽子大的人也幾乎站不穩。

程翔到底一把年紀，最受不住的便是這個，當即眼前一黑，身子向後倒去。

程耀一把扶住程翔：「爹啊！您現在可不能倒下，兒子頂不住這架勢。」

程耀也一把年紀了，小事兒能做得了主，大事兒從來就求教於程翔，照程翔的話說，他就是訓孩子們有能耐，若是讓他自己挑大梁，他就是那塊爛泥，勉強能糊到牆上。

程翔被程耀扶住後，好一會兒才緩過這一股衝擊將他險些擊垮的勁兒，他睜開眼睛，對程耀大罵：「瞧你的出息！」

程耀不敢頂嘴，想著您的出息也比我的出息強不了多少。

程翔與程耀到底不同，多活了二十年，他其實也算是見慣了風雨，若不是花顏先讓人用攻城木撞破了程家的大門，使得程家那塊牌匾倒地而碎，他也不至於還沒與人打照面，便這般沒出息地受不住了。

一把年紀的人，最怕的是對不起列祖列宗，程翔此時滿腦子都是程家要完了，在他的手裡完了，他對不住程家的列祖列宗，九泉之下，都無顏面去見祖宗。

程翔站穩了身子，他一雙眼睛瞪大，一大再大，想看清來的人到底是誰？是不是北地所有人都想殺，卻都沒能將之殺了的蘇子斬。

他幾乎可以肯定，一定是蘇子斬，因蘇子斬以心狠手辣脾氣怪戾揚名，只有他來程家，才會以如此暴力不溫和的態度。

程耀也睜大眼睛，也想看看是誰，但又怕看到，他從來沒想過程家會有這一日，這樣倒臺的一日。這麼多年，程家有太后在京城，無論是先皇還是皇上，待程家都極其和善，即便四年前太子雲遲監國，也未曾虧待程家冷待程家。

他以為，程家在北地，就是那扎了根的參天大樹，深到了北地的每一處縫隙，這天下雖是南楚的，但這北地的天，雖在皇權下，但卻不由皇權掌控，程家做得了北地二分之一的主。

可是，短短時間，十大世家精銳暗衛被除盡，士兵圍困程府，自家的大鐵門便這樣在他的眼前轟然倒塌。

程家大門被撞開後，士兵們拖著攻城木退後，花顏踩著大鐵門踏進了程家。

她手裡捧著手爐，披著素青色的錦綢繡花披風，淺碧色衣裙，裙擺繡著與披風同樣的纏枝海棠，在秋風裡，秋風吹起衣擺，髮絲輕揚，沒有滿頭珠翠，衣著簡單素雅，沒有多餘的配飾，卻絲毫不折損她的清雅華貴。

她步履輕緩隨意，似閒庭信步，面上掛著淡笑，只是那笑不達眼底，在深秋的風中，容色高而遠，淡而涼。

就是這一抹涼意，讓看到她的人似都被凍住了。

程翔看著從大門口踏著倒地的大鐵門緩步走進來的花顏時，臉色變了幾變，嘴角抖了幾抖，好半晌，才似不敢置信地開口：「太子妃？」

程耀也驚異不已，睜大眼睛看著花顏，在程翔開口後，他跟著說：「不可能?!」

臨安花顏的名字早已經因為雲遲選妃和悔婚又提親而名揚天下，見過她的人極少，但也不是沒有，又因為雲遲的關係，人人都好奇太子妃是什麼樣，所以，也曾有見過她的人繪出了她的畫像，雖然極少，但也有流傳。

程家便收著一幅花顏的畫像，是昔日程老家主好奇詢問，太后派人送來給程老家主看的。

所以，程翔一眼便認出了花顏，腦中想的是畫師雖然畫出了花顏的形，卻沒有畫出她的神。同時又想著，花顏來了北地，那麼是不是太子殿下也來了北地？隨即又想著太子殿下在朝中穩定朝局是走不開的，應該沒來。北地十大世家精銳暗衛一夜之間被除盡，原來是花顏動的手。

「就是太子妃。」程翔說，「你再仔細看看，與那幅畫一樣。」

程耀不是沒看過那幅畫像，而是他不敢置信，臨安花家不是應該在花家待嫁嗎？怎麼來了北地？什麼時候來的？這些日子出的事情，難道是與她有關？

難道太子殿下派來北地來的人，不止蘇子斬一個？還有一個太子妃花顏？

他寧可相信剷除十大世家精銳暗衛是花家的那個公子花灼，寧可相信是花家幫助了蘇子斬，怎麼也不太相信是出自一個女子之手，還是這樣纖細柔弱看起來弱不禁風的女子。

程家是高門大族，踏進大門口，入眼處便是華庭高廊，只是可惜，院內是人人驚惶，如今的門楣與裡面的人，絲毫不相得益彰。

花顏來到程翔、程耀等人面前，看著鬚髮花白面容蒼老的老者與年約五旬已生華髮的長者，以及一眾臉色發白六神無主地看著她的大批老老少少。人群中，沒有程顧之的影子。

她停住腳步，淡淡一笑：「程老家主，程家主，打擾了！」

她不請自來，的確是打擾了！但這一句，也的確是看在太后的面子上客氣了。

程翔勉強鎮定下來，扯了扯嘴角，到底沒露出一個笑來，拂開程耀扶著他的手，站穩身子，蒼老的聲音開口：「突聞攻城木，原來是太子妃駕臨，失敬了。」

花顏淡笑：「貴府的門廳太高，牌匾太閃耀，沒有攻城木，實難踏進來，希望老家主沒被我冒昧前來給驚住。」

程翔盯著她：「太子妃說的哪裡話？太子妃能駕臨程家，使程家門庭蓬蓽生輝，是程家的福氣。」話落，不客氣地詢問，「只是不知，太子妃這般大張旗鼓演的是哪齣？」

花顏失笑：「老家主說笑了，我不過是來做做客認認門而已，真正主角可不是我。」

「哦？」程翔看著花顏，「太子妃這是何意？」

花顏笑而不語。

這時，蘇子斬從外面踏進門檻，他同樣是踏著倒地的大鐵門，卻不如花顏一般腳步輕淺，反而是每走一步，鐵門發出重重的聲響，這一聲一聲，無異於攻城木撞擊鐵門發出的聲響，直踏在人的心坎上。

程翔看到蘇子斬，臉色是真真正正地變了，一下子慘白慘白。

程耀幾乎站不穩，睜大眼睛，使勁地盯著蘇子斬。

自從太子殿下派蘇子斬來北地查辦賑災之事傳到北地後，北地的所有人便都暗暗地聯合起來，打算讓蘇子斬有來無回。他們以為，就算蘇子斬有天大的本事，也掙脫不開他們在北地設的網，可是，沒想到事與願違，短短一個月，蘇子斬已將北地這塊鐵板鑿了一個窟窿。

派去鳳城、魚丘刺殺蘇子斬的人再無音訊，可想而知折在了那裡，安陽軍被收復，那一帶賑災事宜順利不說，如今他們自詡為銅牆鐵壁的北安城在失了賴以生存依仗的精銳暗衛後，也風雨飄搖，岌岌可危。

如今，更是被敬國軍圍困府邸，府內的府兵雖不在少數，但此時也不敢輕舉妄動反抗殺出去，誰知道這重重包圍府邸的背後，還有什麼殺招在等著他們。

蘇子斬來到程翔和程耀的面前，容色冷然地揚唇，似笑非笑，聲音如清冷的泉水，但在這樣的深秋寒風裡落地成冰：「自我來北地，程老家主對我多加照拂，今日特來道謝。」

程老家主身子晃了晃，看著蘇子斬，聽著他的話，此時一句話也說不出來了。

如今蘇子斬敢這般上門，說明程家真是要完了。

蘇子斬見程翔和程耀都不說話，他也沒心情再跟他們兜圈子多說廢話，轉頭對程子笑說：「還不去拿東西？」話落，吩咐青魂，「你跟著他去。」

程子笑與五皇子是在蘇子斬之後進了程家大門的，只不過所有人的注意力都在花顏和蘇子斬的身上，沒人注意他罷了。

他踏著倒地的鐵門走進來時，看到程家的一眾人等，分外地感慨，從小到大，他在程家，就是泥土地裡長的那個孩子，給一口粗糧，能夠餓不死，已經是格外開恩了。

逢年過節，他才能見到程老家主和程家主，見到的時候，他們也是那般高高在上，眼裡只有程家的嫡系子孫，尊卑就如一個分水嶺，分開了嫡出庶出，他娘活著的時候，尚還好，他娘沒了之後，他這個沒了娘的孩子就是別人腳下的塵埃，說句苟且偷生都是客氣。

他記事起，在程家便沒過過一天好日子，直到他不甘於就這樣被人踩在腳底下過一輩子，偷偷地從狗洞跑出去靠著她母親留下的一點兒薄財做生意，他有經商天賦，暗中一點點地將生意做大，後來又搭上了趙宰輔的船，將生意做到遍布北地，似乎才活出了個人樣。

無論他的產業做的大小，他從來沒想過他的產業要和程家有關係，半兩銀子的關係都沒有。他厭惡程家，不喜程家，恨不得改了姓不姓程。

程家的死活好壞一直以來對他來說都無所謂，但是看著程家大鐵門轟然倒地，牌匾落地而四分五裂，他以為無動於衷，但還是心生感慨。

他也沒想到有朝一日程家會是這般境地，三四百年的門楣，一朝敗落。

程子笑點頭，便大踏步越過蘇子斬，向內院最後面的祠堂走去，青魂現身，跟著蘇子斬，是為了保護他拿東西，以防生變。

程翔猛地看向程子笑，只看到他挺直的越過他走進內院的背影，他張了張嘴，恍然明白了什麼，大喝一聲：「程子笑，你姓程，是程家的子孫，你知道你自己在做什麼嗎？」

程子笑本來走遠，聞言腳步頓住，他緩緩地回過頭，揚眉溢出一個魅惑的笑容：「知道啊！程家派出一批批人殺我的時候，我就清楚明白地知道自己在做什麼了。」

程翔臉霎時灰敗。

程子笑嗤笑一聲，轉身繼續大踏步而去，毫不猶豫。

程耀大罵：「不孝子！程子笑你這個不孝子！」

程子笑這回當沒聽見，左耳進右耳出了。他暗想著程家的不孝子可不止他一個，還有一個他們最疼愛的程顧之呢。固然程顧之比他受寵，比他在乎程家，為了保下程家的無辜人，忍痛來做大義滅親的事兒，但在他們的眼裡，也是不孝。

他們從來就是糊塗人，沒做過明白人，估計到死，也明白不了。

花顏淺笑著問：「老家主，遠來是客，不請我們進去坐坐喝一盞茶？」

程翔看著花顏，心裡不停地顫抖，好半晌，才勉強點頭：「太子妃請！子斬公子請。」

他知道程家大勢已去，如今，怕是只能求眼前的兩人寬容了。可是他又想花顏和太后不和睦，估計不會給程家求情，而蘇子斬，經歷了大批刺殺的人能活命來到程家，也不會給程家求情。

程家，是真的完了！回天無力的完了！

他轉身，顫顫巍巍地在前頭帶路，向會客廳走去。

程耀喊了一聲：「父親。」

他在想著是要不然魚死網破，府內還是有府兵的，是否可以拚一拚？

程翔轉頭看了程耀一眼，沉聲說：「吩咐人上茶，上好的北地雪山茶。」

程耀明白了程翔的意思，任命地垂下了頭，其實他心中也明白，到了這步田地，說什麼都晚了，再掙扎也是無用。

花顏和蘇子斬是聯手有備而來。

花顏有花家暗線，蘇子斬有太子令牌，花顏是來幫蘇子斬的，也是幫太子殿下的，只不過女子不得涉政的規矩使得她只說來做客。但到底是真做客還是假做客，誰都明白，不用點透。

她一個小小女子，卻有這等本事來攪動北地風雲，怪不得太子殿下非她不娶。

花顏抬步跟上程翔，剛走兩步，遠遠地看到了程顧之的身影，她腳步頓了一下，對身後跟著的采青低語：「你去攔住程顧之，今日這場面，他還是不要親眼見了，就說我答應他的，程家無辜的人絕不牽扯，一定做到。」

采青意會，立即趁人不注意的時候，快步向程顧之走去。

程翔沒看到遠來的程顧之，程耀也沒看到，程家的一眾人等如今都在心驚膽戰中，被蘇子斬和花顏今日這麼大的陣仗牽引了心神更沒注意到別處。

采青很快就攔住了程顧之，見他臉色雖平靜，但在深秋的風裡十分蒼白，她低聲對他將花顏吩咐的話說了。

程顧之聽罷，溫聲說：「多謝太子妃好意，但我還是想見見。」

「我送他們一程。」他知道，一旦罪名被昭示，不說他的父親有沒有膽量死，但說他的爺爺，一定不會再活著的。即便他死，他也想讓他安心，不枉他疼他一場，他想告訴他，有他在，程家就不會斷了根，他也不是無顏去九泉下見程家的列祖列宗。

采青見程顧之主意已定，也不再勸說，只對他道：「程二公子想見也是可以的，只是奴婢有一句話要跟您提前說在前頭，您可萬不要受不住這樣的場面毀了自己，那就辜負了太子妃對您的一番看重。」

程顧之抿唇：「你放心，不會的。」

采青點頭，不再阻攔，任由程顧之前往會客廳而去，她也抬步跟了去。

進了程家的會客廳，程翔主動地讓出了主位：「太子妃請！子斬公子請。」

花顏看了蘇子斬一眼，今日他是主角，他是雲遲欽定的查辦北地賑災事宜的監察史，她笑著沒坐主位，而是坐在了下首。

蘇子斬不客氣地坐去了上首。

五皇子隨著花顏坐在了下首，花顏並沒有介紹五皇子，程翔與程耀隱約覺得他面善，但也沒心思問。畢竟，可以預料今日的程家一定是腥風血雨，蘇子斬和花顏不是真正來做客的。

程翔也坐在了下首，吩咐人上茶，程耀也跟著坐下，腦中不停地想著以程家所作所為，該是株連九族的大罪吧！他……還不想死。

上好的北地雪山茶由侍候的人戰戰兢兢地沏上，端到了花顏、蘇子斬等人面前。

花顏隨意閒適地將茶端起來，笑著說了一聲：「好茶。」

蘇子斬接話：「的確是好茶，這茶難得，只有北地的雪山能生長，且長在易於雪崩的地方。但因它入口綿長如清雪般甘冽，所以，極受人推崇，一兩便價值萬金。所以，即便去北地的雪山興許會遇到雪崩丟了命，但還是有大批的人每年都爬上雪山採茶。就連皇宮一年到頭都難得有一兩。」

花顏淺笑：「所以說，程老家主真是太客氣了，拿這麼好的茶來招待我們，真是讓我們受寵若驚。」

「不錯。」蘇子斬似笑非笑，「受寵若驚。」

程翔想擠出一絲笑，卻怎麼也擠不出來，他不知道該說什麼。

程耀滿腦子都是怎麼逃，可是又懷疑地覺得今日必死無疑了，怎麼也是逃不過的。眼前的這位淺笑盈盈的太子妃，讓人看到她春風滿面的笑就心裡慌，而蘇子斬，他似笑非笑的臉，更讓人覺得如寒冬的風刮過，寸草不生。

程顧之來的時候，會客廳外聚集了無數程家人，人人面色驚惶，如臨大難。

程蘭兒夾在人群中，一張小臉蒼白得很，她看到了與在臨安花家不一樣的花顏，也看到了傳聞中心狠手辣的蘇子斬，花顏似沒看到她，但她卻覺得她可怕得很。

她兩個多月前去臨安時，是以程家貴女的身分，十分的跋扈囂張，後來遇到花顏，受了挫折也長了教訓，懂得事理不少，不再蒙著雙眼，用心感受和看待周遭事物時，漸漸地發現了程家所作所為的不對勁。

黑龍河決堤，百姓受難，程家有糧，卻不施救。

這是她從小到大第一次認識程家，她曾私下問過自己母親，她母親卻嚴厲地喝止她住嘴，讓她一定不要再提此事，她在那之後便意識到了，程家這是在做不顧百姓死活的犯法的事兒。

她從那時就開始惶惶不安，隨著日子如水般的流逝，她的不安日漸擴大。但那一日見了從鳳城回來將自己關在屋中閉門不出的程顧之後，她這不安被他言語溫和地撫平了些，沒那麼怕了。

但今日，她發現那怕和惶恐又回來了，且面對這樣的驚變，她十分驚懼駭然。

她沒想到，是花顏來了北地，她不是該在臨安待嫁嗎？

程蘭兒在惶恐中見到了緩緩踱步而來的程顧之，似一下子找到了主心骨，撥開人群，朝他奔了過去，死死地拽住他衣袖，顫聲喊：「二哥。」

程顧之腳步停住，看著程蘭兒，她穿的單薄，顯然是在聽聞出事兒後匆匆趕來的，在深秋的冷風中有些瑟瑟，不知是冷的，還是怕的，他抬眼去看其他人，無論是年長的還是年少的，都是這副樣子，有的人已經默默地哭了起來，比她怕得更甚。

他抬手，輕輕地拍了拍程蘭兒的肩膀，溫聲平靜地說：「記得二哥告訴過你的話吧？」

程蘭兒想起了程顧之那日所言，點了點頭。

程顧之淡淡一笑，笑容稍縱即逝：「記得就好，別怕。」

程蘭兒眼淚一下子就湧了出來，繃著臉，克制地說：「二哥，我……不怕。」

「乖。」程顧之點頭，「我進去看看。」

程蘭兒放開緊攥著他的衣袖，小聲說：「是花……太子妃和蘇子斬，還有不識得的人。」

「嗯。」程顧之點頭，他自是知道的，他剛剛在遠處看到了，早先他在鳳城時，只見到了花顏和五皇子，沒見到蘇子斬，想必那時候他就提前來北安城了。

程顧之邁進門，只見屋中眾人在座，花顏、蘇子斬、五皇子、安十六，而程家這邊有程翔、程耀，以及幾位程家的長輩叔伯們，只不過一個個都有著藏不住掩不住的驚惶。

隨著他邁入，屋中的說話聲一停，都向他看來。

程翔早先想見程顧之，想跟他說的是讓他想辦法逃出去，可是卻沒有見到他，等到他，如今他不但沒逃，反而出現在了這裡，他頓時開口問：「顧哥兒，你怎麼來了？」

程顧之看出了程翔眼裡的意思，他低聲說：「聽聞太子妃和子斬公子來程家做客，我過來看看。」

程翔抖了抖嘴角，想說不是做客，但是他知道程顧之聰明，早就該知道，所以，住了口，深深地覺得程家所有人今日都將折在家裡，程家怕是再沒希望了。

程耀以前常訓斥程顧之，因為他這個兒子比老子有膽識總是得程翔誇獎，甚至時常拿他的兒子來教訓他，他心裡一直憋氣，所以，每次見到程顧之，多數都訓斥一番，從他身上找補一番被程翔訓斥的沒面子事兒，同時也拿拿做父親的架子。

但是如今，他與程翔一樣的想法，想著程顧之往日聰明，今日怎麼就傻了，來這裡做什麼？竟然不想辦法趕緊逃，這般情形下，竟然還往花顏和蘇子斬跟前湊，不是找死嗎？

程顧之彷彿沒看出程翔和程耀的心思，上前對蘇子斬、花顏、五皇子見禮。

程翔和程耀這才知道原來那面善的年輕男子是五皇子，竟然不知他什麼時候也跟著來了北地。對於太子殿下的一眾兄弟們，滿朝文武甚至天下人，似乎都給忽略了。在他們的意識裡，都被皇帝給養廢了，皇帝為了這些子嗣不跟太子雲遲爭權，有意地往窩囊裡養，生他們只是為了壯大單薄的皇室子孫而已。

所以，突然知道這個人是五皇子，程翔和程耀那一瞬都覺得有些荒謬，五皇子來做什麼？沒本事的皇子跟著來北地看熱鬧玩嗎？

花顏看到程顧之，淺笑：「坐吧！」

蘇子斬看到程顧之，面色也難得露出溫和之色，若沒有程顧之的提前報信，花家暗線多多少少都會有所折損，肅清北地的事情一定也不會到今日這般順利。

畢竟他們是在十大世家精銳暗衛全然沒準備沒收到半絲風聲時快刀斬亂麻地鐵血出手的。若是讓十大世家精銳暗衛早就查到花家暗線，合力剷除的話，硬碰硬地對上，這一仗定然不會單方面的碾壓式的論個輸贏，如今血雨腥風估計彌漫整個北安城，死的人可就多的多了。

所以，他對程顧之還是十分敬佩的，能做到這一步，不易。畢竟他不同於程子笑，也不同於十大世家中別的公子，他這個嫡子在程家是受寵受看重的，對程家的感情，自然非同一般。

程顧之落坐。

花顏拿起茶壺，親手倒了一盞茶遞給采青：「端給二公子。」

采青應是，立即端著茶遞給了程顧之。

程顧之伸手接過：「多謝太子妃。」

花顏笑了笑：「二公子客氣了，我這是借你家的茶來獻佛而已。」

程顧之寒冷的心都熱呼了，他誠摯地說：「無論如何都要多謝太子妃。」

花顏知道他這句謝背後的意思，笑了笑，不再客氣，坦然地承了他的謝。

程翔和程耀心中驚異，沒想到程顧之在花顏面前如此有面子，如此得禮遇，與面對他們時十分不同，他們惶惶的心不斷地在揣測著。

程顧之喝了兩口茶，一時間不知道該說什麼，如今程家到了這步田地，明明暗暗的事情都已經擺在了檯面上，花顏早已經告訴了他結果，再多說無益。

花顏也不再說話，一時間，會客廳內落針可聞。

過了片刻，程翔剛要忍不住開口，程子笑捧了一個大鐵匣子走了進來，看到那個黑漆漆的大鐵匣子，程翔稍好些的臉色又灰白了。

程耀再坐不住，對著程子笑衝了過去：「你這個逆子！」

他還沒靠近程子笑，青魂一把劍攔在了他面前，冷冷木木地看著他，帶著肅殺之氣。

程耀頓時後退了一步。

程子笑嘲諷地一笑，似懶得和程耀說話，捧著黑漆漆的大鐵匣子，走到了蘇子斬的面前，將大鐵匣子遞給了他。

蘇子斬伸手接過，掂了掂，大鐵匣子壓手，若是普通的文弱書生都不見得拿得動，他對程子笑道：「辛苦了。」

程子笑彎了彎唇：「辛苦不算什麼，子斬公子在太子殿下面前幫我美言幾句就是了，讓太子殿下明白我這顆報效朝廷之心。」

蘇子斬笑了笑：「確實該美言幾句。」話落，他敲了敲匣子上的落鎖，「打開。」

程子笑聳聳肩：「這鎖是特製的，我落鎖後，以防萬一，就把鑰匙扔後院的湖裡了。如今是深秋了，湖水雖還沒結冰，但定然寒冷刺骨。」

蘇子斬挑眉。

程子笑解釋：「這東西藏的險，我怕被人發現，自己身上帶著鑰匙也不保險，怕不小心掉出去，或者被人搜出去，索性就將匣子和鑰匙兩處安放。」

蘇子斬點頭，對青魂吩咐：「去後院的湖裡……」

「不用，我來開。」花顏笑著轉過頭，從頭頂上拔下一根簪子，探過身去，奪過蘇子斬手裡的大鐵匣子，對著鎖孔一陣撥弄，口中同時說，「這鎖確實精妙，是出自張巧匠之手？」

「正是。」程子笑一樂，「果然太子妃見多識廣，什麼都識得。」

花顏承了這句誇獎，手腕一抖，簪子輕輕一勾，只聽「喀嚓」一聲，鎖開了。

花顏的這一手開鎖絕活，讓蘇子斬、程子笑、五皇子等人十分佩服。

就連程顧之都驚訝了一番，想著每逢花顏做一件事情，都讓人驚訝。

程翔和程耀以及程家的長輩們都知道這大鐵匣子裡面裝的是什麼，在花顏打開鎖的一剎那，他們眼前冒金星，聽著那一聲「喀嚓」的聲響，如打在他們心上。

如今等待他們的就是懸在頭頂上的那把刀，落下！

花顏將簪子重新地插回頭上，將鎖拿下，將大鐵匣子又遞回給了蘇子斬，這些東西，在眾目睽睽之下，自然由他這個雲遲欽定的查辦賑災監察史先來過目。

蘇子斬接過大鐵匣子，緩緩地打開，裡面摞著一摞又一摞的證據，且都被程子笑分門別類地整理好，每一疊為一摞，如藏書一般編著號，最上面的就是程家，有厚厚的一疊。

蘇子斬隨意地翻弄了一番，有二十多份，當屬最上面的三份重量最厚重，是程家、蘇家、懷王府，其餘的或多或少都疊的整齊。

蘇子斬當先拿起程家這一份罪證，面無表情地翻弄著，紙張每嘩啦一下，程翔和程耀的臉便失一分血色。

程家走到如今這地步，外有五千兵馬圍困，內有花顏、蘇子斬帶來的暗衛高手，即便有府兵有些普通暗衛，但已然無多大用處，就如砧板上的魚肉，回天無力，只能任之宰割。

反抗是死路一條，不反抗也沒有好果子吃。

厚厚的一摞罪證，蘇子斬翻弄了好一會兒，才看罷，隨手遞給花顏，同時冷笑：「程家可真是了不得啊，讓我刮目相看！」

程翔嘴角動了動，閉上了眼睛。

程耀想說什麼，但這些年做的陰私陰暗之事太多，哪怕說是假的，但事實擺在面前，真的假不了，此時也是什麼也說不出來了。

花顏伸手接過，因為過目不忘，她看的比蘇子斬快，不多時就看完了，看完之後，心中十分惱怒，想著這些罪證，已足夠株連程家九族十次八次了。

程子笑這些年搜集的證據，雖不足夠全，但也有八成之多。

即便她心善仁慈，即便她不想牽連無辜的老弱婦孺，即便已答應了程顧之，但還是震怒不已，恨不得抬手掀了程家。

她將罪證遞給程顧之：「你看看。」

程顧之緩慢地伸手接過，臉漸漸發青發白，不看到這些證據，他還覺得程家雖犯了株連九族的大罪，但以北地形式來論，沒有一家是乾淨的，大環境影響，情有可原些。但如今，他見到這一張張的證據，摞在一起，如一座大山，壓的他透不過氣來。

這些罪證，加在一起，株連程家十次九族都不為過，對比之下，他答應花顏入朝報效朝廷，花顏答應他不牽連程家無辜的人，已是開了多大的天恩。

他抖著手，看了一半，便看不下去了，又遞回給花顏，一言未發。

花顏冷著眼眸看著程翔和程耀：「這些東西，實在讓我大開眼界，真沒想到這就是太后的娘家程家，皇上的外家，這麼多年，程家沐浴著皇權天恩，卻私下裡做著陰暗禍害社稷之事，幾十年良心何安？」

程翔自從閉上了眼睛，便再沒睜開。

程耀此時也辯駁不出一句話來，心裡不停地想著程子笑該死，若是早知道有今日之禍，就該在他出生時就掐死他。

「程老家主和程家主還有何話說？」蘇子斬冷冽地問。

程翔睜開眼睛，一雙老眼灰濛濛一片，看著蘇子斬和花顏，他們來到程家後，除了撞破了程家的大門，砸了程家的牌匾外，如今如此坐著喝著茶對程家問罪，算是著實客氣的了。

他開口說：「這些事兒，全是我一人所為……」

蘇子斬冷笑一聲，截斷他的話：「程老家主真會開玩笑，你這話的意思是要一人頂罪嗎？南楚律法有株連九族的大罪，你即便一人頂下，就能逃得脫株連九族的大罪？」

程翔頓時閉上了嘴。

程耀終於開口說：「到底是不是株連九族的大罪，當該皇上判罪，子斬公子這般輕易定罪，是不是想公報私仇？」

蘇子斬冷冷地看著程耀，慢悠悠地拿出東宮太子令，在程耀的面前晃了晃：「太子殿下有口諭，北地一切事宜論功論罪，全憑我做主。程家這株連九族的大罪，我說是就是，即便放在皇上面前，程家這些罪證，誰又能辯出個不是來？程家主，你莫不是還沒被砍頭就已經昏頭了？」

程耀看著蘇子斬手中輕輕晃動的東宮太子令，就如看到了雲遲的寶劍，顫顫發抖起來。

蘇子斬收了令牌，又拿出一卷聖旨，緩緩地打開，冷笑：「程家在北地稱王稱霸，好生囂張和逍遙，能遮了北地的天一時，便以為能遮一世了嗎？皇上早有聖旨，你們自己看。」

程翔看著聖旨，全身如被抽乾了最後一絲力氣，有皇上的聖旨在，顯然，北地之事北地了，不會再有什麼押解進京三司會審辯駁一番，程家這株連九族之罪，今日就板上釘釘地定了。

程耀最後的一絲希望破滅，整個人從坐著的椅子上滑到了地上，頓時癱軟了。

蘇子斬收了聖旨，冷聲下命令：「來人，將程翔、程耀，以及……」他從程家那一摞罪證的最下面拿出一張薄紙，寒聲說，「這名單上的程家所有罪人，都凌遲處死。」

凌遲處死，就是千刀萬剮。

程顧之的身子晃了晃，胸腹內一股鮮血上湧，幾乎要湧出胸腔，但他依舊穩穩地坐著。

對比株連九族，只讓有罪的人凌遲處死，雖是最嚴厲的酷刑，但對於程家這大罪來說，已經算是最輕了。

程翔猛地睜開眼睛，看著蘇子斬，他本以為一個株連九族是跑不了的了，但蘇子斬的話讓他聽到了不一樣的結果，他死死地盯著蘇子斬，懷疑自己聽錯了。

程耀卻十分無用，在聽到他的名字凌遲處死那一刻，已經再想不到其他，頓時暈厥了過去。

外面有人湧進來，押了程翔，也押了昏厥過去的程耀，還有幾位在座的早已經駭得血色全失的程家長者。

程翔哆嗦著嘴角開口，他想問不是株連九族？卻問不出來。

花顏心中深深的憤怒和歎息，為著程家這幾十年所作所為的糊塗，也為著程顧之經歷的這一遭至親被凌遲處死之痛，估計會伴隨他的一生。他的爺爺、父親、叔伯、兄弟，程家大把人都在犯罪之列，都要被凌遲剮刑。

若不如此，只賜一杯毒酒三尺白綾，這麼大的罪傳出去，天下多少人會不服？尤其程家是太后的娘家。也唯有讓有罪著受凌遲剮刑，才能免了無辜人的罪而不被詬病罰輕了。

蘇子斬見程翔死死地看著他，他輕飄飄地將那張寫滿名單的薄紙遞給青魂，沒對程翔解釋。

程翔轉向程顧之，又死死地盯著程顧之看了好一會兒，才開口：「顧哥兒，你來說，讓爺爺死個明白。」

程翔不同於程耀的窩囊，這時，他似乎隱約地明白了什麼。

程顧之慢慢地站起身，走到程翔面前，「撲通」一聲跪在了地上，張嘴，滿嘴的血腥味，他沉痛地看著程翔，幾乎窒息得不能言語，但知道這怕是他和爺爺說的最後的話了。

於是，他沙啞地開口：「孫兒不孝，孫兒在鳳城時投靠了子斬公子與太子妃，願與七弟一樣，報效朝廷，大義滅親，保程家九族不受牽連。」

程翔聞言不但不怒，哈哈大笑，只不過這笑聲沒有半絲笑意，十分蒼老淒涼，餘音繞梁，只覺得瘆人。

程顧之看著程翔，似乎想記住爺爺的容貌，記住這最後一面，牢牢地記到心裡。

「你們是程家的好兒孫！」程翔笑罷，蒼聲道，「不枉爺爺教導你一場，程家有不糊塗的人！自古忠孝難兩全，這便是最後一面吧！我程翔一生，活得虧心，這般死法，倒也安心。」說完，不再看程顧之，對蘇子斬說，「子斬公子，老夫和程家人當眾處決吧！老夫這一生，愧對皇上天恩，如今死了，願報效一回，以我程家罪骨，公然天下，賀太子殿下肅清北地。」

蘇子斬痛快應允：「好！」

程翔此言一出，頗有些豪言壯語，花顏看著他，這一刻，倒是十分佩服。

他其實不是個糊塗人，但因為幾十年前黑龍河決堤犯了大罪，為了保下程家大部分子孫，只能走了彎路，俗話說，一步錯，步步錯。

這幾十年，程家越陷越深，步步為營，暗中陰私無數，有多少被迫無奈在？但無論如何，罪就是罪，誰也洗脫不了。

如今的程家，當該感謝有程子笑和程顧之這兩個子孫，他們大義滅親立了大功，也有了面子保下程家無辜的人。

同時，也是因為花顏不想北地血染黃天，也不想無辜的人冤魂湧入地府。東宮太子令，懲的是十萬之惡，揚的是吏治清明之善，殺的是罪不可赦，救的是芸芸眾生。所以，無辜的人就不必填一把血了。

但是她想知道，程家的背後是誰，她出聲問：「程老家主，你既有這一番話，可見良心未泯，可否告訴我，程家的背後是何人在謀反作亂妄圖撼動社稷根基？」

程翔看向花顏，她的淺淡沉靜隨意閒適讓她即便坐在這裡，也似心中有丘壑，腹中有乾坤。

花顏淡聲說：「太子殿下仁愛天下，對程家已夠仁善仁慈，無論是我，還是子斬，都代表了太子殿下。敢問程老家主一句，人之將死其言也善，你可否在臨死前了了這一樁事兒？畢竟，換句話說，也是你背後之人將程家害到這步田地的，程家敗了，可背後之人卻在逍遙，如今也未對程家伸出援手，可見早就棄程家於不顧了。」

程翔聞言蒼老地沉聲說：「我不知背後是何人，若是知曉的話，臨安花家的暗線剷除了程家的風靈衛後，這幾日，我就不會等著上面的消息坐以待斃了。」

「哦？」花顏揚眉，「老家主竟然也不知？當真？」

「你也說了，人之將死其言也善，老夫到了這步田地，何苦再騙你？沒對程家株連九族，老夫感激不盡。」程翔道，「不過，老夫雖不知道背後之人是誰，但是可以告訴你兩件事兒。」

「請說！」花顏聽著。

程翔道：「四十年前，有一人來找老夫，他雖始終黑衣蒙面，但老夫素來鼻子好使，聞到了他身上隱約的香味，那香味是龍涎香，二十五年前，有一人來找老夫，老夫沒有聞到龍涎香的味道，卻聞到了安息香的味道。其餘的時候，都是暗衛，老夫敢肯定，這一生，為數不多的那兩次，老夫見到的人，絕對不是暗衛，一定是主使。」

花顏琢磨了一下龍涎香與安息香，這也算是一個可用的難得的消息了，她頷首，誠然地說：「程老家主一路好走。」

她話落，蘇子斬擺了擺手，有人推著程翔出了會客廳。

外面，青魂拿著名單，抓了大批牽連罪事的程家人，有的怕死如程耀一般暈厥了過去，有的面若死灰當即自己抹了脖子，有的如程翔一般慶幸太子殿下開恩讓他們犯的罪沒有牽連程家無辜的人。

沒犯罪的程家人聽聞可以免除一死，頓時又驚又怕又駭地相互抱著大哭起來。一為自己不死哭，一為親人要受剮刑哭。

程蘭兒也哭了，不過她是抱著被押出來的程翔哭，一聲又一聲地喊著：「爺爺！爺爺！」

程翔除了疼程顧之，還疼一個人，就是程蘭兒，否則程蘭兒以前也不會被嬌慣得不成樣子。

他面對程顧之沒有落淚，面對程蘭兒反而濕了眼眶，蒼老的聲音道：「爺爺該死，罪有應得！程家本犯了株連九族的大罪，如今能夠不牽連所有程家人，一是太子殿下仁善，二是你二哥和七哥大義滅親保下了程家無辜的人。所以，你以後要聽他們的話。」

程蘭兒嚎啕大哭，只不停地喊著爺爺。

程翔再不看她，對押著他的人說：「走吧！」

不過兩三盞茶，程家犯罪的六十七人，悉數被押出了程家大門，押往刑場。

北安城的刑場不比京城的刑場小，百姓們早已經聽聞了士兵圍困程家的風聲，紛紛出來觀望。如今見程家人被押往刑場，人人震驚地跟著去看。

程顧之一直跪在地上，即便程翔被押著離開許久，他依舊一動不動，他知道爺爺最後那句最後一面的意思，就是在程家所有人行刑時，不讓他去看，也不讓程家的所有人去看。

他明白程翔沒有怪他，甚至是十分高興這般死法，因為，他雖然無顏去九泉下見列祖列宗，但至少沒背負著九族的性命去黃泉。

程家沒被株連九族，便有根留在這世間。

對如今的程家來說，他明白他已經是做出最好的選擇了。

但明白歸明白，他心裡卻是受不住的氣血翻湧，不停地往外嘔，偏偏被他生生地壓了下去。

花顏聽著外面滔滔哭聲，程蘭兒的，程家老弱婦孺的，她想著聽到他們的哭聲，總比株連九族砍白菜一樣只聽到刀落，聽不到哭聲好，無辜的一條條生命，還是活著的好。

肅清北地，本就是肅殺之事，但在這肅殺之中，她也想讓天下人看到雲遲的仁慈仁善和溫和寬厚。將來史書記載，也不會單純地只說他是一位有著鐵血手腕的太子和帝王，會說他英明睿智，恩威並施，仁愛子民，寬容天下。

既掃平北地惡鬼，也不至於讓北地血染黃天，讓天下人人惶惶恐恐怨聲載道。

花顏想著，站起身，走到程顧之面前，伸手將他拉了起來，無聲地拍了拍他的肩膀，溫聲說：「切忌過於傷悲，傷及肺腑，會落下心疾之症，伴隨一生。」話落，又補充，「你可是要為朝廷效力的人，身子骨不好，將來作為便大打折扣。」

程顧之看著花顏，饒他是一名頂頂男兒，這時也難免落下淚來。

程蘭兒衝進屋，便正巧看到了她的二哥紅著眼睛周身無盡悲痛地在落淚，她一肚子的哭聲和想質問的話都吞回了肚子裡，想起了程翔被押走前對她說的那一番話。

若沒有程顧之與程子笑，如今的程家，人人都要掉腦袋。

她衝到程顧之的面前，一把抱住他，哭得上氣不接下氣：「二哥。」

程顧之身子被程蘭兒撞的一晃，壓制了許久的一口鮮血噴出，噴了程蘭兒滿身。

程蘭兒本來哭的傷心至極，乍然看到程顧之吐血，頓時驚叫：「二哥！」說著，連忙扶住程顧之晃動的身子，驚急地問，「你怎麼了？」

程顧之只覺心頭一鬆，張了張嘴，眼前一黑，暈厥了過去。

程蘭兒沒扶住他，跟著他一起倒在了地上，她驚駭極了，抹了一把眼淚，使得被眼淚糊住的眼前清明了些，趴在地上，喊程顧之，她喊了兩聲，程顧之一動不動，她懼怕地抬頭，求救地看向花顏：「太子妃，我哥哥他……你快救救他。」

花顏點頭，走上前，蹲下身，以她微薄的醫術給程顧之號脈，片刻後，對程蘭兒說：「他大悲之下，傷了肺腑，致使嘔血昏迷，不過沒有性命之憂。」

程蘭兒鬆了一口氣，她剛剛真是怕極了，她已經不是不懂事兒的少女，如今明白了二哥背負了何其之多，他比程家任何一個人都要辛苦，比押去刑場凌遲的爺爺、父親、以及犯了罪的程家人。

她流著淚對花顏道謝：「多謝太子妃。」

花顏看著程蘭兒，都說經歷使人成長，在臨安時那個囂張嬌寵得不知天高的程蘭兒不見了，如今的程蘭兒懂事理明是非了，比以前討喜得多。

她站起身，對蘇子斬說：「接下來蘇家、懷王府以及各大世家，就都參照程家定罪，都交給你了。」話落，對五皇子、安十六等人道，「你們都留下來相助子斬，我見識了一個程家就夠了，其餘的不跟著了。」

蘇子斬頷首，五皇子和安十六齊齊點頭。

花顏對程蘭兒道：「我醫術不精，要想你二哥不落下病根，他就交給我帶走，我讓天不絕給他看診。」

程蘭兒明白死的人永遠沒有活著的人重要，當即點頭，果斷地說：「好！謝謝太子妃！」

花顏命人將程顧之抬上了馬車，帶著程顧之與采青一起，離開了程家。

離開程家前，花顏看了一眼偌大的程家，對蘇子斬說：「下令抄家，抄沒財產！」

蘇子斬點頭：「你不說我也準備這樣做。」

花顏點頭：「朝廷要儘快重修黑龍河堤壩，需要大批的銀兩，北地這些世家們的財產，足夠修黑龍河堤壩了。取之於民，如今用之於民，也是天理使然。」

「不錯。」蘇子斬頷首。

花顏想了想又說：「只抄沒府中公庫，各方各院的私庫看在程顧之的面子上就算了。」

「行！」蘇子斬痛快答應。

花顏不再多言，離開了程家。

她離開後，蘇子斬下令查抄了程家。雖然程家的一眾無辜人等都赦免了死罪，但查抄財產充公一事卻不可缺。

士兵們依照蘇子斬的吩咐，動作迅速，很快就查封了程家的公庫，並未查抄各方各院的各人私庫。

一番查抄後，蘇子斬看著程家堆積成山的金銀，臉色冷了冷，想著他說錯了，查抄北地各大世家的財產何止夠修一個黑龍河堤壩？十個黑龍河堤壩也是修得。

他看了一眼天色，不再在程府逗留，拿著那一大鐵匣子罪證，帶著五皇子、程子笑、安十六等人離開了程家，去了下一個懷王府。

第九十五章 藏鏡人背後出狠招

懷王府與程家一起，同時被士兵們圍困，裡面的消息傳不出去，外面的消息也進不來。自然不知道程家已經倒了，獲罪之人一律受到了凌遲重處。

懷王和繼王妃這兩日在找夏澤，繼王妃哭了一回又一回，懷王陪在她身邊安慰她，因心懷愧疚，比往常待繼王妃倒是溫柔了極多，但繼王妃卻不買帳，一心想著自小便體弱多病的兒子，不知道他如今在哪裡，千萬別出什麼事兒，否則就是要了她的命。

懷王府的其他人等卻無暇理會那丟了兒子的二人，只日日恐慌，尤其是今日數千士兵圍困懷王府，更讓夏毅等人驚破了魂。

蘇子斬帶著人登懷王府的門倒是比對程家客氣，因為懷王夏桓並沒有參與那些陰暗之事，同時他將來又是花灼的老丈人，所以，看在花灼的面子上，他也沒用攻城木撞破懷王府的大門，而是吩咐人叩門。

裡面的守門人早就嚇破了膽，聽到叩門聲連忙去稟報夏毅。

夏毅知道夏桓指望不上，便匆匆來到門口，用梯子登上高牆向外一看，便看到了站在大門前的蘇子斬。

蘇子斬的畫像早就被北地各大世家懸掛在明堂，夏毅一下子就認出了他，臉色唰地白了，身子發抖，手發顫，一個不穩，驚駭地跌下了梯子，幸好有人及時扶住了他，才不至於將他摔成殘廢。

他踉蹌地站起身，立即大聲吩咐：「府中的府兵，給我殺了外面那個人。」

懷王府的府兵自然聽他的命令，於是，紛紛出動，要殺了蘇子斬。

蘇子斬沒料到懷王府中這位夏毅對比程耀倒是塊難啃的骨頭，竟然這般時候了，還敢對他動手，他本想溫和地結束懷王府這一樁公案，給夏桓一個面子，但既然夏毅動手，那他也就不客氣了，他冷笑了一聲，清聲吩咐：「給我砸開大門，衝進去，生擒夏毅。」

他一聲令下，青魂和安十六跳上了高牆，進了懷王府，而圍困在外面的士兵們舉起攻城木，大力地撞開懷王府的大鐵門。

懷王府中自從被除去了蹤輕衛，再無絕頂高手，普通暗衛和府兵自然不是對手，青魂和安十六輕而易舉地生擒了夏毅，外面的士兵們輕而易舉地撞破了懷王府的大門，蘇子斬本想幫懷王保住的牌匾，也應聲落地而碎。

一場混戰，不消兩盞茶，便結束了。

夏毅只覺得天塌了。

懷王府的眾人如驚弓之鳥四處逃竄，卻逃不出懷王府，府中也沒多少地方可躲。

懷王夏桓和繼王妃聽到了動靜，繼王妃臉色發白地拽住懷王的胳膊：「王爺，出事兒了。」

夏桓在知曉蹤輕衛被人除盡後，就知道早晚會出事兒，他不慌不忙地說：「蘭芝別怕！」話落，他從袖中拿出一封休書和一紙將夏澤逐出家門的文書，遞給了繼王妃，「這個你拿著，懷王府即便被株連九族，也連累不到你們母子。只不過，我怕是沒機會與你一起找澤兒了，這些年對不住你，本王去了之後，你尚且年輕，還可另嫁。」

繼王妃身子顫抖，臉色全無血色地看著夏桓，眼淚洶湧地奔出，想說我不要這些東西，想說我不想你死，但是此時此地此情此景，無論如何也說不出來。

懷王府這些年所作所為，犯的是株連九族的大罪，不用誰來公審，他們自身就清楚明白，她拿了休書，夏澤有逐出家門的文書，便能逃過一劫。

她發現，這些年，她怨夏桓只念著死去的人和丟失的人，卻不管他們母子，怨念極深，可是即便有再深的怨念，面對生離死別，她也冷不下心，尤其是這兩日，澤兒失蹤後，她才明白，他這個做父親的也不是不關心兒子，也焦慮憂急。

她想咬牙說王爺我陪著你一起死，但又想到九泉下他會和先王妃會合，那麼自己跟去又算什麼？尤其是她放不下她的兒子。

她哭著閉上了眼睛，上前一步，猛地抱住懷王，一時間哭的聲嘶力竭：「王爺，你對我就沒有半絲愛意嗎？哪怕半絲也好，你就只想著故去的姐姐嗎？」

懷王伸手拍了拍她，也紅了眼睛，幾欲落淚，啞聲說：「不止半絲，蘭芝。」

繼王妃聞言更是哭的心膽俱裂：「有王爺這句話，妾身就知足了，妾身不怨王爺了。」

懷王心痛地點頭，叮囑：「你與澤兒以後要好好的。」話落，他從袖中拿出一張信箋來，遞給繼王妃，「這是緣緣的來信，她小時候就心善，長大也錯不了，定是個好孩子，我無緣再見她了，以後若有機會，你替我見見。」

繼王妃顫抖著伸手，接過信箋，淚流滿面：「王爺放心。」

懷王伸手推開她：「你就不必出去了，留在屋子裡吧！」

繼王妃猛地搖頭：「不，我要跟著你出去，我……」她想說我送你一程，想說我捨不得的，想說我不想看著你死，但千言萬語，此時什麼也說不出來，只固執地要跟出去。

懷王無奈，任由了她，他倒是不怕繼王妃出什麼事兒，她手中有休書，有夏澤逐出家門的文書，懷王府的大罪牽連不到他們母子，她雖是個溫柔的人，但也是個堅強的人，所謂為母則剛。

懷王和繼王妃因在屋中一番生離死別的糾纏，待出了屋後，外面已經沒有多大動靜了，沒有士兵闖入正房正院，只聽到前方隱隱哭聲。

繼王妃攥住懷王的手，緊緊地攥著，夫妻十多年，她失望他，但也愛他。

懷王面色倒是平靜，他早知道有這一日，所以，早就有準備，以前覺得自己唯一的念想是女兒，如今臨頭要死了，反而發現捨不得繼王妃和夏澤。他覺得自己這一生失敗得很，總是在生離死別時，才會發現身邊人的好。

如今他路上就想著繼王妃和夏澤的好，想著他對不起每一個人。

他這一生，虧欠的債良多，多到他覺得自己這一生沒有一處成功，有的全是失敗。若是下輩子投胎，他一定不會如這一輩子這樣過的糊塗渾噩。只娶一妻，好好待她和她生的孩子。

再長的路，總有盡頭，懷王來到大門口時，便看到了大門口一片狼藉，其中一人迎風而立，他從畫像上見過，正是蘇子斬。

在一眾人裡，蘇子斬長身玉立，風姿出眾，比深秋的冷風更冷的是他的眉目容色，如寶劍剛染了血，寒芒料峭。

在蘇子斬的面前，壓著懷王府幾十人，那幾十人被壓著跪在地上，懷王府大部分的人倒是沒被擒，瑟縮地東歪西倒在遠處，一個個驚惶駭然，哭聲不斷。

繼王妃看到這個情形，更是恐懼地抓緊了懷王的手。

懷王與繼王妃來到近前，蘇子斬聽到動靜，轉頭向二人看來。

懷王除了看起來面容十分憔悴外，一雙眸子倒是平靜，看不出來驚惶駭然，繼王妃卻是實打實地顯露著驚惶和懼怕。

懷王停住腳步，當先開口：「子斬公子。」

「懷王爺！」蘇子斬聲音清冷。

懷王見蘇子斬見了他似乎並沒有讓人上前來抓他的打算，他試探地問：「子斬公子登臨蓬蓽，敢問……」

他後面的話沒問出來，頓在這裡，目光看向押著的懷王府幾十人，不言而喻。

蘇子斬也不拖泥帶水，開門見山地說：「懷王府中這幾十人勾結程家之人，暗中謀反，為禍百姓，犯了滔天大罪。本該株連九族，但太子殿下仁善寬厚，不願看到太多血腥，所以，特判犯罪之人受凌遲處死之剮刑，府中公庫抄沒充公，其餘沒參與犯罪之人無罪赦免。」

懷王聞言一時愣住，睜大了眼睛，頗有些不敢置信。

繼王妃聽明白了，喜極而泣，一把抱住懷王，哭著說：「王爺，您素來不管府中事兒，您沒犯罪，您可以不用死了。」

懷王本來做好了赴死的準備，如今聽蘇子斬說無罪的人無罪赦免，不株連九族，一時間看著被押著的犯了罪的那幾十個要受凌遲剮刑的人竟不知該高興還是傷心，一時間，竟然做不出多餘表情，只任繼王妃抱著他哭，他卻在發愣。

這幾十人裡有他的胞弟夏毅，有他的叔伯子侄，在他不管王府中事兒的這些年，他們手中把著懷王府的權利，威風的很，甚至不將他這個懷王看在眼裡。

蘇子斬乾脆也擺手：「將這些人押去刑場。」

他一聲令下，士兵們十分乾脆，押著幾十人出了懷王府。

夏毅等人的嘴早已經被堵住，人人面如死灰，夏毅想對夏桓說什麼，但奈何說不出來，很快就被押著走了。

夏桓回過神來時，對於夏毅等人，這麼多年，早已經磨滅了親情，對於他們的死，他卻覺得其罪不赦，死有餘辜。聽到蘇子斬下令抄家，他立在風中，想著太子殿下果然寬厚仁慈，偌大的株連九族之罪，便就這樣處置了。

他可以不用死了，他還有機會見到女兒，也有機會對繼王妃和夏澤好。

他抬手拍了拍喜極而泣哭著止不住的繼王妃，溫和顫抖地說：「別哭了，好多人都看著呢，你是王妃，切莫讓人笑話。」

繼王妃搖搖頭，哽咽地說：「妾身不怕，王爺不用死了真好。」

夏桓點頭：「是啊！我不用死了，以後好好對你們母子倆。」

他話落，繼王妃想起了夏澤，立即止住了哭，猛地放開他，轉過身看向蘇子斬：「子斬公子可知道我兒夏澤的下落？」

蘇子斬點點頭：「他被太子妃請去做客了，王妃不必擔心，好吃好喝好的很。」

繼王妃大驚：「太……太子妃？」

蘇子斬點頭，不欲多說。

繼王妃還想再問，懷王一把拽住她，攔住她要問的話，溫聲說：「子斬公子今日忙的很，既然澤兒好的很，你就不要擔心了，耐心等等，總會回來的。十歲也不小了，他素來是個有主意的，必定自有主張。」

繼王妃雖然擔心至極，但看著蘇子斬在冷風中肅然冷寒的面色，點點頭，對懷王問：「王爺，您還休我嗎？」

懷王立即說：「自然不休了。」

「那還將澤兒逐出家門嗎？」繼王妃又問。

「不逐出家門，他永遠是本王的兒子。」懷王道。

繼王妃掏出帕子，優雅地抹了臉上的淚，溫柔地問：「這幾年王爺既不再貪戀溫柔鄉，那府中侍妾便都遣散了吧！如今王府被抄家了，公庫沒了，養不了那麼多人了。王爺以為如何？」

懷王乾脆地點頭：「聽你的。」

繼王妃破涕而笑，心中的陰雲徹底散去，想著她這麼多年，也算是守得雲開見月明。既然王爺沒機會去九泉下陪先王妃，那麼他就不客氣地繼續將這個浪子回頭的男人妥貼地收著了。

她從袖中拿出休書與逐出家門的文書，遞給懷王。

懷王抬手將兩張薄紙撕了。

繼王妃又拿出早先懷王交給她的信箋，遞給懷王，柔聲說：「王爺，這信箋既是出自小郡主之手，珍貴得很，還是您自己留著吧！您放心，有朝一日找回她，妾身會像待親生女兒一般待她的。妾身沒女兒，也想要一個女兒疼著養著。」

懷王伸手接過，點頭：「多謝蘭芝體諒。」

繼王妃輕聲說：「這世間便是這樣，有的夫妻緣分淺薄，便只能修得幾年，有的夫妻緣分深重，可以修一輩子。姐姐與王爺緣分淺薄，所以修了幾年，妾身與王爺緣分深厚，所以會修一輩子的。王爺以後也可以念著姐姐，但也請王爺匀出些心思給我。」

懷王動容，伸手握住繼王妃的手：「本王以前混帳，以後定不負你。」

懷王府一夕間受了重創，雖沒了金山銀山，以後怕是要過苦日子，但繼王妃卻感謝這一場災難，更由衷地感謝太子殿下仁慈，讓她得回了懷王的心，對她來說，這比什麼都珍貴。

蘇子斬處理完了懷王府之事，帶著一眾人等前往蘇家和其他府邸。

花顏帶著昏迷的程顧之回到住處後，命人喊天不絕趕緊給程顧之診脈。

天不絕匆匆來到，給程顧之把了脈後，皺著眉說：「倒是個重情重義的人，與你嘔心頭血時內腹受的重創相差無幾了。老夫給他開一個藥方子，待他醒來後，讓他喝上半個月，少一天都會落下病根。」

花顏點頭，對采青吩咐：「你記著些。」

采青點頭：「奴婢一定記著監督程二公子喝藥。」

她話音剛落，蘇輕楓、蘇輕眠一起從外面走了進來，二人來到後，先給花顏見禮，然後看著躺在床上臉色蒼白昏迷不醒的程顧之，一時聯想到自家人，心裡都十分不好受。

花顏對二人溫聲說：「我沒提前將他接出來，也是考量以為他能受得住。如今倒是頗有些後悔讓他親眼見了今日程家之禍。」話落，看著二人道，「你們聽我的吧，就不必回去了。」

天不絕在一旁哼了一聲：「我老頭子可不是閒人，不想治了這個再多來幾個。除了他，誰若是自己找病，我可不治。」

蘇輕眠本來是打算回去的，但被蘇輕楓給攔住了，如今看著程顧之這個樣子，蘇輕眠也打消了回去的想法，對花顏點點頭，低聲說：「回去看一眼又能如何？不如就在心裡留個好印象，我聽姑娘的，不回去了。」

花顏頷首：「你能想開就好。」

三人說著話，夏澤走了進來，對花顏見禮，喊了一聲：「顏姐姐！」

花顏對他微笑：「你父親沒參與陰私謀禍之罪，他是無罪的，你母親更是，如今懷王府的事情差不多該了了，你若是想回去，我這就讓人送你回去。」

本來將北地世家有才華的公子們請來這裡，一是為了說服報效朝廷，二是為了使得各大世家在精銳暗衛被除盡後更人心惶惶，也為了今日做準備。如今既然十分順利，那麼這裡面幾乎沒受到傷害的夏澤自然可以回去了。

夏澤聽了花顏的話卻搖頭：「顏姐姐，我暫且還不想回去，我想繼續待在這裡。」

「哦？為何？」花顏看著他，「怎麼不願回去？」

夏澤平靜地說：「今日懷王府出事兒，我娘一定嚇壞了，他與我爹這些年一直有怨懟隔閡，且相敬如賓越走越遠，如今我不在身邊，我娘只能依靠我爹，經此一事，也許對他們來說是好事兒，我不想回去打擾他們。」

花顏恍然：「好，那你就先住著，什麼時候想回去了再回去。」說完，對他微笑，「你與阿月一樣聰明，她那個傻丫頭，若是見了你，一定會喜歡你的。」

夏澤知道她口中的阿月是他的姐姐夏緣，對她十分好奇，也露出了一絲笑意。

這一日，蘇子斬帶著五皇子、安十六、程子笑等人一共論罪查抄了十大世家，刑場上一共凌遲了五百三十二人。這是自南楚建朝以來，發生的最大的一件大案。

五百三十二人被千刀萬剮，鮮血在刑場上流成了一條血河。

北安城的百姓們都被震驚了，在他們眼裡高高在上的十大世家門楣一日之間就倒了。那些坐著寶馬香車的他們素來惹不起的貴族老爺公子們，如削白菜一樣被削成了無數片。

這種重罪的極刑，讓見了的人足夠做噩夢半年，但同時又覺得大快人心。

北地的這些世家們，素來魚肉百姓，在北地，他們就是官是貴是權，而老百姓是螻蟻是螞蚱是泥鰍，不敢得罪，得罪了被打殺也無處伸冤。

對於昨日的北安城和今日的北安城，簡直可以說是天翻地覆。

蘇子斬忙了一日，直到深夜才帶著一行人回了住處。

花顏這一日回到住處後並未歇著，而是思索著制定北地受重創後的民生恢復問題。

這半年，賦稅加重，著實讓北地的老百姓苦不堪言。

今年雨水大，沒被淹的地方收成也不好，尤其是北地官場黑暗，政績成負數，北地的各大世家連根拔起後，就要好好地重頭整頓。

花顏參照西南境地戰後恢復的方案，又結合北地的實際情況，暫且制定了一套大概方案。

蘇子斬身體本就沒大好，這一日勞累又被冷風吹，受了些風寒，見到花顏時，極力地忍著，但還是讓她聽到了一兩聲咳嗽聲。

花顏吩咐采青給每個人熬了一碗薑湯，見蘇子斬面色不好，有些後悔，對他說：「早知道我就不回來了，讓你回來歇著就好了。」

蘇子斬嗤了一聲：「不過是受了些冷風而已，不打緊，如今的我又不是紙糊的一吹就散。」

花顏還是有些自責：「說好了來北地你我聯手，大部分事情卻都壓在了你身上。明日你歇著，我幫你把那些小世家們處置了。」

一共二十幾家的罪證，如今剛處置了十大世家，其餘的還都被士兵圍困著，等待明日處置。

蘇子斬搖頭，果斷地說：「用不著，更何況你又沒歇著，睡一覺就好了，我畢竟是頂著朝廷的公差，這種公然露面之事，自然還是要我處置，你不合適。」

花顏就因為知道她不合適露太多面，所以才只是去了程家後就回來了，如今見他態度堅決，她只能說：「讓天不絕給你開一副藥，你的身子骨這般受了寒是萬萬不能大意的。」話落，她便吩咐采青，「去將天不絕喊來。」

采青應是，立即去了。

蘇子斬想說花顏小題大做，但想到自己身體確實還沒恢復好，只能作罷，等著天不絕。

不多說，天不絕便來了，給蘇子斬把了脈，鬍子翹起，不高興地說：「臭小子是不想活了嗎？你知道不知道你這條命有多金貴？今日這般天冷，不多穿些，竟然讓自己染了風寒。你要知道，你解了寒症才幾個月而已，一年之內身體抵抗力都是極弱，小小風寒，若不謹慎診治，也會來勢洶洶讓你丟了小命。」

花顏心神一醒，暗想著自己是對的，幸好半夜把已經睡下的這老頭喊起來。

蘇子斬乖覺地聽訓：「我曉得了，以後一定仔細注意。」

天不絕冷哼一聲，飛快地提筆開了個藥方子，扔給他：「趕緊讓人抓藥熬藥，喝了藥後，躺進被子裡，屋中多放兩個暖爐，發一身汗，明早就好了。」

蘇子斬點頭，將藥方遞給青魂。

青魂拿了藥方，立即去了。

天不絕本來還想再訓斥幾句，但見蘇子斬一臉疲憊，住了口，自己回房又重新歇下了。

蘇子斬在天不絕離開後，拿起了花顏這一日制定出的大概計畫，看了看說：「你這治世之才，也只有在雲遲身邊，才不會被埋沒。」

花顏笑了笑，輕聲說：「你這話聽著耳熟，似很久遠之前，也有人恍惚說過。」

「哦？」蘇子斬看著她，「誰？」

花顏想了想說：「是懷玉。他身體不好，皇室宗室朝中都是一片奢靡享樂之風，無人幫他，在他病著時，只能我幫他悄悄地處理奏摺事務，曾有一日，他就感慨地說，我有治世之才，只可惜生做女子，即便貴為皇后，也不能堂而皇之立於朝堂。」

蘇子斬蹙眉，平靜地問：「你如今還時常想他？」

花顏點頭，又搖頭：「不時常想了，但刻在骨子裡的東西，怎麼都忘不了，不經意地就會冒出來。」

蘇子斬能理解，溫聲說：「只要不再發作嘔血昏迷就行。」

花顏道：「不會了，在皇宮禁地的溫泉宮裡，我見了冰棺裡的那一捧灰，記起了魂咒是我自己所下，如今四百年已過，物非人非，再折磨自己無用時，似乎從心裡就真放下了。只不過魂咒依舊在而已。」

蘇子斬鬆了一口氣：「不再發作總歸是好事兒。」話落，深深地盯著她，「魂咒之事也必須要解，五年，你用點兒心，別放棄。」

花顏頷首：「好。」

半個時辰後，藥煎好，蘇子斬喝了藥，回屋去睡了。

花顏這一日也有些累了，但依舊沒有睏意，她坐在窗前，看著窗外濃郁的夜色，今日是深秋的最後一日，明日便是入冬了，這般冷法，明日大約會有第一場雪也說不定。

她想著剛剛與蘇子斬說的話，她這治世之才，其實不是只有在雲遲身邊才沒被埋沒的。四百年前，懷玉也曾誇過她，信任她，只不過如今對比來看，她當年待懷玉之心，到底不及如今待雲遲之心。

四百年前，她即便為了懷玉，跟著他一起殫精竭慮，日日為拯救後樑江山憂急，也從來沒想到拉下花家攪進風雲裡，甚至最終為了花家世代安穩放棄了後樑。

可是如今，她是拉著花家下水，攪進了南楚這江山社稷的渾水風雲裡。

也許重活一世，她不遺餘力地想要抓住以前做的不好的或者沒做到的事情，也許懂得愛了，懂得如何對人好了。

采青見都已經深夜，花顏沒有入睡的打算，不由出聲提醒：「天色太晚了，太子妃您歇下吧，這般熬下去，身子骨受不住。」

花顏回過神，揉揉眉心，點了點頭，淡笑：「好，歇下吧！」

第二日，蘇子斬果然在喝了藥發了汗後大好，用過早膳後，帶著五皇子、程子笑、安十六等人出去了。

程顧之醒來後，對花顏道謝，同時說想要回程家收爺爺、父親的骨灰。

花顏點頭，放他回了程家。

這一日，剩下的參與北地陰私謀禍之事的其他小世家在蘇子斬雷霆之勢下，很快就處置了。

自此，北地所有大小世家當權者們悉數被懲處，兩日間財產充公，門庭倒塌。

兩日後，蘇子斬張貼榜文，公告北地各州郡縣，羅列各大世家所犯之罪，弘揚太子殿下賢德寬厚，免除株連九族大罪，告慰北地百姓，檢舉貪汙受賄欺壓百姓的官員，肅清北地汙濁之風氣。

告示一出，北地的百姓們似乎看到了頭頂上的烏雲被揭開，見了天日。

接下來，蘇子斬大肆清查北地官場。

北地的各大世家與北地的官場一直有著千絲萬縷的密切聯繫，可以說北地各大世家就是北地官場的後盾和依仗，如今北地各大世家倒臺，北地的官場官員們自然也就沒了依仗。

北地官員們一時間砍頭的砍頭，落馬的落馬，清洗起來十分容易。

蘇子斬在明，花顏在暗，二人配合下，將北地官場上下清查了個遍。隨著官員們被清查，空餘出來了大批的職位，早先被他們選中的有才能的公子們便派上了用場，快速地頂了上去。

北地以一日千里的速度肉眼可見地發生著翻天覆地的變化。

自小忠子那一日對太醫恐嚇驚嚇了一番後，太醫為雲遲下了重藥，果然重藥起效快，雲遲的風寒不兩日便好了。

太醫得了東宮的重賞，著實地抹了一把汗，暗道萬幸他的醫術尚且不差。

雲遲的風寒雖好了，但對花顏思念卻半絲沒減退，日漸累積，相思入骨，幾乎到了食不下嚥的地步，人也日漸地消瘦了下去。

小忠子急的不行，小小年紀，如八十老太太一般地苦口婆心：「殿下，您不能這樣折磨自己啊！待太子妃與您大婚之日，怕是被您挑開蓋頭後該不識得您了。」

雲遲抿唇：「你是說我只能等到大婚之日挑開蓋頭才能見她了？」

小忠子小聲說：「北地之事繁重，一時半會兒定然妥當不了，待妥當了，怕是也到了大婚之期，太子妃該是顧不上來京，直接回臨安等著您派迎親的隊伍去接了。」

「不行，我忍不到那時候。」雲遲計算了下時間，距離大婚之期還有兩個月。

小忠子歎了口氣，這些日子，太子殿下不止折磨自己，也是折磨侍候殿下的他，從小到大他就沒見過殿下恨不得把誰綁在腰帶上的模樣，如今他是恨不得將太子妃綁在身邊日日看著，看不著便茶飯不思了。

雲遲看著窗外：「今年這雪來得早，京城都下雪了，北地應該更早就下雪了，她在信上卻沒有說起。」

小忠子立即說：「殿下別擔心，天不絕跟著太子妃呢，采青也是個心細的，一定會照顧好太子妃，再說還有子斬公子管著呢，您不是說太子妃前兒來信還跟您抱怨子斬公子婆婆媽媽的管她，她都不想見他了嗎？」

他想說的是太子妃哪像您，不懂事地不顧自己的身體瞎折騰，明知道走不開離不得京城，偏偏還非要想著人折磨著自己，誰也管不住。

雲遲哼了一聲，想到花顏抱怨蘇子斬，說恨不得再也不想見，他心裡到底舒服了些。抿唇，轉了話題，問：「明日便殿試了吧？」

「正是。」小忠子點頭。

太子殿下雖時刻想著太子妃，將自己折磨的不行，但卻絲毫沒誤了朝事兒，該幹的事情一件沒少幹。

「也多虧她在北地一切順利，連帶著朝中人近來都極老實不作妖，使得秋試進行得十分順利。」雲遲忽然笑了笑。

小忠子好些日子沒見到殿下臉上露出笑模樣了，如今見他笑了，他也跟著高興，鬆了一口氣說：「要說太子妃和子斬公子可真是厲害，他們到北地不到兩個月，卻將北地各大世家和官場肅清了個底朝天，不但殺了該殺的人，且還為殿下在北地民間賺足了賢德的名聲。」

雲遲看著窗外的飄雪，輕飄飄的大片雪花落下，地上很快就落了一層銀白，他輕聲說：「是啊！凌遲了五百三十二人，卻還是為我賺足了賢德的名聲。」

小忠子聽出太子殿下語氣中的感慨，索性打開了話匣子：「奴才聽最近些日子街上茶樓酒肆裡的說書人說的都是北地之事，一是誇子斬公子不畏北地強霸世家，雷霆手腕肅清北地官場，二是誇殿下您仁慈仁善寬厚，不過沒聽到太子妃的隻言片語。」

雲遲低聲說：「她素來不喜留名，在西南境地也是，無論背後做了多少，功勞都扔在了我的身上。如今在北地也是。」

小忠子立即崇敬地說：「咱們太子妃是奇女子。」

雲遲失笑，笑罷，又是想的心疼：「我不管她如何，只想把她儘快娶回來放在身邊，日日能看到。」話落，他難得地問小忠子，「你說她那麼個人，給本宮下了什麼迷魂術？讓本宮這麼離不得她？」

小忠子嚇了一跳，呆了呆說：「這……不會吧？太子妃會給您下了迷魂術？雲族有這個術法嗎？」

雲遲聞言忽然不想跟小忠子說話了，抬手拿了本奏摺砸到他腦袋上：「行了，你出去吧，不用你侍候了！」

小忠子被砸的有些懵，立馬接了奏摺，小心翼翼地看著雲遲。

雲遲對他擺擺手。

小忠子還是有些不懂哪裡惹殿下生氣了，明明是殿下問他話，他順著他的話幫他分析猜測罷了，誰知道殿下說翻臉就翻臉，以前的殿下可沒這麼不好說話不好侍候！唉！如今他發現殿下是越來越難侍候了，翻臉就跟翻書一般。

雲遲在小忠子識趣又鬱悶地退出去後，想著如何在殿試後儘快地安排人去北地，讓花顏早點兒從北地脫身。

今年的雪的確是來的早，京城在下第一場雪時，北地已經下了三場雪。

蘇子斬在明，花顏在暗，二人聯手將北地各大世家弄垮後，又用了二十多日肅清了北地的官場。同時，安十六帶著人啟動花家所有暗線，恢復北地的士農工商。

因北地的腐朽積壓已久，一步一步的推進，進展得雖順利，但近程卻是不快。

又因北地的冬天來得早，入冬後，十多日，便進入了天寒地凍的日子，所以，黑龍河堤壩修葺之事自然沒能如花顏計畫的那般提上日程，一是朝廷目前再找不出一個安書離來北地修築堤壩，二是大冬天的河水成冰，工人無法幹活，只能等明年開春化凍了再修葺堤壩。

雖然所有事情按照計畫進展得順利，但花顏心裡卻隱隱覺得實在是太順利了，怕是不太妙。這種不太妙的感應說不出來，她總覺得不該是這般順利平靜。

背後之人既然從幾十年前黑龍河決堤就開始籌謀，在北地的根基不是一朝一夕，按理來說，不應該就這麼放棄了北地，十大世家倒臺近一個月，卻一切順利，無風無浪，實在不同尋常。

她將這種不妙的感覺對蘇子斬說了。

蘇子斬點頭：「我也有這種感覺，想必會有大招等著我們，越順利，越該小心翼翼。」

花顏頷首：「如今換我們在明，別人在暗，這種感覺真是說不上好。」

蘇子斬淡淡地說：「總歸是邪不勝正，你也無須提著心，近來我看你氣色不好，眉目總是籠罩著一層青氣，是怎麼回事兒？」

花顏立即說：「是天不絕給我出了主意，用雲族的靈術協助我體內武功心法大成，我最近在嘗試，卻總不能突破瓶頸。」

蘇子斬不贊同地說：「別折騰自己了，子女需要隨緣，你若是這般將自己折騰垮了身子，還怎麼想法子解除魂咒？孰輕孰重，你當該明白，別什麼都由著自己的性子，想如何便如何。」

花顏有幾日沒挨蘇子斬訓了，因為近日來他忙得很，幾乎是早出晚歸，顧不上訓她，今日稍有空閒，便又來了。她無奈地說：「我曉得的，我暫且試試，若是實在不行，不會強求的。」

蘇子斬頷首：「你知道就好。」

二人正說著話，安十六匆匆走了進來，腳步有些急，臉色十分不好，見到花顏，立即開口：「少主，不好了！」

花顏立即看向他，能讓安十六如此色變，定然是出了大事兒，她的預感向來準，立即問：「出了什麼事兒？」

安十六立即說：「青浦縣發生了瘟疫，昨日夜間到今天，已死了一百餘人。」

花顏面色頓變，騰地站了起來：「青浦縣距離北安城一百里，沒受水災，不是受災之地，怎麼會發生了瘟疫？」

安十六搖頭：「如今正在查，這瘟疫十分厲害，起初沒有什麼徵兆，卻在發作時先從臉上起透明小泡，緊接著周身起，起泡一個時辰後，破裂成膿，六個時辰後，全身潰爛而死，死時周身無一處好地方。」

花顏神色微凜，對采青說：「快！立馬將天不絕喊來。」

采青應是，不敢耽擱，連忙去了。

花顏當即下令：「立即封鎖青浦縣。」

安十六道：「我在得到消息的第一時間已經封鎖了青浦縣，但昨日到今日，因這瘟疫是沒有徵兆地突發，所以，怕是已有青浦縣人員外流。而青浦縣又距離北安城近，所以……」

安十六的意思不言而喻。

花顏立即說：「查，昨日從青浦縣流出多少人，都是什麼人？去向了何處，都查清楚。」話落，又對蘇子斬說：「整個北地，各個城池，從今日起，全部封鎖，任何人不得出入。」

蘇子斬點頭，神色是前所未有的凝重：「理當如此。」

天不絕聽聞青浦縣發生了瘟疫，短短時間，便死了一百餘人，而青浦縣距離北安城太近，他半絲不敢耽擱，很快就來見了花顏。

花顏讓安十六對其描述一番瘟疫的疫情。

天不絕聽罷，面色凝重，道：「據老夫所知，古書上記載，是有一種瘟疫叫白皰，這種瘟疫是因被大水沖泡過的死屍因處置不當而滋生了屍蟲，這種屍蟲經過在特殊的環境下保存三個月，會產生一種蟲菌，這種菌被活人碰了，便會蔓延成瘟疫，就是全身起泡到潰爛而死。」

花顏臉色肅然：「這麼說，是因為水災後有處理不當的屍首了？」

天不絕道：「可以這麼說。」

安十六立即道：「無論在鳳城，還是魚丘，黑龍河一帶的受災之地，我們接手賑災後，都十分妥當地處理了死屍。皆因水災後最容易發生瘟疫，所以，十分小心謹慎。」

蘇子斬冷然道：「青浦縣不是受災之地，卻發生了這等瘟疫，怕不是偶然。」

花顏也想到了：「青浦縣距離北安城百里，自從我們來了北安城，踢了北安城的各大世家，可以說便將北安城攥在了手中。若是有人奈何不了我們，用瘟疫施為，也是有這個可能。」

「真是喪心病狂！」安十六氣的大罵。

「可不是喪心病狂嗎？從北地水災就可看出來，不顧百姓死活。我就想近來太順利了，會有什麼大招，原來在這裡等著了。」花顏臉色也十分難看，對天不絕問，「可有藥方能壓制住疫情？」

天不絕點頭：「我老頭子在認識你和花灼那小子之前，打敗天下醫者無敵手後，無聊的很，便鑽營疑難雜症與古籍上記載的無解案例。這白皰，我是研究過一個方子，但從未得到過實驗，不知道是否可行？」

「你現在就把藥方寫出來。」花顏一喜，從沒有這一刻覺得將天不絕帶在身邊是對的。

天不絕頷首，立即提筆寫了一張藥方遞給花顏，同時眼睛露出屬於醫者的狂熱說：「我想去青浦縣看看。」

「不急。」花顏搖頭，接過藥方，看了一眼，遞給安十六，「立即將這個方子傳去青浦縣，讓花家暗線按照這個藥方熬藥，給青浦縣所有人都喝一大碗。」

安十六應是，伸手接過，立即去了。

花顏冷靜下來，對蘇子斬說：「派人查昨日早上到今日此時，進入北安城的所有人！還有將北安城東南西北四城的人都仔細篩查一遍，一旦發現臉上起泡的人，立即控制關押起來！」

蘇子斬點頭：「好，我這就去吩咐。」

花顏說了句等等，又問天不絕：「這種瘟疫是通過什麼方式傳染？除了你那張藥方外，如何預防？」

天不絕道：「這種瘟疫厲害之處在於通過氣流傳染，沒別的預防法子，只要不與得了瘟疫的人接觸在三步之內應該都沒事兒。」

花顏抿唇，對蘇子斬說：「一旦發現，不得接觸三步之內，想辦法在不碰觸人的情況下，將人關押起來隔離，一定要囑咐好，我們自己人萬不要染上。」

蘇子斬凝重道：「好。」

蘇子斬下去吩咐後，花顏對天不絕說：「北安城一定有人已經傳染上了，所以，你不用去青浦縣。」

天不絕皺眉：「這麼篤定？」

花顏點頭：「有人想讓蘇子斬死在北地，也許也知道我就在北地，殺了蘇子斬，是背後之人早就想幹的事兒，而同時殺了我，那麼以雲遲待我之心厚重，受打擊垮下是輕的。背後之人奈何不了我們，便想了這一招。」

天不絕點頭：「有道理。」

花顏道：「青浦縣不是受災之地，可是卻從這裡傳出瘟疫，這是距離北安城最近的一個縣。又因我與蘇子斬在這裡坐鎮，還有什麼比人進北安城帶進來瘟疫更有用的呢？」

天不絕也惱怒道：「真是喪盡天良啊！但願老夫昔年研究的藥方子有用，否則瘟疫控制不住，這北地不知道要死多少人。」

花顏默然，對采青吩咐：「去把程子笑喊來。」

采青應是，立即去了。

這幾日，程子笑、五皇子一直跟著蘇子斬處理事情，忙的腳不沾地，今日蘇子斬好不容易休息一日，他與五皇子都累慘了，齊齊地窩在房裡補眠。

采青去喊，很快就將程子笑叫了來。

程子笑在路上聽采青說了瘟疫之事，簡略地問了兩句，臉色也變了。

自古以來，瘟疫便不是小事兒，若是處理不當，是真的會大批大批的死人。距離現今最近的一次瘟疫爆發是在一百年前，那時候毀了兩座城池。瘟疫沒有法子壓制住，便只能圍困封鎖城門，一城的人都困死在了城裡。

瘟疫十分可怕，更遑論如今這樣厲害沒有預兆的突發性的瘟疫。

程子笑見到花顏，立即問：「太子妃，有何吩咐？」

花顏已經重新臨摹了兩張藥方，遞給他一張，對他說：「你熟悉北地各大藥房，立即帶著人按照這張藥方去採辦大批藥材。」

程子笑接過藥方：「好，交給我。」

花顏囑咐他：「小心些，帶著自己人，即便是藥房的夥計，也要站在三步之外說話，不要過於接近，最好蒙面。」

程子笑點頭，不敢大意：「是，太子妃放心。」

花顏對他擺擺手。

程子笑立即帶著藥方去了。

花顏想著如此大事兒，必須立即知會雲遲，於是，她當即提筆給雲遲寫了一封信，同時將臨摹下來的另一張藥方附在了信箋裡，以防京中也生變出現瘟疫。

她寫好信箋用蠟封存後，交給花家暗線，命人快馬加鞭送進京。

蘇子斬下了命令封鎖北地所有城池，命令一經下達，一層層地傳遞了下去，同時，他吩咐所有人徹查北安城，一個人也不得放過。

半個時辰後，程子笑去而復返，臉色發白地對花顏說：「其中有一味藥，除了我名下的產業，所有藥店皆沒有。」

「什麼藥？」花顏面色一凜。

程子笑道：「盤龍參。」

「為何沒有？是被什麼人提前購走了嗎？」花顏問。

程子笑點頭：「據說是在兩個月前，被人買走了。」

「兩個月前？」花顏臉色霎時清寒，轉向天不絕，對他問，「你的這張藥方子，可給別人看過？」

天不絕想了想，臉色也變了：「老夫是曾經向人炫耀過，那是多年前，剛研究出這一張藥方時，是我的師兄，不過他在三年前便天命大限油盡燈枯去了。」

花顏道：「所以說，也許和神醫谷脫不開關係了？否則你研究的壓制瘟疫的藥方，所用何藥，不該這麼巧地少了一味。」

天不絕點頭，悔恨地說：「都怪老夫當時年歲淺，研究出這藥方來，愛顯唄，但是誰能想到有今日之禍？」

花顏果斷地對程子笑說：「先將你名下藥房裡所有的盤龍參都調出來，留少點兒在北安城，其餘的全部送去青浦縣，若是連北安城的各大藥房都沒有這味盤龍參，怕是整個北地都沒有。」

程子笑點頭，但還是說：「怕是不夠。」

「我想辦法。」花顏咬牙。

程子笑點頭，立即又去了。

天不絕在一旁說：「若是兩個月前就被人買走了，可見是早有預謀，那時也就是蘇子斬和你來北地之時吧？沒想到你們打算的賑災查辦，而背後之人卻在那時就在謀算這一場瘟疫了。」頓了頓，又道，「兩個月，怕是不止將北地各大藥房的盤龍參都買走，這天下但凡有盤龍參的藥房，應該都不會放過。」

花顏怒道：「不管如何，也要再找找。」話落，她叫出一人吩咐道，「傳我命令，花家所有暗線搜集盤龍參送來北安城。」

那人應是，立即去了。

花顏吩咐完，對天不絕道：「我這就給哥哥寫一封信，天下之大，總有背後之人手伸不到而我們花家能伸得到的地方。」

天不絕歎了口氣：「也好，不過此事緊急，怕時間上來不及。」

花顏道：「無論如何，不能坐以待斃。」

花顏當即寫了一封信，命人片刻不得耽誤送往臨安給花灼。

一個時辰後，蘇子斬臉色難看的來找花顏，對她說：「如今查到北安城中已有三人得了白炮瘟疫。這三人是昨日午時進的城，身分是市井無賴，從昨日午時到今日此時，他們三人分別去了北安城的市集，茶坊、賭場等地遊晃。」

花顏臉色也頓時難看了：「專挑人多的地方去，果然是別有用心。」

「不錯。」蘇子斬道，「背後之人看來是想要將我們與北安城一起埋葬。」

「如今這三人呢？」花顏問。

蘇子斬道：「已經關押起來了，這三人罪大惡極，根本不知道自己攜帶瘟疫，審問之下，只說是有人給了他們一大筆錢，讓他們來北安城最熱鬧的地方晃兩日。」

花顏怒道：「是什麼人給他們的錢，他們定然不知道了？」

「嗯。」蘇子斬點頭，「他們三人只說是黑衣蒙面人，不知姓名，我們查不出來。」

花顏伸手拍桌：「視人命如草芥，畜生不如。若有一日讓我查到背後之人是誰，定將其千刀萬剮。」

蘇子斬寒聲道：「每日的集市人來人往，茶樓酒肆也人進人出，賭坊歌坊同樣絡繹不絕。如今一時半刻是查不出這三人接觸了多少人，又有多少人染上了瘟疫，只能等待症狀顯露，才能知曉具體人數。」

花顏沉聲道：「北安城數萬人，三人禍害成群，瘟疫估計很快就會蔓延開。」

蘇子斬點頭。

花顏抿唇：「可是我們的藥不夠，缺少了一味藥。」話落，她將程子笑查知的兩個月前有人將所有藥鋪的盤龍參都收走之事說了。

蘇子斬眉頭打結，面容陰沉地說：「也就是說如今的盤龍參杯水車薪？」

「沒錯。」花顏點頭，「除了程子笑名下的藥鋪因為我接手關門整頓，所以保留了盤龍參，但根本不夠用。而背後之人既然打著讓我們死的打算，兩個月前就著手收盤龍參，怕是這天下能收到盤龍參的地方，都收盡了，即便我們再費力四處搜尋，時間上也來不及。」

蘇子斬沉聲問：「這麼說，我們是一點兒辦法也沒有了？」

花顏抿唇：「目前除了找尋盤龍參，沒什麼好辦法。」

蘇子斬忽然說：「若是將盤龍參用別的藥代替呢？」話落，看向一直坐在一旁沒搭話的天不絕。

天不絕一愣。

花顏眼睛一亮，也看向天不絕：「對，藥方是你多年前研究出來的，如今你醫術比多年前還要精進，你能否再重新研究研究藥方，換一味藥來代替盤龍參？」

天不絕伸手捋鬍鬚，琢磨說：「這倒可以試試。」

花顏頓時說：「如今正有那三人，你做好防護，去見那三人，正好拿那三人給你試驗。」

天不絕點頭，站起身：「老夫等的就是你這句話。」話落，問蘇子斬，「那三人如今關押在哪裡？」

「青魂。」蘇子斬喊了一聲。

「公子。」青魂現身。

蘇子斬吩咐：「帶神醫去那三人的關押之地，仔細保護。」

「是。」青魂應聲。

天不絕不耽擱，立即跟著青魂去了。

天不絕離開後，花顏看著窗外大片的雪花說：「但願他能琢磨出替代盤龍參的藥，否則這北安城也許真會如百年前的那兩座城池一般，成為一座死城。」

「你該對他有信心，神醫不是浪得虛名。」蘇子斬道。

花顏點點頭，鎮定下來。

當日，天不絕並沒回來，傳回消息那三人已死了一人。

夜半，安十六從外面回來，對花顏稟告：「少主，已查清，因大雪天氣，青浦縣外出的人不多，只出了十人，有三人來了北安城，有七人是一家七口去了歸業鎮走親訪友，子斬公子下令，北地所有城鎮，都已封鎖戒嚴。」

花顏鬆了一口氣，看著窗外大雪已經下了一尺深說：「看來要多謝這冬日的大雪了。背後之人的目標是北安城，所以，大約也不會將瘟疫蔓延去別處。」

安十六點頭，又對花顏道：「北安城到今夜，又發現了五十三人，已被關押起來了。到明日，人數怕是會翻上一倍。」

花顏抿唇：「程子笑名下的藥鋪集中加在一起有多少盤龍參？可統計出來了？」

安十六點頭道：「因盤龍參多產於東南境的濕地，所以，在南楚的產量不多，即便不被有心人故意兩個月前收買此藥，怕是也解不了一城瘟疫。程子笑名下的藥鋪統共也只收集了兩箱子十多斤而已，且早先您吩咐收集的大部分都送去青浦縣，如今北安城也不過是區區一二斤。」

花顏沉思片刻，道：「按照天不絕的藥方，將盤龍參減半，先試試能不能拖延感染了瘟疫的人的死亡時間。」

安十六頷首：「我這就去試試。」話落，連口水也沒顧上喝，又出去了。

花顏立在窗前，想著但願天不絕能儘快研究出替代之藥，她把希望全寄託在他身上了。

采青端來一碟點心，放在桌上，輕聲說：「太子妃，您今日晚上就沒用飯，這樣身子骨怎麼熬得住？用兩塊點心吧！」

花顏回頭看了采青一眼，又看了看桌子上的點心，搖頭：「我吃不下。」

采青立即說：「您要多少吃些。奴婢不懂得大道理，但曾聽聞太子殿下對小忠子說過，越是出了大事時，越該冷靜。」

提到雲遲，花顏微微地笑了笑，轉身坐下，捏起一塊糕點：「他說得對，越是這個時候，我越該冷靜。」

采青見花顏吃東西了，暗暗地鬆了一口氣，想著她一直覺得小忠子是個笨蛋，如今發現他有個大優點，就是太子殿下說過什麼，他都時刻地記著，關鍵時候，十分管用。

花顏用了兩塊糕點，之後又喝了些清水，對采青說：「你派人去告訴程子笑，讓他將藥鋪裡所有種類的藥每一種都拿些送去給天不絕，免得他一時間想不全天下所有藥材。實在想不出藥方子，也能讓他一味一味地換著試驗。」

采青應是，立即去了。

花顏在采青離開後，疲憊地揉揉眉心，看了一眼床榻，雖腦子麻亂無睏意，但她還是上了床，強迫自己必須睡一覺。這個時候，她的頭腦必須冷靜清醒，不能如此麻亂渾噩。

第九十六章 疫情擴大

花顏睡了兩個時辰，醒來時，天已亮。

她沒立即起來，而是躺在床上盯著棚頂，腦中十分清明地想著事情。

過了一會兒，她忽然推開被子下床，對外面喊：「采青。」

采青立即應聲：「太子妃，您醒了？」話落，挑開簾子進了屋。

花顏對她問：「外面怎麼樣了？」

采青立即說：「十六公子最新統計染了瘟疫的人數已到兩百四十二人。已有十五人死亡了，這白皰瘟疫發作的太快，從發作到死亡，六個時辰而已。十六公子按照您吩咐，將城內的所有盤龍參減量入藥，那十五人喝的少，沒抗住，只多拖延了一個時辰。」

花顏心底一沉，問：「子斬呢？」

采青立即說：「子斬公子一夜未睡，半個時辰前從敬國軍中調了兩萬人，分成了十幾隊人馬，沿著北安城東西南北四城鳴鑼高喊，讓所有人從今日起不得出家門，若有違者，斬首示眾。」

花顏點頭：「是該這樣，只要街上沒人走動，人與人之間不接觸，這北安城幾萬人便不會太快都被瘟疫覆蓋。」

采青點頭：「子斬公子又染了風寒，奴婢依照那日神醫給他開的藥方子又熬了藥，他喝了之後剛剛去歇下了。」

「讓他歇著吧！」花顏看向窗外，大雪已經不下了，但北風卻刮的厲害，呼嘯作響，將落在地上的雪一層層地吹起，吹成漫天的雪花，看起來跟還在下雪一樣。

她站在窗前看了一會兒，喊：「雲暗。」

「主子！」雲暗應聲現身。

花顏沉聲吩咐：「你帶著暗衛去查，從青浦縣查起，一點點地給我查，我便不信背後之人做這麼大的事兒沒有蛛絲馬跡。」

雲暗應是。

晌午時分，程子笑從外面頂著一身風雪回來，臉色發白，不太好。

花顏給他倒了杯熱茶，待他喘了一口氣，暖和了身子，才開口詢問：「天不絕那裡如何？看你臉色不好，全無進展？」

程子笑點頭：「藥材已經試驗了大半，都不行，替代不了盤龍參。」

花顏抿唇：「別急，不是還有一小半嗎？」

程子笑道：「天不絕說希望不大，若不想這一城人都死絕，他建議還是找盤龍參吧！」

花顏點頭：「最遲今日晚太子殿下和我哥哥都會收到消息，但願他們能使一把勁兒，讓人弄到盤龍參。」

程子笑喝了口茶：「最好查出兩個月前收購盤龍參之人，那人手中一定有大批的盤龍參。」

花顏扣了扣桌面：「我已經派人去查了。」

二人正說著話，夏澤來了，他從外面進來，同樣落了一身寒雪，顧不得抖身上的寒氣，便對花顏說：「顏姐姐，懷王府應該有些盤龍參，我身子一直不好，記得大夫每回開的藥方裡都有這味藥，我母妃一直讓人採買在藥庫房備著的，以備我不時之需。」

花顏一喜，對夏澤說：「你趕緊回一趟夏府。」

十大世家倒臺後，懷王上書朝廷，請罪於太子殿下，言愧對皇恩，未轄管好懷王府，才致使懷王府中人犯了大罪，所以，自請罷免功勳爵位，貶為平民。

幾日前，雲遲收到懷王的上書奏摺，批了個「准」字。

所以，如今的懷王府成了夏府，府中各房各院剩餘人都分了家，僕從們也遣散了大半，只剩下懷王與繼王妃和幾名忠心耿耿的僕人了。

夏澤一直沒回懷王府，今日聽聞花顏等人在為一味藥憂急，多問了一句，才得到消息，此時立即來找花顏。

花顏本來覺得夏澤還算是個半大的孩子，將那些收服的公子們都放出去了官場，卻沒對他指派什麼，打算等完結了北地之事後回花家帶上他，在她看來，夏澤大有可教，將來也可當大用，倒沒想到他因身體不好，每逢用藥必有一味盤龍參。

這算得上是一個驚喜了。

她當即指派采青：「你跟著夏澤去一趟懷王府。」

采青立即說：「太子妃，殿下交代了，奴婢要時刻照顧您，不能離開您，讓別人跟去吧！」

花顏道：「我不出院子，你去去就回。你是我的貼身婢女，又是東宮的人。免得繼王妃見了夏澤不放人，你跟去，若他還願意回來這裡，將他帶回來，順便保護他。」

采青懂了，應是：「奴婢遵命。」

夏澤不耽擱，回了住處披了一件厚厚的披風，采青又塞給他一個手爐，匆匆去了夏府。

這些日子，夏府經過一場大變，懷王和繼王妃也不再是懷王和王妃，反而感情好了極多。

懷王府公庫被抄家後，繼王妃還有自己的嫁妝和這些年為了夏澤而攢了些私庫。她的私庫裡別的不多，好藥收集了無數，在搬出如今已經不符合夏桓平民身分的懷王府後，也將那些藥材都帶到新安置的院落裡。

繼王妃崔蘭芝在知道夏澤沒事兒後，雖心中憂急擔心，但也只能等著夏澤自己回來。這一日，她終於盼回了夏澤。

夏澤匆匆來到夏府，下了馬車後只看了一眼夏府的牌匾，便上前匆匆叩門。

守門人是忠心耿耿的老僕，打開門後，見到夏澤，頓時大喜：「小公子，您總算是回來了，老爺和夫人這些日子一直念著您呢！」

夏澤立即說：「快！這就帶我去見我娘。」

老僕點頭，快步頭前走了兩步，才發現跟著夏澤身後不聲不響的采青，他又頓住腳步，看著采青，試探地問：「這位姑娘是？」

夏澤道：「侍候太子妃的采青姑娘。」

老僕老卻不糊塗，頓時明白了這位姑娘不是一般人，連忙見禮。

采青擺手：「奴婢奉太子妃之命陪小公子回府，老伯不必客氣。」

老僕不敢多問，連忙前頭帶路，想著小公子這般急著見夫人，身邊又跟著太子妃的人，必定有重要的事兒。

夏桓正陪著崔蘭芝說話，主要是寬慰崔蘭芝，夏澤從出生至今，從沒離開過她視線，如今雖然知道他沒事兒，卻一連離了這麼多天，她日漸還是坐不住了。

尤其是那日從蘇子斬口中聽聞夏澤被太子妃請去做客，她不由猜想太子妃請夏澤做客為了什麼，但是如今懷王府已沒了，夏家也沒落了，再沒能力去找夏澤，所以只能等著。

這麼多天，夏澤沒消息，她等的憂急，忍不住又落了淚，擔心他好不好。

夏桓十分有耐心，對他溫言慢語地寬慰哄著。

崔蘭芝用帕子抹了一會兒眼淚，剛要說話，便聽婢女稟告，十分欣喜地說：「老爺、夫人，小公子回來了！」

夏桓坐著的身子騰地站了起來，反而崔蘭芝捏著帕子愣了愣，才驚喜的問：「果真？」

「果真，是小公子，已進院子了。」那婢女向外張望，同時說，「還跟著個姑娘。」

夏桓沒聽她說完最後一句話，人已經衝出了屋，崔蘭芝也立即跟著走了出去。

二人出了門口，便看到夏澤匆匆而來，北風夾雜著地面被風掀起的雪花，打在他臉上身上，正是崔蘭芝心心念念的兒子，她歡喜地喊了一聲：「澤兒！」

夏澤看到急沖沖出來的二人，夏桓比崔蘭芝快了一步，臉上也掛著明顯的欣喜，他愣了一下，腳步頓住。

這麼多年，夏桓對他也偶爾有溫和的時候，只是從來沒有多少喜愛和歡喜，他天性冷清，夏桓沉浸在對過去的悔恨裡。從小，父子倆見面便生疏得很。如今這還是第一次，他從他的臉上看到對他的欣喜，也是這一刻，他才體會到了父親這個稱謂。

他愣神間，夏澤已衝到了近前，停住腳步，急聲問他：「這些日子去了哪裡？可還好？」

崔蘭芝落後一步到近前，不同於夏桓的克制，她直接一把抱住夏澤，落淚說，「我的兒，可嚇死娘了，你去了哪裡？這些日子音信全無的，若非聽子斬公子說你被太子妃請去做客，一切都好，娘早就受不住了……」

夏澤回過神，伸手拍了拍崔蘭芝後背，從小到大，他雖性情冷清，但對一心對他好的親娘，在她傷心難過時，總這樣哄她：「娘，我好得很，太子妃心善，近日來教了我很多東西。」

崔蘭芝慢慢地放開了他，有很多的話想問，但眼角餘光掃見夏澤身後的采青，立即打住話：「這位姑娘是？」

采青上前見禮：「奴婢是太子妃身邊侍候的采青，奉太子妃之命陪小公子回府辦差。」

崔蘭芝一聽說辦差，經過懷王府那一場大事兒，已有些怕了，立即看向夏澤，對他詢問：「澤兒？」

夏澤顧不上與他娘多說，開門見山地道：「父親，娘，府中可有盤龍參？」

夏桓只知道崔蘭芝為了夏澤收集許多名貴草藥，如今聽夏澤問，他看向崔蘭芝。

崔蘭芝點頭：「娘是收集了些，你可是又生病了？」

夏澤搖頭，長話短說地將北安城發生了瘟疫，極其需要盤龍參之事說了。

夏桓聽完臉色變了：「怪不得子斬公子下令北安城所有百姓從今日起足不出戶，原來是發生了瘟疫。」

崔蘭芝不算是個膽小的婦人，但此時也嚇得面如土色，立即說：「有的，這是你常用的藥材，娘備著了。」

夏澤立即說：「娘，有多少讓人都拿出來，孩兒這就帶走去給太子妃做百姓們的救命藥。」

崔蘭芝躊躇：「都帶走嗎？那你……」

夏澤打斷她的話：「娘，我身體好得很，不需要盤龍參，您有多少都拿出來。若是任瘟疫蔓延下去，整個北安城都會毀了的。」

夏桓當機立斷：「蘭芝，快，都拿出來給澤兒，事關重大，不可藏私！」

崔蘭芝見丈夫和兒子意見一致，咬著牙點頭：「好。」話落，對身邊一名老僕吩咐，「快，將藥房裡所有的盤龍參都拿出來給小公子。」

那老僕應是，立即匆匆去了。

崔蘭芝的庫房裡收了兩大箱子盤龍參，足足有二十多斤。

采青見了頓時大喜，想著程子笑的所有藥鋪加起來才得了十斤盤龍參，真沒想到崔蘭芝手裡就收了二十多斤，可見她對夏澤這個兒子，真是實打實的疼到了心坎裡，為了他的病連一味藥都收了這麼多。

夏桓也十分欣喜，立即命人將兩大箱子盤龍參裝上車，對夏桓和崔蘭芝說：「父親、母親，你們一定不要出府，好生在府中待著，子斬公子未解禁一日，就是危急未解除。」

夏桓點頭，以前看夏澤覺得這個孩子天性比別人冷血，一雙眼睛看人的時候總是淡淡涼涼的，沒什麼情緒，一點兒也不像他這個父親，如今發現他似乎有些不同了，至少眼睛裡有情緒了。

他溫聲說：「你放心。」

崔蘭芝看著夏桓，緊張地問：「還沒說上兩句話，你還要離府？」

夏澤點頭，說出了一句讓崔蘭芝沒法攔阻的話：「娘一直以來對兒子太過溺愛，兒子如今已大了，不能總拘在院子裡，太子妃對兒子自有安排，娘放心就是了。兒子將來學有所成，是要報效朝廷的。」

崔蘭芝張了張嘴，不捨地說：「可是如今外面既然正瘟疫蔓延，你出去……」

夏澤打斷他的話：「街上除了巡邏士兵，再無一人走動，而且兒子待在太子妃身邊，不會有事兒。您看兒子如今不是好好的嗎？」

崔蘭芝見夏澤臉色似比以前在懷王府時好了很多，看不見蒼白弱態，點點頭。

夏澤果斷地說：「瘟疫事重，父親和娘多注意府中人，但有不對，立即告訴外面的巡邏士兵。兒子趕緊走了，如今有了藥，救人要緊。」

夏桓擺手：「快去吧！」

崔蘭芝還想說什麼，只能住了口，看向采青。

采青立在一旁，此時開口說：「兩位請放心，太子妃待小公子極好。」

崔蘭芝也不是無知婦人，明白太子妃派采青跟來，估摸著是怕她強留了夏澤，只得點點頭，不敢再留。

夏澤拜別二人，帶著采青，立即上了馬車，離開了夏府。

二人離開後，崔蘭芝小聲說：「王爺，妾身不明白澤兒怎麼就得太子妃看重了？不知太子妃留他在身邊是為著什麼？妾身不是要揣測太子妃，只是太子妃畢竟如今與太子殿下還沒大婚，到底還是個女兒家，妾身這心裡沒底。」

夏桓道：「澤兒還是個孩子，你別胡亂猜測，他聰明聰慧，定然與太子妃收服的那些世家公子們一樣，因為才華而得太子妃重用。比如程顧之、蘇輕眠、蘇輕楓等人，如今每個人在北地都是身負要職。」

崔蘭芝點頭：「是妾身胡思亂想了。」

夏桓又道：「從傳言看來，太子妃就不是尋常女子，更何況是出自臨安花家。如今北地能整頓成這個模樣，暗中定然脫不開花家的干係，太子殿下能讓她來北地，定然是因其本事。」

崔蘭芝寬了心：「妾身一介婦人，難免關心則亂，王爺說的是。」

夏桓溫和地拍拍她後背：「如今你見了兒子，別日夜擔心了，你也看見了，他好得很。懷王府沒了，將來的夏家就指望澤兒了。誠如他說，不能拘在院子裡，否則一生都會庸庸碌碌，如我這般，當年就是母妃溺愛我太甚，蹉跎半生，我才醒悟。」

崔蘭芝輕聲說：「王爺如今就很好，妾身很喜歡，您別這麼說自己，過去的事兒就讓它過去吧！」

夏桓點點頭，與崔蘭芝一起回了屋。

夏澤帶回了兩大箱子二十斤的盤龍參，讓花顏大喜，立即吩咐安十六給天不絕送去，讓他能夠最大效用地利用這些盤龍參。

有這些盤龍參在，今日大約就不必死人了，若是早一日，那十五人也許也不必死了。

有了二十斤盤龍參，不止花顏大喜，蘇子斬也大喜，天不絕也著實鬆了一口氣。

天不絕張狂了一世，連古籍裡的瘟疫都能研究出藥方，如今讓他替換一味藥，卻是真正地難為了他。如今他醫術雖比早些年精進不少，在他研究之下，發現這張藥方還真沒什麼破綻可尋。

他試驗了大半的藥材，已有些灰心，可還是不敢懈怠，畢竟一條條人命在催著趕著。且發作瘟疫的人越來越多，人數不止一倍地增長，讓他心裡也有些慌。

如今有了這二十斤盤龍參，真好，他也能喘口氣，休息休息，冷靜冷靜頭腦，再琢磨藥方。

因有了盤龍參，那兩百四十二人喝了湯藥之後，果真是控制了病發。

但到晚上時，北安城卻又陸陸續續地發現了染了瘟疫之人，在蘇子斬下了禁令後，以各家住戶為一體，又發現了三百七十三人。

剛歇了一覺喘了一口氣的天不絕聽聞後，又立即埋頭去研究藥方了。

花顏那一口氣還沒鬆，這一口氣又緊接著來，聽聞這個人數，臉色分外難看。

蘇子斬歇了一覺，憂急之下也未歇好，風寒被控制了些，但未好，他寬慰花顏：「那三人進入北安城後，在那些人多熱鬧的地方晃悠了一日又一夜，染了瘟疫的人自然不止幾百人。如今有這個數，也正常，怕明日發作瘟疫的人還會更多。」

花顏雙手按壓眉心，看著外面的夜色：「這個時辰，京城和臨安應該收到我的信了。」

「但願他們能弄到大批盤龍參，也但願我們能多撐些日子。」蘇子斬說著，忽然一笑，對花顏道，「說句讓你不愛聽的話，若是你我一起死在這裡，怕是會氣死雲遲。生與你無緣，死卻是有緣的。」

花顏聞言瞪了他一眼：「胡說八道，即便是死，雲遲也不會讓我與你死在一起的，我也不願，你別想了，我是死過一次的人，死哪裡有活著好？」

蘇子斬收了笑，看著她道：「你既不想死，就離開北安城吧！」

花顏也收了笑，沉了眉目說：「我是不會走的。」

蘇子斬盯著她眉目，那裡面湧著暗沉，是她不高興時的表情，他道：「天下人都知道我在北安城，都知道我是太子殿下欽定的北地監察史，瘟疫來了，我自然不能棄北安城百姓於不顧。但你不同，若是萬不得已，天不絕找不到替換的藥材，而盤龍參根本就不夠用，瘟疫實在無法控制時，你就離開吧！沒必要我們都死在這裡。」

花顏咬牙說：「說什麼混帳話呢！我們誰也不會死，北安城這幾萬百姓也不會死。」話落，她沉沉地說，「總會有辦法的，天不絕既弄出了藥方，也就是說瘟疫不是不能控制，條條大路各有不同，藥方也不一定就只這一個。」

蘇子斬見她神色堅定，垂眸，無聲地沉默了片刻說：「你有沒有想過，雲遲收到你的信，怕是再也忍不住，會來北地的。你不離開北安城的話，何人能攔住他來此？」

花顏一怔，這事兒她慌亂之下還真沒想過，她看著蘇子斬。

蘇子斬慢慢地抬起頭，看著花顏的眼睛：「當初在蠱王宮中，大火幾乎將蠱王宮燒成了囚籠，但他依舊獨身闖了進去將你救出。他那樣高傲的人，不惜以我性命和蠱王交換條件威脅你嫁他，你一直都明白在他心裡你有多重要，說句滿朝文武天下人都覺得荒謬的話，你怕是在他心裡已經重過了南楚江山。你想想，如今他知道這裡蔓延瘟疫，豈會不來？」

花顏立即斷然說：「不行，他不能來。」

蘇子斬看向窗外，黑漆漆的夜色似蒙蔽了北安城朗朗晴天，他負手而立，平靜地說：「是啊！他不能來，他是南楚的儲君，是南楚江山未來的繼承人，豈能來北安城這牢籠涉險？萬一瘟疫沒法控制，他若是出事兒了，正稱了背後之人籌謀的心思。」

花顏皺眉，心神頓醒。

蘇子斬轉頭又看了她一眼說：「這天下，除了你，沒人能攔得住他。只要你在北安城不出去，他勢必會來找你，哪怕這裡正被瘟疫籠罩。」

花顏覺得，面對瘟疫，她還是不夠冷靜，至少沒有蘇子斬冷靜。

她能想到的是，北地出了這麼大的瘟疫之事，是不該也不能瞞著雲遲的，她希望他做的是命令東宮的人全力搜尋盤龍參，徹查背後謀禍之人，卻未想到她在瘟疫之地如此凶險，他豈能放任不來？

她沒想到的，蘇子斬替她想到了。

她可以想像，一旦雲遲收到書信，一定再也坐不住，是會來北地的。

可是也許背後之人想要的就是這個結果，用一個北地，殺了蘇子斬，殺了她，引出雲遲，殺了雲遲。捨北地的北安城成為廢墟，而謀奪京城甚至天下。

一旦雲遲不在京中坐鎮，那麼，京城便等於少了遮天布。

南楚真正的大禍也就開始了！

花顏越想越心驚：「有沒有可能，他相信我們能解決瘟疫，安心在京中待著？」

「沒有可能。」蘇子斬打破她的妄想，眼眸深黑地說，「有一句話叫關心則亂，雲遲天性涼薄冷靜睿智，可是擱在你身上，這些都沒用。」

花顏忽然惱怒：「你想趕我走，也不用拿雲遲作伐。」

蘇子斬冷笑：「我恨不得你就在這裡，要生一起生，要死一起死，我用得著為了趕你走拿他作伐？」

花顏惱怒地瞪著他。

蘇子斬半絲不讓，眼神發冷。

片刻後，花顏洩氣，撇開頭，又看向窗外，說了句無關緊要的話：「這天還會越來越冷，還沒真正到三九天呢。」

蘇子斬似乎懶得再說話，不吱聲。

花顏靜靜思索片刻，忽然下了決定，對蘇子斬說：「你離開北安城，去攔住他。這個天下，除了我，若還有人能攔住他，非你莫屬。」

蘇子斬一愣，猛地拔高了音調：「我？」

花顏轉過頭，看著他，微微淺笑：「對，你忘了自己，除了我，還有你。你與雲遲素來不對付，但遇到事情，卻互相忍讓，無論是小事兒還是大事兒。」

蘇子斬忽然惱怒：「我在說你，你憑什麼認為我能代替你去？」

花顏認真地看著他：「你去比我作用大。我能用的只有花家暗線，但花家暗線在京城重地勢力微薄，而你不同，你蘇子斬的勢力和產業根基都在京城一帶，背後之人一定來自京城，你和東宮聯手，不見得查不出蛛絲馬跡。同時，你的冷靜足夠敲醒雲遲，敲不醒他，就打醒他，我捨不得對他下手，你就不用客氣了。」

蘇子斬聞言怒極而笑：「花顏，你可真會拿我當刀使。」

花顏笑看著他：「如今正在十分緊要之關頭，我們半絲也不能出差錯，你暗中離開北安城，我還以你的名義在北安城中抵抗瘟疫。外人如今不明白北安城的情況，你最明白，還沒到十分要緊的地步，就算是最壞的打算，也能撐半個月。這半個月，就算要棄城而去，我能做最好的準備，讓你的名聲全首全尾而退。」

「那你呢？」蘇子斬寒著臉問。

花顏冷靜地說：「若是北安城實在救不了，我能救多少百姓算多少百姓，然後我也跟著退出北安城，做到盡人事，也不會白搭自己的命，我惜命得很，不會陪著一起等死。你且放心，你身為男兒，我卻是個小女子，你是君子，你做不到的事兒，我卻能做到。」

蘇子斬怒道：「你這是讓我臨陣脫逃，而你來善後了？」

花顏搖頭：「不是，你要做更有用的事兒，雲遲一定不能來北地，你半途截住他，是救了南楚天下千萬百姓，這是大義。千萬百姓對比北安城幾萬百姓，誰輕誰重，你比我明白。雲遲不能出事兒，他若是出事兒，我們誰都知道，南楚就會完了。」

蘇子斬沉默不語，臉色沉沉。

花顏溫聲說：「事不宜遲，你今晚就起程吧！你傷寒未好，將藥帶著。如今的北安城，你我都在，也是抵一人效用，不如分開行事，各做最大的效用。」

蘇子斬寒氣森森地說：「若是動真格的，你知道我打不過他。」

花顏淺笑：「我教你幾招，你一準能打得過他。」話落，她隨手拿起身上的披風，披在身上，對他說，「你跟我到院中來。」

蘇子斬站著不動。

花顏嘲笑他：「堂堂男兒，磨嘰什麼。」

蘇子斬陰著臉挪動腳步，他本來打算讓花顏離開北安城，沒想到反過來被她要求離開北安城，他心中說不上什麼情緒，只覺得不舒服，想發洩，見她主動要教他幾招，想著也好，一直以來他被雲遲壓制，如今也要讓他嘗嘗厲害。

采青一直候在門口，將二人的話聽了個清楚，此時見二人出房門，連忙提了罩燈跟上。

花顏回頭對采青說：「你提著燈站在房檐下就好。」

采青應了一聲。

花顏從腰間抽出一柄軟劍，對蘇子斬微笑：「看好了。」

花顏將一套劍法展示給他看，這一套劍法，一共只九式，但每一式卻幻化出十多種劍式，花顏開始動作很慢，待兩遍過後，越來越快，最後快得幾乎讓人看不清。

花顏改的劍術是雲遲所用的劍術，她曾經看過他出手兩次，一次是在蠱王宮，一次是在臨安花家他與花灼論劍。她天生有過目不忘的本事，將他的劍招記了清楚，雖第一次使用，但她武學本就高超，心思聰穎，學了個七八成。

蘇子斬要對付的是雲遲，所以，她為了他能攔住雲遲，不客氣地不遺餘力地教了他這一套能克制住雲遲劍招的劍術。二人一次次的比劃。

二人的比劃聲驚動了安十六、五皇子、夏澤等人，三人出了房門，皆站在房檐下觀看。半個時辰後，花顏見蘇子斬用順了這套劍，便虛晃一招，後退三丈，收了手。

蘇子斬見她收手，也收了劍。

在二人頭頂，因劍氣揚起的雪花落葉紛紛而落。

蘇子斬想起了半年前桃花谷的桃花，也這樣紛紛散落，不由得鬱氣頓消，倏地笑了：「到時候我傷了他，你可不要心疼。」

花顏眨眨眼睛，聳聳肩：「只要能攔住他就行。」話落，又說，「一路小心。」

蘇子斬頷首。

蘇子斬收了劍，喊出青魂，吩咐簡單收拾一番，當夜起程，離開了北安城。

夜黑風高，他帶著十三星魂，離開的悄無聲息。

夜裡風刮的極大，呼嘯而過，高牆也擋不住，寒風幾乎要掀翻了房頂。

花顏在蘇子斬離開後，立在院中，看向上空，烏雲蔽日，夜如黑漆，連半絲星芒都看不到，她深深地歎了口氣。

五皇子走到花顏身邊，喊了聲「四嫂」。

花顏從夜空中收回視線，看著五皇子，對他微笑著說：「小五你放心，我答應你四哥帶你來歷練必會護你周全，自然也會安全把你送回京城的。」

五皇子點頭：「四嫂，我不擔心，我只是……」

「嗯？」花顏看著他。

五皇子低聲說：「我只是覺得你太累了。」

花顏笑著伸手拍拍他肩膀：「不累，我有能力，且能豁的出去，為一個人分憂，幫他將擔在肩上的重任分擔一些，是福氣。你四哥比我累得多。我如今身在北地，處置的是北地之事，而他處置的是天下之事。他的累，有我們看得見的，也有看不見的。」

五皇子抬起頭：「四嫂說的是。」

花顏對他擺手：「你被我帶出來都瘦了，快去歇著吧！」

五皇子點頭：「四嫂也早些回屋，夜裡風寒，仔細身子。」

花顏頷首。

五皇子轉身回了屋，這些日子，能幫得上的忙，他也歷練著跟著安十六、程子笑一起操勞，雖然此時因瘟疫，他也睡不著，但人不是鐵打的，也知道必須休息。

五皇子離開後，安十六衝上前，悄聲對花顏說：「少主，您將子斬公子打發了，是對北安城的瘟疫沒信心了嗎？」

花顏搖頭：「不是，為今之計，我們兩個都留在北安城，沒有盤龍參，作用不大，他回京用處更大，既能攔住太子殿下，也能與太子殿下聯手查幕後之人。」

安十六恍然：「我再去看看天不絕那老頭子。」

花顏擺手：「去吧！」

安十六立即去了。

花顏看著立在西廂房門口的夏澤，那孩子就站在那裡，不知道在想什麼，沒過來，也不回屋，她喊了一聲：「夏澤！」

夏澤應聲走了過來，看著她：「顏姐姐。」

花顏摸摸他的頭，溫聲問：「想什麼呢？這麼冷的天，不回屋去。」

夏澤仰起臉，一本正經地問：「顏姐姐，你收徒嗎？」

花顏一怔，失笑：「怎麼？你要給我做徒弟？」

夏澤點點頭：「你的武功好，劍術更好。」

花顏淺笑，又摸了摸他的頭說：「我的劍術不算是最好，天下劍術最好的人是太子殿下。」

夏澤垂下頭：「太子殿下是不會收徒的。」

花顏「嗯」了一聲，笑著說，「的確是不會收徒的，但你若是入了東宮，也許閒來無事，他會指點你一招二式也說不定。」

夏澤抬起頭，看著花顏：「入東宮？」

花顏頷首，想了想說：「我本來想將你帶去臨安花家，留在那裡，讓你姐姐給你調理身子，我哥哥尋常也能教導你一二，以你的聰明，定能成大器。但在花家待久了的人，行為舉止處世之道，都會受影響，怕你待著待著就不想報效朝廷了，不如就去東宮吧！南楚江山需要有才之士，不需要避世之士。」

夏澤一雙眸子清澈：「東宮庭院深深，宮苑禁閉，不是一個牢籠嗎？」

花顏微笑：「不會，太子殿下治下雖嚴謹，將東宮管轄的鐵板一塊，但東宮能人異世也頗多，你雖年少，但我覺得有能有才者不拘泥年紀，你就以客卿身分進東宮，從東宮出來的人，將來你的前途自然不可限量。」

夏澤眼睛清亮：「我聽顏姐姐的安排。」

「好，多謝弟弟信任姐姐。」花顏笑咪咪地擺手，「快回去歇著吧！你的身子骨弱，自己要小心仔細。」

夏澤點頭，腳步輕快地回了屋。

花顏轉身也向屋內走去，走到門口時，采青立即說：「您再不回屋，奴婢都忍不住上前去拖您了。」

花顏笑了笑，主動說：「這天是凍死個人，去端薑湯來，喝一碗薑湯，暖和暖和，我也好琢磨接下來的事兒。」

采青應是，立即去了。

辛辣熱騰的薑湯入喉，胃裡一陣暖熱，驅散了一多半寒氣。

花顏捧著薑湯喝了個見底，對采青說：「將我早先在東宮畫的那卷北地的地勢圖拿來。」

采青點頭，轉身去了。不多說，拿了花顏畫的那幅北地的地勢圖，平鋪到案桌上，然後舉著燈，讓燈光清晰地照在地勢圖上。

花顏看了片刻，拿起筆，標記了幾處，然後，對采青問：「你說若是我將北安城的百姓們分批地送出去這幾處地方，可否行得通？」

采青一怔，她在太子妃身邊侍候已不短時候，太子妃從不問她這等大事兒，她躊躇地說：「奴婢也不知道。」

花顏一笑，對她溫聲說：「別緊張，你就想想，這個可行不？」

采青聽著花顏的話，又盯著那幾處地方看了一會兒。咬著唇說：「您是打算將北安城淨空成一座空城嗎？」

花顏點頭，笑著誇讚：「聰明！」

采青身為先皇后暗衛中的一員，雖不是最聰明武功最高的，但貴在心思單純，性格乾脆討喜，被雲遲選到花顏身邊，跟著她從西南境地到北地，經歷了不少事兒，也懂得了不少。如今聽花顏誇獎，她臉一紅，小聲說：「如今每天都有人染上瘟疫，您打算如何將人送走呢？數萬人，怕是不好辦。」

花顏道：「我選的這幾處，都不是距離北安城極遠之地，最遠的不過百里。若要分批分送出去，工程雖大些，但也不是太難。」

采青又說：「可是如今城內，除了已明顯發作的百姓外，其餘染了瘟疫沒發作的人怕也是大有人在，怎麼區分這些人呢？就算分批送出北安城，也解決不了瘟疫之事啊！」

花顏道：「當下解決不了瘟疫之事，但也不能什麼都不做。北安城的瘟疫瞞不住，很快就會傳遍天下。以這兩日瘟疫發作的人數倍增長來看，或許，從青浦縣進入北安城的那三人怕是個幌子，而北安城內潛伏著瘟疫之源。」

「啊？」采青驚呼出聲。

花顏做著最大膽的猜想，思索著說：「有一句話叫最危險的地方，便是最安全的地方。瘟疫雖然最早是從青浦縣傳出的，但未必瘟疫之源就在青浦縣，因為背後之人的目的是北安城。所以，瘟疫之源十有八九就在北安城。」

采青白了臉：「太子妃，那……趕緊查啊！」

花顏歎了口氣：「若是我猜測的不錯，會埋藏得極深，且不容易查出來。」她輕抿嘴角，「所以，我才想將百姓們分批送出去，要弄出動靜，引蛇出洞。」

采青恍然。

花顏揉揉眉心：「這也是剛剛子斬離開後我忽然想到，北安城的夜這麼墨黑，自然是因為黑的久了。」話落，她打住話，「我再想想，明日再議吧！」

采青點點頭：「天色已晚了，您歇著吧！這樣每日只睡兩三個時辰，怎麼受得住？」

花顏笑了笑，走向窗前：「受得住的，四百年前，我有很長一段時間，每日只睡一個時辰，尚且還睡不踏實。」

采青住了嘴。

花顏不再多言，躺去了床上，蓋上了被子。

采青給花顏掖了掖被角，熄滅了燈，走了出去。

這一夜，東宮和臨安同時收到了花顏的來信。

第九十七章 直奔北地

雲遲自從收到花顏提及梅花印的那封信，便命人暗中徹查梅花印，可是數日來，卻全然無影蹤，沒有半絲關於後樑梅花印的痕跡。這樣的結果，不由得他不重視。

花家和東宮都查不出來的東西，可見隱藏得何其之深。

四百年前的後樑之事，沒有誰比花顏這個皇后更清楚，後樑所有皇室宗室子孫，除了懷玉帝，當真是沒有一個出息的。懷玉帝和淑靜皇后先後飲毒酒後，太祖將後樑皇室子孫悉數為二人陪葬，在當年太祖掌管的宮闈天下中，誰有本事在他的眼皮子底下逃脫？

可惜，四百年太久遠，查都不好查。

這一夜，他正想著花顏有幾日沒來信了，今日不知是否會有信函來，雲影便現身，呈遞上了北地傳來的信函。

這封信，與以往的信不同，不是厚厚的一摞，拿在手中輕飄飄的，雲遲將信在手裡掂了掂，有些不滿，但信封上的字體還是讓他眉目一舒，立即不耽擱地打開了信。

花顏的這封信很簡短，簡短到雲遲一眼所見就一目了然，他看完信後，當即變了臉色，素來泰山崩於前面不改色的容色一下子變得泛白，拿著信箋的手甚至微微發抖。

雲影每回都會等著雲遲回信，除非殿下說不急著回，才會退下，這麼長時間，只有唯二的兩次，一次是太子妃與殿下言北地之事的信中提了許多次子斬公子的名字，一次是太子妃在信中提到了後樑的梅花印現世。

第一次時，殿下想太子妃了，想得心疼，他悟不懂，不明白殿下為何每次都急著給太子妃回信，卻突然不回了，壓了信，直到小忠子私下對他說了原因，他才明白了，殿下是醋了，心情不好，怕太子妃聰明從信中看出來，所以，第二日冷靜了才回了信。

第二次時，太子妃信中說梅花印現世，她先讓花灼查了兩個月，卻至今沒有消息，她覺得必須該告訴他了，連花家都查不出來的消息，不是小事兒，可見梅花印隱的深。殿下壓了信，想了許久，才回了句知道了。

如今，雲影不明白又發生了什麼事兒，竟然讓殿下這般失態。

他試探地喊了一聲：「殿下？」

雲遲收緊手掌，手中的信箋被他揉在一起，團成了一個團，他的臉色發白，嘴唇也微微泛白，聲音是一種壓制著的勉力冷靜：「北安城出現了瘟疫，是白皰，天不絕有藥方，但早些年他將藥方洩露過，如今少了一味盤龍參入藥解瘟疫之症。」

雲影一聽，臉也頓時白了，瘟疫自古來便不是小事兒，尤其還是古籍有記載之厲害的白皰瘟疫。他抖了抖嘴角，急聲道：「殿下，立即調動東宮所有人，全力搜尋盤龍參運送到北地吧！」

雲遲攥緊手：「京中各大藥房，也怕是沒有盤龍參。」話落，他當即下令，「你先拿著我的手諭去御藥房一趟，看看御藥房裡有沒有盤龍參，不得驚動任何人。」

「是。」雲影知道事大，迫在眉睫，太子妃就是殿下的命根子，如今北安城有了瘟疫，而太子妃就在北地，如此危險，必須要快。他想著，轉眼就出了東宮。

雲遲又沉聲喊人：「雲意。」

「殿下。」雲意現身。

雲遲從袖中拿出一塊令牌，遞給雲意：「你去春紅倌走一趟，找到鳳娘，讓她立馬派人查蘇子斬名下的所有產業可有盤龍參？」

「是。」雲意見殿下神色蒼白，不敢多問，立即應是，接了令牌去了。

雲遲又喊來一人，吩咐：「將所有幕僚客卿都請來，就說本宮找他們商議通過殿試的考子們官職任免之事。」

有人應是，立即去了。

雲遲連下了三道命令後，坐在椅子上，緩緩地閉上了眼睛。

已是冬日，書房的地龍燒得溫暖，但卻溫暖不了雲遲，他覺得周身冷的很，這南楚江山下，到底是什麼人如此其心可誅，不惜毀了北地，拿百姓性命作伐，也要拖垮南楚江山？當真如花顏信中所說，豬狗不如！

他盡力地讓自己冷靜下來，但卻無論如何也難以冷靜下來，片刻後，他喊：「小忠子。」

「殿下！」小忠子知道出了大事兒，白著臉出現在雲遲面前。

雲遲對他吩咐：「備馬！」

小忠子向外看了一眼天色，立即問：「殿下，如今夜已深，您要去哪裡？」

雲遲抿唇道：「北地。」

小忠子嚇得身子一晃，搖頭：「殿下，您此時不能去北地啊！但不說北地如今正逢瘟疫，您離開後，京城怎麼辦？」

雲遲沉聲說：「你只備馬就是，本宮自然在離開前會安排好，廢話什麼！」

小忠子快哭了：「殿下，您真不能去北地，您……」

雲遲冷冷地盯著小忠子，不再說話。

小忠子面對雲遲的眼神說不下去了，腿一軟「撲通」一聲跪在了地上。

「本宮往日太縱著你了，如今本宮說什麼，你都要攔上一攔，你哪裡來的膽子？」

小忠子面色一白，哆嗦著說：「殿下恕罪，奴才這……這就去備馬。」說完，他抖著身子爬起身，不敢看雲遲，一溜煙去了，生怕晚一步，太子殿下就生吞活剝了他。

外面夜幕黑漆，寒風呼嘯，風打在窗櫺上，發出鈴鈴的響聲。

雲遲一再告訴自己冷靜，冷靜地分析如今的朝中形勢，冷靜地想著今年發生的諸事兒，冷靜地計畫著他在離京前該安排好什麼。

這般時候，他冷靜的可怕，甚至能想到背後之人也許就埋藏在京城，五年前的川河谷水患，半年前的西南境地大亂，兩個月前的黑龍河決堤，以及如今的白炮瘟疫，這幾件大事兒，怕是都與背後之人脫不開關係。

五年前他帶著東宮眾人前往川河谷，經歷了兩次大批刺殺，每一次都是九死一生，刺殺他的人都死了，至今他沒查出結果，不過後來，刺殺便再沒動靜了。

今年，連番大事兒，他也能想到原因，是因為他即將大婚了，大婚後，父皇就會傳位給他，他不再監國涉政，而是真正地親政，他親政自然與做太子不同。

他能想到背後之人的目的，就是想在他大婚前，讓南楚大亂，趁機殺了他。

如今北地之事，蘇子斬和花顏捅開了遮蔽的黑網，背後之人一定恨死了他們，想讓他們死在北地，再也回不來。同時，若是能引得他去北地最好，一併殺了他。

但是，儘管知道這陰謀，他還是要去北地，他不能讓他的太子妃為他的江山在北地辛苦傾軋與瘟疫死神抗爭，至少，就算抗爭，就算救百姓，也該他陪著一起。

生死一起，死生一起。

半個時辰後，雲影白著臉從御藥房回來，空手而歸：「殿下，御藥房沒有盤龍參。」

雲遲臉色白而冷寒，似不出意料，他站起身，負手立在窗前，嗓音比窗外的冷風還涼一分：「我就知道，御藥房不會有盤龍參的。」

雲影立即說：「殿下，可要屬下查御藥房裡盤龍參的去處？能動皇宮御藥房的藥材，身分定然非同一般。」

雲遲搖頭：「暫且不必查了，就算查，一時也查不到。你再帶著東宮所有暗衛，去查京中各大藥房，本宮給你一個時辰。」

雲影應是，片刻不耽擱，如風一般地退了出去。

這時，小忠子進來稟告：「殿下，幕僚客卿們都來了，都在外廊候著呢，您現在可要見？」

雲遲頷首，沉聲道：「讓他們都進來。」

小忠子應是，請外面的人進了書房，二十多人一下子就將雲遲的書房擠滿了，齊齊給雲遲見禮。

雲遲轉過身，看著這些人，目光從每一個人身上掠過，一時沒說話。

眾人心下打鼓，感覺是出了大事兒，太子殿下今日的眼神很有威壓，讓他們一路喝著冷風而來，進了這有地龍的御書房，似也沒覺得暖和。不由得都暗中猜測，難道殿下選拔的考子們其中有人出了什麼大事兒？

今年真是多事之秋。

雲遲目光掃了一圈，這些都是他少時開始培養的東宮的人，每個人，都是他千挑萬選的，若是有人背叛他，應該等不到現在，五年前就背叛了。

於是，他收了威壓的眼神，將手中揉成一團的信箋遞了出去：「今日叫你們來，不是為了殿試之事，而是有一樁大事兒，你們看看。」

當前一人連忙將那團信箋接了過去，費了好半天的勁兒才打開，這一看，大驚失色，身旁的人立即圍上前，看到信箋的內容後，也都齊齊變了臉。

自古瘟疫，猶如人類的天敵，人在瘟疫面前，大多數時候都無能為力。

百年前，兩座城池近十萬人毀於瘟疫。

如今，讓人欣喜的是白皰瘟疫被天不絕研究出藥方，但同時伴隨著絕望的是這藥方早已洩露，其中一味藥，兩個月前已開始被人暗中收購。

一人抖著手開口說：「殿下，北地的盤龍參被人收購，那京城的各大藥鋪呢？也許……」

雲遲寒聲說：「本宮已讓人去查了，但十有八九也不會有盤龍參。京城距離北地路途雖遠，但背後之人既想毀了北安城，兩個月已足夠收購盡南楚四地的盤龍參。」

皇宮的御藥房都已沒有盤龍參，更何況京中的各大藥房。

雲遲臉色沉寒，對眾人道，「本宮今夜便會起程去北地，京中諸事就交給你們了。」

東宮的一眾幕僚客卿聞言頓時駭然，齊齊反對，「殿下不可！」

如今北安城被瘟疫覆蓋，殿下前往北安城，豈不是涉險？瘟疫可不是鬧著玩的，比刀槍劍雨還要厲害至極。

雲遲面無表情地說：「本宮叫你們來，是已下了決定。」

「殿下萬萬不可！」眾人對看一眼，不約而同地「撲通」跪在了地上，「您身繫江山社稷，瘟疫避之唯恐不及，豈能前往？殿下三思！」

眾人異口同聲。

眾人話落，其中一年長老者開口：「殿下是南楚江山的支柱與希望，您的安危不止關係自己，還關係南楚千萬子民。殿下不為自己著想，也該為社稷著想。」

雲遲看著跪在地上的眾人，每個人臉上都顯現著堅決反對和驚惶駭然，他沉默片刻，說：「本宮的太子妃，就在北安城，他為本宮所做，別人不知，但身為東宮的人，理當知曉個中內情。如今她在北安城危在旦夕，本宮豈能坐視不理？」

眾人心中齊齊被這番話敲擊了一下，身為東宮的人，自然知曉太子妃花顏十之八九事，太子妃幫殿下收復了西南境地，暗中又前往北地相助子斬公子，這功勞比他們東宮所有人加起來的功勞都大，但是，除了東宮的人以及少數幾人，無人知道。

如今太子妃在北安城被瘟疫所困，的確凶險，但是……

還是那老者當先開口：「殿下，沒有盤龍參，您去北地也無用啊！」

雲遲沉聲道：「本宮離京，前往北地，同時沿途也會徹查，背後之人暗中收購了盤龍參，總不會將其毀了，一定會藏在某處。與其本宮在京城心急如焚地等著北地的消息，不如前往北地。」

那老者搖頭：「可是……」

雲遲打斷他的話：「都不必說了，本宮心意已決。」話落，他吩咐道，「從明日開始，本宮便會稱病不朝，由父皇理政，你們暗中注意京中動靜，保護父皇。」

眾人都看著雲遲，見他神色不容置疑，眸光堅定，互相對看一眼，知道勸說無用，都暗暗地歎了口氣。

雲遲見無人再反對，擺手讓眾人起身，就著京中情形和朝中諸事兒，都詳細地安排了一番。

眾人連連點頭應是，心中默記下來。

一個時辰後，雲意回來稟告，冷木的臉色十分難看：「殿下，鳳娘讓人查了，子斬公子名下的藥鋪沒有盤龍參，據說這兩個月陸陸續續被人買走了。」

雲遲不出所料地點了點頭，面無表情：「本宮知道了。」

這時，雲影也回來稟告：「殿下，京中各大藥房，皆沒有盤龍參。」

雲遲又點點頭，吩咐道：「雲意留在京中保護父皇，雲影帶著人與本宮即刻離京。」

雲意和雲影齊齊應是。

雲遲又將福管家喊進書房交代了一番，福管家聽聞北地出現了瘟疫，駭然地也想勸說，但看雲遲臉色前所未見，知道勸說也無用，便閉上了嘴，一一應承。

雲遲交代完，又將小忠子喊了過來，對他吩咐：「你留在東宮。」

小忠子臉倏地白了，幾乎要哭出來：「殿下，您別不帶奴才啊！奴才再也不敢放肆了。您就帶上我吧，別把我扔在宮裡，以後您說什麼是什麼，奴才再也不多嘴多舌了！」

雲遲冷眼看了他一眼：「胡說什麼！本宮稱病，你留在東宮，明日一早，進宮稟告父皇，請父皇理政。」話落，嚴厲地說，「你是本宮身邊的人，出息點兒！再如此沒出息，本宮真將你趕出東宮去！」

小忠子頓時一哽，哭腔頓停，連忙點頭。

雲遲不再耽擱，帶著雲影等人，輕裝簡行，出了東宮。

因馬蹄裹了棉布，踏地無聲，又因冬日裡寒風呼嘯，本就風大，遮掩了聲跡，所以，雲遲星夜出京城，也沒發出多少動靜。除了東宮的幕僚客卿，以及東宮的一眾人等，無人所知。

雲遲離開後，小忠子紅著眼圈拽著福管家的衣袖：「殿下從來沒扔下我獨自離開過，就是去西南境地，也沒扔下過我，如今殿下不帶我，是不是真煩了我了？」

福管家歎了口氣：「殿下要真煩了你，早就將你這沒出息的東西給打殺了，何必還留著你？如今殿下不帶你，是因為殿下此次離京，是悄悄出京，你留在京城，時常露面，才能做個殿下在東宮養病的幌子。」

小忠子抹了一下眼角：「我好擔心殿下啊！瘟疫實在是太可怕了……」

福管家白著臉說：「殿下吉人自有天相，太子妃也是。我們安穩守好東宮，等著殿下回來就是了。」

小忠子也不是不懂事兒，否則也不至於被雲遲一直留在身邊，默默地點點頭。

當日夜，臨安花家花灼也收到了花顏的書信，素來清風朗月凡事不動如山的臉色也變了。

秋月見他變了臉，立即湊到他旁邊，急聲問：「公子，小姐出了什麼事兒？」

花顏將信紙猛地一攥，平靜地說：「無事。」

秋月看著他的臉色，青青白白，她猜出定然是出了大事兒，頓時對花灼大怒：「我要與小姐通信，你數日來不讓，小姐來信，你也不給我看。」話落，她氣憤地一拍桌子，直呼其名：「花灼，你再這麼欺負人，我就不喜歡你了。」

花灼一愣。

秋月眼睛紅紅地大大地瞪著他，自從她輸給花顏被她騙著跟在她身邊，雖然花顏待她情同姐妹，但她十分重諾，說給她做婢女就給她做婢女，一直以奴婢自居，從小到大，都稱呼花顏為小姐，花灼為公子，哪怕心裡喜歡花灼，也從沒喊過一次他的名字，花灼時常欺負她，即便她被欺負的跳腳不理他，也未曾如今日這般拍桌子氣憤地表態。

秋月見花灼看著她發愣，氣憤更是壓制不住：「早在我離開小姐之日，我們當初的約定就解除了。我一無賣身契，二是自由身，花灼我告訴你，我要回家，不跟著你了。」說完，她轉身氣沖沖地就向外走。

她一直沒打算回家，她的家早就被她棄了，但是知道花顏在北地，對付北地各大世家，她怕她父親從中作梗，便寫了一封信送去北地給她父親，她知道他這些年一直在派人找她，所以，以信牽引她父親心神。

她本來也要寫一封信給花顏，但是花灼不讓，她只能忍了。

後來，她聽聞花顏對北地的處置，她父親沒參與，心下鬆了一口氣，花顏數日前來信給她，花灼難得好心才給她看信，花顏信中說她弟弟夏澤是個可塑之才，就是身體天生有弱症，他師父嫌棄殺豬焉用宰牛刀，沒給他治，等著她給他治。又說繼王妃也是個不錯的人，他父親愧疚了多年，有多大的罪也該贖夠了，所以，擇個時候回一趟北地吧！

她在看到信後就動了回北地的心思，但是花灼偏偏不准，說蘇子斬和花顏在北地的一切行事未免太順利了，也許還會有變動發生，他暫且不會去北地，靜觀其變，也不讓她回，非將她拴在身邊。

秋月本來覺得有道理，但是如今明明出了大事兒，花灼偏不告訴她，實在讓她再不能不發作。她要告訴花灼，她也是有脾氣的！

花灼見秋月邁出門口，方才驚醒，騰地起身，一陣風一般地追了出去，秋月似不管不顧了，什麼也不帶，出了房門就徑直向府外跑去，但她武功沒花灼好，沒多遠，就被花灼給追上了。

花灼一把拽住她，看著她氣沖沖的臉，一時既覺得新鮮又有趣，但偏偏北地瘟疫事急，他笑不出來，但看著難得把這小丫頭氣成這樣，還是讓他心情好了不少。

秋月脾氣此時極大，被花灼抓住用了最大的力氣回頭給了他一掌。

花灼不躲不閃，任她一掌打在了胸前，頓時悶哼了一聲，鬆開了秋月，捂著心口，倒退了好幾步，在深夜裡，臉色煞白。

秋月本是一腔怒火，以為憑她的功夫，根本打不著他，卻沒想到他竟然不躲，她頓時也白了臉，連忙上前，一把扶住他：「你怎麼樣？你……你幹嘛不躲？你傻嗎？」

花灼從沒被人罵過傻，反而被他說的最多的就是秋月這個傻丫頭，如今聽了她的話，面皮抽了抽，眸光微閃，垂下眼睫，受傷地說：「我若是躲了，你還怎麼消氣？」

秋月一噎，的確，她如今氣沒了，只剩下後悔心疼地覺得自己那一掌打重了。

她連忙伸手給花灼把脈，幸好他內功高，她那一掌雖重，但也沒將他傷得重，喝兩副藥就能好，她鬆了一口氣，倔強地說：「你總是以欺負我為樂，明明是小姐出了事兒，卻不告訴我……」

花灼也見識到了，再軟的脾氣，再溫和的性子，也是有脾氣的，他想著以後可真不能惹急了她，惹急了之後，小爪子伸出來還是很鋒利的，還得他自己遭罪來哄，他咳嗽一聲，握住她的手說：「的確是出了事兒，我不是怕你擔心又哭鼻子嗎？」

秋月眼睛頓時更紅了：「我就知道一定是出了事兒，但是你不告訴我，我也不是真傻，自己能猜的出來，你還不如告訴我。」

花灼連聲哄著說：「是，你不是真傻，是我傻，不想看你哭鼻子。」話落，將信箋給她，「你既答應我說不哭鼻子，看了信箋，一定不要哭。」

秋月立即接過，連忙打開被花灼揉成了一團的信箋，奈何黑夜黑漆一團，什麼也看不到，她立即說：「看不到。」

「傻丫頭，回屋去看。」花灼一把拽住她的手，拉著她進屋。

秋月跟著花灼回了屋，來到燈盞前，迫不及待地打開了信箋，一看之下臉色頓時大變，卻當真沒哭，立即對花灼說：「我要去北地。」

花灼看著她的眼睛，紅著眼眶，但沒哭，大眼睛如蒙了霧氣，很漂亮。他抿了一下嘴角說：「如今當務之急不是我們去北地，而是要搜尋盤龍參。」

秋月點頭，抬眼看著花灼，認真地說：「師父教我醫術，是為了讓我傳承他的衣缽治病救人。如今北安城有瘟疫，他雖在北地，但一人怕是也忙不過來，我去幫他。」

花灼抿唇：「那我呢？」

秋月攥緊花顏的信箋說：「你不能去，你要給小姐找盤龍參，我在你身邊也幫不上你的忙，我去北地，作用更大。」

花灼默然地看了秋月好一會兒，這丫頭不止沒哭，反而這麼快就做了決定，他忽然倏地一笑，一把將她拽進了懷裡，笑著摸著她的頭說：「你可知道當初妹妹為何要將你從天不絕的手裡騙到她身邊？」

秋月立即說：「小姐說了，她需要一個婢女，像我這麼笨的，能襯托她的聰明。」

花灼失笑，胸腔震動了好一會兒，笑聲在秋月的頭頂，聽起來有些愉悅。

「你笑什麼？如今北地有瘟疫，小姐也危在旦夕，你還能笑得出來？」秋月心中憂急如焚，伸手捶花灼，想起來他剛受了她一掌，又住了口。

花灼收了笑，但語氣猶帶著三分笑意地說：「她那是說來哄你的，她當年與我可不是這麼說的。」

秋月抬起頭，雖沒什麼好奇的心思，但還是問：「她與你是怎麼說的？」

花灼笑著說：「她與我說，哥哥，天不絕醫術好，沒想到眼光也挺好，收了個聰明善良的小徒弟，那臭老頭讓我費心抓了半年，你說我把她徒弟搶過來給你做媳婦兒怎麼樣？」

秋月猛地睜大了眼睛。

花灼笑著拍拍她的頭，看著她的眼睛，眸中帶了三分笑意，繼續說：「你身體以後就算被他治好了，也比常人體弱些，娶了天不絕的徒弟，以後一輩子都無憂了，我也不用總是擔心你了。」

秋月眼睛睜的更大。

花灼笑著伸手蓋住了她的眼睛，又說：「不過做我親嫂子的人，還是要我這個小姑稱心如意才行，我幫你將她帶在我身邊些日子吧，到時候保准處處叫她如我心意也如你心意。」

秋月一把拿開花灼的手，生氣地等著花灼：「你騙我。」

花灼笑著搖頭：「騙你做什麼？」話落，他見秋月明顯不信，他歎了口氣，「難道我騙你騙多了，如今說真話，你反倒不信了？」

秋月確實不信：「小姐與我立賭約時，才認識我三日。」言外之意是怎麼可能就生起把她嫁給她哥哥的想法的，不可能。

花灼微笑：「對她來說，決定一件事兒，三日已夠了，你跟在她身邊那麼久，怎麼能不知道她的脾性？她時常打趣你讓你做她的嫂子，你起初對我沒心思，後來不是被她給打趣出了心思？漸漸地喜歡上了我？」

秋月聞言不吭聲了。

花灼又揉揉她的頭，放開了她：「罷了，你不信我，回頭你見了她問她吧！」

秋月哼哧了一會兒，將信將疑，紅著臉問：「你同意我去北地？」

花灼點頭：「同意，我現在就命人給你收拾行囊，一個時辰後，你便起程去北地。」

「那你呢？」秋月立即問。

花灼面上的笑意消散，眸光容色皆冷地說：「如你所說，我搜尋盤龍參，徹查梅花印，同時徹查誰是幕後之人，我倒要看看，是什麼人藏的比花家還深，要攪動這天下。」

秋月點頭：「好。」

花灼對外面喊：「安一。」

「公子。」安一應聲現身。

花灼吩咐：「備馬，少夫人要去北地，你帶著人跟去保護。」

安一愣了一下，探頭向裡面瞅了一眼，看到秋月，頓時樂了，連忙應是。

秋月臉一紅，跺腳：「我才不是少夫人。」

花灼失笑：「那讓他們以後喊少奶奶？」

秋月瞪著他，臉更紅了，羞惱地說：「那還不是一樣？」

花灼點頭：「是啊！一樣的。你喜歡哪個稱呼？」

秋月想說哪個也不喜歡，但看著花灼溫和下來的眸光，裡面倒映著她的影子，周身如落滿了日月星辰，她一時沒了話，好半晌，才踮著腳尖小聲說：「我不好，笨得很，公子可以娶更好的女子，你那麼好，我雖喜歡你，但一直以來也不敢真妄想的……」

花灼伸手彈了彈她的額頭，笑意溫潤，嗓音柔和：「傻丫頭，你哪裡不好了？你可是我和妹妹可著自己心意培養的人，」說完，又笑著囑咐，「你去了北地後，一定要小心，不要逞能，凡事聽妹妹的，你若是出事兒，我可就沒媳婦兒了，這一輩子都要孤身一人了，你該是捨不得我孤獨的吧？」

秋月咬著唇瓣抬起頭，慢慢地點了點頭，心中有欣喜，有感動，還有捨不得，更有恨不得插翅去北地的想法。總之，結合在一起，讓她整個人此時看起來很是生動美麗。

花灼摸摸她的臉說：「以後不叫秋月了。」

秋月吶吶地問：「那叫我什麼？」

花灼笑起來：「夏緣，本就是你的名字。如今北地已沒了懷王府，你父親已成了普通人，自然再不必顧忌周折了，你回家認祖歸宗，我也好有朝一日登門去提親。」

秋月恍惚了一下，這個名字她有多久沒有用了，當年還是小姐說，懷王滿天下在找她，若是她不改名字，出了桃花谷，估計很快就會被找到。那時，正是秋日，月掛中天，於是，她仰頭，隨便給她起了個名字，叫秋月，她叫了十多年。

她點了一下頭：「聽公子的。」

花灼揚起眉梢，意味不明地看著她：「本公子可不缺丫鬟。」

秋月頓時明白了，扭過身，有些別捏地喊：「花灼。」

花灼一本正經地點頭，微笑地頷首：「夏緣。」

春夏之花，灼灼有緣，擱在一起，透著歲月靜好的韻味。

花灼沒對夏緣說的是，當初花顏見到她的第一眼，就給她卜了一卦，卜完卦後驚呆了半天，然後，跑到他身邊，笑嘻嘻地對他說，哥，我給人家小姑娘卜卦，你猜我卜到了什麼？這可真是一件意外的大喜事兒啊！她的卦象顯示，姻緣遠在身邊，盡在眼前，這桃花谷裡如今只天不絕那老頭子和你我三人，這遠在身邊，盡在眼前，說的不就是你嗎？

當時，花顏一邊說著一邊樂，也不顧他的黑臉，說，她是我的小嫂子呢！

他訓斥她別胡鬧，他有今日沒明日的身子，如何是胡鬧得起的？她自然不聽，與他一本正經地胡謅了一番後，便從天不絕那裡輕而易舉地拐騙了她。

一年一年地下來，她喜歡上了他，他也沒逃開，沒想過逃開。

當日夜，安一帶著人護著夏緣前往北地。

夏緣離開後，花灼拿出了花家幾百年從不用的風雲令，滿天下搜尋盤龍參。

當日夜，福管家和小忠子琢磨了一番後，便命人將太醫院醫術最高的兩名太醫請到了東宮，將人請到東宮後，沒打算放出去，擇了院落安置在了東宮。

兩名太醫火急火燎地被請進了東宮，沒見到太子殿下，莫名其妙地被安排住了下來，心中打鼓，不明白發生了什麼事兒，但也不敢多問。

東宮的人嘴巴嚴實，東宮的一切井然有序，但整個東宮內，還是沉浸著一股暗沉的壓抑，讓兩名太醫莫名地住著心慌。

第二日，小忠子趕在早朝前進了宮，見了皇帝，將太子殿下染了風寒，來勢洶洶，臥病在床，不能監國的話傳給了皇帝。

皇帝一聽，哪裡還能坐得住，詳細地問了小忠子一番，心中憂急，便免了朝，吩咐人擺駕，匆匆去了東宮。

皇帝前往東宮大張旗鼓，早就來到金殿等候上早朝的文武百官此時也都得到了消息，聽聞太子殿下病了，有人消息靈通，知曉昨夜請了兩名太醫，至今兩名太醫還沒從東宮出來，大約太子殿下病的有點兒重。

前些日子太子殿下就染了風寒，朝中事多，沒能好好休息，都想著大約如今是加重了。風寒雖小，但也不可大意。有時候是會要人命的。

朝臣們不管心裡是什麼心思，但面色上都是一派憂急擔心，皇帝免了早朝後，眾人出了皇宮，也都陸陸續續地前往東宮探病。

皇帝到了東宮後，來到雲遲所居住的鳳凰東苑，東苑內此時已擠滿了人。有東宮的僕從護衛，還有東宮的幕僚客卿，人人臉上都掛著憂心忡忡。

皇帝見了，臉色不好，大跨步向裡面走去。

東宮的一眾人等齊齊跪地拜見皇上，福管家行完跪拜之禮後，攔住皇帝：「皇上，殿下有些不好，不讓人打擾。」

皇帝一聽雲遲不好，臉色頓時變了，腳步一頓，盯著福管家：「怎麼個不好法？你與朕說說，難道連朕也不能見？」

福管家垂下頭，後退了一步，似被皇帝的氣勢嚇住了。

這時，內殿傳來雲遲虛弱的聲音：「父皇，您……進來。」

皇帝一聽這聲音，臉色白了白，拂開福管家，衝進了內殿。

王公公要跟著，福管家連忙將其攔住了：「公公不能進去。」

王公公看了福管家一眼，見他一臉沉痛憂急，臉色也變了，暗暗想著難道殿下當真不好了？

見皇帝大踏步走進去，珠簾劈里啪啦作響，沒有讓人跟進去侍候的打算，也就止住了腳步。

STORY 099

花顏策 卷七

作者　西子情
主編　汪婷婷
編輯協力　謝翠鈺
企劃　鄭家謙
美術設計　卷里工作室　季曉彤
董事長　趙政岷
出版者　時報文化出版企業股份有限公司
108019 台北市和平西路三段二四〇號七樓
發行專線——（〇二）二三〇六六八四二
讀者服務專線——〇八〇〇二三一七〇五
（〇二）二三〇四七一〇三
讀者服務傳真——（〇二）二三〇四六八五八
郵撥——一九三四四七二四時報文化出版公司
信箱——一〇八九九　台北華江橋郵局第九九信箱
時報悅讀網　http://www.readingtimes.com.tw
法律顧問　理律法律事務所　陳長文律師、李念祖律師
印刷　勁達印刷有限公司
一版一刷　二〇二四年十一月二十二日
定價　新台幣三八〇元
缺頁或破損的書，請寄回更換

時報文化出版公司成立於一九七五年，
並於一九九九年股票上櫃公開發行，於二〇〇八年脫離中時集團非屬旺中，
以「尊重智慧與創意的文化事業」為信念。

花顏策 / 西子情作 . -- 一版 . -- 臺北市 : 時報文化出版企業股份有限公司 , 2024.11-
冊 ;　14.8×21 公分 . -- (Story ; 99-)
ISBN 978-626-396-977-3 (卷 7 : 平裝). --

857.7　　113016743

Printed in Taiwan